A CEIA DOMINICANA:
ROMANCE NEOLATINO

Do Autor:

A LONGA HISTÓRIA

REINALDO SANTOS NEVES

A CEIA DOMINICANA:
ROMANCE NEOLATINO

Copyright © 2008, Reinaldo Santos Neves

Capa: Raul Fernandes
Foto de capa: David Fleetham/Taxi/GETTY Images

Editoração: DFL

2008
Impresso no Brasil
Printed in Brazil

CIP-Brasil. Catalogação na fonte
Sindicato Nacional dos Editores de Livros, RJ

N422c   Neves, Reinaldo Santos, 1946-
          A ceia dominicana: romance neolatino/Reinaldo Santos
        Neves. – Rio de Janeiro: Bertrand Brasil, 2008.
          518p.

          ISBN 978-85-286-1355-1

          1. Romance brasileiro. I. Título.

                                    CDD – 869.93
                                    CDU – 821.134.3 (81)-3
08-4254

Todos os direitos reservados pela:
EDITORA BERTRAND BRASIL LTDA.
Rua Argentina, 171 — 1ª andar — São Cristóvão
20921-380 — Rio de Janeiro — RJ
Tel.: (0xx21) 2585-2070 — Fax: (0xx21) 2585-2087

Não é permitida a reprodução total ou parcial desta obra, por
quaisquer meios, sem a prévia autorização por escrito da Editora.

Atendemos pelo Reembolso Postal.

SUMÁRIO

Prefácio do autor
9

A ceia dominicana: Gratiani Dæmoni Satyrici Liber
15

Nota introdutória de Bárbara Gondim
17

RAPSÓDIA 1: MANGUINHOS
21

RAPSÓDIA 2: AGAMEMNON
43

RAPSÓDIA 3: SR. EUGÊNIDES
57

RAPSÓDIA 4: AREIAS
67

RAPSÓDIA 5: NILOTA
85

RAPSÓDIA 6: PESCA DE ESPERA
101

RAPSÓDIA 7: ÁTILA, ALIÁS, ÁTIS
121

RAPSÓDIA 8: PETÚNIA
141

RAPSÓDIA 9: SONHOS
167

RAPSÓDIA 10: ÍSIS PELÁGIA
189

RAPSÓDIA 11: PSIQUÊ
213

RAPSÓDIA 12: EUGÊNIA
235

RAPSÓDIA 13: INTERLÚDIO
269

RAPSÓDIA 14: VELÓRIO
285

RAPSÓDIA 15: CAVE CANEM
293

RAPSÓDIA 16: NA CASA DE ELEVADO TETO
311

RAPSÓDIA 17: BERECÍNTIA
329

RAPSÓDIA 18: DOMINGOS CANI
351

RAPSÓDIA 19: TESTAMENTO
379

RAPSÓDIA 20: CRISÂNTEMO
403

RAPSÓDIA 21: LUCRÉCIA
417

RAPSÓDIA 22: FANTASMAS
431

RAPSÓDIA 23: SEREIA
455

RAPSÓDIA 24: NAUFRÁGIO
489

Index personarvm
511

PREFÁCIO DO AUTOR

A ceia dominicana: romance neolatino é um projeto de mais de vinte anos. Originalmente um mero capítulo, com cerca de trinta páginas, do romance *As mãos no fogo* (terminado em 1981), foi suprimido por sugestão de leitores do manuscrito, que o sentiram deslocado na obra. Daí surgiu a idéia de escrever *A ceia dominicana*, que, óbvia e naturalmente, comporia uma trilogia com o primeiro romance e com o *Poema graciano* — trilogia que, aliás, foi anunciada ao pé da orelha de *As mãos no fogo*. Mas esclareça-se: apesar da ligação com *As mãos no fogo*, de que é uma continuação, *A ceia dominicana* pode ser lido independentemente.

A primeira tentativa de escrever este romance não deu certo. Em *Sueli: romance confesso*, publicado em 1989, fiz, evocando a minha situação como escritor nos idos de 1982, este registro: "romancista que tenta ser romancista em cada romance que tenta escrever, falo de romance: do meu romance graciano, *As mãos no fogo*, que cópias deixei com uma agente literária e com duas editoras, uma no Rio, outra em São Paulo, mas que até agora nada: e do meu novo romance que anda em andamento, *A ceia dominicana*, inspirado em Petrônio, e que, aliás, quem sabe por que malefício até hoje não consegui terminar."

Duas ou três outras vezes, nos anos que se seguiram, voltei a dar atenção ao romance, mas não consegui prossegui-lo. Nos últimos dez anos deixei-o de lado e me dediquei a outros projetos, entre eles *Kitty aos 22: divertimento* (Flor&Cultura / Cultural-ES, Vitória, 2006) e *A longa história* (Bertrand Brasil, Rio, 2007), que, escrito antes de *Kitty*, foi lançado depois.

Em 2006, após a conclusão de *Kitty*, indeciso quanto ao próximo projeto literário em que embarcar, resolvi dar àquele romance-problema uma última chance. E aí, das oitenta páginas até então bem ou mal delineadas, foi possível extrair uma primeira versão deste romance para, em fevereiro de 2007, já ser submetido à leitura dos amigos. Essas oitenta páginas forneceram material para redigir, com muitas alterações e acréscimos, as rapsódias 2 a 4 (Agamemnon, Sr. Eugênides, Areias), 8 (Petúnia), e 12 (Eugênia). Tudo mais pode-se dizer que é coisa nova ou radicalmente refeita.

Tomei duas importantes decisões logísticas neste embate final com a *Ceia*, que talvez tenham contribuído para o fechamento do projeto: armar o contraponto entre prosa e poesia (característica da sátira menipéia que Petrônio incorporou ao *Satyricon*) e atribuir a autoria do romance a Graciano Daemon, personagem principal de *As mãos no fogo*. Recorri, portanto, para o romance, à mesma solução de falsa atribuição que adotara antes para o poema. Daí foi um passo para chegar à idéia da edição póstuma do romance, com nota introdutória da responsável pela custódia e edição da obra, Bárbara Gondim — personagem que já aparecera em *As mãos no fogo*.

O romance dialoga livremente com o *Satyricon* de Petrônio e outros textos da antiguidade clássica, a romana mais que a grega, e, como é natural, com as outras duas obras da trilogia. Sua linguagem investe num discreto aproveitamento léxico, sintático e etimológico do latim. A forma de costurar os diálogos à narrativa — aqui adotada — é recurso comum aos autores latinos, que não usavam travessões nem aspas, nem tampouco parágrafos. Já outros recursos da estrutura narrativa foram imitados dos modernos editores de textos latinos: o uso de asteriscos (aqui convertidos em vinhetas) entre as diversas partes da narrativa, adotado por Alfred Ernout em sua edição de *Satyricon*, e a dialogação típica de textos teatrais, que está, por exemplo, na edição das *Sátiras* de Horácio feita por François Villeneuve. O *Index Personarum* também provém da edição de Ernout. Mais abaixo, em pós-escrito, estão as principais fontes consultadas para a produção da obra.

O romance *As mãos no fogo* traz na orelha o texto de um parecer que Herbert Daniel deu sobre a obra então ainda inédita. Cito esta passagem:

"O romance é habitado por figuras hermafroditas. Aqui incesto e homossexualidade, perversão e norma, gozo e culpa fazem um mosaico que manipulando com os tabus originais desvenda a própria formação da cultura — e seus limites. Não é à toa que a parte final da trilogia [*A ceia dominicana*] se inspire no sensual paganismo de *Satyricon*. Já é possível perceber no final de *As mãos no fogo* um 'retorno' aos valores de um classicismo pagão." O que mostra que Daniel, mais e melhor que o próprio autor, previu, com a extraordinária percepção que tinha das coisas da literatura, o que vinha por aí neste romance.

O *Satyricon*, de Petrônio, é a principal fonte de inspiração deste romance. Foi lido na edição bilíngüe de Alfred Ernout para a Société d'Édition Les Belles Lettres, Paris, 1974, e, mais recentemente, na de Sandra Braga Bianchet, Belo Horizonte, Crisálida, 2004. A tradução de Claudio Aquati só foi lançada pela Cosac Naify em 2008, quando o romance já estava pronto. Dispensei as traduções brasileiras de Paulo Leminski e Marcos Santarrita por serem traduções mais livres e terem como matriz a edição francesa do século XVII que procurou eliminar a natureza fragmentária da obra, preenchendo as lacunas e dando-lhe um arremedo de começo e fim.

Dentre outros autores latinos, cabe-me citar Horácio, sobretudo as *Sátiras*, Ovídio, *Metamorfoses*, e Apuleio, *O asno de ouro*. A inspiração para a sereia grávida de Manguinhos, por exemplo, não tem origem, como se poderia crer, na estranha criatura marinha que aparece nas cenas finais de *A doce vida*, de Federico Fellini, mas sim na moréia grávida a que se refere Horácio em uma de suas *Sátiras* (livro II, 8).

Em menor extensão, consultei Plínio o Velho, *História natural*, as *Cartas* de Plínio o Moço, as *Vidas dos doze Césares*, de Suetônio, e, dentre os textos gregos, a *História secreta*, de Procópio, e alguma coisa de Luciano de Samósata, em especial o texto *O julgamento das vogais*.

A *Odisséia* de Homero foi lida na tradução portuguesa dos padres E. Dias Palmeira e M. Alves Correia, Lisboa, Sá da Costa, 1956. O rótulo de *rapsódias* dado aos capítulos e o número deles, vinte e quatro, bem como o uso reiterado de epítetos, são elementos trazidos do poema homérico para a *Ceia*. Lá também estão as passagens (da rapsódia XIV em diante) em que o poeta se dirige na segunda pessoa — ou seja, por meio de apóstrofes — a um dos personagens, e a um só, o porqueiro Eumeu.

Além da épica dos antigos gregos, também seus romances de amor estão entre os alvos literários da sátira de Petrônio. Em *A ceia dominicana*, a evocação dessas histórias de amor idealizado se faz, nas rapsódias 23 e 24, por meio do romantismo assumido e teatral dos amantes, acentuado pelo tratamento na segunda pessoa que usam entre si.

Dentre as fontes recentes, todas do século XX, estão *Hermaphrodite*: *Mythes et rites de la bisexualité dans l'antiquité classique*, de Marie Delcourt, Paris, Presses Universitaires de France, 1958; *No tempo de Petrônio*, de Fernando de Azevedo, São Paulo, Melhoramentos, 1962; *A vida quotidiana em Roma no apogeu do Império*, de Jérôme Carcopino, Lisboa, Livros do Brasil, s/d; *The World of Odysseus*, de M. I. Finley, Londres, Penguin Books, 1979; *Nos submundos da antiguidade*, de Catherine Salles, São Paulo, Brasiliense, 1983; o primeiro volume, *Do Império Romano ao ano mil*, organizado por Paul Veyne, da série *História da vida privada*, São Paulo, Companhia das Letras, 1991; e, muito especialmente, *The Roman Novel: The 'Satyricon' of Petronius and the 'Metamorphoses' of Apuleius*, de P. G. Walsh, Cambridge University Press, 1970. E não fique sem menção aqui a curiosidade que é o *Diccionario da Fabula*, de Chompré, Rio, Briguiet, 1938, nem tampouco o *Poema mariano*, atribuído ao árcade setecentista Domingos de Caldas Barbosa, que o major Gomes Neto, incluindo-o em seu *As maravilhas da Penha*, de 1888, salvou de se perder. O texto integral do poema pode ser encontrado na internet.

Mais uma vez me foi de grande utilidade na composição da linguagem de um romance o *Novíssimo Diccionario Latino-Portuguez* de F. R. dos

Santos Saraiva. Já para construir a linguagem arrevesada da personagem Nonara baseei-me livremente no estudo de monsenhor Sebastião Rodolfo Dalgado, *Dialeto indo-português de Goa*, Rio, 1922.

A cantada que o Sr. Eugênides passa em Graciano a partir de uma menção a Petrônio não é criação original minha. Veja-se o capítulo LI do romance setecentista *The Adventures of Roderick Random*, de Tobias Smollett, em que o conde Strutwell "introduces a conversation about Petronius Arbiter" para sondar as inclinações sexuais do jovem narrador (pp. 306-13 da edição de 1981 da série World's Classics, da Oxford University Press). Meu personagem é, note-se, homônimo daquele Mr. Eugenides, que, "bolso cheio de passas", faz convite indecoroso ao narrador em *The Waste Land*, de Eliot (versos 207-14).

O romance *As mãos no fogo: romance graciano* (Fundação Ceciliano Abel de Almeida, Universidade Federal do Espírito Santo, Vitória, 1984), e o *Poema graciano* (revista *Letra* n. 2, Vitória, 1982) também foram, naturalmente, fontes importantes desta obra.

O folclore capixaba e brasileiro está largamente representado neste romance. As principais obras consultadas foram vários trabalhos de pesquisa de meu pai, Guilherme Santos Neves (entre os quais o *Cancioneiro capixaba de trovas populares*, de 1949), além do artigo "Barco de São Benedito", de Câmara Cascudo, em *Superstições e costumes*, Rio, Antunes, 1958 (onde se deve ler *cidade da Serra* e não *da Barra*).

No meio da miscelânea que são os papéis deixados por meu pai encontrei vários documentos avulsos e recortes de periódicos que forneceram material para o romance. Um dos mais significativos é um ofício de André Carloni, representante em Vitória do Patrimônio Histórico e Artístico Nacional, com data de 19 de setembro de 1960, encaminhando ao Instituto Histórico e Geográfico do Espírito Santo parecer do Ministério da Marinha sobre destroços de embarcação descobertos em Nova Almeida.

Muitas foram as pessoas que, até sem o saber, deram contribuição ao romance. A Ricardo Guimarães devo as informações sobre Manguinhos antiga, a Guiomarino Intra, o discurso sobre o baiacu, a Jara de Almeida, a receita do gato com cerejas. À minha filha Inês, agradeço os dados que me serviram para compor o catálogo dos cães de Manguinhos, que corresponde à relação dos cães de Ácteon que Ovídio incluiu no livro III das *Metamorfoses*. E a Biblioteca Pública da Internet, útil como sempre, permitiu a leitura de textos clássicos de gregos e romanos e ensaios diversos (inclusive sobre hermafroditismo na antiguidade), bem como a visualização de imagens de interesse, como a escultura "Hermafrodita dormindo" e o amuleto representando um falo de asas.

Por fim, uma menção carinhosa a Dalmácia Ferreira Nunes. Ela já estava lá, agregada à família, antes mesmo de eu nascer, e foi para todos nós uma presença conspícua até sua morte em 1968. Agora revive neste romance na figura da ministra da trova popular, de que foi depositária e disseminadora. E vale notar que seu nome de batismo traz consigo uma referência importante cada vez que aparece nestas páginas: pois é o nome da antiga província balcânica onde, em 1650, se descobriu o manuscrito — o fragmento de Trau — que preservou para a posteridade justamente a parte do romance de Petrônio conhecida como *Cena Trimalchionis*.

RSN

Vila Velha, Espírito Santo, junho de 2008

GRACIANO DAEMON

A CEIA DOMINICANA: GRATIANI DÆMONI SATYRICI LIBER

ROMANCE

EDIÇÃO PÓSTUMA ORGANIZADA
POR BÁRBARA GONDIM

Fratri bonissimo

NOTA INTRODUTÓRIA

Na qualidade de responsável por esta primeira — e já póstuma — edição do romance *A ceia dominicana*, de Graciano Daemon, tomei a decisão de deixar que texto e leitor se entendam entre si, sem nenhuma orientação ou preparação prévia do tipo que costuma ser suprido por prefácios e introduções acadêmicas ou não. Assim, restringi-me nesta nota introdutória a algumas informações que julgo essenciais sobre autor, obra e circunstâncias que possibilitaram esta edição.

Graciano Vaz Daemon nasceu em Cachoeiro de Itapemirim, Espírito Santo, em 25 de novembro de 1951. Graduou-se em Letras Anglosaxônicas pela Universidade Federal do Rio de Janeiro em 1974. Em Houston, Texas, nos anos de 1976-77, cumpriu os créditos do mestrado em literatura na Universidade de St. Thomas, mas não chegou a concluir a dissertação, cujo tema estava ligado à ironia nos romances do autor britânico Richard Hughes. Em 1979, ingressou na Universidade do Espírito Santo como professor, mas pediu demissão de suas funções em setembro de 1980, quando, com a morte do pai, entrou na posse de sua herança. Em 1982, publicou, no terceiro e último número da revista *Poetria* (editor: Sylvio Arruda), o longo poema *Ocre*, também conhecido como *Centauro na forca*, declaradamente inspirado em *The Waste Land*, de T. S. Eliot. Divorciado da esposa, Alice Dóris de Assis Lima, em 1984, viveu em regime de isolamento, convivendo com pouquíssimas pessoas, até sua morte prematura, ocorrida em 31 de maio de 1991.

Circunstâncias várias fizeram-me responsável por esta edição póstuma, entre elas o fato de ter sido cunhada do autor. Quando de sua morte, meu marido, Antônio Daemon, com quem ainda me achava casada, assumiu a responsabilidade pelo espólio. No meio dos livros que constituíam a biblioteca de Graciano — não mais que uns duzentos volumes — encontrou um pacote lacrado endereçado a mim. Ao abrirmos juntos o pacote, verificamos que seu conteúdo se compunha dos seguintes itens: uma pasta com o datiloscrito original deste romance, somando quatrocentas páginas em espaço duplo; uma segunda pasta abrigando uma cópia datilografada do poema *Ocre*, e mais uma vintena de páginas contendo fragmentos de versos e estrofes a serem incorporados a uma versão definitiva do poema; e um exemplar de *Le Satiricon*, do autor latino Petrônio, em edição bilíngüe da Société d'Édition Les Belles Lettres, oitava tiragem, revista e corrigida, Paris, 1974. Esta edição inclui uma tradução francesa, de autoria de Alfred Ernout, bem como o texto original latino, que apresenta fartas marcações a caneta tinteiro, na forma de sublinhas ou de barras marginais.

Uma nota sem data, assinada por Graciano Daemon e dirigida a mim, achava-se presa à folha de rosto do datiloscrito: "B. Escrevi este romance por diletantismo e talvez para deixar meu nome em algum lugar que não apenas a lápide do túmulo. Dê uma olhada e veja se merece publicação. Se achar que merece, publiquemos. GD." Suponho que tenha cogitado confiar-me a leitura da obra ainda em vida, mas, por alguma razão, desistiu de fazê-lo.

Não considerei o romance como desprovido de qualidade, apesar de alguns capítulos me parecerem menos elaborados que outros, dando a impressão de que foram prejudicados pela pressa do autor para completar a obra ou mesmo por um possível desinteresse em relação ao projeto. Decidi assim pela publicação. No entanto, meu marido, após uma rápida leitura do texto, foi contra, atribuindo a Graciano ("ovelha negra da família") a torpe intenção de "lavar a nossa roupa suja em público". Tentei convencê-lo de que se tratava de uma história de ficção, apenas remotamente inspirada em personagens e episódios reais. Contudo, ele sustentou que a imagem do próprio Graciano, além da de sua ex-esposa e de parentes próximos, seria comprometida pela divulgação do romance, acarretando graves prejuízos para o bom nome das famílias Vaz e Daemon. Incomodou-o também a irônica dedicatória em latim: "Ao melhor dos irmãos." Irônica porque a relação entre ambos foi sempre difícil e tensa.

Nossa divergência de opinião tornou-se uma divergência de atitude. Diante da minha obstinação em publicar o romance, Antônio uniu-se a Alice, a ex-esposa de Graciano, e tentou impedir a edição da obra através de embargo judicial. Se, por um lado, o processo daí derivado teve como consequência, para Antônio e para mim, apressar um divórcio que fatalmente viria pôr fim a um casamento já então falido, por outro, a Justiça em todas as instâncias deu ganho de causa à liberdade de expressão artística e liberou a obra para publicação. Mas aí está o motivo que provocou o longo atraso na edição do romance. Que sai com título e subtítulo que estão no datiloscrito original, embora me caiba ressalvar que o subtítulo em latim, *Gratiani Dæmoni Satyrici Liber*, deixando bem clara a fonte de inspiração da obra, foi acrescentado posteriormente pelo autor a lápis.

Por fim, o leitor verá, pela leitura da própria obra, sua aproximação com a antiguidade clássica, especialmente com o célebre texto de Petrônio, imortalizado por Federico Fellini no filme *Satiricon*, e com a *Odisséia* de Homero, cuja divisão em 24 rapsódias, além de outros elementos, Graciano aproveitou. Não quis aqui, repito, desenvolver um estudo crítico sobre a obra, até porque a minha especialidade está na literatura francesa. Meu empenho principal tem o objetivo puro e simples de dar divulgação ao texto do romance, tanto em homenagem à memória do autor como na esperança e na expectativa de que os leitores, diante da essência do texto, compreendam a minha atitude e endossem a decisão da Justiça.

Bárbara Gondim
Professora adjunta
Departamento de Letras
Universidade do Espírito Santo

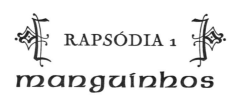

RAPSÓDIA 1
manguinhos

Aonde quer que vá, o náufrago leva consigo o seu naufrágio. Cheguei a Manguinhos no meio da tarde de sábado, vindo do naufrágio do meu casamento. Nem era a arenosa Manguinhos o meu destino: eu não tinha destino. Na forquilha da estrada, ao toque de um impulso, desviei à esquerda, como bem poderia ter seguido em frente em direção ao pólo sul. O que provocou esse impulso? Talvez o dedo de um deus (ou de uma deusa); talvez um sopro de viés do vento nordeste; talvez o vislumbre daquela prainha ali a um passo, tranqüila e mansa, de alvas areias e suaves marolas. E eu trazia enferma a alma e precisava de um bom lugar onde, idôneo, pudesse, e aprazível, melhor cuidar, e circunscrito, de sua saúde.

Casamentos naufragam a toda hora: o fundo do mar matrimonial é um imenso cemitério de casamentos naufragados. Poucos, porém, tenho certeza, naufragaram, como o meu, da noite para o dia, na primeira viagem: na virgem viagem, que é como se diz em inglês: *maiden voyage*. Que leviano iceberg afundara essa nau que, ontem mesmo, engalanada se fizera ao mar, engalanada e desenganada — embora ninguém, nem os noivos, nem os parentes dos noivos, nem os trezentos e tantos convidados que participaram do ritual das bodas, pudessem prever o desastre que se avizinhava?

Você que vem do norte entra na vila de Manguinhos por uma vereda insinuada entre o morro da igreja e duas que três chácaras eriçadas de coqueiros.

Uma velha senhora vinha-me austera pelo caminho, trouxa de roupa à cabeça e, no calcanhar, um desses párias que na quadrúpede sociedade canina compõem a vasta casta dos vira-latas. Reduzi a marcha, parei o carro e desejei boa tarde à velhinha. Ela respondeu na mesma moeda. Perguntei onde que eu estava; respondeu que em Manguinhos. Pedi-lhe instruções: se havia ali, inquiri, um lugar para passar a noite: pousada, pensão, qualquer lugar assim. Respondeu que não. O vira-lata, à margem da estrada, sem qualquer noção de decoro, coçava furibundo as pulgas. Mas, acrescentou a velhinha, aqui perto tem: ali pra cima de Bicanga pensão é que não falta. Se é de vosso agrado, Furriel meu neto leva o senhor até lá.

Entraram no carro a velhinha, a trouxa de roupa e o cachorro pulguento. O qual, de pé no banco de trás, apoiando as patas dianteiras no cimo da poltrona, esticou o bico junto à minha orelha e pregou o olho na estrada, enquanto a língua, debruçada à varanda da boca, regava-me de saliva o ombro. Passamos por uma arqueada ponte de pedra quem sabe pelos romanos construída e seguimos viagem por uma estradinha de terra. Nisso o cachorro revoou para o banco da frente e se acomodou no colo da velhinha, mantendo fixo o olho na estrada. Ele nunca passeou de carro antes, disse minha passageira.

Algo mais adiante paramos. Era onde ia ficar Dona Sé. Foi difícil tirar o cachorro de dentro do carro: queria passear até o final dos tempos. Foi preciso uns cinco ou seis netos de Dona Sé para arrancá-lo dali, primeiro rosnando, depois, já fora, chorando de fazer dó.

No meio dos meninos vi uma moreninha bonita de seus onze anos. Ainda crua para o amor, tinha um jeitinho de quem já promete mundos e fundos para daí a um qüinqüênio ou até antes. Dona Sé percebeu-me o olhar: É minha bisneta mais velha. Fala com o moço, Petla. A menina me cumprimentou: Me dá um dinheiro que eu te dou um beijo. A bisavó riu com todas as rugas: Tão saída, não é, moço? É bem a filha da mãe.

Dei uma moeda a Pétala e recebi dela um beijo na boca.

Dona Sé a um dos netos: Furriel, vai com o moço pra mostrar o caminho até São Bastião. Esse era nome de larga fama, o que me fez perguntar: São Sebastião não é onde fica a zona dos prostíbulos? Dona Sé replicou: Zona dos o quê? Se o senhor quer dizer dos puteiros, é lá mesmo. Procura na pensão Estrela do Mar minha neta Nonara. Por ela ponho a mão no fogo: conhece o ofício porque aprendeu com a mãe, e faz tudo muito bem feitinho porque gosta do que faz.

Diante do meu silêncio, Não é isso não, disse a velhinha, que o senhor está querendo? Respondi que no momento não; que só queria um quarto para passar a noite. Dona Sé teve uma inspiração e bateu na testa e disse: Já sei: procura Cristaça. Ela tem quartos pra alugar.

Antes de me despedir, perguntei: E o que a senhora me diz de Manguinhos? Disse ela: Manguinhos é um lugar onde o que tem de acontecer acontece. É lugar mágico, cheio de maravilha, fantasia, sombração, milagre, viração de uma coisa pra outra. Intrigado, perguntei: Como assim, viração de uma coisa pra outra? Ora, moço, disse ela, não sabe não? O que hoje é bicho amanhã virou gente, o que hoje é gente amanhã virou bicho: viração de uma coisa pra outra. Tem uma fonte aí por dentro desses matos, mulher que bebe água dessa fonte vira homem, e homem vira mulher. E tem mais: tem pedra que sangra, vento que fura cabaço, mula que dá cria e até bacurau mamador de mulher, que já mamou em mim quando eu era novinha. Tem até capim que não é capim, é cabelo de moça que mataram e enterraram no campo e que canta pelos cotovelos quando o vento dá. O senhor vai ver. Três dias em Manguinhos e vai ver coisa de não esquecer nunca mais. Perguntei: E quem está doente, o que acontece se ficar aqui? Quem está são fica doente, quem está doente fica são. Ninguém passa por Manguinhos que Manguinhos não muda pra diferente do que era.

Acreditei na palavra dela como em oráculo de sibila. Era Manguinhos, assim, um lugar mágico, capaz de operar milagres e mudanças? Então onde melhor que ali poderia este náufrago que eu era achar os meios de convalescer dos danos físicos e morais que sofrera ao soçobrar a nau do casamento comigo dentro?

Subindo de carro o morro da igreja, desci à rodovia, que atravessei, e galguei uma ladeira de barro seco e desbotado; lá em cima achei-me na palma da mão de um planaltinho. Da primeira casa à direita parei junto à cancela e saí do carro. Sem dizer água vai, assaltou-me os olhos a vista do mar. De onde eu estava, sem visão nem da praia nem da rodovia, mas só do líquido elemento, a impressão era que o mar vinha babar de saliva o pé da falésia. Lá longe, sobressaindo entre as ondas, um barco de pesca acenava o lenço de sua vela branca.

Alguma musa soprou-me ao ouvido o nome do rei Egeu. Os versos sôfregos de um poema começaram a escrever-se no papel de rascunho que o tempo todo trago à mão em minha mente:

> À beira do penhasco
> aguardo as velas surgirem no horizonte.
> Serão brancas ou serão negras,
> eis a dúvida que paira no ar.
> O mar, embaixo, impaciente,
> sabe que as velas virão negras,
> e aguarda o suicida para sepultá-lo.
> Não só o mar: eu também sei.
> E aguardo, impaciente, a hora exata
> de lançar-me, eterno e inesquecível,
> aos braços maternos da Lenda.

Em êxtase diante da aquosa paisagem, ainda assim logo senti não sei como mas senti que da casa vinha vindo alguém rumo à cancela. Virei-me para olhar. Era outra visão de tomar de assalto olhos — uma jovem de anos de idade treze, não menos, quinze, não mais, de louros cabelos e níveos braços e pernas, vestida de modo simplesmente em short vermelho e camiseta branca sem mangas. Pensei que viesse vindo receber-me, mas, sem um só olhar em minha direção, a ninfa abriu um portão ao lado da cancela, fechou, e já ia demigrando pela estrada afora quando a interpelei. A qual parou por inteiro e olhou para mim maravilhosa. Fui até ela e, chegado mais perto do sol de sua beleza, tive de fazer um esforço para não cair aos seus pés e abraçar-lhe os joelhos em sinal de servidão: pois parelha beleza só vira, outrora, nas cercanias de São Pedro de Itabapoana, um rebento novo de palmeira que crescia junto a uma fonte no meio de um bosque: pois nunca brotara da terra planta igual.

Recuperando a voz, perguntei por Dona Cristaça. A moça corrigiu-me com rispidez de ninfa: *Cristácia*. O nome agradou-me, depois de filtrado por meus ouvidos: um misto de Cristina e Estácia: Cristácia. A moça então virou para o lado da casa a boca e — MÃE! — gritou em voz clara e firme. A palavra ressoou pura e curta, sem um triz sequer da cauda paragógica tão comum na linguagem filial. Gritou mais duas vezes (enquanto eu, fascinado, sorvia-lhe com os olhos a beleza dos traços e dos braços) até que de trás da casa eis me surgiu uma mulher morena e fosca que pelo visto não podia ser mãe de ninfa como aquela mas para todos os efeitos era.

Veio-me Cristácia, a um só tempo enxugando mãos num pano de prato, repuxando para baixo a barra do vestido e prendendo atrás da orelha certos fios avulsos do longo cabelo preto e liso — como se, à semelhança de deusa hindu, não tivesse só dois braços mas quatro.

A ninfa tomou a estradinha bucólica e foi-se embora, sem mais nem menos palavra, nem de adeus, nem de nada: nem à mãe, nem a mim.

Cristácia era toda igual a si mesma: trinta e poucos anos, aspecto agreste, corpo magro e esguio, belos olhos brilhantes como pérolas negras. Pareceram-me possíveis olhos de deusa: ou de semideusa: ou, então, de simples mortal seduzida por um deus: é isso: bem podia uma chuva de ouro ter gerado no ventre dessa mulher a gloriosa lourinha. Cobria-lhe o corpo um vestido azul surrado que em outra encarnação já vira bem melhores dias; menos que cobrir, na verdade, descobria-lhe o corpo, pois mal lhe chegava ao meio das coxas, que eram, em mulher tão delgadinha, rijas e robustas, e não sem uma crua beleza.

Pela cancela aberta de par em par entrei no quintal em meu carro de belas rodas, que estacionei junto à porta da cozinha.

Minha bagagem de náufrago nupcial consistia de mochila e mala. Fui conduzido ao interior da bem construída casa: da copa — costurada à cozinha — passei à grande sala na qual desaguavam todos os quartos, como deságuam rios em ampla e plácida lagoa. Num dos quartos Cristácia entrou, e entrei, hóspede, atrás. Mobília era termo sem cabimento na semântica do quarto, pois tudo ali era feito de alvenaria: leito, mesinha de cabeceira, armário, banco sob a janela.

Da janela dava para ver o mar Egeu, que se estendia de fora a fora em tons e semitons de azul e verde até juntar-se geometricamente ao céu lá no remoto vértice do horizonte.

Erguendo os braços, Cristácia juntou os cabelos atrás da cabeça e com uma fivela em forma de âncora prendeu-os num feixe; nisso deu-me a ver a coletânea de pêlos — salpicados de talco — que lhe ornavam o nicho das asas. E disse: Só temos um banheiro na casa; mas lá fora tem um quartinho pras emergências de praxe e um chuveiro ao ar livre. E me pôs na palma da mão a chave do quarto como se fosse mais que um artefato de metal que movimenta a lingüeta de fechaduras.

Graciano a sós: primeiro tirei meias e sapatos, depois me deixei jazer na cama. Perguntei-me o que é que eu estava fazendo ali. Respondi-me que a mesma coisa que estaria fazendo em qualquer lugar, pois, aonde quer que vá, o náufrago leva consigo o seu naufrágio. A frase, transposta em poesia, dava dois versos de oito sílabas: o primeiro terminando no náufrago, o segundo, harmonicamente, no naufrágio. O poeta ousou abusar do tema:

> a todo naufrágio segue-se como que um limbo: passa,
> Tempo, passa, para que o limbo que é limbo se desfaça
> e o náufrago que é humano à tona renasça:
> à tona do dia e do mês e do ano.

29

Mas aquilo era pura e reles poesia: não pôde a musa coibir que se abatesse sobre mim, como se abateu, a coisa física da situação. Verso não havia, nem poema, capaz de amenizar a angústia que me corroía as entranhas desde a descoberta da traição da noiva. A lembrança da bela nau nupcial, da noite para o dia convertida em canoa furada e, como tal, posta a pique com noiva e noivo a bordo, trouxe-me um novo arroubo de dor.

Alice, Alice, Alice! Como pudeste, logo tu, dentre todas as mulheres do mundo, fazer comigo tal coisa? Como pudeste, em sã consciência, em perfeito juízo, durante três anos de noivado, descaradamente mentir, enganar, fingir? Como pudeste, pior ainda que tudo, ser negligente, leviana mesmo, a ponto de te distraíres da vigilância que, contínua, era a tua maior obrigação moral com o noivo — a ponto de deixares cair a máscara que durante tanto tempo sustiveste firme diante de mim? Ah, Alice! Pensei que me amasses. Mas não: se me amasses de verdade, terias mantido a mentira, o engano, a ficção, como sustentáculos de nosso casamento e de nossa felicidade. E agora? O que farei de mim, náufrago de nossas núpcias? O que farei de ti, que te afogaste no pélago da verdade, onde só a máscara te permitia respirar e viver?

Ainda sentia na concha da mão o perfume da noiva, que ali ficara impregnado desde aquela manhã.

A pulso levantei-me do leito. Não podia render-me àquela deficiência de ânimo. Cabia-me permutar a letargia pela energia: sair dali, conjugar-me à natureza local e aos seus habitantes, homens e, em especial, mulheres

— que é junto a elas mulheres que náufragos como eu nupciais encontram melhor consolo e melhor ternura.

As rígidas vestes formais — camisa de linho e calça de tergal — troquei por bela camisa estampada de flores e cômodo calção vermelho; nos pés, belas sandálias de borracha, pretas retintas, presente da naufragada noiva. Da carteira retirei duas que três notas para o que desse ou viesse. Sem me dar tempo algum de esmorecer, expulsei-me do quarto, trancando, à chave, a porta.

Já ia saindo todo estampado pela porta da varanda quando Cristácia de olhos brilhantes se interpôs à minha frente, barrando-me os passos. Olhei para ela intrigado. Você deve sair, disse ela, com um sorriso, pela mesma porta que entrou. E acrescentou: Pra não levar embora a felicidade desta casa.

Sentei-me com ela à mesa para tomar um café.

CRISTÁCIA

Quem é você, de onde saiu, o que está fazendo aqui em Manguinhos? Se é casado, como parece, pelo anel no dedo, quem é sua mulher e onde está ela?

GRACIANO

Sou Graciano Daemon, venho de Nova Almeida, aonde me levou um compromisso muito importante, e se vim pra Manguinhos foi porque senti que precisava mais que tudo arejar a cabeça num lugar como este. De fato sou casado, minha mulher chama-se Alice e no momento está às voltas com um problema pessoal que prefere resolver sozinha.

CRISTÁCIA

Pra ser franca, seu sobrenome me assusta um pouco. Não combina com sua aparência de bom menino.

GRACIANO

Posso garantir que não tem nada de assustador nele. A palavra *daemon* em grego significa *espírito*, *gênio*, e tanto pode ser entendida como gênio mau ou gênio bom.

CRISTÁCIA

Então prefiro entender como gênio bom.

GRACIANO

Eu também.

CRISTÁCIA

Nesse caso, pra não criar dúvida, por que não muda logo seu nome pra Bondaemon?

GRACIANO

Não acho necessário. Sei que o demônio não está no meu nome nem no meu coração.

CRISTÁCIA

Não diz essa palavra em minha casa!

GRACIANO

Perdão. Mas e a senhora? É daqui de Manguinhos mesmo?

CRISTÁCIA

Sou mais lá do norte: Itaúnas. As dunas cobriram a vila inteira, a igreja, o cemitério, a casa onde nasci. Dizem que às vezes dá pra ouvir o sino da igreja tocar lá embaixo do areal. Saí de lá criança e vi muito mundo. Pois é: estou com trinta anos, mas vivi tão intensamente que meus trinta anos valem por noventa. Agora sosseguei um mucadinho. Só de casamento tive nove, sem contar as relações de passagem, que foram duzentas e oitenta e quatro, mas todas com muito amor e paixão. Em igreja mesmo só casei da primeira vez, daí em diante foi sempre no meio da floresta. Sabe como é? É um casamento cheio de simbolismo. Tem de ser em noite de lua cheia, no meio da mata, com árvores por testemunha e cama de folhas de castanheira pra passar a noite. Quem dá a bênção é a natureza. O noivo se veste de branco, coroa de rosas vermelhas na cabeça, todo perfumado de mirra. A noiva raspa a cabeça e veste roupa de homem. Um se torna o outro: assim é que se chega ao amor maior de todos os amores.

GRACIANO

Posso imaginar.

CRISTÁCIA

E o seu casamento, onde foi?

GRACIANO

Na igreja. Eu vestido de noivo, minha mulher de noiva. Padrinhos, madrinhas, troca de alianças, bênção de padre, essas coisas.

CRISTÁCIA

Meio sem graça, hein. Você devia ter casado na floresta, que nem eu.

GRACIANO
Não me passou pela cabeça.

Lá fora, não deixei por menos do que olhar em torno para ver se via ali a ninfa de níveos braços, mas quem vi foi a lavadeira da casa: de pé diante do tanque, esfregava diligente a poder de escova uma peça de roupa. Nem por isso meus olhos perderam a viagem. Era ela uma jovem mestiça de olho verde e pele de camurça e trazia à cabeça, à guisa de chapéu, densa cabeleira xucra que lhe conferia o aspecto de — de uma papua. Senti cheiro acre de terra molhada de chuva, mas não chovera nem chovia. A moça em minha floral elegância meteu o olhar bravio, mas fiquei sem saber se de admiração ou de desdém. A escova aproveitou para lhe escapulir dos dedos e cair ao chão. Sem tirar de sobre mim o olho verdejado, a moça apreendeu a escova entre os dedos do pé e, erguendo a perna, recolheu na mão a fugitiva.

Cumprimentei-a com um aceno de cabeça, mas não me deu resposta senão na língua estrangeira do olhar.

Graciano à beira da falésia entreguei-me à paixão platônica de comer com os olhos a beleza natural da paisagem.

Toscos degraus esculpidos na face da falésia me trouxeram à lembrança a minha prima Júlia — Júlia Sabina Graça, para declamar-lhe o nome completo. Em passado não muito antepassado, por degraus semelhantes descemos Júlia e eu até uma nesga de praia em outro litoral que não aquele: de onde nos pusemos a contemplar o canal que induz à baía de Vitória, ambos à espera de um gesto meu que me teria arrastado, em companhia dela, a outro destino que não este.

A outro destino melhor que este.

Mas já esqueceste, Graciano, a traição de Júlia?

Tudo, ainda que tarde, se aclarava em meu espírito. Entre a prima e a noiva meu coração flutuara indeciso durante vários meses. A traição de Júlia impelira-me resoluto para os braços do casamento com Alice. Que grande equívoco. Pois só então, ali, no cume do penhasco, pude perceber que, precedendo a traição da noiva, a traição da prima fora um prenúncio dela. Eu, no entanto, não soubera ler a clara mensagem: mulher nenhuma — seja prima, noiva seja, esposa, puta, ninfa, santa ou deusa —, mulher nenhuma é pura e honesta, mulher nenhuma merece confiança alguma. Eu, dentre duas putas, escolhera uma, quando, tendo juízo, deveria ter rejeitado ambas.

Mas como demitir, homens que somos, as mulheres da vida nossa?

Pelos degraus no barro embutidos desci a falésia até à rodovia. Atravessei o asfalto com cautela: não passei sem perceber, à beira da estrada, o pobre cadáver de um galgo jazendo a rigor de pernas abertas: todo ele pronto, assim, fidalgo que fora em vida e aristocrata, para ser na morte recolhido e sepultado como indigente. Imaginei-o extraviado de casa, em busca de novidades nunca vistas nem cheiradas, entregue à volúpia de explorar os labirintos do mapa-múndi. Imaginei-o posto ali como aviso para o incauto de mim — porém, depois de um naufrágio nupcial, como poderia meu futuro próximo ainda se deteriorar para muito pior?

A prainha tranqüila e mansa, de alvas areias e suaves marolas, recebeu-me com boa cara e me pôs à vontade. Viva não havia por ali alma. Mas não por muito tempo. De bem construída casa em frente à praia saiu-me uma moça toda vestida de biquíni. Era forte e atlética, e fez jus às formas do próprio corpo dando início, no tablado da areia, a uma sessão de compenetrados exercícios físicos: deitada de costas, levantava as pernas uma após outra; deitada de bruços, reiterava os mesmos movimentos; posta de quatro, movia a cabeça de um para outro lado, empinando o rabo sedutoramente.

Os fados parecem nos pôr no caminho diversas e tentadoras amostras da seita feminina, em que nós, homens, podemos ler o legível recado: povoa o mundo uma inúmera legião de mulheres: perder uma delas, ainda que noiva, é como perder tostão furado: logo acharemos outra moeda igual — vai ver nem furada — para substituir a que demos por perdida.

Dos exercícios a moça atlética passou a uns saltos mortais de que saiu viva e ilesa. Aí, numa seqüência cíclica de saltos-estrela, em cinco segundos se aproximou de mim: Quer apostar corrida? Recusei de modo polidamente: se o prêmio pela vitória bem podia ser o livre acesso ao corpo dela, a derrota importaria decerto na perda da minha cabeça: e que chance teria eu poeta sedentário contra aquela ginasta flexível e musculosa? Ela sorriu contrariada e, depois de bulir-me a ponta do nariz com o dedo, rompeu a correr como uma flecha pela praia rumo ao norte.

Vento favorável compeliu-me para o sul pela sabulosa praia. Logo percebi que errara ao vir calçado para a região das areias. Embaraçavam-me os passos as sandálias que em recente passado de presente me dera a noiva. Achei melhor livrar-me delas, e fui escondê-las atrás de uma das moitas de espada-de-são-jorge que no alto da praia vedavam o ingresso ao quintal de uma casa. Mensagens inscritas na lâmina das folhas atraíam a leitura do transeunte curioso: datas, nomes, e até registros de históricos episódios como este: Aqui dei o cu a M.

Um córrego de águas turvas decorria para o mar, fendendo a praia em duas partes e obstruindo a passagem. Estimei os riscos da travessia. O córrego era largo de quase três metros e fundo de não menos que meio palmo; além disso, consistiam a outra margem altas falésias de uns quase dez centímetros. O que me tolheu de voltar sobre meus passos foi a lembrança da moça atlética: como se riria do poeta timorato. Tentei então descobrir o melhor ponto onde passar a vau o córrego. Todo ele, porém, era corrediço e pressuroso. Tomando coragem, pedi licença às águas correntes e meti dentro os pés até os tornozelos e em três passos resolutos cheguei à margem contrária, não sem quase, aí, cair para trás: ao pisar o lábio da falésia, a areia cedeu sob os meus pés.

Adiante do córrego a paisagem litorânea mudava-se em algo totalmente diferente e, no mais, de uma beleza dura e sinistra. Era uma vasta área toda exasperada de pedras metálicas cor de púrpura, dentre as quais, aqui e ali, magricelos brotavam arbustos pernaltas que se faziam notar pelo viço verdejante de suas folhas.

Chegado às franjas daquele território verifiquei, olhando de cima, que todo tipo de vida inteligente medrava ali, desde peixinhos sinuosos e fugazes e insetinhos alados que beliscam a água por esporte até caramujos portadores da casa própria sobre os próprios ombros. Isso é que é vida, pensei, invejando peixinhos, insetinhos, caramujos, desejando ser, tal como eles, simples e fugaz, efêmero e feliz. Não havia naquela sociedade nenhum poeta, e no entanto todos eram versos da melhor poesia, o poema pela natureza escrito; não havia ali nenhum amante, e no entanto todos eram filhos do melhor amor, o maternal amor da natureza.

Retirei do dedo a aliança com nome de noiva gravado no verso do aro e, por meio de toda a força física e moral que pude reunir no braço, lancei-a longe: após descrever uma longa parábola no ar nu, foi cair além do contexto das pedras, desaparecendo para sempre jamais no âmbito das águas baças do mar de Manguinhos.

A atitude drástica me encheu de brios a mente e o coração, até porque se somava a outra atitude igualmente drástica, tomada naquela manhã de sábado: largar Alice ao abandono no hotel de Nova Almeida onde passáramos a noite primeira e última. Senti que, aos poucos me desprendendo de um a um dos laços com Alice instituídos, velejava não apenas rumo a anular o casamento em minha mente mas, o que era ainda mais primacial, a anular também em minha vida a própria presença e ausência da noiva.

Você sabe que está perto do centro nevrálgico da vila de Manguinhos quando avista a primeira canoa. A arenosa Manguinhos é habitada por dois tipos de pessoas: os autóctones, que são pescadores e gostam de remos, e os estrangeiros, que são veranistas e gostam de praia. Avistei a primeira canoa, deposta na areia de través sobre dois varais roliços — que servem de trilhos para demover os botes da terra ao mar e do mar à terra —, e deduzi que me aproximava em pessoa da vila. Era uma robusta canoa pintada de verde com uma tarja negra ao longo do casco e seu nome, escrito no flanco, era *Peixe que é bom, nada*. Logo cresceu e multiplicou o número de canoas à vista, quer no suave balanço das ondas do mar, quer em repouso no berço das areias, umas e outras refazendo-se da dura e diária labuta da pesca.

Defronte à praça central da vila, lustrei a paisagem urbana com o olhar. Ali projetava-se, a perder de vista, a rua principal, toda ela bem calçada de simétricos paralelepípedos de granito. Ali se via o centro histórico de Manguinhos: um sobrado aqui, outro ali, o resto eram as humildes casas de estuque dos manguinhenses que gostam de remos. Dali também discerni a presença pitoresca de algumas construções sem porta nem tranca, sem janela nem tramela, sem parede nem mureta: toda a sua arquitetura se reduzia a longos esteios de pau sobre os quais descansava em duas águas a cobertura de palha.

Entrei num dos bares da praça e a uma caboclinha de pé por trás do balcão pedi um refrigerante e perguntei cadê o banheiro.

O banheiro do bar não era mais que um cubículo tão estreito que a porta, ao fechar-se atrás de mim, me passou a mão na bunda. O vaso, pela mesma falta de espaço, fora instalado de soslaio junto à parede do fundo, de modo que tive de mijar não de frente para ele, mas de viés. E tão rente fora instalado que só se poderia cagar ali sentando-se lateralmente ou senão de pernas cruzadas.

Somos seres gráficos. Na parede do fundo, mensagens e símbolos de amor se entremisturavam a mensagens e símbolos eróticos, o que acaba sendo tudo a mesma coisa, expressa em códigos diferentes. Dentre essas inscrições, algumas nos interpelavam a nós, fregueses do lugar, como fazem certos autores de ficção aos seus leitores. Uma dizia: Já comi a garçonete, e você? E outra: Quer morrer? A comida aqui é um veneno. Numa folha de papel pregada com fita adesiva em outra parede lia-se, escrito a caneta em toscas letras de fôrma, este texto: "Se vai a São Sebastião, não deixa de procurar Nonara na Pensão Estrela do Mar. Ela é limpa e honesta, alegre e prestativa, filha de Aniceta e neta de Dona Sé."

Nem faltavam ali algumas cogitações filosóficas: Quem fode com o fogo queima o pau. E esta, que reproduzia com simplicidade a mais firme das minhas crendices de incréu: Você morreu, acabou-se tudo.

Tanta escritura me inspirou a acrescentar ali uma mensagem pessoalmente minha. Um toco de lápis rolara até o pé do vaso. Usei-o para escrever, na parede, este dístico de dez sílabas: Doravante olhem vejam estou livre para ser do amor o melhor escravo.

Paguei à caboclinha e, saindo à calçada, pus-me a beber o refrigerante, regando as entranhas dessecadas e recompondo as energias depois do longo e árido périplo através das areias.

Dois outros mortais conversavam a uma mesinha próxima. Um deles era um velho senhor de idosa idade, magro e enxuto, de voz firme e densa. O outro era um rapaz meu contemporâneo, que ouvia o discurso do velho pontuando-o de átonas interjeições. Eu, enquanto bebia, auscultava as palavras do velho, que, autoridade em história antiga de Manguinhos, recendia a antiguidade. Eu vim, dizia ele, pra cá na década de quarenta. Nessa época, de Vitória, que vinha veranear aqui, só o velho Almeida e a família. Aí comprei um terreninho com um casebre lá no alto do morro e passei a vir pra cá com a mulher e os filhos nas férias e nos feriados. Morar mesmo, moro aqui dês que me aposentei tem dez anos. E como era isso aqui naquela época, perguntou o rapaz. Ah, isso aqui era um povoado de pescadores. A ponte era uma ponte de pau roliço. Eu descia do morro, atravessava a ponte, passava em frente à casa de seu Almirâncio, dava com seu Almirâncio sentado na varanda com a mulher, observando o movimento. Daí parava na venda de Galeriano pra ouvir a conversa de Calafate, de caboclo Remígio, de Saltabordo. Se era sábado, como hoje, Anzolino estava amarrando um garrote no pé de perinho do quintal pra abater. O alpendre da venda logo se transformava num açougue: chegava Palinuro, chegava Altomar, e mais os três filhos de mestre

Vagavante: Proeiro, Barrafora e Matalote. Olhando ali em frente, o gramado brilhava como se as estrelas tivessem descido do céu pra passar o dia aqui. Sabe o que era? Eram milhares de manjubas recheadas de salmoura que refletiam os raios do sol. O gramado, dali até à praia, era um tapete só, um tapete de estrelas. As mulheres tinham trabalhado a noite inteira nos quitungos salgando a manjuba. O rapaz disse: Quitungos são aqueles abrigos ali, cobertos de palha? Isso mesmo. Nós dormíamos embalados pelas cantigas que elas cantavam nos quitungos a noite toda. Cantigas de reis, que elas cantavam fora de época, feito canto de trabalho. Nessa época a vila tinha onze canoas e cinco pontos pra lançar a rede: o lance do Laripe, o da Barra, que era aqui em frente à vila, o Lancinho, o da ponta dos Fachos e o lance de Cima. A vez do lance era respeitada: se o dono da vez não lanceasse, outro não podia lancear. Cada rede tinha seu mestre, que podia ser, ou não, o dono da canoa. Ancoraldo era um que mestrava a própria rede. Tinha o hábito de chamar os pescadores com um apito que não tirava do pescoço. Parece até que estou ouvindo os silvos do apito dele. O rapaz contemporâneo meu fez uma pergunta que não escutei direito. O velho respondeu: Ah, as redadas mais freqüentes eram nos cardumes de manjuba, que são de dois tipos: a manjuba-sardinha, que é a plebéia da espécie, e a lombo-azul, que é a manjuba nobre. Mas também dava muito chicharro, galo, bicuda, pescada, pescadinha, e dentuça, xaréu, perna-de-moça, trilha, e o rei da moqueca, sua majestade o papa-terra. Era uma fartura de peixe. Hoje em dia esses peixes desapareceram quase todos daqui. Mas a manjuba ainda está por aí, só não sei até quando.

E a tal pesca de espera, perguntou o rapaz, cuja curiosidade me pareceu insaciável. É uma modalidade de pesca fluvial, respondeu o velho. O pescador usa uma grande rede fixa, estendida de través de uma a outra margem do rio, e fica só esperando que o peixe desça rio abaixo e caia na rede. O rapaz quis saber quais os peixes que se pescavam por meio desse sistema. O velho começou uma enumeração que prometia não ter fim: piaba, carapeba, rainha — mas ficou nesses três: não lembrou mais nenhum.

Ouvi dizer, sugeriu o rapaz, que Manguinhos é terra de assombração, de feitiçaria, de fenômenos paranormais. Besteira, disse o velho. Manguinhos é um lugar sem nada de mais; um lugar como outro qualquer.

Algumas ilustres castanheiras de grande coma ocupavam pontos estratégicos da praça. Sob a generosa sombra de uma delas reconheci uma criatura para mim não muito grata: um professor da universidade: um futuro colega de departamento: do, mais precisamente, Departamento de Letras. Também ele de lá me viu e reconheceu. Tentei escapar, fingindo que não o vira e partindo em direção de volta à praia. Em vão: lá veio ele no barco de seu corpo, que em três tempos atracou junto ao meu.

RAPSÓDIA 2
agamemnon

Ele falou do tempo, eu concordei, e ele então perguntou se eu começaria a lecionar em agosto. Respondi que sim. Ele perguntou se eu queria um conselho. Eu não queria, mas quem cala consente. Ele disse: Faça os alunos rirem, e não bocejarem. Entendeu? Nunca os faça bocejarem. Essa é a minha didática, que recomendo a você. Entre um riso e outro, você ensina a matéria: mas não gaste nisso mais que vinte por cento da aula. Perguntei como ele aplicava essa metodologia. Muito simples, respondeu. Quando estou indo pra escola, sempre vejo alguma coisa no caminho que pode servir de assunto pra aula daquele dia. Uma batida entre um carro e uma carroça, um periquito que canta o hino nacional, uma velha com um chapéu espalhafatoso, qualquer coisa desse tipo. Abro a aula com um desses assuntos, e improviso a partir daí. Descrevo, exagero, provoco o debate. Nisso vai meia hora. Dou dez minutos de matéria e o resto do tempo eu ocupo com outro assunto de interesse geral.

Respondendo à pergunta dele, eu disse que lecionaria duas disciplinas de literatura inglesa. Perguntou de que período. Respondi que da primeira metade do século. Ah, excelente, disse ele. Acrescentei que me recomendaram dar uma visão panorâmica do período e trabalhar alguns livros à minha escolha. Quis saber quais autores escolhera. Respondi que, na poesia, Eliot e Robert Graves. Na prosa, Richard Hughes e Mervyn Peake.

Nesse momento mulheres em número de oito ou dez, todas uniformemente disformes, todas uniformizadas em disformes maiôs de banho, passaram crocitando entre si em direção à praia. Eram magrelas umas, gorduchas outras, cambaias três; pardas em sua maior maioria, com duas branquelas de permeio. Assim que na areia, correram de encontro às ondas como uma decúria de bárbaras e aí, em vez de investir contra o mar por via do mergulho e da braçada, ou até mesmo do coice e do pontapé, caíram todas sentadas em coro entre as marolas.

A nata das graxeiras de Manguinhos, disse Agamemnon. Cinco da tarde: hora do banho delas. Tudo bem: também são gente. E o mar é público e gratuito. Netuno não cobra ingresso.

Então disse que, tirando Eliot, é claro, nunca ouvira falar dos autores que eu citara. E perguntou: Como vai dar o curso? Expliquei que pretendia trabalhar Eliot e Robert Graves como poetas e como teóricos, em especial, no caso de Graves, sua gramática histórica do mito poético. Expliquei que, de Richard Hughes, decidira adotar o romance *A raposa no sótão*, primeiro volume de uma trilogia histórico-política ambientada na Inglaterra e na Alemanha pouco antes de Hitler assumir o poder; de Mervyn Peake, *Gormenghast*, um dos volumes de uma trilogia góticofantástica sobre um feudo cristalizado numa atroz burocracia da tradição; e mostrar aos alunos que ambos os textos falam de pesadelo como estilo de vida e levá-los a um estudo comparativo dos personagens principais de um e de outro. E falei de um e de outro romance com o entusiasmo espontâneo com que se fala de coisas que se amam e se respeitam.

Meu amigo, meu pobre e ingênuo amigo, disse Agamemnon, uma vez, quando eu era chefe do Departamento de Letras, um professor português chegou lá de visita e me perguntou: Quantos alunos estudam no seu departamento? E eu respondi: No máximo uns dez por cento. Pois é isso mesmo. Então, meu amigo, ouça a voz da experiência e, como disse Dante, deixai cá fora toda a esperança, ó vós que entrais, toda esperança de dar uma só aula que preste naquele curso. Eu também alimentei essa esperança, quando entrei. Mas, depois de dar vários murros em várias pontas de faca, desisti de remar contra a maré. Esses quotidianos de pesadelo, essas trilogias histórico-políticas e gótico-fantásticas? Ninguém está interessado. Vai por mim. Ou você pensa o quê? Os alunos de Letras não gostam de literatura, assim como os alunos de Biblioteconomia não gostam de livro. É um pessoal que não sabe nem escrever. Que vai tremer todo só de ouvir falar em trilogia. Não complica as coisas pra eles, porque vai complicar as coisas pra você. Mire-se no exemplo do famoso professor Fragoso, também professor de literatura inglesa, que se aposentou ano passado. Ele me disse que só adotava dois livros de autores deste século: o *Amante de Lady Chatterley* era um, e o *Admirável mundo novo* era outro. Uma vez tentou substituir *Admirável mundo novo* por *1984*. A mesma temática, só que abordada de uma ótica política mais elevada. Foi um motim. Não deu certo. Huxley tem sexo e drogas, Orwell não tem. Fragoso foi obrigado a voltar correndo pra Huxley, senão ia ser impossível dar aula. É isso que eu recomendo a você. Ou você tem alguma coisa contra sexo e drogas?

Essas coisas me disse o professor, cinco horas da tarde, de pé no alto da praia, mar de Manguinhos irrequieto diante dos olhos, graxeiras tomando seu banho vespertino, vento nordeste soprando no ar informe.

Disse essas coisas e mais estas: Sejamos francos. A verdade é que, de duas, uma: ou o aluno já vem com uma boa bagagem, e aprende por si próprio, sozinho, nos livros, ou então aprende depois de formado, no batente. Essa é a minha convicção. O que me cabe ensinar é uma ou outra coisinha, os principais conceitos, língua e discurso, significante e significado, conotação e denotação, e pronto. O aluno aprende os nomes dos autores mais importantes, pra não ficar com cara de tacho quando ouvir alguém falar neles. Pronto: pode entregar o diploma. O grande segredo de todo profissional é parecer que sabe, o resto sai na urina, e com tempo e experiência qualquer um vai longe. Por isso não me envergonho de dizer que há uns dez anos não preparo aula. Pra quê? As minhas fichas de dez anos atrás ainda me servem às mil maravilhas. Só tenho o trabalho de passar a limpo todo ano, pra não ficar com aquele troço sebento nas mãos, que isso sim pega muito mal.

Uma mulher grávida, de chapéu de palha, distraiu-me a atenção. Era jovem e bonita, e via-se, pela expressão de altivez e arrogância, que o feto na barriga lhe subira à cabeça. Senti que se achava a criatura mais preciosa do planeta, porque tinha, mais que um rei, um deus na barriga. Talvez tivesse mesmo: talvez tivesse fodido com um deus em formatura de touro ou de cisne, mas as não poucas mortais de antigamente que tinham feito o mesmo não lhe chegavam aos pés em pavonácea presunção.

Duvido que você não tenha uns poemas na gaveta, me disse Agamemnon. Eu disse: Como soube? Ele disse: Intuição. Olfato. Ou então porque posso ler a palavra *poeta* escrita em letras garrafais na sua testa.

É um longo poema, expliquei, que venho escrevendo há meses, inspirado na *Terra gasta* de Eliot. Muitas alusões e referências de todo tipo, literárias, históricas, míticas, e uma convivência entre a dimensão fantástica e a de todo dia. Pediu ele: Diz aí alguma coisa desse seu poema. Recalcitrei. Ele insistiu: Vamos, só quero saber que tipo de poema é esse que você está fabricando. Está bem, eu disse, mas só porque aquela mulher que está ali — e apontei para a petulante mulher prenhe — pede uma homenagem. Cantei então estes versos do poema *Ocre*:

> E lá está de novo a mulher grávida
> portando seu ventre como um tambor,
> reproduzindo a nossa espécie,
> perenizando a nossa sina.
> Meu bom amigo, que azar para ti:
> estás nascendo, estás nascente:
> há uma puta que te parindo.
> A teu mundo uterior dá adeus,
> que nunca mais verás esse mesmo nem como esse,
> dá adeus e nasce, nasce logo e vem-te:
> vem-te danar conosco neste nadamar.

Agamemnon bateu palmas: Muito que bem! A apologia da gravidez humana é uma falácia. Pois o que é o feto de hoje, afinal? É o monstro de amanhã. Quanta gente deve ter olhado com ternura pra barriga da mãe de Hitler, da mãe de Stálin, da mãe de Bing Crosby, e olha aí no que que deu. Não teria sido melhor darem logo um chute na barriga delas como numa bola de futebol? Estranhei: Bing Crosby? Mas por que Bing Crosby? Respondeu ele: Nunca suportei esse cara.

Deixei de ser poeta, disse ele, depois que tive crupe aos vinte e poucos anos. Uma das seqüelas da doença foi secar-me a musa. Ainda escrevo algumas coisinhas, mas em prosa. Minha última, última não, todo cuidado é pouco com esse adjetivo, minha mais recente obrinha chama-se "O tribunal das letras". É uma farsa que, em retribuição ao seu poema, vou resumir aqui pra você.

O TRIBUNAL DAS LETRAS

Um dia a letra L entrou com um processo contra a consoante R e a vogal U. Seu advogado foi K, vizinho e amigo dele, enquanto R e U foram defendidos pelo Til. K apresentou as razões do processo. L já não agüentava mais ser roubado de seus direitos fonéticos pelos réus. L privava já de longa data da estreita amizade de outras consoantes, como C, G, F e P, cuja companhia desfrutava em palavras como *cliente, glória, aflito, pluma*, e milhares de outras. Pois R vinha se intrometendo nessas palavras no lugar de L, a ponto do próprio governador Caruncho já falar *criente, gróría, afrito* e *pruma*. Quanto a U, uma reles vogal, com a maior empáfia passou a substituir L em final de sílaba, em palavras como *altar, maldade, vogal*, que o povo pronuncia *autar, maudade, vogau*. O prejuízo de L era incalculável, não só financeiro, porque deixava de ganhar os honorários referentes a essas palavras, mas também moral, porque alguns gramáticos já achavam que, pela lógica filológica, cabia rebaixá-lo de consoante a semi-vogal, o que o deixaria a um passo de ser rebaixado à ralé das vogais. O advogado Til começou a defesa chamando a letra M, que admitiu já estar preparando um processo contra N, também por apropriação indébita das palavras em que M aparece em final de sílaba, por exemplo: *quem*, *também*, *ontem* e *anteontem*. A seguir, chamou a vogal I, que se queixou de E por anulá-la no ditongo *ei* — como em *brasileiro* —, tendo E aproveitado para se queixar de I por substituí-lo no final das palavras, por exemplo em *cidade*, *holofote* e *acepipe*. A vogal O foi também chamada e fez acusação semelhante contra U, dando como exemplo as palavras *dado*, *bago*, e até *verão*, mas U mencionou o prejuízo que sofre no ditongo *ou*, onde seu vizinho O, vizinho e compadre, o obriga a entrar mudo e sair calado, como na palavra *tesouro*. Lá veio então a letra H e revelou que estava con-tratando uma firma inteira de advogados para processar a Gramática Portuguesa por tê-la transformado na letra mais patética do alfabeto, pois, além de lhe ser imposto um voto de silêncio no início das palavras, precisava de apoio de outras letras para produzir som em dígrafos como *ch*, *nh* e *lh*, lamuriando-se: Sozinho não tenho voz, só em dueto. Finalmente, C, S e Z depuseram sobre o processo que iam impetrar juntos contra X, que usurpava de todos eles várias palavras da língua, como *exato*, *extorsão*, *tórax*, e *exceto*, quer expulsando-os da palavra, quer divi-dindo com eles o fonema. Pretendiam exigir da Justiça a condenação de X à morte por crucificação, e que fosse crucificado em si mesmo, ou seja, numa cruz de Santo André, em forma de X. Depois de ouvir as razões de todas essas letras, o juiz, Dr. Gramático Asnático, decidiu que a culpa não era das letras, mas do próprio povo, que fala errado a língua portuguesa. E, para sanar o problema, decretou a criação de uma comissão de notáveis da Academia de Letras para promover, no prazo máximo de vinte e cinco anos, uma reforma ortográfica justa, lúcida e urgentíssima.

Achei alguma graça na farsa de Agamemnon, mas não muita. Ele declarou: Sou literato por puro diletantismo, mas historiador por amor à pesquisa histórica. Você por acaso tem interesse em naufrágios?

A palavra me atingiu como um corisco. Olhei para Agamemnon me perguntando se ele sabia e como sabia do meu infortúnio nupcial. Pois eu tenho, ele disse. Sou um estudioso e, até posso dizer, um especialista em naufrágios. É meu hobby intelectual, que me distrai das gramáticas normativas, das análises sintáticas e das teorias literárias. Passei os feriados da Semana Santa em Nova Almeida, conferindo minhas anotações sobre os destroços de um brigue do século passado que naufragou por ali e que alguns meses atrás foi, digamos, exumado das areias da praia. Ouviu falar?

O BRIGUE NAUFRAGADO

Nesta quarta-feira fiz uma palestra no Instituto Histórico e apresentei um parecer a respeito. Com base no meu fichário relativo a naufrágios em águas brasileiras concluí que a embarcação encontrada em Nova Almeida era um brigue sueco que, na noite de 8 de abril de 1873, procurando refúgio e estando com água aberta, naufragou nos recifes de Nova Almeida. O capitão se chamava Johan Tanquist e a equipagem tinha sete homens. O nome da embarcação era *Norton*, embora conste como *Moston* numa notícia do *Jornal do Comércio*. Mas acabei descobrindo que esse brigue nem era *Norton* nem *Moston*, mas sim *Nurden*, o mesmo *Nurden* que se sabe que passou por Salvador em 1841. Nurden é uma região do norte da Escandinávia, portanto faz mais sentido que o nome inglês Norton. Concluí que esse brigue de fato naufragou nos recifes de Nova Almeida, e como prova da existência desses recifes apresentei um mapa do Serviço de Hidrografia da Marinha. Concluí também que as partes do brigue que estão faltando, como a figura de proa, foram transformadas em lenha ou usadas como material de construção pelos nativos de Nova Almeida. Quanto à tonelagem, ao comprimento, boca e pontal do *Nurden*, não pude avaliar, nem mesmo aproximadamente. Como você deve saber, determinar a tonelagem em função do número de tripulantes é impossível. Tenho registro de vários brigues suecos da mesma época. Um deles, com tripulação de sete homens, igual à do *Nurden*, tinha quase 400 toneladas, enquanto outros, com nove tripulantes, tinham 220, 236, 240 toneladas. Dois brigues norte-americanos do meu fichário, ambos com 660 toneladas, um deles levava seis tripulantes, e o outro, treze. Se você me pergunta que fatores influem pra essa disparidade, como me perguntaram lá no Instituto, são muitos: deserção nos portos de escala, escassez de marinheiros, acidentes e assassinatos no mar, coisa que acontecia com certa freqüência, sem falar no interesse do armador de aumentar os lucros economizando na despesa com a tripulação, mesmo em detrimento do serviço. A princípio o Instituto acreditou, romanticamente, que os destroços encontrados fossem de uma caravela, mas mostrei que isso não era possível. Primeiro, porque a embarcação era forrada de cobre, e essa técnica só começou a ser usada em meados do século XVIII, como todos sabem, e as caravelas tinham deixado de navegar cem anos antes. Segundo, por causa das dimensões. Pude calcular, pelo fundo do casco encontrado em Nova Almeida, que a embarcação tinha mais de **trinta metros**, enquanto as grandes caravelas, como a *Santa Maria*, por exemplo, nunca atingiram mais de vinte e cinco metros.

O pessoal do Instituto ficou muito bem impressionado com meu relatório, que vai ser publicado na revista deles. Pena que não havia muita gente na platéia, só uns cinco ou seis velhotes embolorados, um deles que até dormiu durante a minha palestra, do começo ao fim.

Graciano a Agamemnon: De onde lhe veio esse interesse pouco comum? Já teve por acaso uma experiência de naufrágio? Agamemnon a Graciano: Infelizmente não, mas ainda espero ter: não quero morrer sem primeiro naufragar um dia, nem que eu mesmo tenha de abrir um buraco no fundo do barco. Um irmão meu mais velho é que deu sorte: estava no *Baependi* quando foi torpedeado pelos alemães e afundou com o navio. Você nem imagina a inveja que tenho dele. E você? Não me diga que também já teve essa sorte. Não, respondi, mentindo plenamente.

Fiz bem em mentir. Meu naufrágio, que, por coincidência, também ocorrera em Nova Almeida, não era para servir de pasto às ruminações técnicas de Agamemnon nem muito menos de tema de palestra no Instituto Histórico.

Transitando ali pela rua de terra passou uma moça de corpo muito bem feitinho, pele cor de cal e cabelo de grossas mechas que se coadunavam louras num coque atrás da cabeça.

Devo confessar que não lembro se sei seu nome, disse o professor. Graciano Daemon, respondi. Ele se mostrou surpreso e encantado: Daemon? Então descende, sem dúvida, do grande historiador Basílio de Carvalho Daemon. Acho que sim, respondi. Não ache, tenha certeza, disse o professor. Quem carrega esse sobrenome pode com total segurança dizer que descende de Basílio Daemon e de ninguém mais. Perguntei: Como assim? Ele estranhou: Não conhece a história de seu ilustre antepassado? Confessei que não. Bom, eu fiz um estudinho sobre os nossos historiadores do século passado, você sabe, Misael Pena, Braz Rubim, José Marcelino e, lógico, o seu bisavô ou trisavô, ou o que seja. Pois bem, Basílio Daemon não é daqui da capitania, nasceu no Rio e no Rio começou carreira de jornalista, e só com trinta e poucos anos é que se radicou aqui, primeiro em Cachoeiro, depois em Vitória.

Os romanos, disse ele, dissertabundo, tinham geralmente três nomes. Tomemos o nome de César, Caio Júlio César, por exemplo. Caio era o prenome, Júlio era o sobrenome de família, e César o cognome. Pois bem, meu amigo, é mais ou menos a mesma coisa que temos no caso do seu antepassado: Basílio era o nome, Carvalho o sobrenome, e Daemon valia por um cognome. Sim, porque o ilustre sobrenome que você carrega era um simples *pseudônimo* com que Basílio de Carvalho assinava os artigos que publicava no jornal *Mercantil*, de Petrópolis. E por que resolveu incorporar o pseudônimo ao nome, você me perguntará? Porque descobriu dois ou três outros sujeitos que também se chamavam Basílio de Carvalho. Aí, para não ser confundido com eles, adotou como sobrenome o pseudônimo. Não fosse isso, meu amigo, você hoje se chamaria Graciano Carvalho.

Pus-me a cogitar se a pessoa Graciano Carvalho teria sido muito diferente da pessoa que, Graciano Daemon, me foi dado ser; se teria casado com Alice ou com Júlia ou com uma terceira puta ou com puta nenhuma. Ao mesmo tempo saboreava em silêncio na língua o nome que quase me coubera por força de genealogia: Graciano Carvalho, Graciano Carvalho, Graciano Carvalho: meu genitivo nome que, por capricho de um antepassado, não chegara até mim.

Já considerava possível fazer a justiça de reintegrar ao meu nome o que dele fora amputado, passando a chamar-me Graciano Carvalho Daemon. Isso, porém, era esporte da mente e do coração, não tinha nada a ver com os olhos, que enquanto isso, escapulindo, soltavam-se pelas areias cor de ocre da praia de Manguinhos, onde, àquela hora de fim de tarde, as graxeiras locais tomavam no mar seu banho de assento.

Aí assomou aos meus olhos, a certa distância, a figura de uma mulher vestida de branco, com soltos ao vento cabelos negros.

Imediatamente desocupei-me de fúteis questões de nomenclatura para dar toda atenção à musa à vista. Musa, só? Ela era, vai ver, essa, sim, uma deusa que, vinda do alto pináculo do céu, ali pousara para se fingir de musa. Desejei-a antes mesmo de reconhecê-la, e depois desejei-a mais que em dobro. Interrompi Agamemnon, que já se pusera falando de sua sonhada aposentadoria, para perguntar, embora sabendo, se aquela não é professora do seu departamento. Disse do *seu* departamento, não do *nosso*: não me via ainda naturalizado professor universitário. E indiquei a vestida de branco, com soltos e negros ao vento. Eugênia Aleixo Neto, o professor disse, com uma isca de desgosto na língua. Uma existencialista, se quer a minha opinião, disse ele. E apertou os lábios, encerrando o assunto. Eu, porém: Fui apresentado a ela uma vez, disse, mas o nome me escapou agora. Eugênia Aleixo Neto, repetiu ele. E repetiu: Uma existencialista; ou devo dizer: uma tremenda egoísta? Graciano lembrei-me de uma blusa entreaberta, e no rascunho da mente pus isto em verso:

pelo entreaberto com o olhar entrei aberto
para ver o branco de neve de um peito,
um peito bem-nascido e bem-crescido,
visto e olhado até o broche do bico.

De mulher esqueço um nome, mas não esqueço um peito. Mas não um cabelo. Mas não um andar. Mas não — e por aí afora. E ali estava ela, a mesma essa Eugênia, olhando de cima para baixo o mar de Manguinhos prosternado diante dela. Cingiam-na outras duas que três pessoas, e com a mão apontavam todas juntas alguma coisa — o quê? — lá no risco do horizonte. Lúdicos golfinhos? Transeuntes navios? Vislumbradas áfricas? A seus pés o contexto de areia e água: a areia cor de ocre, leito de algas marinhas e latas de cerveja, e a enorme água do mar, onde os olhos bebem e bebem e morrem de sede de tanto olhar. E Eugênia estava ali, e no peito me deu um não sei quê de amor por ela, e aquele corpo bem-nascido desejei, por amor, saborear.

Agamemnon: Pois ela é uma das grandes parasitas do nosso departamento. Tem horror a dar aula. Só quer saber de pesquisa, comissão de alto ou baixo nível, coordenação disso, coordenação daquilo. Aula que é bom —

Eu estava à procura de um nome e achara: Eugênia. Faltava-me apenas estender a mão para colhê-lo como fruta. Assim, já ia abrindo a boca para me despedir do professor quando aí foi que chegou quem era inesperado.

RAPSÓDIA 3
SR. EUGÊNIDES

Chegou quem? Um velho já contíguo dos sessenta, ou talvez de sessenta e supra, descambando firme rumo ao ocidente da vida. Cabelos cândidos dançavam, fímbrias deles, sobre o crânio cor-de-rosa. Vinha de bermudas: joelhos murchos, pernas áridas. Sandálias nos pés macilentas, artelhos unhas mostrando afiadas. Veio logo cobrindo o professor de uma rajada de perguntas: Ó culto Agamemnon, que peixe é esse que você pescou aí, me diz? Será um verde badejo de largas estrias, uma bela garoupa ruiva, ou um desses nobres robalos de cor de chumbo e de bico fino? Ah, que seja um robalo, que o próprio nome me autoriza a roubá-lo de você.

Visível o desagrado do professor diante do advento do velho; decerto não queria com outrem subdividir os meus ouvidos. Secamente o cumprimentou e apresentou-me de raspão e daí emudeceu. Nem me disse o nome do venerando velho para eu aprender de cor e salteado. Graxeiras e mar ficou olhando, mar e graxeiras, num silêncio que não lhe caía bem. Abismando-se em si mesmo, vingava em sua própria pessoa a intrusão do outro.

O velho, porém, não perdeu tempo e plantou raízes. Apertando-me a mão entre as dele e retendo-a ali, perguntou perguntas logo várias sobre mim, se eu vinha de Vitória, nascera em Vitória, morava onde em Vitória, pretendia até quando ficar em Manguinhos. Ciscava as minhas respostas para extrair dali novas perguntas: Quem são os teus pais e onde moram; em casa de quem está hospedado; como chegou aqui, de barco, de carro ou de ônibus, pois não creio que chegou até aqui a pé. Por fim perguntou que tal Manguinhos eu achava. Bucólico, eu disse, eximindo a mão da jaula das dele, e ele: Bucólico? Não, não. Manguinhos é mais que isso. É bucólico, é geórgico, é sáfico, lírico, poético-dramático, elegíaco, epitalâmico, satírico, homérico — o que você quiser.

Informou que tinha um chalé em Manguinhos, perto da ponta dos Fachos — Espero o prazer da sua visita. Aí olhou-me diretamente de esguelha, se é que isso é possível, e desferiu em vernáculo uma lacônica pergunta: Viajado? Respondi por alto, sem me estender muito, mas minhas mirradas respostas ele as recebia com tal entusiasmo que me agarrava a mão e apertava e sacudia, como se cada palavra minha merecesse efusivos parabéns. E quando soube que eu conhecia um ou dois idiomas além do nosso, aí que seus louvores centuplicaram de intensidade: Ah, jovens com as suas qualificações têm de ser muito bem aproveitados como gerentes de grandes empresas ou então chefes de seção na alta administração pública! Quantos presidentes de assembléia, quantos empresários de sucesso, quantos secretários de governo, dariam as mãos direitas, dedos e unhas incluídos, pra contar com a assessoria de jovens brilhantes como você! Se quiser, meu amigo, posso, e faria isso com prazer, posso usar de minha modesta influência em benefício de seu avançamento, apresentando o homem certo às pessoas certas, que não deixarão de se encantar com suas prendas e qualidades, como estou me encantando eu. Porque eu, meu jovem, vejo muito pouco mérito no mundo e, o que é pior, o gênio muitas vezes ser preterido em favor da mais grossa mediocridade, e por isso me deleguei a missão de ajudar quanto puder os jovens de talento como você. Mas que é isso, Eugênides, conteve-se a si próprio, não ponha o carro adiante do boi. Pode ser que o jovem já esteja muito bem colocado em cargo no nível de seu merecimento. E, impertinente, perguntou em que que era que eu trabalhava.

Eu disse: Em nada. O Sr. Eugênides, incrédulo: Não trabalha? Eu: Não. O Sr. Eugênides: Mas então este seu humilde servidor aqui talvez lhe tenha caído em linha reta do céu... Agamemnon acudiu enxerido: Não trabalha ainda, mas logo vai trabalhar. Graciano é professor da universidade, já com contrato assinado, e vai dar aula no nosso departamento a partir de agosto.

O Sr. Eugênides alegrou-se por mim: É mesmo? Folga-me saber! Conheço muito toda aquela gente: professores, alunos, funcionários, pernilongos e caranguejos. Conheço um pouco de tudo que a universidade contém, fauna, flora e minerais. Pessoal muito avançado, cabeças ótimas. Nem todas, é claro, corrigiu-se, batendo o olho sobre Agamemnon. Mas ontem mesmo... Conhece, são professores lá, conhece Espíntria e Pompônio? Quer dizer, Espíntria é professor, Pompônio é outra coisa. Conhece não? Uns amores. Festa ontem, na casa deles, aqui em Manguinhos. Conhece não? Leciona o quê, Espíntria, ai, ai, ai, esqueci. Não lembro a cadeira que ele dá aula. *Disciplina*, Agamemnon disse, olhando fixo para as ondas numerosas que, sequazes umas das outras, vinham todas solver-se na praia. O velho disse: Disciplina? Vade retro! Sou militar não; xô, disciplina! Não é isso, esclareceu Agamemnon. Com a reforma do ensino superior, na universidade agora não tem mais *cadeira*, tem *disciplina*. Contraolharam-se os dois um momento. Depois o velho fez com as mãos um gesto de leque: Não tem mais, disse, cadeira na universidade? Então onde se sentam os alunos? E, raspando da garganta uma risada, Ah, exclamou, que me importa se se sentam numa cadeira ou numa disciplina?

Esse foi o momento em que retorqui os olhos para olhar Eugênia e vi, num piscar de surpresa, que já não residia ela ali ao meu alcance da vista; soltei os olhos, para um lado e para outro, até que a vi, lá longe, se afastando mais a comitiva sua rumo ao sul pela praia: cheguei a fazer um movimento para segui-la, mas o venerando velho reteve-me pelo braço.

Sou, disse ele, homem antiquado e conservador, natural de São José do Passado, na fronteira ocidental da província, portanto, como passadense que sou, insisto em dizer cadeira, ou cátedra, melhor ainda. Disciplina é coisa de caserna. Cátedra não. Tem a ver com *catedral*. Dá idéia de pompa, austeridade, liturgia. Universidade é uma catedral, ensino é uma religião ortodoxa. Ou devia ser. Aí, cutucando o peito de Agamemnon: Não me diga, disse, que professor não é mais chamado de catedrático. Agamemnon respondeu que o catedrático fora substituído pelo professor titular. Ah, gemeu o outro, *titular*? Que pobreza de espírito! Chamar alguém de catedrático é mais solene, mais honroso. Parece um título de nobreza. Essas coisas convêm à dignidade humana. Existe então neste país um complô oficial contra a dignidade humana? Pois onde foram parar as honrarias de antigamente, as pompas, as regalias? Foi tudo embora, primeiro com a monarquia, depois, com a missa em latim. Se o latim voltasse às igrejas, tio Deus me veria lá novamente; aliás, tio Deus se veria a si mesmo lá novamente. Tradição é coisa muito importante pro ser humano. Ritual. Cerimônia. Símbolo. Coisa que se faz já nem se sabe mais por quê. Não vê os ingleses, com aquelas moedas todas, libras, coroas, soberanos, guinéus, xelins e, com perdão da palavra, pênis? Você dirá: pra que tanta moeda, só serve pra complicar as coisas: não tem sentido. Mas é isso mesmo: a falta de sentido é que dá sentido às coisas pra elas serem feitas. Até a vida: a falta de sentido da vida é que dá sentido à vida. Não acha assim, meu jovem? Estão acabando com as tradições, estão esvaziando o ser humano cada vez mais. Estamos secando por dentro, na alma. Precisamos regar a alma com a poesia dos símbolos. Precisamos fazer mais gestos, mais sinais, criar mais códigos, mistérios. Fazer voto de silêncio, jejum, abstinência de carne não só na sexta-feira da Paixão, mas em todas as cinqüenta sextas-feiras do ano. Comer peixe com talher de peixe. Bendita etiqueta! Civilização está toda na etiqueta. Ah, tudo isso enriquece a vida do homem, ajuda a encher o cérebro do homem com coisas que são úteis exatamente porque são inúteis. O homem precisa do fútil e do inútil. Isso nos distancia ainda mais dos irracionais e nos aproxima dos deuses.

Já eu cogitava se devia ou não sugerir ao velho que lesse a trilogia de *Gormenghast*, de Mervyn Peake, quando Bobagem, tudo bobagem, resmungou Agamemnon. A história é dinâmica e não anda pra trás que nem caranguejo. Nada é estático na história, nem retroativo. E seu pensamento é contraditório. Quer respeitar a tradição? A tradição começa no homem de Neanderthal. Que que você acha de morar numa caverna, comer carne humana e passar a vida inteira sem escovar os dentes?

Retrucou o velho: Você, meu caríssimo, você não passa de um materialista ateu, você não acredita no ser humano, não acredita nos deuses, vive aí remoendo a angústia de não saber o que fazer com sua própria humanidade. Quer um conselho? Assume o seu papel de homem e faz tudo que sua humanidade lhe pedir, ou seja, tudo que for absurdo e sem sentido, tudo que for a inversão das normas e das convenções. Se queres ser perfeito — e quem não quer? — vai, joga fora todas as normas e convenções, depois vem e segue-me. Diz coisas contraditórias, como eu faço, pelo simples prazer de ser contraditório. Sou um anarquista da palavra e do pensamento. Por isso me considero um poeta, sem escrever um só verso. Eu vivo em poesia, você vive, ou tenta viver, em prosa. Eu vivo certo por linhas tortas, você vive errado por linhas certas. Ai, que coisa mais sem graça que você é! E, puxando-me a mim, Graciano, pelo braço, disse: Vamos, meu rapaz, deixemos de lado esse velho pessimista, esse inimigo do gênero humano, e vamos tratar de coisas poéticas, que já senti que você é dos meus.

Lancei a Agamemnon um olhar que dizia: Só vou porque me raptam. Mas a verdade é que, indo em companhia do velho, eu ia meio feliz por ele me raptar da companhia do professor, que vinha me impingindo sem trégua a sua vã filologia. E o velho, embora viscoso, parecia mais original, mais literário. Segui caminho com ele, que me levou pela praia abaixo até ficarmos cara a cara com o mar a cântaros. Pouco se lhe dava enxurrar de água salgada as demóticas sandálias. Mantinha sobre o meu ombro uma das mãos, as unhas por circuncidar, e o hálito senil no meu ouvido. Graciano, Graciano, arrulhava ele, saboreando meu nome no saco palustre da boca, untando-o de saliva espessa. Meteu a mão no bolso das rotas bermudas e retirou-a farta de uvas passas. Ofereceu. Recusei. São importadas, disse: abre o biquinho. Recusei. Pôs-se a papar ele próprio aquele acepipe, cuspindo os caroços n'água salgada. Perguntou: Gosta de ler, Graciano? E ele mesmo respondeu: É claro que gosta, Eugênides: sendo da universidade, como poderia não gostar de ler? Gosta, então, de boa literatura? Respondi que sim. Mas não podia ser diferente, disse ele: eis aqui um verdadeiro intelectual, uma alma sensível. Um achado neste fim de mundo, um tesouro pra outra alma sensível como eu. Mas seria esperar muito da Fortuna, não seria, você ter lido Petrônio? Já leu Petrônio, o árbitro da elegância?

Sei que deveria ter mentido. Sei. Senti. Mas vaidade me veio à cabeça e, fosse como fosse, eu tinha não só lido Petrônio, e mais de uma vez, como também assistido ao filme de Fellini. Ridículo dizer que não. Então disse que já. O Sr. Eugênides se embeveceu, e minha vaidade sorriu satisfeita. Meu rapaz, disse ele, você me caiu em linha reta dos céus, me caiu do Olimpo, qual um Ganimedes! Pérola rara, você. A Fortuna está sendo generosa demais para comigo! Mal posso crer! Já leu *Petrônio*! O que prova que você é pessoa culta e sensata, além, é claro, de ter a mente aberta. Porque você há de convir, meu rapaz, meu Graciano, que Petrônio não é livro pra gente tacanha. Não é à toa, me perdoe a imodéstia, que o *Satyricon* é meu livro de cabeceira! Não: meu livro de *travesseiro*! É a maior das obras-primas, pra mim. Não me canso de ler, em tudo quanto é língua, português, espanhol, até latim, sem saber latim, mas é como se soubesse: Num alho de gênero, furaram declamadores inquietando... Ah, quem me dera Roma antiga, Roma dos imperadores, dos legionários, dos escravos de todas as cores, do senatus populus e do alea jacta est. Ah, quem me dera uma boa máquina do tempo que me concedesse um ano de Roma antiga, eu senador, vestido de toga, pince-nez no nariz, coroa de louros na cabeça, asinhas nos calcanhares.

Inclinou-se para colher da úmida areia uma alga verde-clara, de que histriônico cingiu a velha cabeça como laurel. Ah! Eu dono de escravos e mais escravos, tudo ali em volta, nuzinho em pêlo, à espera de um estalar de dedos pra atender os meus caprichos: escravos sírios pra me depilar, escravos núbios pra me abanar, escravos gregos pra me recitar poesia, escravos germânicos pra me pôr uvas e figos na boca, e o mais chiquitinho deles todos pra me aquecer de noite na cama, sem falar na cabeleira dos gauleses pra me enxugar as mãos. Nasci atrasado dois mil anos, meu rapaz. Meu consolo é Petrônio. Meu livro de travesseiro. Onde vou eu, Petrônio vai junto. Não acredita? Provo. Vamos até a ponta dos Fachos, meu rapaz, vamos até meu chalé, que eu te mostro. Você pode vasculhar meu quarto, não vai achar outro livro a não ser minha edição de luxo de Petrônio, editada em Portugal, ilustrada, feita pra saborear página por página! Você vai gostar. Primorosa! Ah, já leu mesmo Petrônio? Mal posso crer. Ah, quero ouvir sua opinião sobre cada parágrafo, cada cena! Encólpio, o menino Gitão, que personagens. E o poeta Eumolpo? Sou eu: me vejo nele, escarrado e cuspido. Ah, vamos jantar juntos, meu rapaz, só nós três: eu, você e Petrônio. Vamos varar a noite conversando sobre o *Satyricon*. Nem vamos sentir a noite passar, nem vamos acreditar quando a Aurora com seus róseos dedos entrar de mansinha pela janela e iluminar os lençóis da cama!

Aí que aviei dizer ao velho glutinoso que não podia jantar com ele, porque, menti, já tinha compromisso. Vou jantar com uma amiga, eu disse. Ele abriu um semblante de desalento e deitou palavreado: Impossível! Cancela! Não podemos deixar passar em branco este nosso encontro. Explica à sua amiga e ela entenderá. Nós devemos isso a Petrônio, devemos isso um ao outro, leitores e admiradores que somos de Petrônio. O destino não teceu o nosso encontro só pra em vinte minutos cada qual ir pro seu lado. Não, não! Tentou aliciar-me a dar-lhe a mão, mas não cedi. Sua amiga, onde está ela? Me leva, quero falar com ela, quero explicar, ela entenderá, sensível como só pode ser, que a noite hoje é minha e sua e de mais ninguém! Perpassando o braço sobre o meu ombro, com dedos linguosos começou a degustar-me a nuca e as orelhas. Não pude mais desentender. Pus-me fora daquele contágio e, com voz máxima, gritei: Está pensando o quê? E gritei: Está pensando que eu sou *veado*? Ele teve pressa em replicar que não, veado não, que termo é esse! Frater, frater, é isso que vejo em você: irmão, irmão gêmeo da minha alma, da minha alma viúva e solitária! E estendeu as mãos para mim em gesto dramático que a coroa de algas na cabeça tornava ainda mais ridículo.

Senti ódio do venerando velho por querer angariar-me o corpo para seus torpes bel-prazeres.

Ele ainda tentou catequizar-me com um alúvio de argumentos: Os melhores homens da antiguidade grega e romana se entregaram a essa paixão. Os melhores poetas cantaram esse tipo elevado de amor. Nos nossos dias modernos progride e se desenvolve em todos os países esclarecidos, entre as figuras mais refinadas: artistas plásticos, escritores, poetas, gente de cinema, críticos de literatura, músicos eruditos e até professores universitários. Entre as figuras mais pitorescas: trapezistas, vendedores de quebra-queixo, espadachins, jogadores de futebol, cossacos, gondoleiros, índios cheienes e guaranis, príncipes de Mecklemburgo. Personagens históricas, você ficaria espantado de saber quanta gente fez parte dessa corrente desde os tempos de Adão, inclusive Adão: e tudo muito bem documentado. É uma nova religião, uma nova estética, uma nova filosofia, uma novíssima ordem, com inúmeras vantagens para a civilização, entre as quais citarei a queda das taxas de natalidade, com benéficas conseqüências sobre o ensino, a saúde, o empreguismo, a segurança pública. Esse amor prova a sabedoria e a previdência da mãe natureza, pois é uma fórmula decente e sofisticada de reduzir a população do planeta e garantir uma vida melhor pra todas as pessoas. Sem esquecer o prazer, o inefável prazer, o maravilhoso prazer, que só no corpo do macho humano, obra-prima da natureza e auto-retrato da divindade, se pode experimentar!

Virei as costas e deixei-o plantado na areia, com suas sandálias marejadas, e fui saindo andante pela praia. Deixei-o realejando coisas ao vento: Vai-te em paz, minha pérola, não guardo rancor! Vai-te em paz, e seja sempre feliz e potente no amor, sempre, sempre, com quem quer que seja sempre feliz e potente no amor, pérola minha, delicinha minha, diamante meu do dia e da noite!

RAPSÓDIA 4
areias

Liberto enfim dos dois tagarelas, a salvo das malhas de seus discursos e circunlóquios, lá fui indo rumo ao sul, calcando o tapete de grãos de areia que se desdobrava infinito sob meus pés. As castanheiras à margem da estrada louvaram meu gesto regendo uma sinfonia de cambaxirras, sabiás, curiós e outras aves cantrizes. Senti-me, eu, feliz, e festejei versificando na lousa que levo instalada dentro da cabeça:

> Daí, sem nenhum sequer olhar para trás,
> com bons ventos pelas costas,
> parti por sobre areias nunca dantes trafegadas
> em viagem de conquista da Mulher.
> Sem perder nem mais nem menos tempo algum,
> compenetrei-me todo à cata de,
> à cata de quem
> à cata de quem senão
> a sem a qual não —
> A única, a mais única das mulheres,
> por quem me fazia andarilho e peregrino,
> cabeça cheia, sobre os ombros,
> de desejos amorosos e versos de amor.

No caminho com alguns cruzei pescadores que vinham do sul. Eram três: dois adultos e um menino: e um mulo operário os acompanhava, carregando ao lombo dois samburás cheios de pescado. Os adultos — um velho e um moço — saudaram-me por via de sorrisos. São amistosos os manguinhenses que gostam de remos. Sorri também. Passaram. Lá foram rumo à vila. Legaram-me as pegadas de seus pés — e, no caso do mulo, de seus cascos, e mais, também no caso do mulo, um rastilho de roliças pelotas de bosta, postas ali para a maré burilar até convertê-las em seixos, em conchas, em preciosas pérolas.

Prossegui viagem pisoteando areias sobrescritas. No imo do coração levava o trunfo da decisão tomada. Pois se me fosse podido eleger a amante quem me dera daquela noite manguinhense, meu voto seria dela, da amena Eugênia, meu voto e o do meu membro viril, que votamos sempre, a cada eleição, no mesmo partido e na mesma candidata. Versos jorravam do chafariz aberto em minha mente:

>   Diamante da minha noite,
>   da minha uma noite em mil,
>   é a ti que eu quero querer,
>   só a ti só, a mais ninguém sequer.
>   Em ti é que eu quero afogar
>   as minhas más miniscências,
>   as minhas piores cordações;
>   em ti é que eu quero esquecer
>   o noivo que fui e que não fui,
>   o marido que mal cheguei a ser,
>   a noiva em branco, a esposa desmaridada,
>   por entre alvos lençóis abandonada,
>   para afogar-se no naufrágio da primeira noite,
>   da primeira viagem, e última.

Ouvindo talvez telepaticamente a palavra diamante, abordou-me um estranho nativo de olho de jade e barbicha emaranhada de nós — seu olho verde me fez relembrar a papua, de quem talvez fosse aparentado. Trazia uma das mãos trancada à chave e, abrindo-a, espalmou-me diante dos olhos uma jazida de pedras aparentemente preciosas. Explicou que umas eram do sexo masculino, outras do feminino, e propôs vender-me algumas delas, bem negras, que alegou serem diamantes muito raros, colhidos em caverna só dele conhecida — aos quais dera o nome de lincúrios. Mais pareciam pedras polidas, de modo que recusei polidamente, dizendo: A pedra preciosa que estou procurando é outra. Macho ou fêmea, perguntou ele. No que hesitei, ele perguntou se era uma driite que eu estava procurando, ou uma dendrite, ou uma crina de Vênus, ou então um drosolito, que começa a suar quando se chega ao fogo — ele também essas vendia. Respondi que não. Será então, insistiu ele, uma sagda, que é da cor de alho porro e tem o poder de atrair o pau? Não, eu disse — mas que pau? Madeira, esclareceu ele; e, como bom vendedor, citou mais algumas pedras de sua lavra: fise, nócia, múcula, melicloro, sardônix e glossopetra, que parece língua de gente. Recusei-as todas: Estou à cata de uma eugenícia; sabe onde posso encontrar? Disse ele, cofiando da barbicha os nós: Uma eugenícia? Posso conseguir umas duas ou três pro senhor. Repliquei: Duas ou três como, se só existe uma no mundo inteiro?

Lá fui eu andante pela praia rumo ao sul, por conseguinte na direção em que a amena Eugênia tinha ido com toda a sua seqüela de duas que três, certo de que eu chegar até ela era só uma questão de tempo e de areia: uma questão de ampulheta. Já me antevia diante de Eugênia, comutando os primeiros sorrisos e as primeiras e planas palavras. Já nos antevia, a ela e a mim, entretidos um no outro, pés imersos no molho de água e espuma e alga e sal e areia. Já me antevia fisgando-a no anzol de um convite para jantarmos os dois juntos aquela noite mesma. Recusar-me? Recusar-me como, se fêmea não nasceu ainda a que há-de — a não ser aquela meretriz de longas pernas que fazia ponto em Vitória na calçada noturna dos Correios.

E versos o tempo todo borbulhando do meu cérebro enamorado:

> Como será? Em que onde lugar?
> Em que quando momento?
> Em que modo de que modo?
> Não há prever.
> O alfa de um amor
> pode vir de maneiras tão tantas.
> Pode vir de mão entre mão,
> de pé ante pé,
> no desvelo da flor ou na dor de cotovelo.
> Pode vir no abril dos olhos;
> no desmaio da voz;
> no contragosto de um silêncio.
> Na tona de um beijo azeitonado.
> Como será de ser entre ti e mim?
> Hein?
> Amor é âmbar e tâmara, é doce, é açúcar, é mel.

Ia essas coisas pensando todas em minha cabeça, em forma de verso ou de prosa, e todas achando elas possíveis, e ao mesmo tempo andando sempre em direção ao pólo sul, deixando pegadas na areia as minhas, descalças, para o mar tomar.

No entremeio das verdes algas vi uns peixes planos, corpos nus, olhos fixos, olhos que nem na morte se dignam a fechar, pois não há como: então olham, com afinco olham, mas é um nulo olhar, um olhar sem ver sequer o que um cego vê.

Enquanto mais me afastava da vila, mais rarefeita de gente se ia mostrando a praia. Duas pessoas aqui, pescando, uma ali, nadando, e lá mais nenhuma. A não ser essa moça de blusa azul e pernas compridas que óbvia me vinha vindo do sul e que, ao passar por mim e eu por ela, me impingiu um olhar.

E lá se foi. Virei a cabeça para olhá-la, no exato momento em que ela fazia o exato mesmo. Senti que chegou quase a parar; que pararia se eu parasse. Fiel à amena Eugênia, porém, continuei o meu caminho.

Andei mais além até à primeira próxima curva da praia e, dobrando-a, ali me detive. O vento continuava barlando de nordeste. A praia se estendia, enseada, asseada, até a ponta dos Fachos. Mas eis aí ninguém a não ser eu. Sim, era eu só no largo lar da praia; eu e o mar; mar esse que ia sorvendo a praia aos goles, engolindo as areias, querendo como projeto de vida chegar aos cabeços da praia, aos pés dos pés de abricó.

Um bando de andorinhas perpassou nadando no ar. Sentei-me na praia e tive de admitir: Perdi a perdiz.

Ocre era a cor daquele pélago de areia. Ocre é também um dos sete títulos que disputam dar nome ao meu belo poema em curso, assim como sete antigas cidades disputavam o honroso título de berço de Homero.

A única mais que única das mulheres,
a uma só e única a quem quero e venero,
está ausente neste ocre todo de areia:
fugiu em busca de asilo político
que a salve e guarde
do regime totalitário do amor.
Perdido dela, perdida a perdiz, naquele irremédio,
sirvo, ocular, de testemunha
ao trivial e variado mar:
o mar das cinco horas, montante,
espumando suas ondas para meu ver.
Em que onde se esconde essa mulher?
Aos quatro ventos lanço
a pergunta dos meus olhos e do meu coração,
mas nada nem ninguém me responde
em que onde se esconde —

Fiquei ali, residente sobre a areia, olhando as ondas redundantes. Fiquei ali me cruciando. Por que não saí à caça de Eugênia no momento exato mesmo em que a vi? Eis aí no que deu perder tempo com velhos esponjosos. Punia-me então com aquela inércia, aquele esquecimento das horas, aquela conversão em um ser sem vontade própria: sem vontade de penetrar nas ondas balneárias, nem de retornar à outra solidão que deixei, à minha espera, na bem construída casa de Cristácia.

Mas Vênus tira, Vênus dá. Eu naquilo, vi avultar-se ao longe a figura da moça, aquela mesma, de blusa azul, que passou por mim com um olhar-me. Vinha voltando para o sul; vinha voltando para mim.

Vinha mas custava a vir. Adivinhava que, vindo, não sairia ilesa de lanhar o corpo no aço inoxidável dos meus olhos, nem muito menos de ferir o corpo no corpo-a-corpo de embates venéreos. Embora o quisesse — para isso voltava —, trazia também consigo o oposto do desejo, a vocação para a ilha deserta da castidade. Eis daí por que, entre demoras, suclinava-se a catar do chão umas conchinhas ou detinha-se num momento de onda para serem as pernas molhadas e os joelhos. E, quando vinha, vinha andando a passos graduais, sem partícula de pressa neles. Eu sabia que de todos aqueles gestos Graciano era a causa. Ela cumpria o seu número, como fêmea, apascentando o meu desejo. Não podia abdicar de fazê-lo. Minha presença demolia toda a possível inocência de seu passeio. Estavam nela todas as mulheres do mundo, e em mim todos os homens, ali, na praia deserta, cinco e tanto da tarde, à luz ocidente do sol. Se eu me erguesse dali e fosse embora, fazer isso seria fraudá-la do direito de se ver olhada e desejada. Seria violar as regras do jogo, seria sair do teatro, espectador, no prólogo da peça; seria pecar por insulto contra todo o gênero feminino. Não. Não seria eu, Graciano, a ser capaz de falta tão grave.

A moça, mudando de atitude, repentina sentou-se na praia, a alguma distância de mim, e de lá se pôs a olhar de lá para cá, petulante, enquanto as mãos brincavam com polens de areia. O que ela queria era que eu fosse até lá, tomando a iniciativa da conquista. Indeciso, porém, entre a pássara voando e a passarinha à mão, decidi protelar-me ali, dando ao tempo o tempo de quem sabe Eugênia aparecer — mas sempre que olhava para o sul só via era água e areia e sempre que para o norte lá estavam aqueles olhinhos vocativos sobre mim.

Vai lá, homem, aconselhei-me; Eugênia por ora está intermorta; ou será que você não quer ter depressa aquilo que deseja, nem lhe agrada uma vitória na bandeja?

Nas areias da mente rabisquei estes versos:

> Dos vossos atributos, mulher, só queria uma coisa:
> o direito de ser quem a quem se pedem mão e corpo.
> Como cansa o dever de ser ativo,
> de dar início ao jogo, de dizer a primeira palavra.
> Como cansa o ritual de ouvir

o não retórico, o não da língua
e não do coração, o dito não, mas não sentido:
como cansa o ônus que me cabe, homem que sou,
de virar pelo avesso o não vosso de cada dia
e convertê-lo em sim —
ou em pois não.

Mas nisso o que é isso? O que vêem os meus olhos? Vêem que a moça, contra todos os prenúncios, de inopino se ergue em azul e se evade da praia para a estrada, esvoaçante. Surpreso, mal tive tempo de perdê-la de vista. Violava, ela, as regras do jogo; saía do teatro, atriz que era, no prólogo da peça; pecava por insulto contra todo o gênero viril. Atônito fiquei: atônito pensei: que foi, que não foi? Na hora da vindima o medo lhe teria superado os palpitantes desejos, levando-a a procurar os cabeços da praia para dali captar a estrada e raptar-se de mim? A nostalgia da castidade teria sido mais forte que o desejo do estupro?

Tristeza adere a mim outra vez. Ali me deixei largado, coração inane, naquele paradeiro, esperando minhas mãos cansarem de brincar com minúcias de areia, esperando meus pés terem fôlego, terem energia, para sustentar minha ignóbil retirada. Mas não os apressava. Ir embora para onde, eu? Me sentia tão infeliz nessa arenosa vila de Manguinhos, destituto de tudo. Senti um tique de vontade de sair pela praia dando cambalhotas quixotescas, cabeça para baixo, pés para cima, para ver se dissolvia as cólicas de melancolia que me agrediam a alma e atormentavam as tripas.

Mas Vênus retira, Vênus redá. Eu naquilo, triste e frustro, eis quando de sub-repente alguma coisa bateu-me na parte de trás da cabeça e caiu na areia a meu pé. Aturdido pensei: Que será isso — pedra? Mas o herói colhe na mão o projétil e vê que é o quê? Uma fruta: um abricó. Um abricó roliço, com cabinho e tudo. Um desses frutos acrósticos, nem amarelo ainda, mas em sua vez de verde. Liso e duro; mas com um sinal na cútis de que o morderam pequeninos dentes. E me lançado alguém tinha aquele pomo à traição contra a cabeça. Ergui-me para olhar quem — temendo ver por ali o velho Fancho Pança, também conhecido como Sr. Eugênides. Mas não: olhei ainda a tempo de ver a moça de azul correndo esconder-se atrás de um pé de abricó, do outro lado da estrada de terra que margeia a praia. Deu para ver até o seu sorriso facínora. Ei-la agora ali, semi-oculta pelo pé de abricó, brincando de ninfa concita fauno. Atraiu-me o jogo. Reconstituído em pé, atravessei o tapete de capim-da-praia e, uma vez na estrada, ocorri em direção à árvore. A moça, no que me viu vir, deu um grito de emoção — que de longe vi mas não ouvi — e azulou até outro pé de abricó, gordo e espaçoso, e se escondeu inteira atrás do tronco. Corri até lá, mas, em lá chegado, quem disse? Atrás do tronco não havia ninguém; muito menos a moça. Seria ela uma visão, a aparição diurna de um fantasma — o fantasma de uma afogada, por exemplo? Recusei crer. Fantasma pegadas não deixa assinadas em areia de praia. Perquiri atrás de algumas moitas que viviam à toa por ali, mas nem sinal de azul. Às moitas sucedia uma cerca que dava para o quintal de uma solitária casa. Achei que ali é que, não sei como, a ninfa entrara sem que eu visse. Era uma bem construída casa, grande e quadrada, varanda na frente e redes na varanda, mas na varanda ou nas redes ninguém. E como poderia ter a diabinha atravessado aquele quintal sem que eu visse?

Mas aí caiu na minha cabeça, de suave modo, outro abricó.

Ergui o olhar. Lá em cima estava a moça, sorrindo arborícola para mim. Estava de pé sobre um dos galhos transversais da árvore, enquanto as mãos se atinham seguras aos ramos pouco acima da cabeça. De onde embaixo dela estava era-me dado ver por entre o azul as pernas compridas da trapezista, as coxas morenas. Desce aqui, desce, eu disse, fazendo sinal à moça com o dedo. Ela meneou a cabeça que não e lá em cima ficou. Ficou e começou a lançar sobre mim outros frutos que ia tirando dos ramos, obrigando meus braços a defenderem-me como escudos. O pé de abricó é das árvores que mais se prestam ao trânsito de pedestres, com seus galhos grossos e rugosos que, estendendo-se horizontais, formam verdadeiras pontes aéreas. Comecei a subir pelo mastro do tronco feito marinheiro até atingir a verga em que a moça estava. Soltei uma interjeição de triunfo — por sua vez, ela sorriu às gargalhadas. Eu ri também, e me senti faminto e voraz. Vendo-me caminhar pela verga, ela começou a recuar, a recuar, pé após pé, até chegar à ponta. De repente, agílima, a danada dríade se agachou no galho, depois se dependurou pelas mãos e se deixou cair na areia frouxa lá embaixo. Caiu em pé, acrobática, e raspou-se num currículo de volta à praia. Saltei também lá de cima, do mesmo modo, e me pus em seu encalço.

A GAZELA E O LEOPARDO

A gazela corria azougue pela areia em direção ao sul, comigo e o vento nos calcanhares. Corria pela areia seca, embora fofa, para evitar o movediço da areia úmida, em que o pé afunda como em pântano. De vez em quando olhava para trás e, vendo o caçador, soltava um grito gutural e parecia correr com ainda mais céleres pés, alados. Mas eu sentia que a distância entre nós ia minorando. Corríamos cada vez eu mais veloz, ela menos. A camisa azul, enfunada como vela, será que a retardava, ou ela mesma começava a cansar, ou simplesmente já queria ver-se caçada e presa? Sei lá. Sei que eu me via leopardo atrás de gazela, pronto a saltar e derrubar e devorar. Já estava quase a alcançá-la, vizinho de enlaçar-lhe a cintura, quando ela desviou e correu direto contra as ondas. Enlaçando o vazio do éter, o leopardo caiu de focinho na areia. Mas ela, a gazela, também já não agüentava mais. Cansada em seu cansaço, lá adiante abateu-se caída de joelhos fincados na areia úmida para depois tombar de bruços em terra. Fui rastejando até ela e me espraiei a seu lado. Ondas vieram espúmidas molhar-nos corpos e panos. Arfávamos, nem falar podíamos, só rirmos. E ríamos aos arpejos. Doíam-me as guelras.

Ei-lazinha à minha mercê, quiescida,
nas areias enxurradas,
rindo do cabelo aos pés.
Nós ali, no anfiteatro de areia, mudos,
o leopardo e a gazela,
ofegantes em nossas guelras —
e o mar, como um cão,
aproveitando o ensejo
para salgar-nos os corpos
a largos demãos de língua.

A ninfa, reparei, não deixava de até bem que ter suas graças. Pelo que vi, se por um lado o cabelo era crespo e sublouro, por outro o corpo era tenro e submisso. Era bonita de joelhos e coxas, e tinha um pé esquerdo e outro não. O rosto era simples e os olhos de amêndoa. Não era nem seria jamais uma obra-prima de mulher. Se ganhava da papua, que o que tinha para dar ou vender era a mais primordial carnalidade, essa moça, comparada a outra ninfa regional, a filhota de Cristácia, perdia longe, por tudo que de divino e luminoso se via a olho nu na magnífica lourinha. Comparada a Eugênia, perdia ainda mais longe, por tudo que Eugênia tinha de bela e de fera, de mulher feita e escolarizada, sem pejo nem medo de nada. Mas por ora daquela dríade bem que valia a pena ter corrido atrás. Era o que era, a pomba na mão, e Eugênia a perdiz no ar a voar. E era de idade sobremoça: uma infanta: pode ser que não tivesse ainda nem os vinte anos. Quem sabe nem os dezoito. Talvez nem mesmo os dezesseis. Uma virgem, pode ser, quem sabe, talvez — prato feito para Graciano o donzelador.

Ora só, pensei: venho em busca de Eugênia e encontro essa aí zinha, que se faz toda oferecida. Aquela capitulação me trouxe um súbito desalento. De mim pensei para mim: você não quer ter depressa aquilo que deseja, nem lhe agrada uma vitória na bandeja? Pois na bandeja ela estava, pronta para se fazer comer. A antiesfinge: decifra-me ou não, mas, peço-te, devora-me.

Perguntei-lhe o nome. Ela abriu a boca e respondeu com duas sílabas longas, amendoadas, colhidas na garganta. Entendi, surpreso, que a musa era muda. Mas escrever sabia, e escrever escreveu, na areia úmida entre nós, com o dedo: DAIANE. Por minha vez fui e escrevi o meu nome na areia: ANTÔNIO. Ela riu e meneou a cabeça. Desmanchou o nome Antônio e escreveu, sic: GRASIANO. Você me conhece, franguinha, de onde? Então ela voltou a escrever, sic, na areia: PROFFESOR NA NIVESIDDE? Eu disse que sim, e ela sorriu feliz. E escreveu na areia: VI TI VI NA VILA. Sic. Certamente me viu conversando com Agamemnon, daí a dedução.

Depois de tanto conversar por escrito na areia, ficou abmuda. Já que com ela não havia como manter longo colóquio, o jeito foi usar de mímica. Comecei a fazer uma série de gestos com os dedos, imitando o alfabeto dos surdos-mudos. Ela ria. Aí dobrei uns dedos e estiquei outros, formando uma cabeça de cão. E ladrei, e ela riu. Aí fiz desaparecer a mão, passei-a por trás das costas e, quando a mostrei de novo, tinha armado o pai de todos e seus dois vizinhos no gesto ortofálico. Ela riu mais ainda, olhando e desolhando, até que por fim, tomando a minha mão, deu-me lasciva uma beijoca na ponta do impudico dedo em riste.

Estava fácil demais. Pensei comigo: você não quer ter depressa aquilo que deseja, nem lhe agrada uma vitória na bandeja?

Não demorou que dessem minhas mãos de ir e vir por aquele corpo. A moça não se subtraía às minhas blandícias: tal estava, sentada sobre as pernas, tal ficava, sem dizer nem meia palavra nem inteira. Minhas mãos foram-lhe pela espessa crina adentro e desceram-lhe pelo declive do pescoço. Impressa no alto da espádua havia uma cicatriz de arma branca; aferrolhando os olhos, inibi a lembrança que tentou se intrometer em minha mente. Subi a mão ao rosto dela e acariciei-lhe a pele cremosa. Sentindo-a dócil àqueles prolegômenos, vi que o momento era idôneo e procurei-lhe direto a boca para um tênue beijo de abertura. No segundo após, a moça absorveu-me a língua e roeu-a entre os dentes com magno apetite.

Ficamos ali nos perbeijando, trocando licores de uma boca a outra, mordendo-nos mútuos as línguas e os lábios, enquanto minha mão lhe ia pelos ombros e infra — por dentro da camisa, lombo abaixo. Depois a minha língua desceu-lhe da boca ao queixo, e do queixo ao pescoço, enquanto meus dedos bem-educados lhe abriam, de botão em botão, a camisa. A parte de cima do biquíni, por baixo da camisa, era estampadinha; a parte de baixo certamente que também, mas cobria-a um short largo e folgado: de irmã mais velha, quem sabe. Discerni, porém, que tinha umas bagatelas de peitos, pequenos como abricós, e cercados de cicatrizes em relevo: novamente enxotei da mente a lembrança de minha prima Débora. Surpiei a mão nos peitinhos, ela teve um tremor e disse um ah sem som. A fricção do mamilo entre os dedos deixou-a zonza. Saí dali e fui com a mão aos seus joelhos e coxas, estas riscadas de mais cicatrizes — ah, Débora, Débora —, mas, ao correr a mão acima em busca do presepinho, ela fechou as pernas, negando-se com um corcoveio de cabeça a abri-las.

Mulher só faz surpreender. Seu próximo lance foi erguer-se de um salto e, despindo em lépidos gestículos primeiro blusa e short, depois as duas peças do biquíni, surgiu-me em sua nudez todinha e, asas nos pés, transcorreu a praia até o mar. Vai, homem: quem quer nadar, que tire as roupas. Tirei camisa e calção e, de bom grado e de pau duro, subsegui.

Nem tomei ciência se estava frio muito ou pouco. Daiane não olhou para trás para ver o sátiro aproximar-se a nado. O mar se embainhava nela. Fui-lhe ao encontro. Fui juntar-me a ela na região do gerúndio das ondas. Ali mergulhei e, como esqualo, busquei a presa e, achando-a, agarrei-a pelos quadris e timbrei-lhe as coxas de uns beijos submarinos. Depois emergi e, saturado de mar até o pescoço, apliquei-me ao seu corpo por trás, enquanto as mãos iam-lhe empalmar as maminhas lá na frente. Ela sentiu o rigor da mêntula e pronunciou umas palavras balbas, intraduzíveis. Naquela aguagem de prazer, asilei-lhe entre as coxas o membro e deixei-o ali, grosso e viril; mas daí a pouco o maroto foi espreitar o casal de orifícios, dos quais escolheu o de trás para ali roçar a cabeça. Ela tentou subtrair-se, mas contive-a, contendo também o membro, que mais não penetrou do que só um pouquinho, e ali o deixei vai não vai, na intenção de pôr a muda doida mas —

De repente ela mesma impeliu o corpo contra o meu e o utensílio do amor não teve saída senão entrar, e entrou casa adentro até onde deu. Ficamos ali, em pé, abraçadinhos, subindo e descendo à mercê das ondas, enquanto, lá embaixo, o pau, mantendo invariável o ritmo de gangorra, entrava como um todo, recuava até à borda, e dali como um todo tornava a entrar. Eu descobrira o ponto fraco da mudinha. Quando gozou, contorcendo da cabeça aos pezinhos o corpo empalado, juro que a ouvi gemer: Nossa Senhora da Penha! O falo, agindo lá de baixo, tinha-lhe desatado o nó górdio da garganta. Milagre, pensei. Fiquei tão surpreso que me detive no antegozo e esqueci de gozar.

Ficamos ali, flutuosos, enquanto as primeiras estrelas surgiam canônicas no palato do céu.

De volta ao colo da praia, enxaguados de água e sal, caímos os dois sobre a areia úmida. A foda aquátil fora para mim merenda. Vendo-lhe a nudez polvilhada de areia, logo cresceu-me de novo o pau e tentei montar a egüinha, mas ela se desvencilhou de mim. Olá, reclamei, que foi que houve? De joelhos, ela escreveu na areia, esquecida de que ganhara o dom da fala: 8 H NA VILA. Aí me deixou um beijo fátuo na boca e, recolhendo os panos, foi embora em seus pés alados.

Nas casuarinas, cigarras desataram a cantar seu canto de cisne.

RAPSÓDIA 5
nílota

Voltei à casa de Cristácia carregando entre as pernas o peso da porra encarcerada nos testículos — peso que por vezes tentava aliviar amparando a genital trilogia no calço de uma das mãos ou de ambas. Assim cruzei a ponte construída de pedra pelos romanos — embaixo, no córrego, sombras de crianças banhavam-se em escuras águas oleosas — e comecei a subir o morro da igreja.

Na subida passei pela moça de louras madeixas que vira antes, enquanto conversava com Agamemnon. Ela passou de olhos baixos, mas vi-lhe que no rosto sobressaíam lábios túmidos e um pequeno nariz arrebitado.

Lá em cima, ao passar em frente à igrejinha de Sant'Ana, à mente adveio o que me dizia minha mãe: que, entrando numa igreja pela primeira vez, teria direito a três pedidos, que o santo (ou a santa) em exercício não se pode furtar a atender. Assim, pela porta entreaberta igreja entrei adentro.

O lugar era um nicho de pura e simples santícia. Ali, de pé, cabeça inclinada diante da imagem de Sant'Ana, volvi por interesse à minha antiga condição de idólatra e fui direto aos três pedidos. Primeiro: que eu encontre em breve em meu caminho a amena Eugênia. Segundo: que a amena Eugênia me receba com boa vontade e prazer. Terceiro: que a amena Eugênia não só veja com bons olhos o meu desejo de deitar com ela, mas o endosse e encoraje sem rodeios nem cus doces. Ainda achei prudente fazer um sumário para que não ficasse dúvida na cabecinha da santa: pedido 1: encontrar Eugênia; pedido 2: ser bem recebido; pedido 3: deitar com ela.

Feitos os três pedidos, que achei módicos, ninharias se considerarmos o divino poder da padroeira, vovó de Cristo, demorei-me ali o tempo de um momento em respeitosa postura na esperança de melhor sensibilizar o coração da santa. Por fim perpetrei com a destra um impecável sinal-da-cruz e saí ao relento.

A caminho da hospedaria admiti o fato de que a suave mudinha não tinha gabarito para me consolar a ponto de esquecer a amena Eugênia. Não passava, Daiane, de aperitivo, de hors-d'œuvre, de antepasto. Fome mesmo, a minha, só seria saciada a contento pelo banquete de uma lauta cópula com Eugênia. Que fome era essa? Era a minha velha fome de comer a fêmea, amplificada pela urgência de vingar a traição da noiva.

Atravessando a rodovia — com toda a cautela para não cair morto, que nem o pobre galgo coitado, sob o tropel de algum veículo em desgoverno — subi a ladeira de barro que vai dar no topo do planaltinho. Logo à direita hasteava-se um espesso trigal de capim-gordura, cindido por um corredor que serve de atalho para a casa de Cristácia. Internando-me por ali, desemboquei a três passos do beiço do barranco. O olhar escorregou para o leste. O mar vespertino se desfraldava todo ali a perder de vista. Não resisti a tanta beleza anoitecida e penetrei-me a contemplá-la. Fiquei ali detento alguns minutos, à espera da lua, mas ela tardava como uma noiva. Nisso ouvi a saudação de um relincho e avistei, na diocese da noite, lá para o fundo do quintal, um grande cavalo branco, todo igual a si mesmo; a seu lado vi a pessoa de um vulto, e discerni que era o vulto de uma mulher.

Deixei ao mar o mar e aproximei-me curioso. A mulher murmurilava aos ouvidos eqüinos do animal algumas doces palavras — que não decifrei — enquanto lhe acariciava o largo pescoço, a crina sebenta, o dorso áspero. Sentindo o cheiro de homem, virou-se ela. Aí, vendo-me, sorriu o mais simples dos sorrisos e calou-se; mas de afagar não cessou com ternura o lombo alvacento do animal.

Era uma mulherzinha morena e carnuda, vestindo short branco e blusa vermelha e, minúsculas, nos pés, sandálias brancas; insossa de rosto, mas sem chegar perto de ser feia; indecisa de corpo, mas sem nada que deixasse indiferente um membro desde que viril. De especial não tinha ela, essa mulher, coisa alguma a não ser o próprio fato de não ter nula coisa de especial: o que me fez duvidar se não seria uma deusa camuflada, descida à terra em missão de auxílio a algum mero mortal — quem sabe até mesmo a mim? Pois será que ela não era Hera, também conhecida como Juno, deusa que presidia às núpcias e aos casamentos e nutria aversão profunda a mulheres inconstantes e delinqüentes?

Dei-lhe boa noite em bom português.

Boa noite, respondeu ela na mesma língua e, dando-me as costas, disse em voz tímida: Gostaria de saber como se chama. Graciano Daemon, respondi. Que nome estranho pra um cavalo, disse ela. Graciano é o *meu* nome, esclareci. O nome do cavalo eu não sei. Aí perguntou ela: Não é seu? Respondi: Nunca vi mais gordo. Algo na inflexão de minhas palavras fez ela ver que estava dando ao cavalo mais atenção que a mim. Então, Meu nome é Evônima, disse, e estendeu a mãozinha. Que belo nome, eu disse, apertando-lhe a mão. É o nome de uma planta medicinal, disse ela. Eu gosto, mas os amigos me chamam de Ivone. Aí apontou para a bem construída, de onde vinha som e vinha luz, casa de Cristácia e disse: Você mora ali? Morar, não moro não, respondi. Sou apenas um hóspede pagante. Ah, exclamou ela. Perguntei: E *você*? Deu longa resposta: Vim passar o fim-de-semana com uns amigos, estou hospedada na casa deles. Gosto de caminhar, e vim caminhando pela praia até que vi este morro tão bonito que eu nunca tinha reparado antes. Imaginei que daqui de cima devia ter uma bela vista do mar e por isso vim até aqui e achei este lindo cavalo, que me fez até esquecer do mar e de tudo. Gostaria de saber como se chama. Será que é Trovão? Disse, e calou-se. Não faço idéia, respondi. É um cavalo tão lindo, murmurou ela. E aí me olhou com olhos mercantis. Você também é lindo, Graciano, disse. Um menino muito lindo. Graciano Daemon, você disse? Pois devia chamar-se é Graciano Delon. Entendeu? Por causa de Alain Delon, o ator francês: o homem mais lindo do mundo. E pousou sobre o peito a mão e suspirou.

Alice era igualzinha a ela nessa paixonite por belos atores de cinema que mulher costuma contrair e alimentar com fidelidade conjugal a vida toda.

Depois, de volta a si, Evônima infligiu-me uma saraivada de perguntas: Mas de onde você é? Como veio parar aqui? Quem são seus pais? Você tem irmãos ou é filho único, mimado de mil maneiras? Respondi que era de Cachoeiro mas morava em Vitória, e que chegara ali quase por acaso, voltando de Nova Almeida. Quanto aos meus pais, disse-lhes os nomes, acrescentando: Sou o mais novo de três filhos. Tenho um irmão e uma irmã. Ela não tirava de meu rosto os olhos: E como se chamam seu irmão e sua irmã? Antônio e Susana, respondi. Imagino, disse ela, que Antônio deve ser muito bonito, e Susana ainda mais. No que é que eles trabalham? Respondi: Meu irmão é engenheiro e professor universitário; minha irmã é freira. Ela se assombrou: Freira? Uma moça tão bonita como deve ser, freira? Para evitar novas e perigosas perguntas, perguntei-lhe eu: Você é amazona? Não, sou daqui mesmo, nasci em Baixo Guandu. Aportuguesei a pergunta: Você gosta de cavalgar? Nunca montei num cavalo na vida, respondeu, acrescentando, meio sonhadora: Só em sonho. E aí, mudando de assunto, ou seja, voltando à matéria de mim: Me diz, Graciano, você é padre, como sua irmã, ou é casado?

Pergunta difícil. Não porque eu não soubesse a resposta, mas porque evocava a lembrança do naufrágio de núpcias, assunto que preferia não pôr à baila em conversa com pessoas estranhas, ou seja: com ninguém: porque há coisas que devem ser tratadas como segredos de confessionário e, como tais, proibidas de revelar a mundiais ouvidos a não ser pela via segura da poesia.

Fui casado, respondi, sem entrar em detalhes.

Que *pena*, disse ela, acentuando o substantivo. Mas é também o meu caso. Na minha opinião o casamento hoje não é pra vida toda como no tempo de nossos pais. O homem está vivendo mais e o casamento está durando menos. E você é tão novinho. Ficou casado muito tempo? Só um dia, respondi, sem especificar, porém, que esse um só dia de casado fora o dia de ontem.

A singela Evônima, aliás, Ivone, deixou escapar um aturdido oh. Baixei a cabeça, para indicar que o assunto me era penoso. Ela, porém, aturdida como estava, não ficou sem perguntar: Sua noiva morreu? Não, respondi. Ah, bem, disse ela: pensei que podia ter morrido dormindo, por causa de algum escapamento de gás, por isso que eu perguntei. Soube de um caso assim. Mas que boba: aí você teria morrido também, não é?

Pensativo, cheguei à conclusão de que a morte de Alice durante a noite de núpcias teria doído menos que a traição dela. Ivone, tomando por sofrimento meu silêncio, sentiu culpa e resolveu deixar-me só. Despediu-se de mim e do cavalo branco, dizendo: Espero ver vocês dois uma outra vez. Dito o quê, saiu pelo portão que dá na estradinha e lá se foi.

Entrei então na casa de Cristácia. A sala, que eu vira deserta e plácida como uma lagoa, fora usurpada por quatro homens e uma mulher que à mesa bebiam cerveja, comiam sanduíches, fumavam cigarros e jogavam cartas. Por vezes estouravam altercações, por vezes gargalhadas. Apesar da hora vespertina, uma plebe de moscas circunvoava a polida mesa e pousava sobre reis de espadas, rainhas de ouros. Um dos homens notou-me chegar e pôs-me em cima um olho petulante: Se está procurando michê, é só escolher um ou mais de nós aqui; está a fim? Quem são vocês, perguntei, já me fazendo truculento. Respondeu ele: Somos os bons antecedentes de Cristácia, ex-amores dela, é isso que somos: ex-maridos, como Quinquim, ex-namorados, como eu, Demétrio, a seu serviço, ex-amantes, como Setentrionária, ali, que hoje é minha mulher casada e mãe de metade de meu filho: a outra metade é de Nomádio ali. E, agora que Cristácia está aí de dona de casa, tem o dever moral de retribuir todo o amor que lhe demos. Perguntei: E algum de vocês é o pai da filha dela? Ninguém sabe quem é o pai da filha dela, respondeu ele. E perguntou: Mas e você, cara, quem é? Sou, respondi, um hóspede pagante. E ele: Bom saber. Que acha de pagar adiantado a nossa parte? Meu contrato, respondi, é com a dona da casa, e só pago a ela, e só quando for embora.

Passando o olho em Setentrionária, vi que seus peitos, adultos de tanto leite, lhe ensopavam a blusa.

O banheiro estava ocupado, talvez por outro dos ex-amores de Cristácia, de modo que munido de toalha e sabonete deportei-me para o quintal, onde ficava o chuveiro a céu aberto. Ouvi, assim que pisei fora de casa, uma voz que cantava uma bela canção:

Trezentas mil lavadeiras,
certo dia se chamou,
trezentas mil lavadeiras,
certo dia se chamou,
apenas para lavar
o calção de pai avô,
apenas para lavar,
o calção que ele borrou.

 A jovem lavadeira da casa, cujo lanoso cabelo lhe dava o aspecto de uma papua, estava bem ali, toda igual a si mesma, recolhendo roupa do varal, que ia dobrando e empilhando sobre uma tosca mesa, enquanto cantava para se distrair. Sua canção — letra, melodia, modo de cantar — teve o dom de me paralisar e de cinzelar-me pelo corpo um arrepio, e me teria puxado como ímã até onde ela estava se não fosse eu ter visto, sentada sobre uma pedra, a linda filhota de Cristácia. Contemplei-a com intenções estéticas. O pai devia ser louro, já que loura ela era e não mo-rena como a mãe. E não era apenas linda e loura, mas bela e formosa, na linha cinematográfica de uma série de deusas de ouro às quais eu já dedicara, à guisa de oferenda, freqüentes buquês de bronhas e punhetas. Ela de um lado pousou sobre mim seus olhos azuis, a papua do outro seus verdes. Alvo de tais olhares, cheguei à região do quintal onde se erguia o chuveiro.

 Havia alguém ali tomando banho; quando me aproximei, reconheci que era Cristácia de olhos brilhantes; reconheci também que estava nua em pessoa; o corpo esguio abaulava-se nos fundilhos em nádegas cheias e roliças como as da tanajura. Virei-me de costas, em sinal de respeito; e de receio: não queria ser acusado de surpreender no banho uma deusa nua. Ouvi-lhe a voz: Que é isso, rapaz. Pode olhar à vontade. Olhar de cavalheiro não ofende dama. Não é como olhar de VAGABUNDO SAFADO —

As últimas palavras foram crescendo num crescendo de ira e, quando me voltei, já vi Cristácia com uma pedra em cada mão, desnuda e furiosa, arremessando-as com toda a força, junto com gritos de FILHO-DA-PUTA!, contra a folhagem de umas bananeiras. Dali de trás saiu, em dissipada fuga, um indivíduo abjeto, tentando com os braços a cabeça proteger das pedradas que Cristácia e também, imitando a mãe, a linda ninfa lançavam sobre ele, enquanto a papua se mantinha impassível onde estava e alheia e sisuda.

Esse filho-da-puta é um tarado, resmungou Cristácia, fechando a torneira e cobrindo-se com a toalha. Repara não, pediu-me. Todo dia é a mesma coisa, esse titica fica aí me bisbilhotando, o filho-da-puta. Mas deixa estar que eu ainda racho o coco dele um dia. Ou eu ou minha filha, que também sofre com a tara dele. E, com um floreio da mão em direção à moça, acrescentou, a língua empapada de orgulho: Não sei se sabe, mas essa é a minha filha. Como se chama, perguntei, sentindo que era a pergunta esperada de mim. Nilota, disse a mãe, enquanto toda se enxugava de trás para frente e de frente para trás, correndo inclusive a toalha na forquilha entre as coxas rijas. Abstraindo o olhar daquela toalha erótica, perguntei a Cristácia, na certeza de que Nilota fosse o apelido da ninfa: E o nome dela é qual? É Nilota, ora. E demonstrou um tique de irritação. Dei esse nome em homenagem ao rio Nilo. Não sabe? Lá do Egito antigo. O rio Nilo era chamado de presente dos deuses. Não sabe? Sim, claro, confirmei, embora soubesse que não fora correta a citação: o Egito é que foi chamado de presente do Nilo. Mas disse: Se não me engano, a frase está em Heródoto. Ah, é? Vi crescer em seu olhar um broto de respeito por mim. Heródoto de quê? Heródoto de Halicarnasso, expliquei. O pai da História: o primeiro historiador da História. Autor das *Histórias* de Heródoto. Ah, fez ela, meio disfarçando o contentamento para não dar o braço a torcer. Pois é, a minha Nilota é também um presente dos deuses, não acha não? Sem dúvida, pude dizer com sinceridade, aproveitando para pastar a moça com o olho. Tinha um quê de Débora — prima minha e da mesma idade púbere — ou Débora um quê dela, mas Débora, como Daiane, perdia longe: não havia como comparar a ninfa em bruto à ninfa lapidada, burilada, retocada à perfeição. Constava ali, sentada naquela pedra, a moça mais linda do universo. Tão linda, tão encantadora, tão maravilhosa, que não me provocava nem desejo nem volúpia. Era comida para os deuses e eu, Graciano, se podia e devia ser contado entre os poetas, entre os deuses não tinha como.

Mas, sendo poeta, seria lícito decantar em verso a formosura de Nilota, como antes decantara a de Débora. Mas não me atrevi: pois teriam de ser versos decuplamente melhores que estes, compostos em homenagem à prima:

> Embeber os olhos nesse corpo,
> corpo eis que de veraprima —
> bebedouro corpo em que estes olhos
> quanto mais bebem mais têm sede.
> Estar com ela, ave
> de um paraíso entreaberto:
> tentações dali evolem, sim,
> em deslizes de silêncio
> que por entre os sardos atavios
> lhe pairam nos lábios;
> em mãos duas que, odaliscas,
> vão-se dançantes ao ar —
> e no azar de cada mão
> fala meu futuro sim,
> pulsa meu futuro não.

❧ 95 ❧

Estar com ela, eva
daninha e mais que isso rara,
que eva é e se oferece:
e o que me agrada à mão agrária
é a vindoura messe.
Prendas, nela tudo são prendas
que das grades da virtude,
tenho fé, logo me vão libertar:
menina, não me deixe o cerco,
que só me acho quando me perco.
Deixa então, você, pois não,
viger a lenta sedução,
até se dar a sedação já pressentida,
até que venha, em amavios,
e cedo ou tarde o doce dar-te.
Assiste ao degelo do presente,
certo de porvirem ambos num só ás de amor,
certo de ser tudo nela promissório:
quem hoje me pressente, amanhã me futura.
Deixa a esperança para matar por último
e assim crê que um dia teus dedos ourives
vão tatear esses cabelos, fios e pavios,
tua língua à porta vai bater dessa boca,
em seus não mais nem nunca mais inviolábios,
tuas mãos vão saciar a longa fome
nessas tetas brancas manjedouras.
É a hora da cruza
e da coroa de louros:
Dafne se abrirá em fenda,
e seu orvalho é para beber onde
senão nos lábios da ovelha?

Num morredouro de amor,
quem divino não era redivivo se verá.
A ilha é maior que o mar:
nunca mais suar esperma
nem ver navios —
demais já vi-os.

Debandaram todas, Cristácia, e Nilota, e a papua, e me deixaram ali sozinho com meus pertences: corpo, toalha, sabonete. Tirei o calção, já que era essa a regra da casa, e tomei um banho frio, bem me ensaboando proa e popa e sobretudo o membro, que se sentiu meio que masturbado e arvorou-se todo numa ereção de primeira. Tive orgulho dele como de um filho: de seu tamanho, de seu vigor, de seu talento: acaso não era ele um santo milagroso, que com um simples toque punha as mudinhas a falar?

Pensei cá conosco, comigo e com meu membro, pois entre nós não há segredos nem rodeios nem censura de linguagem: se o pau no postigo já soltara de Daiane a voz, do que não seria capaz se posto em plena boca, borrifando língua e garganta com o santo remédio de farto e potável esperma? A paciente sairia curada: sairia falando até latim.

Voltei ao quarto tiritando nas dobras da toalha. Da mala, que jazia sobre o banco de alvenaria, extraí os indumentos que me propus a usar aquela noite. Ia começar a vestir-me quando bateram à porta. Ainda implícito na toalha, fui abrir. A papua estava lá, com seu cabelo rude e sua carne telúrica e pluvial. Senti cheiro de terra molhada de chuva. Trazia, ela, nas mãos, as sandálias que eu esquecera na praia. Surpreso, perguntei: Achou lá na praia? Respondeu que tinham deixado na varanda. Insisti: Você viu quem deixou? Ela disse: Uma moça. Eu disse, intrigado: Uma moça? E pensei logo em Atalanta, a atleta: talvez estivesse espiando enquanto eu abscondia as sandálias entre as moitas. Perguntei: Foi aquela que faz ginástica ali na praia? Ela disse: Não, foi moça de fora. E, encerrando aquele assunto, perguntou se tinha roupa para lavar. Dei-lhe a roupa que usara durante o dia, e mais a toalha com que me enxugara. Recebeu-as e não foi embora, fincando em meu olho o olho seu verde. Depois disse se era só isso. Não sabia se estava se referindo à roupa ou a algum outro serviço que me pudesse prestar. Respondi que era só e ela se foi.

Era cedo ainda para ir ao encontro da mudinha. Dava tempo de pôr no papel os versos que malhara na bigorna da mente aquela tarde; que, inoculados na memória, ali dançavam de cor e salteado. Não tinha, porém, trazido papel comigo, nem na mala, nem no carro. Não tinha levado papel para a minha viagem de núpcias — não achei que, fodendo sem parar, teria tempo — e fôlego — para escrever poemas. Aí ouvi vozes lá fora, no quintal da casa. A princípio pensei que fosse a divina Nilota, mas logo identifiquei que era a ubíqua papua. A qual travava um diálogo com um desconhecido: que, pelo jeito rude como linguajava, devia ser um natural do lugar: um desses manguinhenses que gostam de remos.

Dizia ele: Moça bonita, você. Dizia ela: Sou não. Dizia ele: Não é não? Não é não o quê? Não é moça ou não é bonita? Calava-se ela. Dizia ele: Quantos anos você tem, lindinha? Dizia ela: Dezessete. Dizia ele: Idade bonita. Que mês nasceu? Dizia ela: Sou nascida em maio. Dizia ele:

Mês bonito. Mês de Nossa Senhora. Dizia ela: Minha irmã também é de maio. Dizia ele: Ah, é? Você tem uma irmã? Dizia ela: Somos em seis irmãs. Eu e essazinha somos de maio. Tem duas que são de agosto, uma que é de novembro, e a outrazinha é de abril. É a mais novinha: vai fazer nove anos. Dizia ele: E de onde você é, minha folha de café? Dizia ela: Sou de São Mateus. Dizia ele: Pois conheço. Terra boa. Rio Cricaré. Marimbondo. Beiju. Riu-se ela: Adoro beiju. Dizia ele: E de beijo, você gosta? Dizia ela: Não sei. Dizia ele: Vai me dizer que nunca ninguém lhe beijou, moça bonita? Dizia ela: Não sei. Dizia ele: Se for do seu agrado —

Abri a janela, fraturando o diálogo. Com autoridade de hóspede pagante, Preciso de papel, disse à moça. E, diante do seu olhar de desentendimento, esclareci: Papel pra escrever. Papel de rascunho. Qualquer coisa serve, desde que seja papel em branco. Pode me trazer algum? A papua largou o sujeito de mão e se ausentou dali. O sujeito me olhou com irritação: Com todo respeito, meu amigo, o senhor me atrapalhou o namoro: estava a ponto de ganhar um beijo. Pois vá beijar um remo, eu disse, e a janela fechei-lhe em pleno focinho.

Daí a pouco bateram à porta. Era de novo a papua, uma dentre seis irmãs, trazendo-me um caderno escolar: se servia. Agradeci e fiz menção de fechar a porta. Mas ela me olhou com tal intensidade que me descosturou todo. Senti o cheiro violento do Cio, com C maiúsculo, tanto do conceito abstrato como da sua mais concreta realidade. Porque estava ali instituída diante de mim, na pessoa da papua, não tão-só a própria deusa Cio como também a sua filha encarnada, além do espírito da natureza que inspira o desejo entre macho e fêmea. O forte olhar e o cheiro forte ameaçavam dominar-me. Foi preciso muita força de vontade da minha parte para fechar a porta, o que, porém, não fiz sem pedir licença, de um golpe só, a todas as pessoas daquela trindade.

Sentei-me na cama com um suspiro. Considerei se agira certo. Concluí que sim. A papua era alma bárbara demais, selvagem demais, para mim. Voltei então a atenção para o caderno escolar. Era, vejam só, da filha de Cristácia, Nilota: o nome dela aparecia na capa, na letra cheia de altos e baixos da linda adolescente: Nilota von Giemsa-Nauck. O que provava a minha tese de que sangue europeu, mais especificamente germânico, de mistura com sangue tapuia ou tupi, fluía nas veias da magnífica ninfa: da, com perdão do neologismo, magnínfica.

O caderno não era outro senão o de matemática: cobriam-lhe as páginas seqüências intermináveis de equações de todos os graus e mais outras tantas operações algébricas que não faziam nenhum sentido para mim. Aqui e ali a aluna mitigara o árduo trabalho registrando algumas resoluções de vida, como esta: Quando eu casar, quero ter sete amantes, um pra cada dia da semana. Quero um louro, um moreno, um preto, um mulato, um índio, tio Edu e aquele sujeito que fica olhando mamãe tomar banho. Estudei a frase com atenção e me perguntei se ao marido estaria reservada a prerrogativa de comer a lourinha em tal qual dia que bem entendesse, sem prejuízo, no entanto, do tempo destinado ao respectivo amante. Devia ser isso: não teria, assim, o marido, motivo de queixa.

Passei um sem-número de folhas em branco. Nas, porém, últimas folhas, a doce Nilota dos níveos braços dera vazão a seu talento artístico:

havia ali uma série de desenhos dignos dos pintores rupestres de Altamira. Nilota escolhera um só tema e praticara assiduamente: traçara ali, a lápis de cor, dezenas de belas imagens de falos, de todos os tamanhos e pigmentos. A legenda era ora É isso que eu quero, ora É disso que eu gosto. Céus, exclamei, pois me via, naquela casa, cercado de todo tipo de tentação. Meu próprio pau, sabendo-se desejado, em tese, pela ninfa de níveos braços, teve um tremor e começou a latejar, pedindo dengo. Quieto, rapaz, admoestei-o; a ninfa, ainda mais que a papua, é rabo de foguete. Vamos nos concentrar na mudinha, que é dócil e cujo rabo, que já conhecemos, não acarreta risco nem perigo.

Depus o caderno sobre a cama e, sentado no chão, comecei a transcrever nas páginas em branco os versos brancos que me tinham vindo à cabeça nas areias da praia de Manguinhos.

Às vezes, em impulso irresistível, corria as folhas e punha-me de novo a admirar as belas artes de Nilota. Numa dessas vezes, suspirei já de audaz desejo. Mas logo lembrei-me do aviso que lera no banheiro do bar. Sim, era preciso ter cautela: a lourinha sem dúvida trazia aceso no corpo o fogo que queima o imprudente pau.

RAPSÓDIA 6
pesca de espera

Ouvindo o velho morador do lugar eu aprendera que os manguinhenses que gostam de remos têm uma modalidade de pesca fluvial a que chamam pesca de espera. A essa modalidade de pesca me filiei eu Graciano na pretensão de pescar a áfona Daiane. Para tanto, como local de espera e de vigia, escolhi o primeiro bar que me nasceu no caminho do olho: como os outros, dava de cara para a rua principal da vila, e ali me dispus, paciente, a esperar que me descesse rio abaixo a piabinha.

A casa em que se achava embutido o bar era um monstrengo arquitetônico, com tais partes de madeira, tais partes de alvenaria, estas sem reboco, mostrando a carne viva das lajotas e a baba do cimento que as aglutinava umas às outras. À frente projetava-se, fazendo as vezes de varandola, um tosco tablado rústico com rústico balaústre, a que davam acesso, de madeira, em número de quatro degraus toscos e frágeis. Por baixo da varandola abria-se um desvão escuro que me ocorreu ser talvez uma das entradas que levam ao município do inferno. Alastravam o tombadilho cinco ou seis mesas de fórmica e cadeiras idem, três ou quatro por mesa, de cores disparatadas. A oeste abria-se o terreno escalpelado do quintal: no qual quintal outras tantas mais mesas de fórmica e cadeiras idem aguardavam fregueses, e um caramanchão se pavoneava folheado de ramos de parreira. Um bêbado, ocupante da mesa de honra sob o caramanchão, assim que me viu entrou a exibir seus dotes musicais, cantando:

> Beber aguardente
> vem de gente boa,
> qualquer uma pessoa
> gosta dum pouquinho...
> Eu nem gosto dela,
> mas porém reclamo
> quando me oferece
> logo eu lhe pregunto
> se de mim s'esquece.

Sendo eu ali, além do ébrio cantor, o único freguês naquele momento, a proprietária veio atender-me em pessoa. Era ela toda igual a si mesma, e apresentou-se como Aurora Fuad, a meu serviço, donde concluí, pelo sobrenome, que era de família síria. Tinha seus próprios quarenta anos e um corpo polpudo e saginado, e cingia-lhe a cabeça uma fita vermelha para conter-lhe os excessos do escuro cabelo copioso. Lançou-me em rosto um chuvisco de perguntas curiosas: Quem é que é você, rapaz, e de qual família? Onde é que fica a tua cidade? Os teus pais onde é que moram? Como é que chegou até aqui? De carro? Pois a pé não foi que veio, aposto, até aqui. E foi sozinho que veio ou foi acompanhado? Se acompanhado, quem é que são os teus companheiros e onde é que estão agora? Responde também com franqueza, pra mim ficar bem informada, se é a primeira vez que vem a esta praia, e em casa de quem é que está hospedado, se é que pretende pernoitar entre nós.

Respondi-lhe, em suma, meu nome e o de minha família, e que vinha de Vitória, e que meus pais eram de Cachoeiro, e lá moravam, e que, sim, viera de carro, que estacionara ali na rua, e estava hospedado na bem construída casa de Cristácia. Depois que ouviu toda a minha encíclica resposta, a Aurora disse: Está esperando alguém? Se está, me diz: homem ou mulher? Respondi que estava esperando uma moça. Ah, exclamou a proprietária, com nítida aprovação: eu sabia. Depois, então, proclinou-se sobre a mesa para correr pela planície da toalha de plástico um pano cujo asseio dava margem a razoável dúvida; no que a blusa aproveitou para exibir à revelia da virtuosa matrona boa parte de suas grandes tetas, grandes como frutas-pão, que quase na íntegra extrapolavam do, como direi, porta-seios. Quer, perguntou ela, beber alguma coisa enquanto espera? Pedi uma dose de cuba libre, em rememória de saudosas noitadas cachoeirenses regadas a vômito. Ela perguntou: E vai comer algum petisco? Por ora não, respondi. Minha intenção era distrair-me com a bebida enquanto não vinha a comida — leia-se Daiane. Que, a confiar na palavra do relógio, já me estava atrasada quase uma semi-hora.

Retirou-se a altaneira Aurora, múltipla em virtudes: o lento andar compassado exaltava-lhe a redundância das nádegas. O cantor repetia o refrão de seu ditirambo:

    Com prazer, sastifação,
    sastifazei o coração.

Ali na rua em frente percebi que brotaram várias meninotas, todas elas com um pé na infância, outro na puberdade. Eram, sem dúvida, filhas dos manguinhenses que gostam de remos, e cindiram-se em duas facções para brincar. A maior parte se pôs a brincar de estátua: logo escolheram dentre si mesmas a que chamaram de Dona Mandona, a qual, sem delonga, começou a pelas mãos puxar as outras, que davam uma corridinha e estacavam nas mais solenes e graciosas posições: esta empedrou-se numa figura de mãe com neném ao seio; aquela, ajoelhando-se em terra, mãos palma contra palma, na de uma menina católica assistindo à missa; uma terceira, em melodramática composição cabisbaixa que nem eu nem talvez a própria artista sabia o que significava.

Enquanto isso, outras três escolheram brincar de corda: uma delas, no meio, prendendo pudica entre as coxas os panos do vestido, desatou a saltar em perfeita sintonia com a lépida corda impelida em círculos pelas outras. Ao mesmo tempo começaram as três a entoar um diálogo. Dizia a do meio: Ai, ai! Diziam as outras: Que tem? Dizia a do meio: Saudade. Diziam as outras: De quem? Dizia a do meio: Meu bem. Diziam as outras: É o lírio? Dizia a do meio: É não. Diziam as outras: É o cravo? Dizia a do meio: É não. Diziam as outras: É a rosa? Dizia a do meio: É não. Diziam as outras: É quem? Dizia a do meio, É Titínia e mais ninguém. E incoavam tudo do início outra vez.

De todo lado portanto viam-se meus ouvidos obrigados a engolir música, logo os meus, que não posso dizer que saibam apreciar melodia de qualquer seita ou espécie. No quintal, de seu lugar honorífico no caramanchão, o cantor ditirâmbico repetiu uma última vez o refrão de sua cantiga. Aí, exterminada a canção, olhou fixo para mim, à espera do merecido aplauso. Que ele fosse cantar longe de mim eram os meus votos mais sinceros. Mas ele não foi. Pelo contrário. Abriu a boca e começou cantabundo a esgoelar uma canção abecedária que, tanto quanto eu prever podia, só terminaria na letra Z. O tema, que teve o mérito de me causar algumas cócegas de angústia, era, mais exatamente do que o amor, o amor traído, e começava assim:

> O A quer dizer amor,
> esse amor assim eu quis.
> Por causa de amor deixei
> de no mundo ser feliz.

Intuí que aquele bêbado não estava ali à toa. Estava ali para, como um aedo, um rapsodo, cantar aos ouvidos do orbe a triste sina de Graciano Daemon, naufragado noivo, pois todas as estrofes se aplicavam à minha miséria amorosa:

> O B quer dizer bem
> tu deves de conhecer.
> Por tua causa deixei
> quem me podia valer.

Supus que os dois últimos versos da estrofe se referiam à minha prima Júlia: traição por traição, menos me doera a dela que a de Alice. E a estrofe da letra E confirmava essa impressão:

> O E quer dizer errada,
> errada te posso chamar.
> Uma errada como tu
> é difícil de encontrar.

Não, não podia ser um aedo nem um rapsodo que ali cantava, mas algum deus ou alguma deusa que, em disfarce de aedo ou rapsodo, descera do céu expressamente para abrir-me os olhos e os ouvidos à contingência da minha situação.

Por volta da letra G de Graciano ouvi um miado aos meus pés. Um gato malhado olhava-me com mentida doçura, esperançoso de uma dádiva de alimento. Antes que lhe pudesse explicar que não ia comer, mas só beber, um látego de língua — chipe, gato! — estalou-lhe sobre o esguio lombo. O bichano consternou em fuga para o quintal. Virei para ver quem assustara animal tão inócuo, e quem vi ali foi uma menina morena, já nos rudimentos da adolescência, que me vinha trazer a bebida. À minha frente, sobre a mesa, depositou o copo com a poção mágica à base de rum. Observei que a moça tinha a pele tisnada característica dos nativos do lugar e lábios carnosos e esculentos. O senhor deseja mais alguma coisa, perguntou. Eu desejava dela, como aperitivo da noitada com Daiane, que me desse um beijo, mas isso não devia constar do cardápio, se é que a espelunca tinha cardápio. Em vez disso, perguntei-lhe o nome; Rosa, respondeu, mas aqui me chamam Rosette. Sem mais perguntas, despedi-a com um sorriso.

O divino cantor já estava na letra J:

> O J quer dizer já tenho
> certeza no coração.
> Se tantos moços amaste,
> já não te quero mais não.

Beberiquei a poção, que me à língua soube diferente das saudosas cubas libres de Cachoeiro: algum ingrediente havia ali que agradável mordia o paladar: talvez a fresca saliva de Rosette ou, quem sabe, da própria Aurora. Estalei os lábios. O cantor cantou uma estrofe que documentava a minha atitude contra Alice:

> O R quer dizer rosa
> já foste do meu jardim.
> Agora posso dizer:
> não te quero ao pé de mim.

Nisso minha atenção despediu-se do cantor para concentrar-se sobre novos personagens que na rua acabavam de surgir de onde não sei e que vinham convindo em direção à espelunca.

Os personagens adventícios eram ao todo em número de dois homens, mas um deles sobressaía da companhia do outro pela opulência das formas e dos gestos, além de por ser todo igual a si mesmo: um senhor de cerca de sessenta anos e alguns mais de quebra, corpulento de corpo, basto de grisalha cabeleira, modesto de vestimentas, o qual interrompeu a marcha para espiar as meninas no afã de se demudarem em estátuas de pedra.

O cantor continuava seu abecê:

> O U quer dizer um,
> que a dois não há de chegar.
> Sendo você como é,
> não me volte para cá.

Na rua, o sujeito de basta cabeleira grisalha, olhando a brincadeira das crianças, em dado ponto não resistiu: estendendo a mão a Dona Mandona, foi também puxado e deu sua corridinha: aí, diante dos meus olhos, operou-se o milagre da metamorfose: o digno senhor, abrindo os braços e escancarando a boca, converteu-se num pétreo cantor de ópera.

Seu companheiro bateu sinceras palmas; as crianças riram. O velho deu de novo a mão à menina e, depois de nova e milagrosa petrificação, vi-o, de mão esquerda espalmada atrás das costas e braço direito estendido, com uma quase visível carta de suicida entre os dedos, o exato sósia da estátua de Getúlio Vargas na larga esplanada da Capixaba, lá na cidade de Vitória das sete pontes. Uma terceira transformação processou-se a seguir, e ei-lo, todo curvado e furtivo, pisando o chão com a ponta dos pés, personificando o que imaginei só podia ser um ladrão na noite.

Dona Sé tinha razão: em Manguinhos, tudo muda de ser uma coisa para ser outra.

As saltadoras de corda haviam interrompido a brincadeira para assistir às invenções do velho senhor. Logo entenderam que se tratava de um velho aluado e voltaram ao seu jogo. O velho viu-as e, como se fora menino volúvel, abandonou o primeiro brinquedo e intrometeu-se no outro. A menina saltitante inibiu-se; em terra firme plantou-se e deixou-se estar, de cenho olhando franzido contra o intruso. O homem tomou-lhe posse do lugar e fez sinal de comando às duas outras meninas, que repuseram a corda em ação; ele deu o primeiro salto, mas sem sucesso: a corda implicou-se-lhe ao taurino pescoço, num simbólico agouro de enforcamento; mas ele, teimoso, não desistiu; novo lance da corda no ar, novo salto malsucedido do homem; desta vez — em parte quem sabe por malícia das meninas — a corda veio estalar-lhe forte nos baixios, certamente nos ovos, porque o cavalheiro bambeou para um lado e só não arriou de cócoras no chão porque estava ali para ampará-lo o fiel amigo. Que ao mesmo tempo deu um ralho nas meninas, as quais, rindo pueris, fugiram céleres arrastando atrás de si, como cauda comum, a celerada corda. Ah meus verdes anos, exclamou o saltimbanco, enquanto nos braços fraternos do amigo se refazia do rude golpe baixo. Ah, que saudades da aurora da minha vida, dos verdes anos que os anos não trazem mais.

A toda a cena a Aurora assistira declinada ao balaústre da varandola, voltado para mim o grande traseiro. O homem seria algum notável de Vitória, pois, assim que sobreveio o acidente, a taverneira soltou uma praga em árabe e, ouvindo-o nostálgico pronunciar-lhe o nome, acorreu dos píncaros em que estava para acudi-lo. Não foi nada, tranqüilizou-a o ferido. E acrescentou: Sabe, vinha mesmo cumprimentar a amiga. A Aurora iluminou-se radiante e, querendo chamar a atenção de possíveis ouvidos vizinhos, proclamou em altas vozes que a visita dele era uma honra de escol para a casa dela humilde. Abraçou-o e beijou com ternura e, transcorrendo um braço carnudo ao longo dos seus ombros, assim conjugados ascenderam os dois os quatro degraus até à varandola.

Ali o varão notável deu-me boa noite e boa noite às donzelas da espelunca, que tinham todas assomado ao balaústre, munidas de curiosidade, para ver a quem a patroa saudara com tanta efusão. Pareciam uma alegoria das Três Gracinhas. A Aurora apresentou-as ao ilustre personagem como suas filhas — de criação, esclareceu —, e, enquanto ele passava uma terna manopla pelo queixo de cada qual delas, nomeou-as todas, como se as quisesse vender a preço módico: Esta é Janaína, mas aqui em casa se chama Janette, esta é Rosa, mas aqui é Rosette, e esta é Suzette, e Suzette é mesmo o nome que recebeu na pia, e orgulho-me de dizer que fui e sou madrinha dela, de batismo, e madrinha das outras também, mas de crisma. Mudei os nomes das duas por motivos profissionais, porque no meu comércio garçonete tem mais é de ter nome terminado em *ete*, que assim os poetas que me freqüentam a casa podem fazer rimas sobre elas. Ouvindo isso, o notável, sem perder tempo com hesitações, começou a declamar:

Janette, Rosette, Suzette,
qual das três é a que mais mete?

Madrinha e afilhadas, e mais o acompanhante do poeta, caíram mugindo na risada, aquelas com ligeiro e pudico rubor. O poeta, porém, não tinha terminado e, levantando a mão, fez fazer-se silêncio imediato. Então pôde concluir:

qual das três é a que mais mete
o nariz na vida alheia,
e o pé pela mão na meia?

Houve uma explosão de aplauso e riso no tombadilho da casa. O poeta não se deu por satisfeito com sua arte e fez mais:

Janette, Rosette, Suzette,
qual das três é a que mais mete
a mão na massa a qualquer hora
na cozinha de Dona Aurora?

Outra maior ainda explosão de aplauso e riso seguiu-se a esses ingênuos versos maquinados de improviso. As meninas pediram mais; o poeta despachou-as com um meneio de mão; sabia a hora do basta. Elas rindo trepidaram para dentro do estabelecimento, fazendo gemer sob os pecíolos as ripas do soalho. Com a ponta do avental a Aurora enxugou do largo rosto a reuma das lágrimas de tanto que rira. Outro que não cabia em si de orgulho e êxtase era o sequaz do poeta, que, fixando sobre mim um dos olhos, sobre a Aurora o outro, arrotou enfático: É ou não é um gênio, o que me dizem, é ou não é um gênio? É um poeta, estatuiu a Aurora, e todo poeta é gênio. Senti-me atingido pelo juízo da taverneira e guindado à olímpica condição de gênio poético ao lado do velho saltador de corda.

Daí a comerciante substituiu a crítica literária por coisa menos metafísica e perguntou ao poeta o que ele gostaria de comer. O notável disse que estava só de passagem; viera até ali só cumprimentar a amiga; Vou, disse, visitar Paulo da Silva. A Aurora desconsolou-se; que ah, não, não admitia que ele, o velho amigo, depois de pisar o batente de sua casa, saísse sem pelo menos tomar alguma coisa. O varão de Plutarco resignou-se e, sentando-se com um baque sobre uma cadeira que gemeu sob sua magnificência, pediu uma jarra de vinho. Vinho da casa, ditou a matrona, em voz álacre, pela janela, às afilhadas. O sequaz do velho sentou-se ao seu lado e lambeu os beiços de antemão.

Se meu médico autorizasse, disse o grande personagem, não bebia água, só vinho. Eu também, concordou o outro, e após: Mas, cá entre nós, Domingos, eu gosto mesmo é de um bom vinho da casa, de um sangue de boi, de um vinhozinho de jabuticaba, isso é que é vinho bom: nem preciso de misturar com água do mar. Essas mijocas importadas que você serve lá nos seus banquetes eu só bebo obrigado, pra mostrar que sou gente bem. Isso, disse o notável, que você está dizendo é bobagem. Um vinho de garrafão tem o seu lugar, mas não tem comparação com um bom vinho chileno ou francês. Você ainda tem muito que aprender, Indalécio.

Não demora eis aí vêm as meninas, em trio, trazendo a seis mãos taças e um jarro de vinho tinto de suspeita safra, e cinzeiro e paliteiro e guardanapos e um frasco de azeite. O augusto personagem novamente passou-lhes a mão sob os queixinhos e depois convidou a Aurora a sentar à sua mesa. A Aurora fez cu doce, declinando encantada tanta honra. Senta logo esse rabo aí, droga, intimou ele, autoritário mas sorridente; ela sentou. Veio uma terceira taça e o sequaz serviu o vinho. Pro santo, disse o velho, derramando no soalho algumas gotas. O sequaz imitou-o: Pro santo e pros meus amigos, que estão presentes, mas não se vê... Tocaram-se as três taças. Estalaram-se os seis lábios. Digno de Baco, aprovou o vinho o ilustre personagem. E explicou à ignorância em torno: Baco é o deus do vinho; ele que *inventou* o vinho.

A taverneira: E o que vai me dar a honra, meu amigo, de comer? Tenho uns queijinhos que minha cunhada faz lá em Tiriricas, coisa de primeira, garanto. Uns bolinhos de mandioquinha. E ameixinhas de pele de veludo, que desmancham na boca como beijo de moça. E castanhas, e nozes, e amêndoas. E maçãs, maçãs coradinhas como bochecha de virgem na frente do noivo na noite do casamento.

Quem corou diante da referência fui eu, regando de um hausto de bebida a minha amargura. E onde é que cadê essa maldita e afônica ninfa que não chega nunca? Aí, percebendo a ausência de melopéia no ar, olhei para o quintal e vi que o cantor desaparecera. Incomodado com a atenção dada a mais ilustre personagem que ele? Claro que não, já que nada é mais ilustre que um divino personagem, ainda que disfarçado de aedo ou rapsodo. Desaparecera porque já dera o seu recado — que fora ouvido e entendido pelos ouvidos a que se destinava.

A taverneira: Tenho amoras aqui também, e pitangas, e perinhos peri-quitando nos galhos, é só esticar o braço e colher. Na minha horta, à beira do reguinho, tenho couve, tenho tomate, tenho pepino, tenho manje-ricão. Tem um professor da niversidade que vem aqui só por causa da minha salada de pepino. Então? O que vai ser? O notável personagem estendeu o bico até a orelha da Aurora e ganiu ali alguma coisa que ela recebeu com simulado pudor e, para punir a safadeza, deu-lhe um tapinha na mão. Sua senhôra não ia gostar, meu amigo. Replicou ele: Minha senhôra? E eu por acaso me chamo Gonçalo? Em minha casa não manda a galinha, manda o galo. Faço da minha vida o que quero, e Indalécio está aqui que não me deixa mentir. Não é, Indalécio? Domingos não dá colher de chá pra ninguém, confirmou o sequaz, servindo-se de mais vinho. Dona Berecíntia se péla de medo quando ele fecha a cara. Traz, ordenou o velho chamado Domingos, o queijinho fresco de Siriricas. Que daí a instantes veio, cortadinho em cubos, trazido por uma das meninas da casa, Janette, salvo engano. A taverneira: Por falar em nosso amigo Paulo da Silva, lamento dizer que não freqüenta a minha casa. Acho que a dig-níssima esposa não deixa. Acho que ela faz uma idéia errada do meu esta-belecimento. Acho que pensa que esta vossa amiga e as minhas meninas são capazes de desencaminhar o marido. Que injustiça. Tenho é mas muito carinho por eles. Toda manhã, pois não desminto o nome que meus pais me deram, mas sou madrugadora, vejo os dois saírem cedinho pra fazer a caminhada até a ponta dos Fachos, e nunca deixo de pedir a meu Santo Honório que abençoe o casal. Bem que Seu Paulo, e a digníss-sima também, podiam passar aqui depois da caminhada pra tomar uma-zinha, comer um queijinho de Tiriricas, provar um jambinho do meu quintal, mas nunca passam. Na volta os dois tomam um banho de mar em frente da praça e vão direto pra casa. Ele nunca entrou aqui, e é meu vizinho de em frente. Nunca provou do meu vinho da casa. Não quer saber dos meus jardins, das minhas batidas, das minhas rosas e violetas, da sombra agradável do caramanchão. Dos meus lírios nem dos meus girassóis. Do reguinho que passa no fundo do quintal miando, miando. Tudo bem que as minhas meninas são uma tentação de São Tantão, mas a culpa não é delas, nem minha. Tem medo, a Dona Coisa, que eu misturo o paquete das meninas no vinho pra Seu Paulo se apaixonar? Ah! Que bobagem, vê se eu vou fazer uma coisa dessas com ninguém! E são todas três virgens, que faço o maior gosto de um dia ver casarem de branco na igreja. O amigo duvida? Se quiser, pode tirar a prova. Já uma vez um freguês apostou comigo que Rosette não era cabaço. Pois tirou a prova e teve de pagar a aposta. No dia seguinte voltou e queria apostar de novo. O quê, mandrião, está pensando o quê, eu disse. Uê, o sonso disse, cabaço se fura da noite pro dia. Pois perdeu a aposta de novo. Que tal o queijinho? Delícia, disse o velho, e o sequaz concordou com a cabeça. Veio uma segunda porção, trazida pela tal Suzette. Dona Madame, disse Indalécio, a senhora me desculpe o mau jeito, mas e essazinha aí, a senhora tem certeza que é cabaço? Ora, meu amigo, eu ponho a mão no fogo por todas elas. Por quê? O senhor quer apostar? Se não for incômodo, disse ele. Não aposto menos que cem merréis, disse ela. Afinal, e o constrangimento das meninas, onde é que fica?

Disse, e ergueu-se. Vamos lá dentro fazer o teste. Também quero ver, disse o varão de Plutarco, erguendo-se ele e erguendo-se o descrente amigo. Venha o senhor também, convidou-me a Aurora.

Fui, movido pela curiosidade e não pela prudência; e porque lera coisa parecida num livro de Curzio Malaparte. Enveredamos casa adentro, onde abundavam, nas paredes, cromos de santos e santas, a foto de um time campeão de futebol extraída de revista e uma bela tela de Jesus verbigerando nos arredores de Jerusalém. Lá fora, no pomar, ficava o quarto das meninas: uma cela exígua, com um beliche aqui e, ali, um leito que mais parecia um berço. Suzette deitou-se de costas sobre o berço e, empinando o corpo apoiado sobre a cabeça e os calcanhares, em gesto suave e gracioso levantou o vestido e desceu a calcinha até os joelhos: no nicho entre as coxas vimos a polpinha com sua fissura, cercado o conjunto de uma graminha rala. Pode fazer o teste, disse a Aurora, confiante. Indalécio hesitou. O varão de Plutarco se antecipou e, chegando junto à moça, meteu-lhe a ponta de um dedo clínico na fendinha.

Cabacíssimo, decretou, cheirando o dedo. A moça vestiu-se de novo e sentou-se à beira do berço. O senhor me deve cem merréis, disse a Aurora a Indalécio. Mas eu não fiz o teste, queixou-se ele. Não confia, disse ela, no julgamento do nosso ilustre amigo? Indalécio calou-se. Meteu a mão no bolso para tirar o dinheiro. Mas aí veio-lhe uma inspiração: Menina, dirigiu-se ele a Suzette. Senhor? — disse ela. E na bundinha, você também é cabaço? Na bundinha não, disse ela, rindo, meio envergonhada. A bundinha eu já dei, dindinha disse que a bundinha pode. O sujeito olhou fixo para a Aurora e disse: Mas que diacho de cabaço é esse? Cabaço que interessa é na porta da frente, disse a Aurora. É por aí que se anula um casamento. Quem já ouviu falar de cabaço no rabo? Pois então, dona Madame, disse Indalécio, a senhora me reserva o rabinho dessa menina que eu quero vir aqui comer um desses dias, talvez até mesmo amanhã. É um pitéu, disse a Aurora. Cuzinho de anjo não é pra qualquer um. Me desculpe perguntar, mas o senhor tem condições? E esfregou uma na outra as pontas do polegar e do indicador. Deixa, Aurora, disse o varão de Plutarco. Eu pago o pitéu pro meu amigo comer. Ouvindo isso, Indalécio precipitou-se de mãos e beiços sobre as mãos do amigo e crivou-as de beijos. Sai, sai, disse o generoso personagem, enxotando-lhe as mostras de gratidão.

Ao sairmos da cela das meninas, E o senhor, disse a Aurora, dirigindo-se a mim. Não está a fim de um cuzinho de anjo? Fiz que não com a cabeça. Esperar por quem não vem, disse a Aurora, é remar contra a maré. Perguntei: A senhora acha que ela não vem? A moça que o senhor está esperando, disse a Aurora, ela é daqui? Fiz que sim com a cabeça. A Aurora disse: Não conhece o verso? E recitou:

> Essas morenas daqui,
> é como piaba na lagoa:
> corta a linha, come a isca,
> deixa o pescador à toa.

Voltamos os três fregueses à varandola. Toda a cerimônia a que assistira lá dentro me deixou deprimido. Não por moralismo, não, mas pela consciência de que até uma caboclinha como Suzette chegaria intacta ao leito nupcial, concedendo ao felizardo noivo a palma que a mim, por magna sacanagem, a noiva que me coube, em sua aparente pureza e recato, negara de uma vez por todas.

Na rua, porém, nem sinal da esperada ninfa, em cujo corpinho contava diluir a minha mágoa, o meu pesar. Tinha razão o antigo poeta: longa é a noite quando a amante nos frauda de sua presença. Trabalhei o tema:

> Horas quantas tantas
> esperei no presídio frio do vento
> enquanto a esperada ninfa
> não tinha vergonha de não vir.
> Demorei-me ali toda uma horária eternidade

de não sei quantos centos minutos,
espreitando no céu uma lua defectiva
e lançando sem conta maldições
contra a índole volúvel das mulheres.

As três meninas tinham voltado a pular corda no meio da rua. Um pobre ancião, já investido de sua última velhice, ia indo, em companhia da bengala, em direção à arqueada ponte de pedra pelos romanos construída. Nisso percebi que a noite começara a cantar, ao longe, uma toada, acompanhada por um remoto baticum. O notável personagem exclamou: Que que é isso que estou ouvindo? É a banda de congo, respondeu Indalécio. O varão de Plutarco fez uma careta: Puta que pariu. Vamos pirar daqui. E, levantando-se, gritou porta adentro: Aurora, já vou chegando. A Aurora veio, enxugando no avental os róseos dedos, seguida pelas três donzelas. É cedo, disse. E ele: Está vindo o congo aí. Posso ficar aqui não, senão vão me carregar junto e cantar a noite toda em minha homenagem. E homenagem não dá pra rejeitar. *Nobresse obrige.* E, extraindo do bolso da calça crassa a carteira: Quanto que foi a despesa? Por conta da casa, respondeu ela. Coisa nenhuma, replicou ele. Ainda tenho tutu pra pagar o que bebo e o que como. Dá um mimo pras meninas, então, disse a Aurora. As meninas se adiantaram, mãozinhas estendidas. O velho evitou-lhes as mãos ávidas e meteu uma nota graúda no fundo do decotinho de cada uma delas. Aí retirou-se apressado do bar, seguido pelo fiel escudeiro.

Que homem bom e generoso, declamou a Aurora, para ninguém em particular. É o comendador Domingos Cani, homem rico, influente e poderoso. É unha e carne com os três poderes, disse, raspando um no outro o róseo indicador de cada mão. E tão simples, tão humilde. De longe quem vê pensa que não tem onde cair morto.

A música do congo se ouvia mais nítida agora. Daí a alguns minutos a banda passou diante do bar. Os músicos eram em número de uns dez, dos quais dois ou três tocavam casacas, o reco-reco de cabeça esculpida que marca o tempo da música com chiados constantes, enquanto os demais com largas palmas surravam compridos tambores rusticanos que por fortes correias traziam pendurados ao pescoço. Algumas velhas velhíssimas ocupavam espaços à frente, atrás e por entre os músicos, e massacravam uma bela canção com vozes estridentes e discrepantes:

> Machado no pau,
> cavaco voando,
> mulata bonita
> está me chamando.

A banda estacou diante do bar e ali perseverou alguns minutos, se mostrando. Atrás do congo vinha um rebanho de gente, dentre manguinhenses que gostam de remos e visitantes ocasionais. Perscrutei a pequena multidão, tentando descobrir os vultos desejados de uma amena Eugênia ou de uma mera Daiane, mas nem uma nem outra estavam por ali. Vi, sim, recreando seus cultivados músculos, Atalanta, a atleta da prainha; vi, sim, dançando diáfana, a magnífica Nilota, tendo a seu lado, discreta e flexível, a papua; vi, sim, ainda, se requebrando todo em pessoa, o gorduroso Sr. Eugênides.

Requebrando-se também, no tombadilho do bar, dançavam a Aurora e suas pupilas. Eu, sentado, o máximo que fiz foi bater o pé no chão seguindo mais ou menos o ritmo da música. Isso até que o regente da banda tocou seu apito, uma, duas, três vezes, e a banda obediente começou a mover-se rua abaixo, seguida pelos agregados todos.

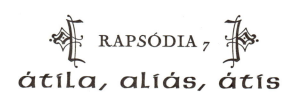

RAPSÓDIA 7
átila, aliás, átis

Já indócil de tanto em vão esperar a prometida piaba, considerei se melhor não seria retornar à casa de Cristácia e incumbir-me na cama. Mas quem disse, argumentei, que uma cama seria capaz de, primeiro, mitigar-me a angústia e, segundo, ministrar-me o sono? Ademais, dormir para e por quê, se na arenosa Manguinhos pusera a esperança de decorrer alguns dias e noites em claro, ingurgitando-me de bem-estar e de belprazer para restaurar a saúde moral de minha alma? A solução talvez fosse sair atrás da banda de congos e quem sabe angariar alguma companhia no entremeio dos que dançavam em conseqüência da música.

Mas quando mal já me preparava para chamar a Aurora e pedir a conta, vi, do outro lado da rua, a lourinha de cabelo ondeado que já vira outras vezes naquele mesmo dia. Ela olhava em cheio em minha direção. Mas quando mal já me preparava para lhe fazer um sinal, ouvi ressoar o meu nome. Alguém chamava: Graciano? Graciano Daemon?

Era um chamariz em tom interrogativo, como se a pessoa não tivesse certeza absoluta de que Graciano fosse Graciano. Olhei então para o olho da rua: da varandola se aproximava um sujeito louro que não reconheci jamais ter visto no contexto da minha vida: do qual partira a invocação de meu nome. Ágil subiu sem cerimônia ao convés do bar e, não mais interrogativo, deu nome ao boi: Você é Graciano Daemon. Fiel ao meu nome, admiti: Sou; mas não me lembro de você. Lembra, sim, disse ele, desdizendo-me, e seu belo sorriso torto me algo pareceu familiar. Minha família morou em Cachoeiro na mesma rua que vocês, lembra mais não? A lembrança veio num solavanco e, entre atônito e enlevado, exclamei: Áquila Braz Rubim! Meu Deus, você é Áquila Braz Rubim! Não, disse o rapaz, mas quase. Sou Átila, irmão dele, lembra mais não? Só que agora me chamo Átis.

Mas que estupidez a minha, pensei: afinal, o que tenho à minha frente é um sujeito louro, e não moreno como meu amigo Áquila, e ainda por cima com brinco numa das orelhas. O fulvo irmão, abrindo os braços, Mas, Braz Rubim por Braz Rubim, disse, somos todos da mesma cepa. Dá cá um bom abraço cachoeirense. Fiz-me, ali, o que raro sou — cordial: ergui-me e abraçamo-nos forte. Embora seja cachoeirense, abraço como esse eu jamais provara antes, pelo menos não de homem para homem: pois o irmão de Áquila Braz Rubim, ao abraçar-me, ineriu o corpo ao meu do peito às coxas, enquanto pousava no meu ombro a cabeça loura. Se me constrangeu? Um pouco. Mas ao mesmo tempo senti-me pertencido ou, mais que isso, acolhido e aninhado. Nesse estado de coisas permanecemos por uns sessenta segundos, que deve ser o tempo regulamentar do ideal abraço cachoeirense. Findo o qual período, separamo-nos para voltar cada qual ao seu próprio corpo. Átila, aliás, Átis, varreu-me de cima a baixo com os olhos, como se lhe fosse difícil acreditar no que via. Cara, isso é *fantástico*, disse então. Quanto tempo faz? Arrisquei: Uns dez anos? Ele repetiu, com voz sonhadora: Dez anos... Depois, num arranco, decretou, com a segurança de um astrônomo: O tempo corre mais rápido que a luz.

A verdade seja dita é que não tivéramos amizade nós dois tão forte que justificasse toda a emoção derramada naquele fortuito reencontro. O rapaz estava é tomando emprestada a amizade que me ligara, sim, a Áquila, irmão seu mais velho e menos louro. Por quem resolvi perguntar, dizendo: E Áquila, como é que anda? Átis respondeu: Áquila não anda. Graciano perguntou: Como não anda? Não me diga que — Átis completou: Que morreu? E, meneando a cabeça: Antes fosse. Está paralítico.

Sentamo-nos todos os dois ambos à mesa, e foi o que bastou para que acorresse uma das meninas de Dona Aurora e ao fulvo Átis perguntasse se ia beber alguma coisa. Ele pousou o olhar sobre mim, como se pedisse permissão não para beber, mas para beber às minhas custas. Permissão que dei com elegante gesto de mão: éramos — não éramos? — dois cachoeirenses reencontrando-se no exílio. Além disso, no reencontro se agregava a presença de um terceiro cachoeirense, o bom e dileto Áquila Braz Rubim, então tristemente, do pescoço para baixo, convertido em pedra.

Tornara-se um centauro de cadeira de rodas.

À minha sugestão de tomarmos uma cerveja Átis retrucou dizendo: Primeiro uma batida como guia. E pediu uma batida de gengibre. Uma pra mim também, pedi à donzela. A qual: E pra, perguntou, comer? Pedi, sem muito refletir, um prato do queijinho de Siriricas. Da mão com a palma ela cobriu a boca e soprou ali um risinho. Tiriricas, corrigi, enxotando-a com um gesto.

Meu compatriota fincara sobre a mesa os cotovelos, entrecruzando os dedos das mãos e pousando sobre mim os olhos. Era magro mas forte, louro cabelo rasante, feições aduncas e irregulares, belo e torto (como já disse) sorriso, em tudo isso igual a si mesmo e — exceto pelo cabelo e por uma barbinha que lhe floria nas faces e no queixo e pelo brinco na orelha — a seu irmão. A que se acrescente uma bela coleção de cicatrizes no rosto e nos braços — o que o equiparava ao irmão inclusive no estilo de vida periclitante e aventureira. Perguntei a Átis o que foi que lhe deixara o irmão paralítico: acidente de carro? Tiro na espinha, disse Átis, com voz contristada. Pensei comigo: É assim que os heróis chegam à cadeira de rodas. Tiro na espinha, repetiu Átis. Uma tristeza. E tudo por causa de mulher: uma encrenca de triângulo amoroso, legítima defesa da honra, essas coisas. Que tragédia, exclamei. E imaginei meu pobre amigo vitimado na tentativa de defender a honra contra uma esposa traiçoeira e seu ignóbil amante. Associei o drama dele ao meu, embora reconhecesse que o dele era trágico mil vezes mais e doloroso: comparei-o a Agamemnon, não o tedioso professor da universidade mas o herói general da guerra de Tróia, agraciado pela esposa, na sua longa ausência, com cornos na testa e, no retorno, com morte peremptória às mãos do amante dela. Quem foi a vagabunda com quem Áquila se casou, perguntei, querendo um nome e sobrenome contra os quais vibrar a minha justa ira. Mas Átis achou graça: Áquila, casado? Não, nunca nem passou pela cabeça dele casar. Ele estava é comendo uma mulher casada, o marido descobriu, flagrou os dois na cama e mandou bala. Foi nesse momento que Suzette trouxe nossas batidas, devidamente acompanhadas de um prato de cubinhos de queijo de Tiriricas. Tomei um grande gole, na esperança de amortecer o choque provocado pela sinistra notícia. Ele nunca esqueceu de você, Átis disse, cheia de queijinho a boca. Acompanhou sua carreira nos estudos. Estava sempre falando de seu talento. Quantas vezes ouvi ele dizer: Graciano vai longe.

É, não é que Graciano foi longe mesmo. De Cachoeiro para o colégio interno em Colatina, de lá para a faculdade no Rio e do Rio para o mestrado no Texas. A amante texana entreabriu para mim as portas do doutorado em Houston, mas já então me fartara de estudar e conhecera Alice Dóris de Assis Lima, por quem me apaixonara num período de férias em Vitória para ficarmos, ela e eu, noivos por correspondência.

A amante texana: há tanto tempo Graciano não pensava nela. Chamava-se Wendy Rathbone, trinta e oito anos, professora de Literatura e, como toda americana que se prezasse, *divorcée*. Fiel a seu regime de infidelidade, ele namorou em paralelo uma cubana de pele sedosa (estudante da Universidade de Houston) e uma gracinha de garçonete da rede Roy Rogers. Wendy, Sheila, Kerry Rae: há tanto tempo não pensava ele nelas. Os três namoros simultâneos duraram dois anos e só terminaram chegada a hora de voltar ao Brasil — e a Alice.

Mas isso são, como tantas que outras, mulheres de águas passadas: às quais era preciso somar agora a própria Alice para então dedicar-me a amores pós-futuros e paixões.

Sentindo-se caído em minhas boas-vindas, Átis submeteu-me a um interrogamento, desfechando-me perguntas uma atrás da outra: Mas quando foi que chegou a Manguinhos? Vindo de onde? Como chegou aqui, de carro ou de ônibus, pois não creio que chegou até aqui a pé. Está hospedado em algum lugar? Às quais a todas dei verídicas respostas com que, porém, não se fez satisfeito. Do bolso da curiosidade extraiu ainda mais uma mancheia de perguntas: Veio sozinho ou acompanhado? Se acompanhado, onde está quem te acompanha? Se sozinho, o que está fazendo aqui neste bar — esperando alguém? Se é isso, diz pra mim, que tipo de pessoa te faz esperar: homem, mulher, ou outra coisa? Estou esperando uma moça, eu disse. Ah, fez ele. E, consciencioso: Não atrapalho, perguntou. Pela hora, respondi, duvido que ainda venha. E ele: Eu conheço? Chama-se Daiane; conhece? E ele: Daiane? Conheço Dalaiane: uma que fala pelos cotovelos. Não, retruquei: essa não fala. Marcou comigo aqui às oito horas. Parece que me deu bolo. Pior pra ela, disse Átis. O que é uma mulher, afinal? É só um buraco, nada mais. Ou, na melhor das hipóteses, dois buracos. Ou, no máximo, três. Aí disse com solenidade: Mulher nenhuma, Graciano, nem homem algum, aliás, merece a nossa fossa. Daqui a cem anos você vai rir desse bolo que está tendo que engolir agora.

Dita essa banalidade, começou, a título de consolação, a contar de uma vez em que passou três horas à espera de uma mulher que, esquecida dele plenamente, dormia encasulada numa rede, sem ele nem saber, a quinze metros de distância. Eu estava, disse, fodidamente apaixonado, e hoje não me lembro nem da cara dela, nem do nome.

Manguinhos, Átis disse, é nação abençoada de gente gostosa. Seja homem, seja mulher, aqui você encontra todo tipo de gente especial, de qualquer cor, idade, e cabeça que você estiver a fim. E aqui tem gente com habilidades especiais que você não encontra fácil em outros lugares. Ouvi falar de uma menina que tem por aí, uma bugrinha, que pega o seu pau com os dedos do pé e lhe bate uma bronha que deixa você pra morrer de prazer. Aí perguntei: Será que é a papua? — esquecendo que eu é que, no meu monólogo comigo mesmo, lhe dera esse título honorífico. E ele: Papua? Não, o nome dela é — como é mesmo? Calímera, Calâmera. Um troço assim. Um desses nomes esquisitos que a gente de por aqui dá aos filhos. Lembrei: Sóstrata — que rima com próstata. Mas, interessou-se, quem é essa tal de papua? Falei-lhe das fugazes ocasiões em que estivera com a papua, mencionando a sua *possível* — sublinhei o adjetivo — quedinha por mim. Pô, meu amigo, exclamou Átis. Em vez de sair buscando as galinhas dos vizinhos, cara, por que não papou logo essa papua?

Para preencher a lacuna de um silêncio, perguntei: E Ática, como vai, está bem? Ática era a irmã deles, de Áquila e de Átis. Tica está bem, disse ele; casou, tem dois filhos. E, sem dar tempo de eu me sobreavisar: Você comeu, não foi? Devo ter enrubescido: aquilo era para ser segredo absoluto: Como você sabe? Ela que me contou, ele disse; Tica não é fácil. Laurício, lembra de Laurício, o primeiro namorado dela? Foi com ele que ela casou. Chifrou ele o namoro todo, chifrou ele noiva, chifra ele agora, casada, e aposto que viúva, de luto e tudo, se for o caso até diante do caixão vai chifrar também.

Eu gostava muito de Ática, mas sabia que era a última mulher que eu quereria para mim. Foi, de meus poemas juvenis, leitora favorita. Trepávamos em meu quarto, e sempre, todas as vezes, chegava uma hora dela olhar o relógio e encerrar o expediente: tinha encontro com outro, e esse outro era Laurício, o noivo. Mulher é estranha criatura: fiel, em sua capacidade de doação, aos homens em geral, mas infiel a cada um de nós em particular.

    Olho sobre a cama e ainda agora
    sinto você presente em meus cinco sentidos.
    (Ah desejo sem vazante.)
    Mas você, alfa estrela do centauro, onde está você?
    Aquela você que aqui veio,
    e se abrindo sésama, se abrindo ao meio,
    me chamando à cama em chamas, sem rodeio
    pôs-se no abraço de meus sete membros,
    e depois corrigiu o cabelo e foi-se embora:
    tinha encontro com outro e estava em cima da hora.
    Hoje, então, como esquecer-te de cor,
    como esquecer esse teu seio, cujo bico
    era uma mosca e não um mamilo?
    Como esquecer com que tal anseio
    lancei os lábios a esse alvo seio,
    fincando certeiro, e bem na mosca,
    o meu beijo em cheio?
    Nos funerais de hoje dizem que você morreu,
    mas como pode você ter morrido se eu não te matei?

    Átis: E você, casou não, Graciano? Fixei-lhe no rosto o olho e assim fiquei algum tanto tempo sem responder. Ele, sorrindo, exauriu o copo. Eu sempre confiara plenamente em Áquila. Vendo Átis ali quase sósia do irmão, resolvi confiar nele também.

GRACIANO

Casei com Alice de Assis Lima, lembra dela?

ÁTIS

Então acabou casando com Dóris? Uma vez me disseram que você estava com ela, mas não pensei que fosse namoro sério. Boa menina. E bonita. Quanto tempo tem que casou?

GRACIANO

Casei ontem.

ÁTIS

Que que você está fazendo aqui então? Cadê Dóris? Que que aconteceu, meu amigo?

GRACIANO

Boa pergunta. Pois quer saber? O presente dos pais dela foi uma lua-de-mel em Porto Seguro. Saímos de Vitória depois da festa, paramos em Nova Almeida pra passar a noite. A nossa primeira noite... A primeira vez que nós...

ÁTIS

Que nós o quê? Vai me dizer que vocês nunca tinham...

GRACIANO

Bem que eu tentei algumas vezes, mas ela não quis. Queria se guardar pra depois de casada, entende, essas coisas de educação à antiga. Respeitei, afinal de contas confesso que me agradava muito a idéia de uma noiva virgem.

ÁTIS

Claro: uma noiva virgem. Mas então o que foi que houve?

GRACIANO

Ela não sangrou.

ÁTIS

Não sangrou.

GRACIANO

Não. Não sangrou.

MISTÉRIO EM NOVA ALMEIDA

Contei a história toda. Comecei dizendo que foi difícil penetrar, difícil e doído. Não tive dúvida nenhuma de que era, para ela, a primeira vez. Mas de manhã dei uma olhada nos lençóis e não havia sinal de sangue. Ela olhou também e disse, Não saiu sangue, e olhou para mim. Eu não disse nada. Não saiu sangue, ela disse, quase como uma pergunta, e a resposta eu é que, como se fosse o réu ali, tinha que dar. Parecia cobrar de mim uma explicação. Eu não tinha explicação, e tudo que disse foi: Por que será? Ela disse: Não sei; que estranho. E foi tudo. Para ela a coisa parecia terminar ali; parecia se resumir a algum mistério insondável da natureza. Com a classe que a revestia como uma segunda pele, nunca se diminuiria a protestar inocência, declarando: Vim virgem pro casamento. Esse fato não era para ser contestado. Já fora estabelecido como dogma desde os intróitos do nosso namoro e não precisava ser invocado agora, nem mesmo diante de um imprevisto mistério da natureza. Ela viera virgem para mim e eu tinha de acreditar nisso, mesmo sem a esperada e necessária evidência do sangue. Obriguei-me a dar-lhe um beijo longo nos lábios e senti vontade de dizer: Deve haver uma explicação. Mas não consegui. Essa fora uma das razões por que eu casara com ela: a certeza de que pau nenhum tinha visitado aquele corpo nem freqüentado aquele escrínio antes do meu. E agora isso. Podia ser uma ironia da natureza, ou de Deus. Deus — e me refiro ao ótimo Deus máximo, Deus pai e genitor de nós todos — se ria de mim.

Em silêncio Átis esperou a subseqüência da história.

MISTÉRIO EM NOVA ALMEIDA
(continuação)

Fui tomar um banho para poder pensar melhor no assunto. Perscrutei meu pau, meu pijama, mas não havia ali também nem um só pingo de sangue. O que podia ter acontecido? Podia ter sido ela mesma, tocando-se com o dedo? Podia ter sido um desses ventos de que falara Dona Sé, capazes de deflorar uma donzela? Podia ter sido algum acidente? De bicicleta, por exemplo, não é a primeira coisa que alegam as falsas virgens e as verdadeiras? Ou pura e simplesmente podia ser que ela não era virgem coisa nenhuma? Aquilo me deixou irritado. Veio-me à cabeça a idéia de que algum primo, nas infâncias ou nas adolescências — talvez até com o dedo em ponta. Veio-me à cabeça também uma viagem que ela fez, alguns meses antes do casamento, para comprar o enxoval. Alguma aventura amorosa durante a viagem? Fiquei irritado. Lembrei as várias vezes em que, antes do casamento, ela me recusara uma intimidade maior — e o que me parecera virtude já agora me parecia hipocrisia. E, vindo já furada para o casamento, o que esperava ela? De algum modo, esperava que eu não desse por nada ou então que aceitasse a sua palavra e atribuísse o fato a algum mistério da natureza. Pois, sendo a virgindade dela um dogma entre nós, duvidar da virgindade dela seria o mesmo que duvidar da virgindade da Virgem Maria.

E o que você fez?

MISTÉRIO EM NOVA ALMEIDA
(conclusão)

A manhã foi insuportável. Tomar o café no hotel, fazer um passeio pela praia, de mãos dadas. Eu só pensava naquilo, e cada vez me irritavam mais a minha covardia — não tinha coragem de discutir o assunto — e a estratégia dela — queria me vencer com silêncio e com sorrisos. Aí, quando ela sugeriu que fôssemos visitar a igreja dos jesuítas, eu disse que queria dormir um pouco antes de continuar a viagem: não tinha dormido bem à noite. Ela saiu sozinha. Juntei as minhas coisas, paguei a despesa, entrei no carro e fugi. Fim da história de um casamento.

Eu disse: Não vai dizer nada? Átis perguntou: Posso beber outra dose?

Durante todo o tempo em que eu falara, seus dedos se tinham distraído brincando com o copo vazio. Chamei uma das três Gracinhas e pedi mais duas batidas de gengibre. Repeti minha pergunta a Átis: Não vai dizer nada? Ele sorriu.

133

GRACIANO

Não há o que dizer, não é?

ÁTIS

Que há, há. Mas você quer que eu diga?

GRACIANO

Quero.

ÁTIS

Quanto tempo vocês namoraram?

GRACIANO

Três anos.

ÁTIS

Você conheceu Alice ela já morando em Vitória, não é?

GRACIANO

Tinha acabado de mudar pra Vitória.

ÁTIS

Bom, dela em Vitória eu não sei, mas antes, em Cachoeiro, ela deu os seus pulinhos.

GRACIANO

Não pode dizer isso de maneira menos vulgar?

ÁTIS

Teve alguns namoros. E todo mundo queria namorar com ela, porque ela era uma que não namorava pra noivar e casar: namorava pra *dar*.

Parecia que estávamos falando de uma galinha, e estávamos. Só que a galinha de que estávamos falando era Alice Dóris de Assis Lima Daemon, a mulher que, toda vestida de branco, eu levara ao altar, fazendo dela pura e simplesmente minha legítima esposa.

Átis disse, como se tivesse escutado os meus pensamentos: Na verdade, ela não era uma galinha, era só uma mulher liberada. O que não é de admirar em quem passou um ano estudando nos Estados Unidos, não foi, num desses programas de intercâmbio? Pois deixou o cabaço lá. Voltou com a cabeça aberta, e Cachoeiro é que lucrou com isso. Muita menina começou a se soltar, seguindo o exemplo dela. Foi ela que trouxe pra Cachoeiro a liberação sexual da mulher.

Rosette voltou com as bebidas. Esperei-a afastar-se e exclamei: Mas como é que eu nunca soube de nada? Ora, disse Átis, é a tradição: o marido é sempre o último a saber. Aí eu disse: E por acaso *você* comeu? E ele disse: Eu não; mas Áquila sim.

Então Áquila namorou com ela? Não, com ele nem foi namoro, foi só uma noitada em Marataízes, depois de um baile. Na praia mesmo. Você sabe como é. Eu sabia: eu mesmo passara por isso no Rio tantas vezes, mas sempre com piranha, nunca com moça direita e decente.

A custo contive as lágrimas, instruído de um misto de ciúme e de raiva. Tanta raiva que até achei justa a tragédia que pusera numa cadeira de rodas o meu amigo Áquila.

Depois de ouvir tais revelações, não tive como duvidar: aquela noite não era o meu dia.

Emborquei a batida — glut glut — e fiz sinal a Suzette, que veio logo. Eu ia pedir outra batida, mas Átis, pousando a mão sobre o meu braço, se antecipou e pediu, em nome dos dois, cerveja. Entendi que era a atitude certa; mas eu estava muito puto para aquiescer e insisti na batida.

Eu ali, bebendo desolado, tentando imaginar com quantos paus se fizera a canoa furada que era a noiva que me coubera por sacanagem dos deuses, ouvi Átis dizer: Meu amigo, não fica assim não. Respondi: Como não ficar assim, depois de descobrir a furada em que me meti? Átis disse: Que furada o quê! Em que mundo você vive, afinal? Respondi: *Eu* vivo nesse mundo. Não sabia é que Alice vivia também. Olha aqui, Átis: ela me falou de um ou outro namorado que teve antes de mim. Eu perguntei até onde ela tinha deixado eles chegarem. Ela disse que não tinha ido com nenhum deles além dos beijos e abraços. Eu perguntei se eles tinham passado a mão nos peitos dela. Ela me disse, até meio ofendida: Claro que não. E o ingênuo do Graciano cai na lábia da safada da Alice. Eu achava que ela era virgem até nos peitos, meu amigo. Átis disse: Não tem uma história que alguém precisava da camisa do homem feliz e, quando encontrou o homem feliz, o homem feliz não tinha camisa?

Eu disse: E daí? Átis disse: É a sua história. Você estava querendo o cabaço de uma mulher pura, mas a mulher pura de hoje não tem cabaço. Cabaço, Graciano, só a mãe da gente é que tinha.

Paguei a conta e deixamos o estabelecimento de Dona Aurora. Havia muita noite sobre nós, e um céu vário de estrelas em vigília. Estávamos um tanto algo ébrios: sem saber ao certo o que fazer, constamos ali no meio da rua, agora já vazia de crianças. Sabe o que mais, Átis disse. Vamos sair por aí e arranjar uma mulher pra substituir a sua Daiane. E disse que conhecia uma tal de Augusta, que morava logo ali em Jacaraípe, numa casa perto da praia. Inútil me foi dizer que não estava interessado, pois ele: Se você não gostar, nós vamos embora. Onde seu carro?

Diante do carro de belas rodas, Átis assoviou de pura admiração e por duas vezes andou à volta dele, deixando-nos, a mim e ao carro, um tanto constrangidos. Depois entramos. Dei partida, atravessamos a bem construída ponte pelos romanos, e lá fomos nós para o norte à cata de Jacaraípe.

Jacaraípe estava onde sempre estivera e sempre estará até o fim dos tempos. Não, porém, foi fácil achar a casa da tal Augusta àquela hora da noite, nem mesmo perguntando a um e outro caminhante, alguns dos quais não nos davam nem a cortesia de uma resposta.

Finalmente, depois de muito errar pelas arenosas ruas transversais que em Jacaraípe levam à praia, demos com a casa. Era uma mera meia-água erigida no centro de um terreno aberto, com nos fundos uma casinhola que me pareceu um depósito de ferramentas. Percebendo a casa obturada e toda às escuras, senti certo alívio: pois já pressentira que essa Augusta não seria, como dizia minha mãe, uma boa bisca. Penetramos no quintal sem dificuldade, já que o portão tinha ido abaixo, fechaduras e dobradiças consumidas pela maresia. Grilos cricrilavam em derredor. Sob uma grande árvore dotada de uma juba de folhas prolixas, um cão em repouso ergueu a cabeça para pôr sobre nós um olho preguiçoso. Átis, indiferente à escuridão que reinava na casa, bateu palmas e gritou o nome de Augusta, mas nada de qualquer resposta lhe veio lá de dentro. De teimoso, voltou a bater palmas e a gritar.

Depois de muitos gritos e muitas palmas fomos, porém, recompensados, pois se abriu a porta do cubículo nos fundos do quintal. Um veado, conhecido de Átis, surgiu no limiar da porta para dizer que aquela que nós procurávamos não estava em casa. Três outras cabeças assomaram por trás dele, como se fossem cabeças de algum dragão multicefálico que o veado mantivesse em casa como bicho de estimação.

O veado disse: O que você queria com Augusta? Átis disse: Nada não, meu amigo ali é que está precisando de uma ajudinha dela. E perguntou: E vocês, quem são e de onde vêm? Viemos de Vila Velha, disse o veado, e somos caseiros de Augusta, cuidamos pra ela da casa, do jardim e do cachorro. Somos procuradores dela. Temos procuração passada em cartório. Somos procuradores dela pra dar hospitalidade aos procuradores dela. Quer ver a procuração? Entra aqui um minuto que eu mostro.

Não, obrigado, disse Átis. Temos compromisso lá em Manguinhos. Já vamos indo.

Só vi que o veado saltou sobre Átis e quis a pulso arrastá-lo pelo braço antro adentro. Acudi em socorro, mas advieram em três contra mim os outros veados, todos três nus, sarapintados para o amor e para a guerra, e colidiram comigo e me assolaram ao chão, e ruíram então sobre mim todos eles, passando-me no pau e nas nádegas as mãos, tentando arrancar-me as roupas, enquanto me cravavam gosmentos beijos sordidíssimos. Contra tais antagonistas tive de usar a força de meus punhos, espargindo socos em olhos e narizes, e, depois, de meus pés, coices espalhando em lombos e costelas e, finalmente, em rabos, sem o quê não teria evitado que depredassem a minha carne. Enfim fugi, o que fiz juntamente com Átis, que nesse entretempo se livrara do veado-mor com a ajuda de uma acha de lenha.

O cão, ao passarmos por ele, ergueu a cabeça e rosnou feroz contra nós. Depois soltou um ladrido e, pousando a cabeça entre as pernas, voltou a dormitar.

O prélio com aquela gente dantesca me enchera de horror e de náusea e me consumira a voz. Liguei o motor do carro e confugimos para longe dali.

Será que não dá outra coisa a não ser veado neste mundo, exclamei, quando pude coligir a voz. Era-me péssimo aceitar que, num mesmo dia, fosse vítima de suborno indecoroso por parte de um velho invertido e, agora, dessa tétrica invasão contra meu corpo por parte de um bando de arquiveados. Átis disse: É mais fácil encontrar um veado que um homem neste mundo de hoje em dia.

Depois dessa, disse Átis, você deve querer ir pra casa. Pode me deixar em qualquer lugar. Pra mim ainda é cedo. A noite ainda é uma criança: uma criança mamando nas tetas da mãe. Graciano disse: Que que eu vou fazer na casa de Cristácia? Átis, então: Olha, Graciano, de certo modo me sinto responsável pelo que aconteceu há pouco, e quero ver se dá pra remediar. Graciano, justamente injuriado, ressentindo-se da tutela de Átis: Que negócio é esse, Átis? Está pensando que é meu irmão mais velho, ou meu anjo da guarda, ou está pensando o quê? O que acontece comigo é problema meu, e eu tenho capacidade pra enfrentar o que for. Não sou nenhuma donzela desprotegida, se é isso que você está pensando.

Nesse momento meu pensamento relembrou-se de Eugênia, que na primeira esquina poderia vir a mim restituída, presenteando-se a mim, abrindo-me portas e janelas do seu divino corpo.

Já ia perguntar a Átis se conhecia Eugênia quando Átis: Tive uma inspiração. Vamos voltar pra Manguinhos. Vamos ver se Domícia está em casa.

RAPSÓDIA 8
petúnia

Mas Domícia não estava em casa, que era o seu lugar, estava era uma tal de Petúnia, a qual, sendo de Átis amiga ou coisa parecida, deu-lhe um longo abraço, aspergindo-o — numa voz musical — de uma torrente de palavras. Estas coisas dizia ela: que Domícia saiu pra molhar umas guias em água do mar, e que ela Petúnia quase que foi junto mas acabou não foi, alguma coisa me dizia que ficasse, vamos vamos, Domícia chamou, mas uma vozinha me sussurrava fica fica, e eu sempre dou ouvido quando ouço essa vozinha, e nunca que me arrependo. E agora vejo por causa de quê que era pra mim ficar, e mais uma vez acertei de confiar em meus pressentimentos. Cara, eu sou sensitiva. Tenho o poder de sentir as coisas no ar, que vão acontecer. Sou vidente também, vivo vendo visões. Ah, Átis, exclamou ela, e segurou a mão dele. Preciso te contar a visão que eu vi, maravilhosa, outro dia! Eu vi sabe o quê? Eu vi uma santa, Átis! Foi a coisa melhor que já me aconteceu até hoje. Preciso sentar e te contar tudo como foi. Mas Átis, como você está lindo, ela disse, e retorceu entre os dedos alguns fios da barba dele; e beijou-o nas duas faces, e na boca.

Por onde, Átis perguntou, ela tinha andado, tão sumida. Estive doente, disse ela, soube não? Doente mais de dois meses, viu, e nenhum amigo me apareceu pra me visitar, nem um tiquinho só de amigo, ninguém. Fiquei sozinha, só com uma pessoa: Deus. Átis se desfez em dizer que não tinha culpa: não sabia de nada, ninguém falou nada pra ele, senão é claro que lhe teria feito uma visita. Não me viu doente em sonho, Petúnia perguntou. Eu mandei mensagens telepráticas pra meus amigos, pra sonhar com a pobre Petúnia, pra vir me visitar. Átis: Sabe o que é, Petúnia, eu nunca lembro de sonho nenhum depois que acordo. Petúnia: Então está perdoado. Mas o que foi que, Átis perguntou, você teve afinal. Os olhos dela se embeberam de lágrimas. Átis segurou-lhe a mão entre as dele ambas e beijou-a. Sabe, Átis, você precisa controlar o barato senão o barato controla você. Mas fiquei boa. E vou te dizer: valeu a experiência. É um purgatório, mas valeu. Saí de lá enriquecida. Todo mundo devia passar por isso, não faz mal pra ninguém.

Durante essas primícias de conversa, ausentei-me de dizer qualquer coisa e, esperando minha vez de entrar na dança, repassei sobre Petúnia olhos estudiosos, e o que vi não foi nada de belo nem de formoso. Era em tudo bem inferior do que Eugênia, do que Daiane. Era uma mulher de olheiras e de trinta anos, e quase nem tinha lábios, que nunca vi tão finos. Não sei a ausente Domícia se seria mais bonita, mas a presente Petúnia não mostrava isca que atraísse meu exigente desejo. Nem sequer o cabelo, que oleoso, e as mãos, que incultas, eram motivo de enlevo. Só a voz melódica fazia um pouco de vista: mas como separar o trigo da voz do joio das palavras que proferia?

De modo que ali me arrependi de não ter optado pelo propício corpo da papua, que tinha a vantagem da natureza taciturna, o que me pouparia de ouvir nem coisas vulgares nem tolas. Pois vulgaridades foi o que mais ouvi da boca dessa Petúnia, ou senão tolices. A começar, por exemplo, por: Não tem nada pra comer aqui em casa a não ser eu. Do que Átis riu, enquanto eu não. Mas Átis, com sua distinção cachoeirense, deixou dito e claro que nós é que viemos fazer convite a ela pra sair conosco e comer alguma coisa.

Durante todo esse tempo não sei dizer se Petúnia me vira ou não me vira, tal a total atenção nenhuma que me deu. Quando afinal se dignou admitir-me, por último, às suas boas-vindas, disse ela: Mas quem é esse homem tão bonito que veio com você à minha casa? Átis disse o meu nome e (maldito seja) que eu era poeta. Foi o bastante para lhe, a ela Petúnia, suscitar o interesse por mim. Você poetiza? Pois eu também. Petúnia Maria de Amorim, ela disse, e agarrou-me a mão e me imprimiu no rosto três beijos, dizendo: Se bem que eu não só escrevo, eu *vivo* poesia. Poesia é mais pra viver do que pra escrever. Por isso é que eu digo que escrever pra mim é *vivescrever*. Essa palavra é filha minha, eu que pari, e até registrei no cartório, ninguém pode usar, só com minha autorização, ouviu, seu Graciliano? Caiu então todo sobre mim o foco da atenção dela, e eis só a pergunta que me fez: Qual o seu signo? E, erguendo a mão majestática: Não, deixa que eu mesmo adivinho. Você deve de ser escorpião. Eu disse que não, arisco a tão fútil inquérito. Então você é, ela disse, touro. Agredido pelo ridículo daquilo, que poderia repetir-se ainda dez vezes, desvendei logo para ela o meu signo, ao mesmo tempo em que me atravessavam o cérebro, a galope, os versos de um poema feito outro dia.

CAVALGADA DOS CENTAUROS

Ontem, descendo das montanhas, seres dúplices,
éramos tão centauros, cúmplices
de nossos músculos, servos de nossos nervos,
seguidores de nossos cascos, que em caudalosa marcha
no silêncio da floresta deixavam a marca,
e nos ouvidos dos velhos solitários
sentados sem palavra nos bancos do parque.
Ontem, cruzando os jardins, pisando os gerânios,
derrubando as cadeiras sobre a grama,
perturbávamos a cruzada das crianças
e a leitura do poema que uma prima
para a outra, a segunda, ia fazendo,
e tentávamos ver, podendo, os escaninhos das meninas
que fugiam para a torre pela escada em caracol,
enquanto à janela aparecia a prioresa
para ver-nos: vestida de seda sob os trapos.
Se dali partíamos, no senfim da tarde,
era abrindo a sabre as framboesas,
era fazendo gemer em suas criptas
os ossos virgens das princesas,
era cruzando o rio, era turbando as águas cristalinas
onde as donzelas de outubro banhavam os pés.
Ontem era a vida, a genitiva dádiva
de deuses particípios do passado:
o sabor de hidromel ao longo da língua,
o furor centígrado em plenos corações.
Hoje nos resta na boca um gosto de pântano, e nas mãos
os caroços de sábado, e os ossos de domingo, e no bolso
uns centavos para o ônibus, uns centavos para o almoço.

Tomada ciência do meu signo, Petúnia abriu um sorriso. Que coincidência, Graciliano, disse. Eu sou de escorpião, mas sagitário é o meu signo ascendente. Aí enxotou-nos da varanda para dentro de sua bem construída casa. A sala, a que permeava o cheiro de incenso de muitas vésperas, era menos que minúscula e, ainda por cima, estreita como um vestíbulo. Ali mandou ficarmos à vontade. Sentei-me num tamborete formado da metade de um barril de madeira, onde nem mal me ajeitara feito um feto e já me vi com um maço de folhas de papel nas mãos, Petúnia dizendo para eu ler que eram alguns dos poemas que tinha escrito recentemente. Tentei tergiversar, perguntando se aquela era a versão final dos poemas, na esperança de que não, o que me serviria de álibi para adiar a leitura. Ela replicou, arrogante, que tudo que poetizava já saía prontinho da cabeça: a primeira versão já é a versão final.

Pediu para a esperarmos tomar um banho, que estava com o corpo cheio de sal desde de manhã, quando deu sete mergulhos nas ondas do mar. Comigo, tudo que eu faço eu faço sete vezes, ou então três. Até minhas poesias: gosto de fazer sete de uma tacada só.

Assim que ela fechada no banheiro e a água sonante, Átis: Já está se preparando, disse, toda pra você, Graciano. Eu me abstraí de dizer qualquer coisa, mantendo muda a língua no claustro da boca. Mas ele se eu tinha gostado de Petúnia perguntou, e eu que não muito foi o que respondi. Então, disse ele, vamos embora procurar outra. Mas eu contrariei que não seria educado, agora que o convite já feito e a mulher já se banhando para sair. Você é que sabe, disse ele; mas vai por mim: é só se acostumar com o jeito dela que você acaba percebendo os encantos. E que pernas, meu amigo, que pernas! Valem a viagem.

Tentei ler alguns dos poemas, mas eram versos mal torneados, coisas como assim:

> Vazio é olhar o céu
> e só ver um borrão de tinta.
> É olhar o mar
> e só ver uma tina d'água.
> É olhar para a vida
> e só sentir desemoção.
> É olhar para uma pessoa
> e só ver uma coisa respirando.
> É olhar para o mundo
> e só ver um monte de tralha.
> É olhar nos olhos de alguém
> e nem ver que cor que são.
> É olhar para um rosto
> e não ver amizade.
> É olhar para dentro da alma
> e só ver o vazio do vazio...

Sem parar quieto, Átis varejava numa estante improvisada com lajotas e velhas tábuas carcomidas os badulaques de Petúnia. Ofereceu-me, num pote de cerâmica, iscas de maçã seca, que alegou ser ótimo calmante. Depois foi achando por ali um lote de quinquilharias de toda sorte, que ia me mostrando uma a uma, entre elas um abricó fossilizado e um pote de vidro cheio de sementes redondas, roliças, de uma planta incógnita. Por fim, pôs-me no colo um livro.

Era um velho livrinho de capa dura, o *Diccionario da Fabula*, de um tal Chompré, em quarta edição, datada de 1938. Para me distrair, abri as páginas a esmo e dei com o verbete referente a "Cercyon, famoso ladrão. Thesêo venceu este salteador, e o fez passar pelo mesmo supplicio que elle dava aos viandantes. Teve uma filha, que por haver condescendido com Neptuno, de tal maneira irritou seu pai, que com o filho a mandou expôr nos bosques para ser devorada. Cercyon era tão valente, que fazia curvar as arvores mais grossas e as atava umas com as outras." Fiquei desinformado sobre o *supplicio* que Cercyon dava aos viandantes, mas agradou-me o discreto eufemismo *condescender* usado ali em contexto erótico.

Fui passando as páginas do livrinho singelo e pitoresco, até que do meio da folhagem uma palavra deu um bote e picou-me o olho como áspide.

Era a palavra *boceta*, que logo vi que se repetia mais duas vezes no verbete, inclusive precedida do adjetivo *infeliz*. Toda a surpresa (mista de alguma emoção) logo se dissolveu porém: o verbete era o verbete de Pandora. Não era da vulva mas da caixa de Pandora que se tratava ali, caixa famosa de onde, uma vez aberta, "sahiram todos os males que inundaram a terra inteira".

Minucioso, Átis ajudou Petúnia a escolher uma roupa para sair. Isso lá dentro, na exígua alcova. Da sala eu ouvia suas sugestões de põe isso, poe aquilo; essa cor não, que não combina; ah, essa sim. Depois ela veio e saltitou aos meus olhos, lançando sobre os ombros um xale de cor lilás. Estava toda cultivada num vestido sucinto, que deixava ver metade das coxas. No braço nu, trazia uma pulseira de lágrimas de Nossa Senhora. Na franja do cabelo, uma fivela em forma de cigarra.

Meus olhos não puderam denegar que aquela mulher tinha um belo par de lindas pernas, torneadas tão bonito que me lembraram as ínclitas pernas de Jane Fonda.

Diante de um espelho, passou nos lábios um batom lilás. Dizendo: Lilás é a minha cor. Gosto de tudo que é lilás. O que me fez logo lembrar de Eliot e os lilases da terra morta. Estou atrás, aliás, disse ela, de um chapéu lilás. Quem será que vai me dar um de presente? Hein? E riu, mostrando dentes branquelos e, no meio deles, um que destoava, meio mortiço, entre os irmãos. Isso que você disse, eu disse, soou como rima rica. Ela, intrigada: O que foi mesmo que eu disse? Recitei-lhe o próprio verso: Estou atrás, aliás, de um chapéu lilás. Ela sorriu: Que bonito. Mas eu sou assim. Faço verso até sem querer. Aí, catando lápis e retalho de papel, Deixa anotar pra não esquecer, acrescentou e, diante do novo verso espontâneo, riu: Olha aí de novo. Outra rima rica: querer e esquecer.

Por fim, ajeitando na cabeça uma boina, Esta boina está suja pra caralho, ela disse. Esfregando-a contra o pulso, tentou defecá-la de caspas e bolores, depois ajeitou-a de novo sobre os cabelos. E voltou-se para nós, em triunfo. Parecia uma cigana. Ou uma bruxa. Mas tinha pernas de Jane Fonda.

Pediu minha opinião: Que que você achou das minhas poesias? Com palavras que pisavam em ovos tentei explicar que aquele tipo de poema não me agradava muito. Espero encontrar outras coisas num poema, sobretudo em termos de originalidade. Os seus não têm originalidade, só têm emoção, e emoção — O que que é *originalidade*, ela disse, com certo desprezo. E conteve-me: Nem me diga, nem quero saber. Veja só se não tem muita coisa profunda nisso aqui:

> Ai, ai, amor!
> Ai, ai, desamor!
> A vida é amor e desamor,
> e vem a morte no final
> e nivela tudo por debaixo.

E disse: Minha poesia é vida, é momento a momento, é uma mistura de sonhos e conseqüências, é o sofrimento que se constrói no amor, é a esperança da chegada do ser amado. E quer saber? Já fui até copiada uma poesia minha por uma poetisa famosa lá do Rio Grande. Famosa mas só faz merda. Esse pessoal não tem talento, aí sai roubando a arte dos outros. Você, por acaso, já foi copiado alguma vez? Não? Então quando você for você vem falar de poesia pra mim. Originalidade. Originalidade é desculpa de poeta que não mergulha de cara na poesia.

No carro, a dama sentou-se na frente, ao meu lado, enquanto Átis no banco de trás. Pus o carro em movimento e ela aplicou sobre a minha coxa a mão proprietária e sobre o meu rosto o olhar. Daí a pouco não resisti e, virando-me para a passageira, perguntei: Que que você está olhando? Ela disse: Não posso te olhar não, Andônis? Átis disse: Andônis ou Adônis? Não vem não, cara, ela disse, que a conversa não chegou na conzinha. Estou fazendo um elogio aqui pro nosso amigo. Andônis quer dizer homem bonito em grego. E, para mim: Vou te contar, Graciliano, tu é o homem mais bonito que eu já vi, tirando meu marido, que Deus o tenha.

Varrão morreu, perguntou Átis. Morreu nada, respondeu ela. Deus o tenha é longe de mim. Aquele corno. Só tinha estampa. Lembra dele, Átis? Diz aí a nosso amigo se Varrão também não era um Andônis. Hoje não sei, tem mais de dois anos que não vejo, graças a Deus, mas me disseram que engordou, que está um barril de banha. Mas quando conheci o puto, Deus que me perdoe, fiquei alucinada. Fiquei de bode só de olhar pro cara. Lembro que você foi muito feliz com ele, disse Átis. Fui nada, disse ela. Cansou de me dar porrada, era só ficar chapado e lá vinha porrada pra cima de mim. E ficava chapado dia sim, dia não, o corno. O *assassino*. Matou Zezinho, lembra dele não? Aquele lourinho, mignonzinho, uma gracinha ele, um anjo. Deu em cima de mim uma vez que Varrão estava pro Rio. Nessa época eu queria que Varrão se fudesse. Dei uns beijos em Zezinho num bar, mas foi só isso, uns beijinhos inocentes. Chupei o pauzinho dele também, mas tudo na maior inocência: era um pauzinho de anjo, qual é! Mas algum filho-da-puta contou pra Varrão, quando eu soube da coisa Zezinho já estava morto e enterrado, só pude ir na missa de sétimo dia. Foi Varrão, mas a polícia disse que foi acidente, que Zezinho caiu do terraço porque estava chapado. Caiu do terraço como, se o menino era um anjo, e anjo é igual passarinho, a primeira coisa que faz quando cai é voar, não é não?

Átis sugeriu que fôssemos ao restaurante de um tal de Artemísio. Louvou-lhe o cardápio: Artemísio tem de tudo que é caça: até cobras e lagartos, se você quiser. Cobra eu nunca comi, mas lagarto já, e cocodilo também, Petúnia informou. Mas hoje o que eu quero é traçar uns caranguejos. Átis: Mas no Artemísio não tem caranguejo. Então vamos pra um lugar que tem, disse ela, e a voz melódica não admitia objeção.

Saltamos do carro, mas Petúnia não quis logo entrar no restaurante, quis ver de perto o mar noctívago. Átis entrou para já começar a beber às minhas custas qualquer coisa. A mim me coube acompanhar a dama em seu passeio. Fomos ao encontro do mar. Sentamos num tosco banco de pau, embaixo de uma castanheira. Petúnia deu um suspiro. Tenho o mar dentro de mim, disse. Sou capaz de entrar nas ondas do mar a qualquer hora do dia ou da noite. Sete mergulhos de dia, sete mergulhos de noite curam qualquer doença, até mau olhado. Sou um pássaro marinho, sou uma gaivota, um mergulhão. O mar é a força total, é o absoluto, é o infinito. No entanto, eu disse, só por dizer, se deixa dominar pela lua. Petúnia: Mas é. Eu adoro a lua também. A lua me pacifica, quando a lua está cheia é quando eu fico mais calma, mais em paz com o mundo. Eu acho que nasci na lua. Não sou deste mundo. Não sei onde nasci, só sei que aqui é que não foi. Nasci na lua, ou em Vênus, ou no fundo do mar. Não sou deste mundo inferior. Primeiro nasci em outro lugar, depois é que me nasceram aqui, só pra registrar em cartório. Ah, Graciliano. Sabe que eu nasci num dia de Finados? Por isso é que eu sou trágica, por isso é que lilás é minha cor favorita. E quase matei minha mãe, porque o útero de minha mãe saiu na frente quando eu nasci. A placenta, você quer dizer, eu disse. Ela teimou: O útero. Quer saber mais do que eu? Eu *estava* lá.

Aquilo fechou a questão. Voltei ao assunto do mar, dizendo: Em francês e em alemão o substantivo *mar* é feminino. Ela não entendeu bem o que eu disse. Expliquei que os franceses dizem *la mer*, os alemães, *die See*. É o mesmo que nós dizermos *a mar* em vez de *o mar*. Ela entendeu: Ah, até você, que não gosta das minhas poesias, me mostra que elas têm uma sensibilidade profunda. Você acredita, Graciliano, que eu escrevi um haicai, sabe o que é, poesia curtinha, do tipo começou-acabou, que diz assim: "Amar o peixe e a canoa: que coisa boa." Sem saber, eu fiz isso aí que você está dizendo, falei do mar no feminino. Mas *amar* é verbo, eu disse, não é substantivo. Eu sei, eu não sou burra, disse ela, eu escrevi *amar*, do verbo *amor*, mas agora eu vejo que do modo que eu coloquei dá pra ler também *a mar*, no feminino, se você lê em voz alta. Então, por instinto, entendeu, eu já estava tratando o mar como mulher. De mar eu entendo, meu amigo. Deixa eu te contar uma coisa.

Quando eu nasci, meu pai era português, aliás é só isso que eu sei de meu pai, além do nome, Egas Amorim, que depois que eu nasci ele voltou de novo pra Portugal e nunca mais deu notícia. Aí meu pai, Egas Amorim, quando eu nasci minha mãe mandou ele no cartório fazer o registro do nascimento. Aí ele disse que ia, e perguntou a minha mãe que nome era pra me dar. Minha mãe disse que eu era pra ser Petúnia, que é nome de flor. Aí ele disse: Tá bom. E foi. Quando chegou lá, o dono do cartório perguntou qual era o nome da criança. Meu pai, com aquele sotaque português, disse: P'túnia. O cara não teve dúvida e me registrou como Ptúnia e não Petúnia. Mas isso nós só ficamos sabendo depois, e todo mundo me chama mesmo é de Petúnia.

Sempre gostei do meu nome, que é diferente, não tem tanta Petúnia assim no mundo. Sou uma pessoa especial, tinha de ter um nome especial. Mas um dia entrei num sebo ali na ladeira do Palácio, lá no centro de Vitória. Entrei e fiquei olhando os livros, que quando eu vejo livro eu fico doida e esqueço da vida, até que vi um livrinho antigo largado assim, aí li o nome do livro, o nome do livro era *Dicionário da Fábula*. Eu achei que era um livro sobre as fábulas de Esopo, que eu lembrava de uma que eu tinha lido na escola, a fábula da moça que subiu numa montanha e deu a luz a um rato, conhece essa fábula? Mas, quando eu fui ver, eu vi que o nome estava errado, não era livro de fábulas, era um dicionário de mitologia grega, falando dos deuses místicos da Grécia e dos heróis da guerra de Tróia, aquela guerra, sabe, que um príncipe saiu de Paris e foi na Grécia e se apaixonou por Helena, mulher do rei Melenau, e aí fugiu com ela pra Tróia, e aí teve a guerra, que só terminou quando o povo lá de Tróia devolveu Helena a Melenau em troca de um cavalo, que é o famoso cavalo de Tróia. Está tudo lá no livro, os deuses, os heróis, e os monstros místicos também, o que você quiser está tudo lá. Aí eu vi logo que esse livro de mitologia era pra mim, que sempre fui mística, e botei o livro na bolsa e me mandei. Já li esse livro umas mil vezes, o que você quiser saber de mitologia grega pode me perguntar que eu sei. Quando você voltar lá em casa eu te mostro o livro, está lá em casa. Você conhece mitologia grega, Graciliano?

Eu disse que alguma coisa.

Tem umas coisas boas, mas também tem umas coisas que mulher não aprova, quer dizer, uma mulher feminista como eu. Você sabe que grego é tudo homossexual, olha, não tenho preconceito não, por mim tudo bem, mas uma coisa é homem gostar de homem, outra coisa é dizer que mulher só serve pra ter filho e cuidar da casa e da conzinha. E grego é assim. Tudo que é bom é do homem, tudo que é rúim é da mulher. Pô, cara, os gregos inventaram que existiu uma mulher chamada Pandora que tinha uma buceta, me desculpa, também não gosto dessa palavra, prefiro perereca, mas é o que está lá no livro, tinha uma buceta tão infeliz que todas as desgraças do mundo saíram da buceta dessa Pandora. Todas as desgraças, a guerra, a fome, o câncer, a miséria, o ódio, a inveja, a estupidez, tudo isso saiu lá da buceta dela. Pô, o homem é que faz essas merdas todas e a pobre da Pandora é que leva a culpa! Não dá pra engolir essa não, Graciliano, você o que que você acha?

Eu disse que concordava com ela.

Pois foi nesse livrinho que eu entendi por que que meu nome é Ptúnia e não Petúnia. Sabe por quê? Porque eu tenho tudo a ver com o mar. Você sabe qual é o nome do deus do mar? Netuno, respondi. Não, corrigiu ela: Netuno é o planeta solar. O deus do mar é Neptuno. Ne-p-tu-no. E eu li lá no livro que Neptuno tinha uma filha que era chamada de Prole Neptúnia. Aí eu entendi que era esse o nome que meu pai quis me dar, Neptúnia, em homenagem ao mar, mas o burro lá do cartório só ouviu Ptúnia e tascou Ptúnia. Mas deixa quieto, que eu ainda vou conseguir um adevogado pra corrigir meu nome do jeito que deve de ser. E quando eu publicar meu livro de poesias, vou botar lá, nome da autora: Neptúnia Maria de Amorim.

Fiquei-a ouvindo, abstêmio de qualquer palavra. Mas de súbito ela estancou o próprio falatório. Olhando fixo para mim, murmurou, romântica: Vou lhe contar, meu amigo, tu é bonito pra cacete mesmo, não é não? E chegou o rosto bem junto ao meu, enquanto pousava a mão sobre minha perna. Tornada romântica, tornou-se até mais bonitinha, e foi capaz, naquele momento, de me atiçar a virilidade. Senti gana de lhe beijar a boca. Cheguei a procurar-lhe os lábios com meus lábios —

Mas nesse momento romântico nasceu-me do útero das sombras um cachorro degenerado e roubou toda a atenção de Petúnia. A qual soltou um grito de prazer e tomou o cachorro nos braços e o apertou no peito como a um amigo do peito. Nisso, ia dizendo coisas num dialeto que só o cachorro seria capaz de entender. Não satisfeita, para meu horror começou a beijar o animal. Repetidas vezes beijou-lhe a boca, dizendo, ah, meu chuchu!

Passado para trás por um reles cachorro vagabundo da arenosa Manguinhos, fiquei ali, segurando vela para os dois namorados.

Petúnia, cachorro ao colo, Ah, Graciliano, disse, eu adoro cachorro. Sempre tive cachorro em casa. Esse aqui até parece o King, um cachorro que nós tínhamos, eu e Varrão. Uma vez, sabe, trouxemos do Rio um lote de maconha pra vender aqui em Vitória. Compramos baratíssimo lá no Rio pra vender aqui. Na volta paramos pra acampar em Marataízes. Não sei por quê, abrimos o saco da maconha e deixamos aberto, ali em cima de uma pedra. Foi um minuto de descuido. Quando eu dei pela coisa, o King tinha comido a maconha todinha. Aí eu olhei pra ele, e ele foi tombando, tombando, até cair duro no chão. Ficou num bode que você não pode nem imaginar! E o prejuízo que deu, aquele filho-da-puta! Tem nada não, depois deu pra fazer uma plantação nossa aqui em Bicanga, nos terrenos de um juiz, uns terrenos vadios que esse juiz tinha lá em Bicanga. Ah, que bons tempos, meus tempos de tráfico! Eu e Varrão. Vendíamos de um tudo, até ácido. Às vezes, quando faltava ácido, Varrão vendia grafite dizendo que era ácido. Mas dava no mesmo: por algum milagre a grafite virava ácido. Você acredita que muita gente vinha dizer depois que aquele ácido estava ótimo, e vinha pedir mais? Eu quero é *daquele*, *aquele* é que é o bom. É, bons tempos, apesar das batidas da polícia. Nunca fui presa. Eu sou vidente, eu sentia no ar que a polícia estava pra aparecer, e tomava providências. Escondia de tudo que era maneira. Um dia não teve jeito, o único jeito foi engolir o baseado, e eu engoli. Depois que o perigo passou, eu contei que tinha engolido o baseado, e não agüentei. Eu ri tanto, tanto, que me mijei de rir. Ah, eu estou cansada de me mijar toda nas calças. É só rir, ou então chorar. Perguntei a um amigo meu, Inácio, ele é de libra, Inácio, que que eu faço pra parar de me mijar nas calças, Inácio. Ele disse pra usar o dedo como rolha, mas comigo não deu certo. Falar nele, estou com saudades. Conhece não? Inácio. Faz artesanato de palha: cesta, peneira, chapéu... Está sempre com uma pena de pavão por trás da orelha...

Depois largou do cão sarnento e me levou a passear pela praia à luz da lua. Na arenosa Manguinhos, tudo começa e principia na praia e na praia termina e finaliza. Nada ela podia ver no meio do lixo da praia que não quisesse levar consigo. Ia catando conchas, búzios, abricós — frutos acrósticos que me deram saudades de alguém — e pedaços de pau de diversos tamanhos e formatos. Catou um coco furado no cocuruto, que me deu para levar. Catou mais algumas daquelas grandes sementes redondas, roliças, que eu vira em casa dela: a que se referiu como *olhos de boi*: e o nome casava bem. Disse que em criança esfregava no cimento a cinta escura da semente até ficar pelando de tão quente e aí encostava no braço dos outros de sacanagem. Disse: Esse olho de boi é *mágico*. Estou juntando pra fazer uma cortina, a primeira cortina de olho de boi do mundo. Vou tirar a porta da casa e botar só a cortina: fecha o corpo da casa, entendeu? Não entra nem alma penada.

Demos com um peixe prostrado na areia, mortinho. Quero levar esse peixe pra casa, ela disse. Não foi difícil demovê-la — o peixe já estava fedendo. Então quis que molhássemos os pés nas pacientes ondas noturnas. O mar está nos chamando, disse. Dissenti. Fiquei olhando de longe, dentro de meus sapatos, enquanto ela, a filha de Neptuno, passeava descalça na fímbria das ondas, molhando os pés, as pernas, os joelhos.

De repente sobressaltou-se e chamou-me aflita.

Fui ter com ela, evitando, porém, chegar muito perto d'água para não ensopar os sapatos. Caparam alguém, disse ela, apontando para uma coisa cilíndrica que ia e vinha ao sabor das marolas. Primeiro pensei que fosse outro peixe morto, gêmeo do que víramos antes. Depois, olhando melhor, reconheci que era realmente um membro viril, que rolava ali, amputado do resto do corpo. Aquela visão gerou um arrepio que me coriscou o corpo. Temos de enterrar o pobrezinho, Petúnia disse; parece até o pau de

Varrão. Pega ele, Graciliano. Pega você, eu disse, que está descalça. Ela olhou em torno. Aí, de posse de um galho de pitangueira, aproximou-se do pobre membro desmembrado e tentou trazê-lo para terra. Em dado momento, ao levantar o galho para nova tentativa, o membro veio junto, como peixe preso à vara do pescador.

Não era nem peixe morto nem amputado falo. O que pendia do galho era um cinturão a que se conjugava um simulacro de membro masculino: essa contrafação que as mulheres que não gostam de homem põem umas nas outras em lugar do legítimo pênis obra da natureza. De quem será, Petúnia disse. Ficou indecisa se devolvia às águas o afogado falo ou não. Vou levar, decidiu; pode servir pra alguma coisa. Leva pra mim? Recuei: Deus me livre. Ela riu: Vocês homens. Só têm coragem pra pegar no próprio pau. Do pau dos outros fogem que nem diabo da cruz.

Varrão tinha um pauzão igual esse, disse ela. Cabo Jorge, o nome dele: qualquer coisa, ficava em posição de sentido e batia continência. E você, tem pauzão também? Qual o nome dele? Inventei na hora: Pausânias. Hummmm, fez ela, apertando os lábios.

Havia alguma coisa escrita na areia. À luz da lua — facho da noite — pareceu-me *fendas de Dafne*, mas Petúnia decifrou melhor: *peidos de Diana*. Não pude deixar de rir: Pensei que fosse uma coisa poética e não é. Ela discordou: Mas *peidos de Diana* é muito mais poético que *fendas de Dafne*. E, me provocando, É preciso ser poeta, disse, pra enxergar poesia em frases assim. Quem será essa Diana, perguntei. Não conheço, disse

Petúnia. Mas deve de ser linda que nem o nome. Os peidos dela devem de ser aromáticos. Devem de ser mais cheirosos que perfume. E o cocô também.

Narrei-lhe que um dia um bando de éguas chegou e encheu de esterco um campo. Aí voando vieram borboletas e pousaram no esterco ainda quente e ali ficaram presas. Por fim, lá do alto do morro desceram centauros e acharam que fossem buquês de flores aquelas placas de bosta cobertas de asas de borboletas. E se ajoelharam todos em torno e ficaram ali em êxtase beijando as flores.

Ela me olhou meio assim como se eu fosse doido: Que história é essa? É um poema de Jorge de Lima. Lógico que a maneira como eu contei não faz justiça ao poema. Petúnia: É esse o tipo de poesia que você gosta? Eu disse: É. E me deixei levar: Esses versos fazem parte de um poema de trezentas páginas: *Invenção de Orfeu*. O poema todo é uma algaravia. Um desvario de poesia apocalíptica. Uma rajada de estrofes sem começo nem fim. Um dicionário do absurdo. A maior enumeração caótica já posta em verso. Um monstruoso enigma gerado por um poeta enlouquecido ou endemoninhado. A poesia como mistério levada à última potência.

Petúnia não se deixou impressionar: Sinceramente, meu amigo, por essa poesia aí, de bosta que é flor ou flor que é bosta, sou mais eu que esse seu tal de Jorge de Lima.

Guardamos os tesouros dela dentro do carro e lá fomos para o bar. Que cavalo bonito, ela disse, notando um burro que pastava num pasto próximo. O bar tinha algumas vivalmas por lá, sentadas às polidas mesas. Era gente da mesma estirpe que Petúnia, com o mesmo jeito e o mesmo vestuário. Quanta gente bonita, ela disse. De repente não se conteve e gritou para um sujeito que estava em pé junto ao balcão, com um chapéu horroroso na cabeça: Ei, poeta, onde é que você comprou esse chapéu? O poeta respondeu que em Linhares. Em Linhares? Petúnia foi até o poeta, filou o chapéu do sujeito, botou na cabeça. Tinha da cor lilás? Lilás é a minha cor, disse ela. Hoje fiz até um hai-cai que diz assim: Estou atrás, aliás, de um chapéu lilás.

Já à mesa, Petúnia reparou que o cadarço de meu sapato estava solto e logo se prontificou a atá-lo. Que sapato bonito, disse ela; parece um buldogue. Depois: Selva minha filha, disse ela, rindo, só fala cabaço em vez de cardaço. Mãe, vem cá amarrar meu cabaço que está soltinho! Átis: Não sabia que você tinha uma filha. Petúnia: É a coisa mais linda. Selva. Está com oito anos. Átis: É de Varrão? Petúnia: Ainda bem que não. É de uma figura aí, Solimário, do movimento negro. Conhece não? O sultão dos canibais. É aquele que só anda vestido com aquelas batas coloridas. Lindo, ele, e as batas então — um amor. Foi com ele que eu aprendi a jogar búzios e a falar a língua bunda, uma língua que tem lá na África — linda. Fala alguma coisa aí, Átis pediu. *Ziviola zipandero zitambô*, disse ela. Quer dizer: violas, pandeiros, e tambores. E *zela zimandô zivoltá* quer dizer ela mandou voltar. Átis: E quem cuida da menina? Petúnia: Minha mãe que cuida. Eu trabalho, cara. Me arranjaram um emprego na prefeitura, vou lá uma vez por semana, dou um duro danado carimbando processo, e nem nasci pra carimbo, nasci pra poesia, embora que esse seu amigo aí não acredita na minha vocação.

Veio um copo de cachaça com pitangas, de que Petúnia passou a dar conta a começar pelas pitangas, comidas de uma em uma. Nós dois homens bebíamos cerveja. Se lembra, Átis, disse ela, dos cogumelos que papamos juntos? Graciliano, você precisava estar lá! Eu cozinhava cogumelos com vinho numa panela de barro. É pra tomar como se fosse ponche. Que loucura, quando me lembro. Eu quase que ficava louca. Bebia água de rio, a água tinha gosto de leite e mel. Me lembro uma vez, não sei se você estava nessa vez, Átis. Eu estava com um chapéu enorme e um vestido comprido, e depois que bebi aquela porção mágica me senti que nem bruxa voando na vassoura. Ah que saudade da Barra! Vê só, depois nós saímos todo mundo de carro, Varrão dirigindo. Fizemos um cavalo-de-pau, eu caí do carro. Depois voltamos pra Vila Velha a uns duzentos quilômetros por hora, e eu tomei um susto quando vi uma mão aparecendo ali no pára-brisa, do lado de fora. Depois sumiu a mão e apareceu uma cabeça. Quando fomos ver, Silvinho estava viajando na capota do carro, vê só. Não sei como não caiu, naquela velocidade toda. Se lembra de Silvinho, Átis? Aquele que virou veado depois que tomou ácido?

Ficamos, Átis e eu, sentados à mesa, tomando cerveja, mastigando uns peroás fritos, enquanto Petúnia com as próprias mãos comia os seus caranguejos.

Sinistra cena para meus olhos vê-la papar, de cada um em um, aqueles pobres crustáceos, começando pelas puãs esquartejadas, de que sugava os fiapos de carne, passando para o corpo em si, redondo, e terminando de mãos e boca untadas de um caldo escuro; sem esquecer que ainda misturava um pouco de farinha à gosma que ficava no cálice da casca, para também transvorar aquilo com deleite.

Um jovem dançava sozinho, com movimentos lentos e lânguidos, e pude ver, com a inveja de quem não dança, que flexível que era o seu corpo, e cinemático. Petúnia estava no, como ela disse, toalhete. Viúvos dela, Átis e eu pudemos, nesse entrerreino, conversar com mais siso. Ali, comigo só, Átis se fez doce e lúcido. Me contou sobre sua vida, sua pintura, que é pintor, seu lugar onde morava: longe da família, mora com um senhor de idade, em Manguinhos, um benfeitor que acredita no talento dele, um mecenas. Brevemente vou expor em alguma galeria de Vitória, ele disse. Tem preferências: a capela de Santa Luzia, tão bonitinha, tão colonial!

Volta e meia um nome tem de ser dito, uma referência de ser feita, que me force a lembrar das fêmeas do meu passado, remoto ou recente: na capela de Santa Luzia, multidão desvairada, despidas putas em telas nas paredes, vestidas putas em percurso diante delas, putas ante putas, e as de carne e osso é que faziam o trottoir. Graciano lá, de braço dado com Alice, a noiva; Júlia, a prima, Sabina, também lá, de braço dado com outro.

> Vendo os meus olhos para nada ter a ver:
> os homens são maus atores,
> as mulheres são meretrizes.
> Ó cílios, ó gases, ó varizes,
> ó mundo de seiscentas cores!

Me contou, Átis, que no início deste ano nasceu de novo. Tinha sido um homem chamado Átila Braz Rubim, e como Átila Braz Rubim tinha tido vida muito atribulada e cheia de erros e equívocos. Até que decidiu que era tempo de Átila morrer para dar lugar a Átis, um novo homem, mais limpo, mais puro, mais humano. Seu renascimento foi uma peça de teatro. Convidou gente para ver. E foi ali mesmo em Manguinhos. Manguinhos é um lugar mágico, cheio de energia. Como um novo Adão, renasceu do barro. Escolheu um trecho de estrada, um lamaçal: chovera sem parar a semana inteira. Foi à noite, e foi lindo. Acendeu velas, treze velas, no lamaçal, em torno do berço do seu renascimento. Despiu-se todo das roupas que usava como Átila e deitou-se na lama. Amigos com pás cobriram-no de barro, cobriram-no totalmente, e ali ficou ele, sepulto em seu jazigo, durante uma hora, enquanto os amigos entoavam mantras. Dali se ergueu, então, renascido e purificado. Fez uma longa oração em agradecimento a Deus; cantou. Depois cobriram-no com uma túnica branca, símbolo de pureza. E ainda deu para transpor para um lenço branco a imagem do seu rosto. Tenho esse lenço em casa comigo, é a coisa mais preciosa que eu tenho, vou te mostrar. O dia mais feliz da minha vida, Graciano. Imagine você nascendo pro mundo com toda a consciência do homem adulto. Me senti em estado de graça.

Pra dançar, essa é a música que eu gosto, Petúnia disse. Pra ouvir, eu gosto é de música clássica. Me acalma tanto. Uma das sinfonias daquele músico, como é o nome dele? Aquele que ficou mudo. Beethoven, eu disse; só que não ficou mudo, ficou surdo. Átis: Uma amiga minha chamou Joana d'Arc de santa carbonizada pela igreja. Adoro Joana d'Arc, Petúnia disse. Adoro as vozes que ela ouvia, que nem as que eu ouço também.

Mas de dançar não houve como dissuadir Petúnia, e a meu corpo néscio é que ela escolheu para ser seu par. Éramos nós num dístico de um lado e Átis sozinho do outro. Inerte para a dança, como sempre fui, deixei-me conduzir por ela. Ela me agarrou e se geminou em mim, com as mãos traspassadas à minha nuca. Depois começou a correr a mão pelo meu cabelo. Posso fazer assim no teu cabelo? Você tem um cabelo tão bonito. Ah, você é fortíssimo, eu sinto que é. Sinto vibrações de você pra mim. Sinto que você tem um vulcão aí dentro. Um vulcão de emoções e sentimentos. Sinto também um vulcão de tesão. Sinto que você é potentíssimo no amor. Sinto que seu esperma é rico e fértil, e que você vai ter muitos filhos. Aí, num sussurrame de palavras ao meu ouvido: E sabe o que eu quero? Quero fazer amor com você. Quero que você goza na minha mão. Quero encher a mão de porra e passar no rosto que nem creme de beleza. Quero lamber sua porra que nem creme de chantilly. E depois quero levar o Pausânias pra casa. Você deixa? Só por uns dois dias. Pode ficar tranqüilo que depois eu devolvo.

Com tudo isso, senti vapores de desejo na minha cabeça e fiquei vizinho de querer comer aquela mulher. Ela, por si, parecia estuante de vontade de dar. Pediu: Me dá um beijo? E começou ela mesma a dar-me uns beijos na boca vorazes, enquanto o corpo se infundia no meu e as mãos me iam e vinham nos cabelos. As tetas, soltas dentro do vestido, raspavam-me o peito. Decidido, portanto, a aceitar aquela trepada morganática, meti a língua em sua boca e explorei-a toda.

Átis seguiu comigo até o banheiro, e lá, enquanto mijávamos, Olha, Graciano, disse, se você não quiser comer, pode deixar que eu como. Já comi uma vez e até que foi legal. Respondi: Antes ela que ninguém: a égua dada não se olha o dente. Átis: Legal. E ela está toda feliz com você. Quem mandou ser poeta? Eu disse: Mas a única coisa que eu gostei mesmo nela foram as pernas. Os peitos, Átis disse, não são de jogar fora. Tem uns bicões duros, bons de mamar.

Petúnia esperava-nos sentada numa cadeira, pernas cruzadas, saia escorrida até lá em cima, deixando ver o fenômeno das coxas tenras e roliças que lembravam as tenras e roliças coxas de Jane Fonda. Paguei a despesa e saímos os três do restaurante, Petúnia no meio de nós, abraçada a um e a outro. Agora eu quero um homem, disse ela. Quero um homem bem gostoso. E, dirigindo-se a Átis: Por que você não vai ver se eu estou lá na esquina?

No carro, ajeitamo-nos o melhor que pudemos no banco de trás. Átis tinha razão: as papilas dos peitos eram grandes e duras como as de uma índia. Mamei-as plenamente. As coxas não decepcionaram nem podiam: corri ali as mãos como em roliços tenros corrimãos. A trepada em si é que começou trivial como a poesia dela. Mas ia dando para o gasto.

De repente, Petúnia passou mal. Deve ter sido por causa e culpa da alíquota de caranguejos que comeu. Esticou-se toda por cima de mim e meteu a cabeça pela janela do carro e começou a vomitar. Nisso, porém, nisso que ia exonerando do estômago todos os caranguejos que comera, ela deu um jeito de se mijar toda em cima de mim.

Corri nu para a praia, todo permijado. Átis levantou-se da areia e me olhou atônito. Passei por ele como uma flecha e me lancei ao abraço purificador das águas do mar.

O que somos, o que somos, todos nós, seres humanos? Se somos os heróis da criação, como nos dita o tempo todo a alta opinião que temos de nós mesmos, então é isso que somos: herói-cômicos heróis da perpétua comédia do mundo.

Levamos Petúnia para casa. Ela jazia deposta no banco de trás. Dentro do carro o mau cheiro azedava o ar, obrigando-nos a tapar os narizes.

Foi um custo tirá-la do carro e levá-la para dentro de casa. Inválida para andar, lá foi ela interpolada entre nós dois, soltando um riso lacrimoso. Nem a vestimos, lá foi ela seminua do jeito que estava; eu ia levando o vestido, a boina, as sandálias. No chão da sala ela desabou sobre o soalho. Não houve como convencê-la a ir para o quarto. Quero dormir, quero dormir, dizia. Me deixa dormir. Mais semimorta do que semiviva. Vamos embora, Átis me disse. Nisso Petúnia começou a ruminar alguma coisa: Promete que me leva lá outra vez? Promete? Promete mete ou promete mente? Vamos embora, Átis me disse. Boa noite, Petúnia, ele disse. Ela resmungou: Quero dormir. Me deixa dormir. Não me acorda não. Só estou em casa se for pra Cristo. E Átis, voltando-se para mim —

RAPSÓDIA 9
sonhos

Enfim sós de Petúnia, subsistimos um momento à frente da casa, na rua obcecada, para ver se inventávamos que rumo tomar. Mas de início não houve qual de nós dissesse palavra. Átis estava imerso em Átis; quanto a mim, abafava-me o peso de uma noite vácua, em que todos os meus desejos e esperanças se haviam empedrado; em que eu merendara toda uma tangerina podre, gomo a gomo. Mas, convim, se por um lado eu tinha a lamentar o episódio de Petúnia, sobretudo o batismo de urina, por outro minha carne escapara incólume das sujas intenções dos predadores que assombravam o quintal de Augusta. Sim, convim, restava até agradecer — mesmo sem saber a quem — o fado pelo menos de estar ali inteiro e sobrevivo, sem perda maior nem maior dano.

Durante algum tempo fizemos silêncio no silêncio. Durante algum tempo apenas, até que um olhou para a cara do outro e ambos começamos a rir.

Átis disse: Amigos? Eu disse: Amigos. Átis disse: Amigos para sempre? Não hesitei em dizer e disse: Para sempre. Abraçamo-nos então num perfeito abraço cachoeirense. Daí, na lâmina de uma espada-de-são-jorge, ele gravou a canivete a inscrição: Amigos para sempre: Graciano e Átis.

Inspirado, eu disse: Amigos grátis: Graciano e Átis. Ele gostou e sorriu todo feliz.

Bocejamos ambos em coro. Átis sugeriu fôssemos embora dormir. Já sentindo um borrifo de sono a me orvalhar a mente, eu disse: Quer que eu deixe você em casa?

Casa branca robusta e moderna no meio de uma relva disciplinada. Do outro lado do portão apareceram uns cães quadrados, espargindo na noite os seus latidos. Calaram só de reconhecer o cheiro de Átis. Que nem abriu a porta do carro nem minutou gesto de despedida. Tomando a iniciativa, estendi a mão e dei-lhe boa noite. Ele colheu-me a mão entre ambas as suas e, restituindo-as a mim, disse: Pra que voltar pra casa de Cristácia? Dorme aqui. Eu disse: Aqui? Mas e seu benfeitor, o dono da casa, não tem de ser consultado? Átis disse: Está pra Vitória. Só volta amanhã de tarde, pra jantar na casa de um amigo. E sabe o que mais? Eu me sinto na obrigação moral de lavar o que Petúnia mijou. Com a mangueira do jardim, num instante eu faço isso. Gostei da oferta: Está bem, eu disse. E não nego que mais vale mansão que pensão. Mas tem certeza que o dono da casa só volta amanhã de tarde? Tenho, Átis disse. E os empregados? Dormem fora. Só tem eu, ele disse, em casa; eu e os cães.

Átis entrou e prendeu na corrente os cães de guarda. Daí acendeu os refletores, lavando de luz muita o jardim, e abriu o portão. Entrei pomposo com o carro fedido. O jardim era povoado de flores — entre as quais reconheci amores-perfeitos com suas carinhas de gato — e tinha uma grama bem penteada. As árvores é que estavam todas na infância: era uma casa construída há não muito tempo.

Átis sem camisa: como o irmão, tinha os ombros infectados de sardas.

O habilidoso Átis trouxe a mangueira do jardim para lavar o interior do carro. Trouxe também detergente para ver se atenuava o fedor que se imbuíra no banco de trás. Espantou-se com a quantidade de lixo que descobriu lá dentro: os tesouros de Petúnia. Trouxe um enorme tonel de gasolina pintado de verde e branco, e demos, os dois, um destino a toda aquela tralha, inclusive ao pênis artificial. Guardei apenas, como lembrete, um dos olhos de boi que você aquece na pedra e encosta no braço do outro de sacanagem. Foi o que fiz com Átis, que sobressaltou de susto.

No terraço ao lado da casa havia uma piscina. A água jazia mansa, a noite pairava tépida. Quando olhei, Átis já estava nu e saltou dentro d'água: tibum. Nadou e mergulhou boas vezes, depois, ressupino sobre a água, chamou-me: Vem. Resistir não pude. Quem quer nadar, que tire as roupas. Também nu, fiz meu intróito na piscina por via de um belo salto ornamental. A água, circunscrevendo-me o corpo, urdia uma volúpia de prazer. Quem me dera ter ali uma mulher, contanto que não fosse Petúnia: a papua que fosse, toda molhadinha, toda peladinha. A água fria e a lembrança da fêmea fizeram-me o pau acordar estremunhando. Tive pudor de Átis perceber tamanha falta de decoro, e nadei para a borda da piscina, onde fiquei agarrado, esperando o bruto se recompor. Átis quis brincar, me puxando pelo braço. Me larga, eu disse.

A mão, Átis, para eu sair da piscina, obsequioso me deu. Seus olhos arregalaram ao ver-me o pau — que já esmorecera. Exclamou: Céus! E, olhando para mim: Graciano, isso não é pau, nem vara; isso é um *vara-pau*. E, cobrindo-me os ombros com uma toalha, disse: Meus parabéns.

O quarto de Átis abria para o terraço, e era independente do resto da casa. Átis tratou-o carinhosamente de *meu porão*. Modesta cama de casal, em desordem, ocupava o meio do quarto. Da parede pendia o lenço de Átis com as linhas do seu rosto sobrescritas em barro: Meu santo sudário, disse ele. Da parede pendiam também algumas telas pintadas por ele. Não havia ao menos uma só que não tivesse um tema erótico, e muitas delas representavam cenas de sexo trino, de sexo comunitário. Nem havia ao menos uma só que não tivesse sido executada em muito mal traçadas linhas: até um leigo como eu notava que o artista não tinha nem uma unha de talento para aquele tipo de arte.

Estive ali, imóvel diante das telas, olhando tudo aquilo, sem saber como dizer minha opinião sem mentir. O jeito foi dizer o que disse: que a pintura dele não me *tocava* muito. Mas ele replicou que aquelas telas não foram pintadas para *tocar*, mas para *chocar*. Minha pintura é política, ele disse, é revolucionária. Pretende subverter os padrões da moral, pretende denunciar o ortossexo. Minha pintura defende o bissexo, o trissexo e o polissexo. Defende por um lado uma anarquia sexual e por outro um cristianismo do corpo. É isso mesmo. Minha pintura prega que você deve amar o próximo com o corpo, se dar ao próximo com o corpo, numa entrega total. Se alguém deseja o seu corpo, é pecado negar. A virtude está em ceder ao desejo do outro. A virtude da caridade física e erótica. Nosso corpo não é nosso, é de quem quiser. Nos foi dado por Deus pra darmos aos outros. Se a pessoa também te agrada, como corpo, tanto melhor: a recompensa vem na própria entrega. Se não te agrada, a recompensa está na consciência da boa ação que você praticou. E você também será recompensado quando desejar alguém. Eu prego e pratico. Já comi muitas pessoas que não queria comer, mas comi, porque elas queriam que eu comesse. É um gesto de boa vontade, uma prova de solidariedade humana, e nunca me arrependo. Cumpro os preceitos da minha religião. Se é assim, redargüi, por que resistiu aos veados da casa de Augusta? E ele: Porque não souberam pedir.

Átis me levou para ver como era a casa por dentro. A sala de estar tinha pé-direito duplo e piso de ardósia. No centro, sobre um fofo tapete felpudo, todo branco, reunia-se, em torno de uma meseta de vidro, um grupo taciturno de sofás e poltronas, tão largos, tão largos, que cada sofá acolheria cinco passageiros, e cada poltrona, dois, com folga, e até três, justapostos: ideal para um casal ou um trio de namorados. Integravam a comunidade almofadões de diversas cores variegadas e um pufe repolhudo, tão grande que, se fosse carnívoro, poderia sem dificuldade engolir na íntegra uma pessoa. Na única parede sólida da sala conviviam harmonicamente, como prova do extremo bom gosto do dono da casa, uma gravura japonesa, uma talha de altar antigo, em madeira dourada, e uma aquarela abstrata — além de um retrato que me surpreendeu a ponto de me tirar o fôlego.

Átis percebeu a minha admiração e disse: Eu que fiz.

Era o retrato de um jovem de paletó desabotoado e, por baixo, uma camisa que, aberta de três botões, deixava à vista a brancura do pescoço, do peito, a brancura feminina deles; o cabelo, repartido de forma anômala, afetada, cobria toda a sua têmpora direita; nos olhos, um sinal de volúpia absoluta e nos lábios um meio sorriso prometendo uma colméia de prazeres. Era Alexandre Vaz, meu primo; nunca antes notara que ele tivesse uma beleza tão, como direi? — tão periculosa.

Como, quando, onde e por que Átis veio a fazer aquele retrato de meu primo? Algo me disse que eu não devia perguntar, e não perguntei.

Mas o retrato era obra do mesmo artista de merda que pintara as telas do porão. Interpretando pelo avesso o meu silêncio, Átis disse: Já vi que você gostou mais desse retrato do que da minha pintura política. Reconheço que é a minha obra-prima como retratista; não seria capaz de fazer outro igual por mais que tentasse. Mas já cansei de retrato. Quando eu ficar famoso vai ser com a pintura política que você viu lá no porão.

Daquele ambiente confortável, subindo cinco degraus, passamos a um espaço de circulação de onde, tomando cuidado para não tropeçar em bojudos vasos de flores postos de propósito no caminho, subimos ao andar superior por uma escada que mais parecia uma escultura. Lá em cima, numa antecâmara, fui recebido por antiguidade nunca vista, uma peça híbrida que reunia num só corpo genuflexório e cadeira, e, só de pensar nas inumeráveis gerações de devotas nádegas que ali se sentaram e sobretudo de devotos joelhos que ali se dobraram, senti libido de me ajoelhar também e rezar uma oração.

Dali Átis guiou-me até o quarto de dormir. A cama locupletava quase todo o espaço: tinha dimensões de barca e me fez lembrar a nossa, de Alice e minha, cama de núpcias, em que na primeira viagem naufragara o casamento. Senti-me sufocar, não tanto pela amarga lembrança, mas porque o quarto, como a cela solitária de uma prisão, não tinha janelas. Átis, porém, fazendo deslizar portas de correr e, depois, portas gradeadas também de correr, expôs-me aos olhos uma varanda possessa de verdejante folhagem.

Numa das paredes do aposento apelava aos olhos um meigo São Sebastião pintado de peito nu flechado de setas. Já sobre a minúscula mesinha de cabeceira o espaço era disputado por várias peças: uma luminária em forma de ânfora, um castiçal em forma de castiçal, encabeçado por comprida vela branca, e três pecinhas de bronze que davam um toque pueril ao ambiente: três figurinhas de animais: um pato, uma coruja, e um coelho, este sentado sobre os pés, com as patinhas erguidas até os olhos, como se enxugando lágrimas de ficção.

Chamou-me a atenção, pelo grotesco da coisa, uma coleção de perucas espalhadas sobre a cama. O dono da casa tinha saído com tanta pressa que nem se preocupara em guardá-las depois de eleger uma delas para lhe forrar a cabeça. Fizemos um pouco de algazarra, então, experimentando as perucas uma após outra, para nossa grande alegria. Com uma peruca negra Átis ficou idêntico ao pobre irmão paralisado. Depois cobriu os olhos de uma venda também negra, usada para dormir, e braços estendidos saiu em meu encalço como cabra cega. No alvoroço quase derrubei um vaso de porcelana de cima de uma mesinha trípede.

Descemos de volta à sala e Átis serviu-nos uma dose de bom uísque escocês, bebida que nunca bebo. Para acompanhar, abriu uma lata de castanhas de caju. Desprezando de todo coração os estofados, sentamos como índios no tapete fofo e tocamos os copos um no outro. Bebemos em silêncio, à meia luz de um abajur de laca.

Uma segunda dose do uísque me pôs a mente anuviada. Átis, agora de novo louro, ainda assim, na penumbra, lembrava muito o irmão.

Átis exclamou de repente: Graciano o que é? Comedor de mulher. Que merda é essa, perguntei. Ele: Áquila que costumava dizer isso: Graciano vai longe e vai ser um grande comedor de mulher. Fiquei pensativo. Era assim que Áquila Braz Rubim me via então: comedor de mulher? Tudo bem, não nego que fosse, que era, que fui, que sou, que serei: e não foi para isso que Deus criou a mulher, para o homem comer?

Entre os treze e os catorze anos, quando a família Braz Rubim se mudou para uma casa na rua onde eu morava em Cachoeiro, conheci Áquila. Ele era um ano mais velho e, comandante nato, logo assumiu o governo de nossa tribo pubescente. Nos demos bem os dois. Admirei-lhe o jeito ao mesmo tempo terno e bruto, a rispidez dos gestos, o compêndio de cicatrizes que lhe tatuavam o corpo; da sua parte, admirou-me a juvenil erudição: leituras e conhecimentos que já começara a acumular em minha cabeça. Eu via em nós algo como David Balfour e seu amigo Alan Breck; ele, sem cultura literária alguma, talvez no sangue e nas vísceras evocasse vagas lembranças atávicas de outro David e de seu amigo Jônatas.

Ensinei-lhe coisas que ele recebeu como se recebe música: entrando por um ouvido e saindo por outro. Ele me ensinou — ou a nós, porque essa instrução se estendeu a toda a tribo — coisas mais duradouras, como o desejo pela mulher e a nobre arte da masturbação. Depois nos separamos. Fui transferido para um internato na triste Colatina banhada pelas águas doces do rio Doce, onde concluí o curso científico. Dali, para o Rio, onde fiz faculdade. Nunca mais vi Áquila de novo. Até que, agora, eis que me ele reaparece, ali em Manguinhos, sob a forma de um irmão: com seu sorriso torto, suas numerosas cicatrizes, seu jeito ao mesmo tempo terno e bruto.

Na de outrora Cachoeiro cresceu entre mim e Áquila um particular sentimento que eu não via de mim ou dele para nenhum dos nossos púberes amigos. Para com esse sentimento agíamos como se não existisse: como se fosse nada menos que nada. Mas eu, Graciano, que já me dedicava com afinco à masturbação, usando como mote as fotos de belas musas que, decotes e coxas à mostra, grassavam nas revistas da época, ao deitar-me para dormir não era nelas mas em Áquila que pensava. Via-me, passivo, jazendo em pastoral paisagem, e via a ele, Áquila, acariciando-me o corpo com as mãos rudes e fortes: nada mais que isso. Pretendia, com tal prelúdio, preparar o terreno para sonhos onde, quem sabe, pudéssemos, ele e eu, levar um pouco mais adiante aquelas ternuras. Nunca, porém, Áquila se dispôs a visitar-me em sonho.

Uma terceira dose de uísque soltou-me a língua e, quando dei por mim, já havia contado a Átis todas essas coisas tais que não contara nunca a ninguém.

Ele recebeu a confidência com olho arregalado.

Fui mais longe: Acho que a lembrança dele é que deve ter inspirado certos versos do poema que estou escrevendo. Diz os versos pra mim, Átis pediu.

Mas isso é a metade de mim.
Vai, leitor, dizer aos de Esparta:
falsário não sou, mas sou binário.
Meu coração hesita assim
entre a voz ativa e a passiva.
Consolar ou ser consolado,

compreender ou ser compreendido,
amar ou ser amado.
Por vezes quero alguém que me dirija,
que me leve à direita ou à esquerda,
que do sol me proteja, ou me da chuva.
Lawrence da Arábia que me guie, como guia a cego,
Platão que me leve ao banquete,
David que me pouse ao ombro suas mãos ungidas.
(Serei eu o encapuzado que sobe a escada
com a flecha na bunda?)
Se olhar no horizonte polar
verei a mim mesmo invertido.

Olho em Átis posto, pronunciei um sorriso como quem dissesse: Este é meu segredo; faça dele o que quiser. E o que ele fez foi pousar uma das mãos sobre o meu ombro e a outra sobre o meu braço, deixando esta transcorrer-me pele abaixo, pele acima, do cotovelo ao pulso e do pulso ao cotovelo. Aturdido a ponto da inércia, limitei-me, enquanto a pele se arrepiava toda, a olhar aquele jogo de braço. O que o encorajou: fechando a mão febril na minha nuca, aproximou os rostos nossos e aderiu aos meus lábios os lábios dele num beijo coeso e opulento.

O beijo perdurou longo tempo: meu pau — que não pensa de modo racionalmente — inchou como íngua: o coração palpitava entre desejos e contradesejos.

Pois o filho-da-puta sabia beijar. Beijava melhor que Petúnia; melhor que Daiane; melhor até mesmo que Alice.

O que diria Alice, minha noiva, se me visse ali naquele momento? O que diria Susana, minha irmã, se me visse ali naquele momento? O que diria Antônio, meu irmão, se me visse ali naquele momento?

Quando afastei o rosto e passei a mão como um lenço sobre os lábios, Átis olhou-me aturdido a ponto da inércia e da mudez. Nesse aturdido olhar cobrava a explicação a que se achava com direito.

GRACIANO
Você não é Áquila; eu não sou o rapaz que eu era. Certas coisas têm de ser feitas quando têm de ser feitas, ou nunca mais.

ÁTIS
Pelo menos fui o primeiro homem que beijou você — ou você tem mais alguma confidência escondida na manga?

GRACIANO
Você foi o primeiro e será o último.

ÁTIS
Não diga que desta água nunca — nunca mais — beberá.

GRACIANO
Desta água nunca mais beberei.

ÁTIS

Quando eu era criança, os meninos mais velhos, pra comer os mais novos, diziam que de duas, uma: você ou dava quando criança ou dava quando adulto. Diziam isso como se fosse uma lei da natureza, como pegar sarampo ou caxumba. Diziam que, quanto mais cedo você desse a bunda, melhor.

GRACIANO

Nunca deixei me levarem nessa conversa.

ÁTIS

Talvez não seja conversa. Conheço muita gente que deu criança e nunca mais deu. Eu também não daria mais hoje, se não tivesse, é claro, de cumprir os preceitos da minha religião.

GRACIANO

Olha, Átis, a conversa está muito boa, mas acho melhor eu ir embora antes que durma aqui neste tapete.

ÁTIS

Graciano, me desculpe por minha falta de — de modos. Olha, vamos chamar esse incidente de mal-entendido, e sejamos amigos: amigos de novo para sempre.

Átis me estendeu a mão honesta, dizendo: Amigos grátis: Graciano e Átis.

Senti como se uma vertiginosa maré vazante me tivesse espoliado em segundos a oportunidade de uma sublime aventura. Senti, confuso, uma vaga frustração; senti que ainda contava com Átis persuadir-me e, aos poucos, guiando-me como guia a cego, conduzir-me até —

Apertei a mão dele honesta na minha não. Prova que me perdoa, Graciano, dormindo aqui, ele disse. Aquiesci: era imensa a preguiça de fazer parte de grandes empreendimentos como dirigir de volta à casa de Cristácia de olhos brilhantes.

No quarto de Átis, na cama de casal, sucumbimos para repousar corpo e espírito. Pensei que, vagamente frustrado como me sentia, não me seria fácil absorver o sono. Mas foi. Lembro que Átis falou alguma coisa no escuro; já não respondi senão por monossílabo. Devo ter adormecido sem pestanejar.

Sonhei que jazia na cama, circunscrito ao meu corpo, e que jazia nem de costas nem de bruços, mas de lado, e que, insone, quis de súbito ler alguma coisa para dormir, mas, nas trevas em que, cegas, jazia, jazia cego: tudo me seria ilegível. Aí, sonhando além, sonhei que outra pessoa jazia presente ali atrás de mim, bem juntinho: sentia-lhe o braço pousado sobre meu flanco, a aragem do fôlego em meu pescoço. Entendi que era ela, Daiane — e minha mão tomou a iniciativa de ler em Braille cada qual das cicatrizes inscritas em seu corpo.

Bastou-me, porém, com a mão tocar o corpo atrás de mim para entender que não era Daiane que ali jazia em meu sonho: não era mulher, era homem e, de todos os homens, o único possível: Áquila: meu antigo amigo de doze anos atrás. Minha mão, porém, sem surpresa nem repulsa, mas fiel a seu propósito, começou, terna, a correr, sutil, pelas coxas dele, recenseando-lhe as cicatrizes. Sua língua respondeu correndo-me pela nuca e pela espádua enquanto os lábios plantavam ali beijos aguçados. Arrepiado e de pau duro, mergulhei na voragem. Aí seu corpo enxertou-se no meu, sua mão colheu-me o membro na tenaz dos dedos — e entre as minhas coxas senti que se imbuía, viril, o membro dele; senti-o pulsar ali incandescente, e a sensação era a de um doce ferrete em brasa marcando-me a pele.

Despertei mijando nos panos toda a porra tantas horas mantida em represa.

Demitido assim do sono, fiquei ali deitado, filosofando sobre a justiça poética daquele derrame de porra, que fechava da maneira mais própria uma noite tão malversada.

Filosofando também sobre outra justiça mais poética: enfim tivera o meu sonho de amor com Áquila, tantas vezes desejado mas em vão em minha remota puberdade: a sensação quase física, propiciada pelo sonho, compensou-me os anos de espera: senti até certa melancolia: certa esperança de reviver o sonho vezes por outras ocasiões.

Levantei-me então com cuidado para não despertar meu companheiro de leito. No banheiro, lavei-me o melhor que pude do visco que me aderira aos pêlos da virilha e, quanto à cueca, atirei-a fora no cesto de lixo.

Voltei à cama tépida e deitei-me ao lado de Átis na santa nudez de meu corpo. Átis dormia como um justo, a julgar pelo modo como ressonava. Sorri ao decidir que aquele sonho não seria confiado a ele nem a vivente algum: aquele sonho seria um segredo entre mim e a alma minha.

Um galo cantou ao longe, provocando a manhã, que aos poucos se adornava para mais uma vez vencer a noite e seu exército de trevas.

Tornei, de puro êxtase, a sonhar o mesmo sonho: que jazia na cama, circunscrito ao meu corpo, e que jazia nem de costas nem de bruços, mas de lado, e que, insone, quis de súbito ler alguma coisa para dormir, mas, nas trevas em que, cegas, jazia, jazia cego: tudo me seria ilegível. Aí, sonhando além, sonhei que outra pessoa jazia presente ali atrás de mim, bem juntinho: sentia-lhe o braço pousado sobre meu flanco, a aragem do fôlego em meu pescoço. Sabia, porém, desta vez, que não era ela a ninfa que ali jazia em meu sonho, Daiane, mas sim ele, o herói, Áquila — e minha mão tomou a iniciativa de ler em Braille cada qual das cicatrizes inscritas em seu corpo.

Nada no contexto do mundo se repete de forma igualzinha: não há nem haverá duas impressões digitais idênticas; dentre as ondas do mar, não há nem haverá uma só gêmea de outra; ninguém sonhará uma segunda vez o mesmo sonho.

O primeiro sonho foi um sonho mudo, o segundo, não. Sentindo a língua do herói corredia pela nuca e pela espádua, ouvindo o estalo dos beijos aguçados, algumas palavras escaparam-me do cerco dos dentes num murmúrio: Era *esse* o sonho... Áquila, sem deter a língua nem os lábios: Hum? Soltei mais algumas palavras que tinham ficado presas: Eu tinha o sonho de sonhar *essas* coisas com você... E por fim as últimas: E só hoje o sonho se torna realidade. Áquila: E está bom? Murmurei: Muito. Áquila: Posso pôr nas coxas? Murmurei: Pode. Aí seu corpo enxertou-se no meu, sua mão colheu-me o membro na tenaz dos dedos — e entre as coxas senti que se imbuía, viril, o membro dele; senti-o pulsar ali incandescente, e a sensação era a de um doce ferrete em brasa marcando-me a pele. Aí ouvi os arquejos rompendo-lhe da garganta e senti que me derramava, por via do pau duro, no estreito vão entre as coxas, um abundante riacho de esperma. De tão real a sensação, nem parecia um sonho.

Poeta é poeta até mesmo jazendo no sepulcro do sono. Só hoje o sonho se torna realidade, eu dissera, no sonho, ao herói. Dormindo ainda, estudei a frase poeticamente e concluí: o sonho tornara-se realidade tornando-se sonho. Porque meu sonho — meu desejo — nunca fora fazer essas coisas com Áquila na dimensão física, mas na dimensão onírica: sonhar, de mim para mim, que as fazia.

Daí a pouco — um minuto, dois, dez? — ressuscitei do sono. Deitado de lado, como no sonho, abri os olhos de encontro ao álbum da parede do quarto. Algum amante inscrevera ali a lápis um codicilo: O amor traz mel a nossa vida. Meu sonho, refleti, era prova disso. Aí senti alguma coisa melosa no intermédio das coxas. Passei ali os dedos e vi que não era mel mas porra — ainda fresca e úmida, e muita.

Da cama sublevei-me de um salto, as mãos furibundas já cerradas, prontas para punir do mais cruel modo possível o íncubo que estuprara a minha castidade. Mas a cama jazia vazia: o criminoso abandonara o local do crime.

Dissabores, como víboras, não andam senão aos pares.

De súbito ouvi cacarejar lá fora uma voz galinácea que ao ar lançava em chamas uma caterva de palavras iracundas, fazendo minha própria fúria derreter-se diante de fúria muitas vezes ainda maior. Todo ouvindo o que era dito lá fora, perguntei-me o que, Deus do céu, estava havendo. Está havendo, respondi-me, que quem devia chegar só de tarde chegou de manhã e pilhou Átis deflagrado comigo na cama e, para piorar as coisas, com o pau cravado fundo entre as minhas coxas. Agora está aí, esfolando a alma do lascivo Átis, que bem o merece — mas e eu nessa merda toda? Pois entendi que o que estava ouvindo era uma briga de casal: o cônjuge traído deitava sobre o adúltero toda a justa fúria histérica do ciúme. E o pobre Graciano era o inocente pivô dessa torpe história.

Consternado, corri ao banheiro e lavei da resina de Átis as coxas e me vesti célere.

Apareceu-me porta adentro um pálido Átis, furtado de toda a sua cor. Diante dele renovou-se a minha fúria. Seu filho-da-puta, bradei, já de punhos cerrados: como é que você foi capaz de fazer uma coisa dessas *comigo*? Suas feições crisparam-se diante da iminência de novo sermão: Ah, pelo amor de Deus, me dá umas férias. Já não basta — Vendo-me, porém, barrar-lhe o caminho, exclamou: Que foi que eu fiz? Aquilo foi demais para mim: Ainda pergunta, infame? Ainda se faz de sonso depois de cometer estupro? Revidou: Sonso é você. O que fiz, fiz com seu consentimento: você quis, pediu e gostou. E teria gostado mais ainda se eu tivesse posto no seu cu e não nas coxas, não é, ex-macho? Diante de tamanha insolência, impingi-lhe, pugilista, um golpe contra o rosto; desviou-se o suficiente para poupar o olho, mas o punho colidiu-lhe vingativo contra a têmpora e o sangue emanou. Em contragolpe, com o dorso da mão bateu-me tão forte na face que me fez ver estrelas. Reagi com ambas as mãos, tentando nem sei se arrancar-lhe os olhos, mas ele encadeou-as no ferro das suas próprias, de irmão de herói, tornando-me impotente. Enquanto duelava para soltar-me, ele olhou nos meus olhos e perorou por entre rilhados dentes: Você sai da cama, vai ao banheiro e quando volta me deita pelado junto de mim. Pensei que você estava a fim de alguma coisa. Dei-lhe uns beijos. Você falou em realizar seu sonho... Ainda quis ter certeza, e perguntei se podia pôr nas coxas. Você disse que podia. Aí eu pus. Não me venha cobrar satisfação. Você já teve sua satisfação, e eu também. E quem está pagando o pato sou eu, que o velho olhou pela janela e me viu com a pica na botija.

Debelada pela força e pela razão a nossa rixa, Eu pensei que fosse tudo um sonho, murmurei, sentando-me exausto à beira da cama. Se é esse, Átis disse, o seu álibi, por mim tudo bem. Sua honra está salva, e não está aqui quem dirá uma palavra sobre isso a ninguém. E o meu prejuízo? O velho me deu quinze minutos pra me mandar. O que foi um sonho pra você é um pesadelo pra mim. Fiquei sem cama nem teto e sem pai e sem mãe, que, bem ou mal, o velho era uma coisa e outra pra mim. Que será de mim agora? O jeito é arranjar uma corda e me enforcar num pé de abricó.

Enquanto Átis ia arrumando suas coisas numa velha maleta, retirei das paredes as telas e juntei-as num feixe. A última coisa que guardou na maleta foi seu santo sudário.

Saímos os dois juntos, Átis carregando a maleta em silêncio, eu, as telas. Deteve-se para se despedir dos cães, que o lastimaram com fiapos de voz e adularam com beijos de língua. Meu carro de belas rodas parecia revigorado — pelo menos ele — por uma noite bem dormida. A saliva do céu regara-lhe a capota de fora a fora. No amplo porta-malas coube a bagagem todinha. Dentro do carro o mau cheiro, a poder de detergente, se tinha todo diluído a não ser por uma réstia de azedume.

Rodamos mal e mal um quilômetro e o expatriado Átis pediu-me que parasse o carro. Vou ficar por aqui mesmo, disse. Quero ficar sozinho um pouco, pensar na vida. As minhas coisas, depois eu pego com você. Não discuti. Ele saltou do carro e, antes de ir, pediu secas mas sinceras desculpas pelo incidente.

No trajeto de volta à casa de Cristácia, pensei muitas coisas e tomei a decisão de deixar a arenosa Manguinhos. O que fizera ali até então fora só acumular angústia sobre angústia e somar dissabor a dissabor, culminando no infame episódio daquela madrugada. Para minha contrariedade, porém, a casa estava toda fechada e trancada e deserta de todo mundo. Por um bilhete pregado na porta fiquei ciente de que tinham todos ido na vila ver a puxada. Puxada? Que merda seria fosse o que fosse isso?

A papua dera boa conta da roupa que eu usara na véspera: camisa estampada e calção vermelho pendiam do varal entre outras flâmulas de várias cores. Tomei um banho protelado no chuveiro a céu aberto, enxuguei-me em minha toalha e vesti-me. Nesse meio ínterim, ninguém chegara. Não podia partir sem minha bagagem e sem pagar a conta.

O dia já estava adulto. Meu estômago começou a rugir de fome. Algumas pitangas, que colhi no pé, serviram para enganar-me a fome. Inquieto demais para ficar ali sem fazer nada, desci a pé em direção à vila em busca nem sabia direito do quê.

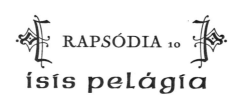

RAPSÓDIA 10
ísis pelágia

À hora que era aquela da manhã, havia gente muita na praia. O ar dançava de gritos agudos de crianças brincando entre as cãs das ondas. Moças jovens de biquíni insolavam o corpo estendidas na areia. Mulheres de maiô sentavam-se à sombra circunspecta de guarda-sóis. Velhas senhoras, vestidos até às canelas e pés descalços, tramitavam pela areia úmida, desviando de castelos e barragens, obras de engenharia infantil. Outras crianças, exaustas de tanto banho, corriam avoadas até o alto da praia e ali se lançavam e se enrolavam em lençóis de areia quente e seca.

Um pai de família fazia-se ao mar carregando aos ombros um filho miúdo. Não tive nem quero ter filho, mas alguns versos fabricaram-se por si sós em minha cabeça:

> Sinto saudades dos filhos que fiz,
> de que não guardo porém no corpo nem cicatriz:
> só vagas lembranças —
> vagas crianças, nesta praia mesma,
> no janeiro arcaico das areias,
> vagas crianças, e só, e lar:
> da pátria de meus ombros se fazendo ao mar.

Tinham lançado rede para pescar manjuba. Uma grande canoa jazia ao largo, de olho nas bóias, enquanto, em terra, alguns homens iam paulatinos puxando a rede para a praia. Se era essa a puxada a que se referia o bilhete pregado à porta de Cristácia, não havia no entanto ali à vista ninguém da família a postos para tomar parte.

O velho Antônio Lúcio, apoiando-se à bengala que lhe amparava o corpo trôpego, levou-me até à sombra de um dos quitungos e sentou-se sobre um bote obsoleto que ali jazia de borco. Sentei-me ao seu lado. Vou lhe contar, disse ele, sem que eu pedisse, a história de como São Pedro aprendeu a pescar. E começou: Um dia estava São Pedro na praia com outros pescadores lastimando a falta de peixes, quando a eles se chegou um desconhecido, que era Jesus, e disse: Vocês não têm peixe porque redam errado, espantando o peixe. Não é da terra pro mar que se bota a rede, e sim, do mar pra terra. Então Pedro mais os outros fizeram como ele disse — redaram do mar pra praia, e deu peixe que foi uma coisa medonha.

Interpretei, de mim para mim, que Pedro confirmava sua fama de obtuso, e seus co-pescadores também. Precisava Jesus ensinar a calejados profissionais da pesca coisa tão simples e tão óbvia?

Seu Antônio Lúcio prosseguiu: Aí, depois que recolheram a rede e os peixes, Pedro disse pros companheiros: O que devemos dar a esse homem que nos ensinou a pescar? E Jesus então falou: Dos peixes que vocês pegaram quero o dízimo. De dez peixes, um peixe. Aí Pedro começou a separar os peixes, mas só dava pra Jesus os peixinhos pequenos, os grandes eram pra ele e pros outros pescadores. Aí Jesus, depois que recebeu a parte dele, mandou juntar uma grande quantidade de graveto e tocou fogo, e queimou todos os peixinhos, que se transformaram em fumaça que foi pro céu. E disse, depois, olhando pra Pedro e pros outros pescadores: Nobre lavrador, vil pescador. Aí o velho Antônio Lúcio sorriu e disse: Por isso é que todo pescador é matreiro... E finalizou: Mas foi assim que se aprendeu a pescar com rede de arrasto e a ser dividido, entre os pescadores, o peixe pescado. Depois é que passou a ser o quinto, como se faz aqui em Manguinhos.

Pois é, seu moço, disse o velho pescador, quando quiser ouvir mais história, estou às suas ordens: tenho muita coisa pra contar.

À medida que, arrastada a pulso, mais se aproximava da praia a rede — tomando, à tona d'água, a forma de uma grande ferradura — maior era o número crescente dos que agarravam na grossa corda para puxar. Por esporte, miscuí-me aos manguinhenses que gostam de remos — a maioria, pelo que pude notar, de chapéu à cabeça — e aos veranistas que gostam de praia e ajudei a puxar também. Éramos mais de vinte, de um lado e de outro, fazendo ou fingindo fazer força.

A tarefa foi lenta e remorada.

Enfim veio dando à praia aquele ventre bojudo, prestes a parir. Algumas pessoas, bacias de alumínio nas mãos, já cercavam, à cata de peixes fujões, os limites da rede. Que, ao, por fim, rastejar pela areia úmida praia acima, pareceu-me um enorme animal marinho constituído de centos ou milheiros de seres prateados que se debatiam em suas malhas. Os pescadores, esses, e suas mulheres, zarparam a encher cestas, balaios, bacias e samburás com o grosso da pescaria. Na água rasa, enquanto isso, uma multidão, sobretudo de crianças, catava os peixinhos escapulidos — dos quais não faziam caso os pescadores. Vi um menino de oito que nove anos levando, seguro pela barbatana entre dois dedos, um legítimo filhote de cação. Um vaivém de peixes mortos rolava nas areias ao capricho das marolas — lembrando, apesar do paradoxo, afogados de um numeroso naufrágio.

Da rede a manjuba foi levada para o terreno junto aos quitungos: algumas cestas, de tão grávidas, iam pendentes pelas alças a uma longa vara apoiada ao ombro de dois homens. Derramado sobre a grama, o milionário morticínio de peixes transformava-se em tapete de escamas, brilhante que nem prataria ao sol — que nem cardume de estrelas, segundo a metáfora do antigo morador de Manguinhos. Aqui e ali bulia ainda um resquício de vida numa ponta de cauda.

Nisso chegou uma canoa vinda de alto mar. Com três homens dentro, veio e abicou na praia um pouco mais ao norte. Talvez tenham feito algum sinal ou algum gesto — o fato é que logo as pessoas começaram a se despegar de onde estavam e a se encaminhar na direção da canoa, o velho Antônio Lúcio entre elas. Aos poucos seu número foi somando várias dezenas, e o burburinho zoava na praia como vento sul. Formou-se uma cortina de gente em torno da canoa, fechando de minha vista seu Antônio Lúcio e os três pescadores chegados do alto.

Logo ouvi o maior oh de emoção e espanto que jamais ouvi e que certamente jamais na vida ouvirei. O que seria? A copulação de curiosos em torno da canoa aumentava cada vez mais. De repente pareceu-me ser eu a única pessoa a mostrar desinteresse pelo que talvez fosse o mais notável acontecimento da história geral do povoado. A mostrar, mas não a sentir. Meu desinteresse não era desinteresse, era a vocação civil para a contenção dos sentimentos.

Uma senhora de touca à cabeça veio em minha direção, com a notícia piscando-lhe nos lábios, pronta para ser passada adiante. Nem precisei perguntar, pois: Uma sereia, disse ela. Pescaram uma sereia lá no mar alto, moço. Vai lá, corre, vai lá ver.

Mas perdi a sereia como perdera a perdiz. Os pescadores já iam a caminho da vila levando a sereia encerrada no maior dos seus balaios. Num deles pescadores reconheci o sujeito que na véspera sob a minha janela arrastara a asa para a papua.

Seu Antônio Lúcio chegou-se a mim abanando a cabeça. Sereia, patrão. Se existe sereia, é isso aí que pescaram lá no mar alto. Igualzinho uma mulher, com mamas em cima e, lá embaixo, a brecha lá que Deus abriu nas mulheres. E ainda por cima prenha, a criatura. Não, nunca vi coisa igual, e olha que já vi muita coisa de assombrar em todo esse mar aí afora. Já vi golfinho que salta por cima das velas do barco e mergulha do outro lado, já vi peixe que metade do ano é branco, metade é azul, já vi enguia que usa brinco e come da mão da gente, já vi peixe-lanterna, que ilumina o mar à noite com o fogo que tem na língua. Já vi até peixe que cumprimenta as pessoas quando chamam ele pelo nome. Mas coisa igual a essa eu nunca vi, nem meu pai, nem meu avô, nem ninguém que eu conheço. E pra onde vão levar a tal sereia, perguntei. Vão atrás de comprador, disse ele. E eu é que não tinha coragem de comer uma criatura dessas. Ou é coisa santa ou é coisa do diabo.

Pouco após encontrei Agamemnon na área metropolitana de Manguinhos. Já sabia do caso da sereia. Sereia nada, desmentiu. Aposto que é um celacanto ou um cachalote. Esse povo não sabe o que diz. Eu disse: Mas você não viu o bicho. Ao que ele, com um sorriso agnóstico: É preciso? Essa gente pesca um peixe raro e pensa logo que é sereia. Quem entende de sereia é Andersen. E Homero, lembrei. Ele meneou a cabeça: Não, as sereias de Homero não eram mulheres-peixes, eram mulheres-pássaros.

Um cortejo de cães municipais, em número de mais de trinta varões, emergiu de um beco para a rua principal da arenosa Manguinhos. Vinham cortejando uma fêmea, todos eles de lascivos sorrisos nos beiços e álacres caudas abanando. A fêmea era pequena e dócil, e caolha; o cio a tornava beldade irresistível; de vez em quando um dos machos apoiava-se em suas costas e dava três ou quatro estocadas numa fugaz tentativa de acasalar. Ninguém tinha pressa nenhuma: ninguém ladrava: era como uma cerimônia de noivado em que o eleito noivo seria o pretendente que se mostrasse mais cortês e gentil que todos. Parece, Agamemnon disse, que está aí todo o elenco de cães manguinhenses. A fêmea é Laia, doce cadelinha que já pôs no mundo várias ninhadas de belos cãezinhos. É mãe extremosa: perdeu um olho defendendo a prole do ataque de um dinamarquês chamado Zig. O escocês nanico é o velho Lord, e junto dele está o filho, Dick. Lord não dá mais no couro: só se mistura aos outros por força do hábito. Mas tem uma coisa em comum com Laia, ou tem porque não tem: também perdeu um olho, que um bem-te-vi malhumorado cegou. Dick é meio tantã: uiva quando lhe chamam o nome e, quando vai beber, se aproxima sorrateiro da água como se ela pudesse fugir que nem caça. Consta que o organismo dele aproveita tudo que come, porque nunca foi visto cagando. Judá é aquele cachorro baio de pêlo de arame, alegre como palhaço. Pingo é aquele pingo de cão ali, a diabetes o deixou cego, mas, cego ou não, tem colhão pra enfrentar até um dinamarquês. Catulo é filho de Laia, mas não sabe, ou esqueceu, e de qualquer forma a natureza não faz do incesto tabu. Nero é aquele dinamarquês todo preto ali, é irmão gêmeo de Zig, que atacou Laia, olha só como ela rosna desconfiada pra ele, que não tem culpa de nada: nasceram no mesmo ovo mas um é uma praga, o outro, uma dama. Aquele ali é Cangambá — e mostrou-me, no final da fila, um cachorro baixinho, peludo, imundo de sujo: a cauda era um longo chumaço de pêlos horripilados a que aderia tudo que vinha do chão, desde folhas, flores e espinhos até chicletes e formigas. Como o nome diz, é um mestiço de cão e gambá: é sempre o último da fila e nunca comeu ninguém. Dorme no meio da rua e os ônibus e os carros que se desviem dele. E está vendo aquele amarelo, de olhos vivos mas tristes e boca torta, caída de um lado? Veja que tem até um porte elegante, parece um perdigueiro em miniatura. É Só Um. Já está bem velhinho, olha o pêlo como está desbotado e ralo. Só lhe resta um dente, daí o nome. Vive dos restos dos restos dos outros cães, mas não é capaz de comer uma sobra de peixe ou de frango sem engasgar com uma espinha ou um osso. Tico é o labrador, olha lá, grande, bonito, de um castanho cintilante, é um cão de raça com vocação de vira-lata: adora revirar lixo e seguir o bando atrás de uma cadela no cio, na maior confusão. O babão ali é Jacinto, o cachorro de Dona Sé lavadeira: dizem que não é cachorro, é o marido dela que ela transformou em cachorro, mas a minha mente lógica rejeita a hipótese. Aquele grandalhão de pêlo rajado é Cabrito, um dogue alemão: é bobo, dócil e estabanado. Foi abandonado pelo dono, que se mudou pra um apartamento em Vitória. O jeito dele de demonstrar carinho é roer o braço das pessoas. E quando corre na praia mais parece um cavalo a galope, põe todo mundo pra fugir apavorado. Florentino é o vira-lata perneta, perdeu uma das pernas dianteiras e é incrível como superou a deficiência pisando torto, pra dentro, pra manter o equilíbrio. Na corrida é rápido como uma flecha, não fica atrás de nenhum dos outros. Bob é aquele vira-lata baixinho, de pêlo curto cor de mel, que chora de dar pena toda vez que ouve música romântica, sobretudo bolero. Araújo é o nome daquele outro ali —

De súbito juntou-se mais um macho ao clã de pretendentes, um vira-lata de pêlo branco encardido, que vinha seguido de perto por uma réplica adolescente de si mesmo. Prontamente reconheci no adulto dos dois o cão sarnento que na véspera merecera de Petúnia umas beijocas. O malandro devia ter um charme a que fêmea alguma era capaz de resistir. Lembrou-me, ali, um Ulisses canino reclamando a sua Penélope e tomando posse dela sem fazer caso algum da turba de rivais. Esgueirando-se por entre a massa de pretensos noivos, sem perda de tempo empertigou-se por trás de Laia e na primeira tentativa, sem precisar de arco nem de corda, enviou-lhe a seta bem no centro do orifício genital e pronto: a seta entrou e não saiu mais.

Agamemnon riu: Esse Feio não tem jeito. É o grande galã de Manguinhos, quando aparece não tem pra mais ninguém. Todos ficam cheios de dedos, ele não: vai logo ao assunto. Agora acabou: os outros que saiam na mão ou então que esperem Feio terminar. E olha só como o filho dele, Feio Júnior, fica pra morrer de ódio. É um edipiano: algum dia ainda vai matar o pai pra comer a mãe. Pois Laia é mãe dele.

O certame canino terminara com o aparecimento de um grande vencedor. Agora noiva e noivo se dedicariam ali às suas bodas, cada qual de costas para o outro, unidos pelo ímã da própria genitália, até que a emissão da semente rompesse a força magnética do coito, permitindo o imediato divórcio do casal e o retorno ao celibato. Quanta semelhança entre essas núpcias e as que contraímos Alice e eu, e quanta diferença. Se o casamento, cá e lá, tem a duração de apenas um dia e um coito, invejei-lhes o divórcio: tão simples, tão isento de trauma, tão amigável: temos muito que aprender com outras espécies da natureza, superiores a nós em tantas coisas.

Nisso então ouvi de novo nos ares de Manguinhos o baticum de uma banda de congos. Já viu uma puxada de mastro, perguntou Agamemnon.

Eu assistira a todo tipo de procissão em minha infância católica: em que a que mais me impressionava era a procissão de Nosso Senhor Morto: o canto macabro das matracas e aquele pálio roxo, oscilante, sob o qual — tinha certeza — ia o corpo presente, ainda não ressurreto, sujeito portanto a fedores de santidade, da própria e sagrada pessoa de Jesus Cristo.

A puxada do mastro, foi o que aprendi ali, nada mais era do que também uma procissão, e também católica: só que em tudo dissímil da fúnebre procissão do pálio. A começar pela presença da banda de congos, que, tocando suas toadas primordiais, insuflava no povo o carnal desejo de dançar e de bailar. A banda seguia a procissão, porque o que a precedia era uma multidão de pessoas flutuantes — homens e mulheres de variada idade — que em fila indiana vinha puxando uma corda. E o que puxavam por meio da corda não era apenas um mastro, mas um barco inteiro, que lá vinha, todo enfeitadinho de bandeirolas de papel de seda, no meio da procissão.

Exclamei: Um barco? Agamemnon sorriu de minha surpresa. Eu disse: Cachoeiro não tem disso não. Ele disse: Nem pode — não tem mar, só aquele rio fuleiro.

Quando o barco se avizinhou de nós, pude ver Cristácia incorporada à procissão, e a papua de cabelos de lã, e a lourinha anônima de densa crina cacheada, e o mais antigo morador do local, e uma senhora que devia ser a esposa dele, todos de mão dada à corda. Depois percebi que a longa corda esticada se prendia a uma canga logo à frente do barco. Abraçados à canga, cerca de oito homens vigorosos, calcando fundo a terra, davam tudo de si para puxar, no muque, o barco. Que nada mais era que uma tosca obra-prima de madeira montada sobre um carro de bois. Dentro do barco, rente a uma das amuradas, ia preso um longo mastro roliço, pintado de várias das cores do arco-íris.

Agamemnon disse: Geralmente a puxada é feita em homenagem a São Benedito ou São Sebastião, ou até São Pedro. Essa aí, excepcionalmente, é uma homenagem a Nossa Senhora da Penha. Dentro do barco vinham mesmo três donzelinhas mantendo à vista de todos a bandeira verde de Nossa Senhora, uma tela de pano interserida numa esquadria de madeira. Duas das moças eram bugrinhas de Manguinhos, numa das quais reconheci a alegre Suzette; a terceira era a esplendorosa Nilota dos níveos braços. A qual levava a sério a sua missão: olho fincado no alto do céu, extática, parecia uma santa de cabelo louro e olho azul.

Passou o barco, seguido pela banda de congos e por uma multidão dançarina.

Segundo Câmara Cascudo, dissertou Agamemnon, essa puxada de barco e de mastro só se preservou aqui na nossa capitania, e sobretudo aqui, no município da Serra. Agora me conta, se for capaz, como é que esses pescadores preservaram um costume que pelo que li no livro de Cascudo remonta, por baixo, por baixo, a uns dois mil anos. Porque isso que você viu passar, meu caro, é puro paganismo clássico. É coisa que gregos politeístas faziam em Atenas e Alexandria em homenagem à deusa Ísis: Ísis Pelágia, deusa do mar. Era procissão de marinheiros pra garantir a proteção da deusa contra tempestades e naufrágios. Agora vá lá entender como é que nós podemos ver uma coisa dessas ao vivo em pleno século vinte. Mas o catolicismo, intervim, dando palpite em assunto de que nada entendia, é uma religião híbrida, que combina o monoteísmo judaico e o politeísmo de gregos e romanos e faz uma farra. Se a trindade já tem conotação politeísta, e os santos, então? Há mais santos na igreja católica do que deuses e semideuses na mitologia grega. Bom, disse

Agamemnon, contrariado, porque a conversa evadia por outro caminho. Não posso deixar de concordar, mas não é isso que está em questão aqui agora.

Quem sou eu, continuou ele, pra discutir com Câmara Cascudo, mas mesmo assim acho que a origem desse mastro aí admite especulação. Quando a coisa é muito antiga e os documentos, quando os há, são muito vagos, nesse caso qualquer pingo é letra, e o leigo tem o mesmo direito do especialista de dar uma opinião inteligente a respeito. Porque eu li *A vida quotidiana em Roma*, de um tal de Carcopino, e nesse livro ele faz referência a uma procissão em que se transportava um tronco de pinheiro representando o pênis de Átis: o deus Átis, você sabe. Quando li essa passagem eu fiz uma associação imediata com a puxada do mastro. Carcopino não faz menção a nenhum barco, mas na opinião inteligente deste leigo aqui pode ser que a nossa puxada do mastro fundiu numa festa só o que nas brumas do passado eram duas festas diferentes. Em outras palavras, esse pessoal aí pensa que está festejando Nossa Senhora da Penha, quando na verdade está matando dois coelhos pagãos com um só festejo: o barco de Ísis e o pinto de Átis.

O que diria Agamemnon, pensei, se eu lhe dissesse que esse mesmo pinto de Átis, que ali se puxava em triunfal cortejo, eu abrigara entre as coxas, em sua versão carnal e humana, não muitas horas antes?

Pra onde vão eles, perguntei. Vão rodar a vila e depois subir o morro até a igrejinha de Sant'Ana. Ali primeiro fazem a jogada do mastro: uns três, quatro, jogam o mastro pro alto e depois amparam nos braços. Depois disso fincam o mastro diante da igrejinha com bandeira e tudo. Aí é bater congo e dançar o dia inteiro, que nem bacantes, coribantes, *et cœtera* e tal dos velhos tempos de antigamente.

Nem a sereia pescada no mar alto nem a puxada do barco de Ísis com o pau de Átis dentro tinham sido capazes de atrair a amena Eugênia à vila — nem tampouco, para me servir de consolo, Daiane.

Saí então pedestre pelo estirão de areia cozida de sol. Meninotes de Manguinhos escavavam a areia em busca de guruçás, que, capturados e esquartejados, lançavam dentro de uma sacola para usarem como isca. Lembrei-me dos bichinhos felizes em seu território pedregoso perto do córrego e filosofei: basta que chegue o ser humano, ainda que em sua versão mirim, e toda a vidinha simples da natureza se arrepia em tortura e dor.

Uma criança em idade abecedária escrevia na areia garatujas.

Passei pelo ponto exato onde, na véspera, me enroscara com a muda pessoa de Daiane. De olho no local onde nos deitáramos, pareceu-me ver os nossos fantasmas engalfinhados ali em doce putaria.

Vejo na praia, nua na areia,
a moça de olho de amêndoa,
e montado sobre ela o meu fantasma,
donatário do seu corpo, e comendo-a.

Não satisfeito, acrescentei ao primeiro um segundo quarteto:

Comendo-a à mais alta recompensa,
Ainda que póstuma, ainda que vazia.
Ninguém tanto amou sem ser amada,
Ninguém foi mais pública donataria.

Andei, andei, andei, até dobrar a ponta da praia bem ao sul. Também ali discerni pedras cor de púrpura, frutos da mesma fornada vulcânica que as que eu vira no promontório perto do córrego ao norte da vila. Também ali medrava a vidinha elementícia das pequenas obras-primas da natureza, reproduzindo-se em infinitas edições.

Uma lagosta jazia nas areias, imóvel, mas não era uma lagosta, mas apenas o seu espólio: a sua armadura, sem nada dentro. Era exatamente assim que eu me sentia: nulo: não havia dentro de mim nada nem ninguém.

O dia estava no umbigo. Tanto andei para o sul até que rarearam as pessoas, e momento chegou em que não havia mais mortal nenhum ao tato da vista. Encontrei um recanto muito me agradável. Um regato se fazia ao mar, e no altar da praia reinava um enorme pé de abricó. Olhei, mas não vi nos galhos nenhuma ninfa arbórea. Pus-me então, sob o hálito do sol, a tramitar para lá e para cá no meu arenoso domínio: no meu mudo mundo. Senti-me um Crusoé: não era eu náufrago como ele fora? Ouvi um riso vindo da mata: talvez um pássaro satírico que, em vez de piar ou cantar, risse.

Daqui um riso às minhas custas ouço.
Algarismos vêm dar à praia,
Junto com moluscos e anêmonas.
Outrem ninguém pisará esta areia,
em miríades de miríades,
e Crusoé buscarei em vão a pegada do medo,
a pegada do outro, temida e desejada,
lambida do mar sem ser apagada.
Em vão buscarei aqui a minha cabeça,
que não há salvados deste naufrágio,
nada além de algas e escamas,
além de espumas e ditongos.
A saliva do mar na praia
é o que resta da nau fragata
por ele tragada.
Ó bela nau trágica, nau tragimarítima,
em que me ia a cabeça como figura de proa.

Celibatário nadei nas termas das águas baças de Manguinhos durante vários minutos. Depois deixei-me flutuar supino e sereno, de olho posto no azul dossel lá em cima, pensando na grande ironia zoológica deste mundo: os animais irracionais se dão por satisfeitos com a fruição da natureza como projeto de vida, mas para nós racionais a natureza é pouco para sermos felizes. Precisamos de coisas sem valor algum, como amor, como ouro, como poesia, como glória, aí incluído um cabaço de noiva para sermos os primeiros a furar.

Os intestinos roncaram. Não admira: não tivera tempo, na casa onde dormira e acordara, de pôr os podres para fora; tivera tempo depois, mas não vontade. Ali o mar melhor que a terra se prestava como vaso sanitário. Abaixando o calção até os joelhos, relaxei, e os podres desceram pela culatra com um tiro surdo. Desceram e subiram, pois logo aflorou à crosta d'água, bem ao meu lado, um torpedo de quase um palmo, que ali se pôs a flutuar insolente e obsceno.

Envergonhado, saí da água e voltei à praia. Não era a minha intenção frigir ao sol. Deitei-me então à sombra generosa do abricó. Volta e meia volta o poeta a encarnar em mim. Voltou-me naquele momento em que padecia à vontade a minha solidão. Deitado ali, deixei o poeta coser em minha cabeça mais alguns versos.

> Sinto saudades dos versos que fiz,
> nesta mesma areia, pré maré cheia,
> por entre algas e medusas,
> por entre crânios de piratas e ossos de Egeu,
> por entre as pegadas femininas
> de quem passou por mim sem um olhar:
> nua na tarde, a se embainhar o mar.

E dos outros versos que fiz,
nesta mente mesma, a carvão ou giz,
versos cinzas de amor, e fitamétricos,
na doce antecópula com Cláudia Prócula:
cinco sentidos despertos e um dormindo.

Sendo Prócula a mulher de Pilatos, ocorreu-me especular por que não respondeu Cristo à pergunta de Pilatos: o que é a verdade? Tão fácil: a verdade é uma ilhota vulcânica cercada pelo oceano pacífico da mentira.

Pensando essas inépcias adormeci.

Quanto tempo dormitei não sei se vinte inertes minutos ou mais. Desse parco sono fui acordado por ouvir a guirlanda de vozes no ar e sentir o calcar de passos na areia. Erguendo a cabeça, vi o meu reduto e o meu mar invadidos por nem sei quanto de pessoas, mais de trinta, decaídas do céu, inclusive uma turma de crianças, algumas novinhas ainda, outras em trânsito para a puberdade. Sem a menor cerimônia, armaram acampamento em torno de mim à sombra dos abricós.

A velha lavadeira reconheceu-me e veio conversar: aquela mesma que me descrevera Manguinhos como lugar mágico. Está tudo bem com o senhor, perguntou. Muito bem, respondi; que povo todo é esse? É tudo de São Bastião, disse ela: as meninas vieram fazer piquenique pra comemorar o batizado do filho de Gulanila. Aí, apontando para uma das meninas no meio do mulherio, Aquela é a minha neta, disse. E chamou: Nonara, vem cá.

Como boa alcoviteira, saiu Dona Sé para ajudar no preparo do almoço assim que me apresentou à neta. Pela qual fui logo puxado em conversa. Sentou-se ao meu lado: uma mestiça já um tanto pós-madura, cujo biquíni deixava à mostra parte de uns peitos delgados e todo um ventre encardido, onde se via um desses umbigos talhados em alto relevo. Pilhando-me os olhos em seus peitos, se eu não queria dar uma mamadinha neles perguntou. E ela mesma respondeu: Eu sei, babá, eu sei que aqui nas ventas das crianças não pode. Vai lá na pensão. Pensão Estrela do Mar. Vai lá, pregunta por Nonara. Nonara sou eu, muito prazer, é só mandar. E posso jurar que sou puta de mão cheia. Sou de fazer serviço bem fêquio, senão desvolvo o dinheiro.

Acho que percebeu minha falta de interesse, porque logo deu início a promulgar suas virtudes: Olha, não é por nada não, mas essa pepiça que está aqui é uma jóia. Olha, semana passada fresguês pediu pra ver, eu mostrei, e quando ele viu ficou se babando todo: que gorduchinha que ela é, olha as bochechinhas dela, que jóia. Aí falou pra mim, Nonara, essa porquinha que você tem aí é uma benfeitoria. É uma *benfeitoria*!

Pois é, estou de de já hoje nessa vida, desde quando eu era uma baí desse tamanim. E vou te dizer, muita gente boa já me comeu. Essa boca aqui, ó, está cansada de engolir porra de muito meritismo que tem por aí. Tinha um então que só queria boquete, e ainda me mandava bochechar com um caldo de rosa e mel antes de botar o pau na minha boca. Um menino de família já até me pospôs parentesco, mas aí, quando fui lá na casa dele pra noivar, despospôs: cabeça de cata-vento. Você é da niversidade? Não? Pois o rei doutor da niversidade, doutor Minguel, cansou de me comer. Me deu até chaveirim da niversidade, vai lá na pensão que eu te mostro. Uma vez me mandou pra outro rei doutor, amigo dele. Eu fui, estava marcada pras dez, atrasei um tiquim de nada. Aí o sujêquio não deixou eu nem entrar. Tirou um reloge de todo tamanho e viu que era dez e cinco. Passou da hora. Não dá mais. E me mandou s'embora. Horário de tesão? Disso eu nunca vi, você já? E tinha um desbragador, velhim velhim, que me cansava o punho. Ficava duas horas tocando bronha nele, pra ver se gozava. Doigo doigo, o velhim. Eu chamava ele de pai-tio. Fresguês semaneiro: eu ia lá toda quinta, na folga da comadre que cuidava dele: a comadre era muito da bosteira, não queria deixar o pai-tio se disvertir: nem fumar um canudim não podia. Mas ele era tetéia. Cabelim branquim de tanta idade. Me recebia sempre todo embatinado. Era norteiro lá das Paraíbas e falava de um jêquio ajardinado e dizia umas rimas pra mim ouvir. Bonitas que só, mas eu não entendia nada, era tudo numa língua estranja, acho que era a língua lá de Portugal. Dizia que ele que fazia, mas duvido. Aquilo só podia ser de poeta de Ridjaneiro. Última vez que fui na casa dele, encontrei ele mortim. Ia sair o enterro, e eu nem sabia que ele morreu, ninguém lembrou de avisar pra mim. Ha, ha, he! Nem pude dar uma espiadinha nele, o caixão já estava tampado. Pronto, perdi mais uma boca rica. Cansava o punho, mas valia a pena, que o pai-tio não era pão duro não. Era aposentado, comia uma paga boa. É, Nonara, desse jêquio você vai perder toda a sua fresguesia. Mas não tem nada, velho é que não falta neste mundo. Cada dia nasce mais velho aí pra mim cuidar.

Já foi lá na zona alguma vez, perguntou. Respondi que não. Tem medo, é? Pois não é pra ter não, babá. Pode ir que eu agaranto: é um sossego só aquilo lá. Mas tamém você pode tirar nós fora e levar pra onde você querer. Onte mesmo apareceu dois fresguês e me levaro eu e mais uma colega minha, Judimar, pra uma casa em Jacaraípe. Ficou todo mundo no maior fernesim, ha, ha, he — só vendo. Mas você é de Vitória? Fiz ponto ali no cais das barcas, pertim do bar dos gringos. Nunca me viu por ali não? Andava muito com uma de cabelim sarará — Loura. Os caras anzolava a gente ali e levava pros matos lá de Camburi. Loura era foda. Doiguinha da silva. Carava os caras. Tinha uns que comia nós e depois queria largar em quaquer lugar. Ah, vão deixar as meninas ali no Maruípe, ah, vão deixar as meninas ali na Juquituquara. Loura fazia um escandlo. Era gritona, fazia babaré até por cas de um fósco, e tome cada barbata cabeluda que só. Batia pé: só saio do carro no cais. Pegou no cais, deixou no cais, ela dizia. Senão viro bicho, ela dizia. E virava mesmo. Quanta vez vi ela puxar o faqueiro. Era só beber um vidro de cana que ficava xingada. Ah, a vida era doiga mas era caxinguelê. Depois mataram Loura, eu fiquei com medo de sobrar pra mim tamém, aí vim pra cá, aqui fico perto de mamãe e de vovó.

Perguntei se conhecia uma puta que só tinha uma perna que uma vez eu vira caçando freguês no centro da cidade. Disse que sim: se chama Semira. Como pode uma perneta atrair fregueses, perguntei. Nonara exclamou: O quê? Pois o que Semira não tem pouco é fresguês. Já vi dois bacanas sair no bambu uma vez pra fuder com ela.

Dona Sé passou ali perto, Nonara interpelou: Vó, estou com uma mordigação no estrombo, não sai um toca-boca aí não pra nós comer? A avó desconversou: Atura aí que o almoço já está quase-quase.

Nonara me pareceu tão dada, tão atenciosa, que me arrisquei a perguntar por uma prostituta que, anos atrás, fazia trottoir no quarteirão dos Correios, lá em Vitória. E a descrevi: alta, longas pernas, cabelo tão liso e tão negro que parecia seda. Sei quem, ela disse: Jurema. Gente boa, mas metida a jujuba. Fazia ponto ali junto com a prima, uma tal de Shirley. Só andava de saia pra pôr de fora aquelas pernas que não acabava nunca. Você foi com ela, é, babá? Disse, e passou-me no rosto a mão áspera como púmice. Você viu só o colherão que ela tem? E a rabanada dela, você comeu? Senti-a tão dada, tão amável, que lhe contei o que acontecera entre mim e a bela prostituta. Contei que certa vez parei o carro junto à calçada, ela veio, toda pernalta, e pôs-se propensa à janela; mas, assim que me viu, fez um esgar de desdém e se afastou pernalta do jeito que veio. Ela te deu o fora? — Nonara estava atônita. Foi, eu disse. E ela: Guê, como é que pode uma funconia dessas? Mulher da vida não tem que enjeitar ninguém, como é que Jurema enjeitou você sem pró nem contra? Olha pra mim: até anão já me comeu, e se um lobisomem me puxar pro quarto eu vou sem dar um pio. O feio é que paga milhor. Então a ladroa te deixou na ufa? Tomará que um dia alguém rapa aquele cabelo dela que nem já raparo o meu. Nossenhora, e eu que pensava que já vi de tudo na vida. Deixa eu contar isso pra minha vó. Ela não vai creditar.

Ela dizendo essas coisas, ouvimos cantar uma buzina de chifre de boi: eram horas de comer. Foi aí que me toquei que não comera nada desde as pitangas daquela manhã, e o estômago aproveitou a deixa para ladrar como se da última fome já estivesse bem perto.

Almocei frango assado com farofa, servido por Nonara e pela avó.

Como é vosso nome mesmo, perguntou Dona Sé. Graciano, eu disse. Ah, é? Pois conheci uma Graciana uma vez, ela disse: uma botocuda lá do sertão de Itaúnas. Senti-me ofendido, mas tudo que disse foi: É mesmo? E Dona Sé disse: Essa Graciana me contou uma história que nunca esqueci.

A largata de janaúba é peluda, listrada, tamanho de um palmo. Mora na janaúba, uma árvore que dá muito nas matas do rio Itaúnas, lá perto de Conceição da Barra. Pois diz que quando o maracujá enflora no mato a largata se assanha toda. Dependura pela pontinha no galho e assobia, e é um assobio medonho, que se ouve longe. E as moças todas, das bandas de cá do rio Mucuri até a Guaxindiba, morrem com medo e tomam cuidado. Pois se uma dessas largatas pegar uma moça, se agarra com ela, colada na pele, e pra sair só com o tempo: um tempão. E o pior é que deixa a moça prenha. E tem gente que aproveita a largata pra fazer maldade. Teve uma zinha que perdeu o noivo pra outra e, toda ciumada, uns dias antes do casamento mandou uma largata de janaúba de presente pra ela, numa caixa jeitosa, atada de fita. Foi a conta pro noivo enjeitar a infeliz... E teve um vaqueiro do Cristal que, pra se vingar de uma menina que não lhe deu confiança, botou uma largata no decote dela. A menina endoidou e teve de internar.

Nonara estava perplexa: Verdade, vó? Dona Sé: Olha, minha neta, Graciana era uma cabocla gorda e forte, não tinha medo de nada, matava cobra a cacete. Mas só de falar na largata de janaúba ela se benzia, gritava Vô-te, e o cabelo chegava a arrepiar todo na cabeça dela.

Nego, disse-me Nonara, você é monito pra encardir. Não é, vó? Ele não é o homem mais monito que eu nunca vi? Como é que Jurema, aquela doiga — Olha, nego, Jurema tinha mais é que pagar muito laque pra ir contigo pra cama. Que cuja! Vai lá entender. Ela se acha muito chiada, é? Pois se não fosse que ela sumiu daqui, eu contava pro caseiro dela pra ver ela dançar o siricoté.

Indicativa como a avó, Nonara me ensinou um caminho para chegar mais depressa ao planalto onde me esperava a bem construída casa de Cristácia: É só entrar na mata, explicou ela, e andar o tempo todo pela trilha até sair da mata na outra ponta. Sendo criatura urbana, perguntei: Não tem perigo não? Nenhum, disse ela; é só não fazer uma coisa: quando tu ver lá dentro uma cerca de pau e um mata-burro, fica longe de chegar perto, quando mais de passar pro outro lado, ouviu bem? Depois não me vem dizer que eu não lhe avisei.

O caminho para começar levou-me a subir uma bela colina arborizada que se erguia a uns duzentos metros da praia. Subindo fui, subindo, subindo, até que cheguei ao cúmulo da colina. De onde, voltando-me, espargi o olhar pelo caminho percorrido lá embaixo, no qual faixas de

restinga, regato, asfalto, restinga, praia, criavam um panorama todo sara-
pintado. Na praia enxerguei como tanajuras as putas festejando o batizado
de um de seus filhos. Uma das tanajuras acenou para mim: só podia ser
Nonara: acenei de volta.

RAPSÓDIA 11
psíquê

A colina, ali em cima, mostrava-se tal qual era: eminência abespinhada de árvores, nenhuma das quais eu seria capaz de chamar pelo nome: nem pelo científico, nem pelo vulgar. Bem visível à vista, a trilha se pôs logo a serviço de meus pés. Ingressei no bem-assombrado bosque e lá fui pela trilha, pisando folhas secas outonais que cobriam o chão junto com ramos e galhos fraturados e esquivando-me de meter a cabeça em teias de aranha que às vezes sobrepairavam através do caminho. Enquanto isso, a mente realizava a proeza de não pensar em coisa alguma, muito menos de versificar ainda que dísticos de poema.

Seguindo a trilha maquinalmente, por ela andei, andei, na expectativa de daí a algo de não muito tempo chegar ao cemitério — o que, segundo Nonara, me poria na estrada que levava à casa de Cristácia. Mas, por mais que andasse, andasse, não chegava a lugar nenhum: apenas adentrava-me tanto mais bosque adentro.

Chegou um momento em que pude ver à minha direita a cerca de pau mencionada por Nonara. Prossegui algum tempo à margem dela até que logo logo mais à frente vi o mata-burros que dava ingresso ao terreno do outro lado da cerca — e tive de me deter: um pouquinho de nada adiante, foi o que também vi, interceptavam a trilha os escombros de uma árvore que caíra com tronco e galhos e copa e tudo através dela.

Impossível contornar o obstáculo pela esquerda sem meter o pé num lamaçal em que se convertera um charco ali situado, agora reduzido a um olho d'água no meio da lama.

Pergunto: eu poderia, com um pouco de esforço, ter passado por cima do cadáver da árvore e retomado a trilha? Poderia. Mas o mata-burros estava ali à mão, oferecendo saída mais cômoda e dando, além disso, para uma trilha que seguia, imiscuindo-se entre meros arbustos eventuais, na mesma direção que a de cá. Criatura urbana, seria indigno de mim, e mesmo ridículo, dar ouvidos a conselho — ditado certamente pela superstição mais agreste — de uma prostituta de São Sebastião, por mais bem-intencionada que fosse.

Atravessei o mata-burros e pus-me a seguir a outra trilha durante quanto tempo não quantifiquei. Já começava a me impacientar — até porque perdera de vista a cerca de pau pela qual poderia retomar a trilha anterior — quando numa clareira no meio do bosque nasceu-me diante dos olhos outro cadáver: o cadáver, desta vez, de um casebre.

Era um parvo casebre de estuque, fabrifeito à imagem e semelhança das casas dos manguinhenses que gostam de remos — um casebre morto e largado ali para servir de tumba de si próprio. Algo me incitou a entrar, e entrar entrei. O piso era de terra batida, onde medravam algumas ervas ignóbeis, e aqui e ali viam-se, em diferentes estágios de decomposição, os restos mortais de fezes ali deixadas por gente sem consciência: esse tipo de vândalo que é capaz de conspurcar até igrejas e templos, quanto mais casebres em desuso no meio do mato.

Meu coração contristou-se: o casebre ao abandono — como o couro da lagosta — era um símbolo da presente minha situação: pois também eu era um edifício vazio, de que os antigos moradores — desejos e sonhos e esperanças — haviam desertado para nunca mais, largando-o à mercê de todo tipo de deturpação.

Preparava-me para ver se vertia algumas lágrimas condignas daquela tristeza quando meus ouvidos hauriram o som de vozes vindas do lado de fora do casebre.

Lançando-me de joelhos ao chão, assestei o olho a uma das inúmeras fendas que rasgavam a parede traseira do casebre. O que vi? Ali fora, em árido terreno calvo de vegetação, o que vi liquidamente foi cerca de sete ou oito mulheres vestidas unânimes de túnicas vermelhas: vi-as, acabadas de chegar, formarem um semicírculo. Tinham todas uma máscara também vermelha sobre os olhos e, à cabeça, uma guirlanda de alvas margaridas. Ali constaram em exercício de imobilidade à espera de alguma coisa.

Súbito, em gesto sincrônico, todas elas ergueram os braços. Surgiu então outra mulher, mais velha que todas e mais encorpada, e se pôs em pé em frente às companheiras; aí, depois de correr por elas o olhar, fez um gesto distinto, e todas abaixaram os braços, mantendo-os dependentes ao lado do corpo. A recém-chegada vinha habitada numa túnica azul e não trazia máscara; observando-a com atenção, vi que tinha um rosto ao mesmo tempo autoritário e maternal e, cingindo-lhe o cabelo, um diadema como símbolo de que era a soberana das demais.

Era uma espécie de rainha-mamãe.

Medo ocupou-me de alto a baixo. Já cogitava retirar-me dali subreptício quando Trazei a discípula, disse a rainha-mamãe em voz grande e rouca.

Surgiram de não sei onde duas outras mulheres conduzindo, no meio delas, uma terceira: a discípula. A qual vestia uma túnica branca que solta sobre o corpo lhe fluía até os tornozelos e trazia o rosto coberto — exceto por uma abertura na altura da boca — por um capuz alvo como neve.

A brisa marinha, assoprando o fluente vestido da mulher encapuzada, realçava-lhe as suaves curvas de fêmea jovem, o que me fez ofegar de masculino enlevo.

As três mulheres detiveram-se diante das outras; as duas guias recuaram três passos, deixando a jovem sob o terno poder da rainha-mamãe. Que disse, em sua voz bem constituída: Cantemos o hino da iniciação. Imediatamente todas deram a cantar, com vozes claras mas a um só mesmo tempo ciciadas, uma canção que rezava assim:

> Ó ave mil vezes feliz por sua sorte e seu fado,
> a quem Deus deixou nascer de si própria!
> Fêmea seja, ou macho, tenha os dois sexos, ou nenhum,
> feliz porque desconhece os laços do amor!
> Seu amor é a morte, na morte está seu único prazer:
> para poder nascer, deseja morrer primeiro.

Cantada a canção, fizeram estrito silêncio. A rainha-mamãe tomou a palavra e deu início a um sermão, dizendo: Tudo é um eterno retorno. O que hoje é quente e seco amanhã será frio e úmido para voltar a ser quente e seco. Das demais veio um murmurinho gutural: Madeia perimadeia. Ela continuou o sermão: Mas da mesma forma hoje há e amanhã haverá coisas quentes e secas e coisas frias e úmidas. Outro murmurinho gutural partiu do semicírculo das mulheres: Madeia perimadeia. E ela: E por que não pode haver, hoje e amanhã, coisas que sejam ao mesmo tempo quentes e frias e secas e úmidas? Madeia perimadeia, grunhiram as outras todas em uníssono. E ela: A natureza é uma cientista, e o mundo é o seu laboratório. Os cavalos de hoje, em tempos imemoriais, foram do tamanho de cães; os lagartos de hoje, em tempos imemoriais, foram os dinossauros que hoje só restam deles enormes ossadas. Madeia perimadeia, grasnaram as outras. E ela: Existe flor macho e flor fêmea, e flores que são ao mesmo tempo machos e fêmeas, pois assim a natureza as criou. Existem animais machos e animais fêmeas, e animais que são ao mesmo tempo machos e fêmeas, pois assim a natureza os criou. O coelho reúne em si mesmo os dois sexos e tanto pode emprenhar como ser emprenhado e, mais ainda, emprenhar-se a si próprio. O mesmo ocorre com um rato que vive no Egito: quando um deles se encontra com outro, ambos se batem em duelo e o vencedor monta sobre o vencido e o emprenha. E quantas vezes já se ouviu uma galinha cantar feito galo? Nesse ponto as outras trautearam de excitação: Madeia perimadeia. Sim, irmãs, disse a rainha-mamãe, se a natureza produziu andróginos no reino vegetal e no reino animal, por que não produziria também seres humanos que portem em si ambos os sexos? Não, não somos aberrações da natureza, somos produtos raros e muito especiais, somos diamantes da natureza. Algumas de nós nasceram com ambos os sexos; outras, como eu mesma, mudamos de sexo várias vezes ao longo da vida; outras, por fim, nasceram com um só sexo definido e, por intervenção da natureza, receberam um segundo sexo em algum momento posterior de suas vidas. Somos seres abençoados; somos seres sagrados; somos seres dignos de veneração e respeito. Somos criaturas especiais e muito amadas da mãe natureza. Madeia perimadeia, urraram as mulheres, em voz coral.

É uma seita de doidas de pedra, pensei comigo mesmo, e eu tinha de cair bem no meio delas.

A rainha-mamãe aproximou-se da jovem e, tomando entre dois dedos a ponta do capuz, com um gesto brusco descobriu-lhe a cabeça, após o quê, abraçando-se a ela, beijou-a nas duas faces.

A discípula era todinha igual a si mesma: a testa alta, o nariz discreto, os lábios túmidos, as maçãs do rosto redondinhas, o áureo cabelo de mechas ondeadas que lhe adornava a cabeça. Era a lourinha que tantas vezes em Manguinhos me atravessara o caminho do olhar.

❧

Tirou-me da perplexidade a voz da rainha-mamãe, que começava a inquirir a moça.

❧

RAINHA-MAMÃE

Minha filha, é tua intenção juntares-te a nós e tornares-te nossa irmã?

A JOVEM

Sim.

RAINHA-MAMÃE

Sabes que cerimônia é esta a que serás submetida aqui?

A JOVEM

É uma cerimônia de iniciação; uma cerimônia cujo nome secreto é *teleté*.

RAINHA-MAMÃE

Sabes que, uma vez iniciada, nunca mais deixarás de ser uma de nós?

A JOVEM

Sim.

RAINHA-MAMÃE

Como te chamas, minha filha?

A JOVEM

Chamo-me Psiquê, querida mãe.

RAINHA-MAMÃE

É esse o teu verdadeiro nome?

A JOVEM

Não, querida mãe.

RAINHA-MAMÃE

Mas é o nome que desejas usar entre nós?

A JOVEM

Sim, querida mãe.

RAINHA-MAMÃE

E por que razão o escolheste?

A JOVEM

Segundo aprendi, querida mãe, Psiquê em grego significa alma e, segundo entendo, a alma humana não tem sexo. Além disso, ouvi dizer que a letra grega *psi* representa não só a união de duas letras, *pi* e *sigma*, que equivalem às nossas letras *p* e *s*, mas também a união dos dois sexos. Por isso escolhi para mim o nome Psiquê.

RAINHA-MAMÃE

Vejo que gostas de pesquisar as coisas, e o nome Psiquê traz em si seis das oito letras da palavra pesquisa.

AS DOIDAS TODAS

Oh!

RAINHA-MAMÃE

Pois bem, Psiquê, antes de começarmos, terás a oportunidade de ouvir o relato de algumas de nós que aqui estamos.

HISTÓRIA DE ÍFIS

Uma das mulheres adiantou-se e disse: Meu nome é Ífis. Eu era uma bela menina de treze anos quando um dia, na rua, senti uma dor tão forte aqui embaixo do umbigo, tão forte, tão forte, que comecei a gritar e não parava mais de gritar, de tanta dor. Carregaram-me para casa e chamaram o médico, que disse que o que eu tinha era uma inflamação das tripas, e me deu um remédio e me receitou repouso. Mas, em vez de melhorar, a dor continuou do mesmo jeito durante três dias e três noites, e eu não parava de gritar e gemer um só minuto, e minha mãe esperava a minha morte a qualquer momento. No quarto dia, porém, a dor passou de repente, e aí, quando minha mãe foi me examinar, levou um susto: um membro masculino tinha brotado entre o umbigo e a vagina.

HISTÓRIA DE CRISEIDA

Calou-se Ífis e uma segunda tomou a palavra: Meu nome é Criseida. Quando nasci, não se notou nada de especial em minha genitália, que era claramente feminina. À medida que fui crescendo, porém, fui notando que meu clitóris se tornava cada vez mais pronunciado, como se fosse um pequeno pênis. Fora isso, porém, não havia nada de estranho em meu corpo, de modo que chegou um dia que um rapaz me propôs casamento e eu aceitei. Casamo-nos e, na noite de núpcias, meu noivo, ao preparar-se pra penetração, surpreendeu-se com o tamanho do meu clitóris, que, por causa da natural excitação dos beijos e abraços, crescera ainda mais a ponto de parecer um pênis ereto. Meu noivo ficou horrorizado, acusou-me de ser homem e não mulher, bateu-me sem dó nem piedade e, além de anular o casamento, ainda me obrigou a mudar pra outra cidade bem longe de onde morávamos. Nunca mais quero lhe ver nem pintado, disse ele. E quando pedi que se dirigisse a mim como fêmea e não como macho me deu de despedida um murro na cara.

HISTÓRIA DE EGLE

Calou-se Criseida e uma terceira tomou a palavra: Meu nome é Egle. Comigo as coisas foram mais complicadas. Eu era mulher casada, e todo dia tinha de agüentar a vara do meu marido. Até que, da noite pro dia, brotou-me um pau no meio das pernas, e meu marido, quando despertou de manhã, quase morreu de susto quando viu aquilo. Eu não quis saber de conversa: me separei dele e me casei com uma mulher de outra cidade. Mas confesso que não sou feliz: ainda gosto de homem e, se pudesse achar um que me tratasse com gentileza, era com ele que eu ficaria. Mas quem vai me querer, com esse pau intrometido entre as pernas?

HISTÓRIA DE EPONINA

Calou-se Egle e uma quarta tomou a palavra: Meu nome é Eponina. Ninguém aqui passou o que eu passei: sempre quis ser freira, desde criancinha, e entrei pra um convento quando fiz treze anos. Eu era feliz no convento, até o dia que me veio uma inflamação no baixo ventre, e o local começou a inchar e aí me veio uma febre muito alta que nada fazia diminuir. A irmã médica disse que era um tumor e que não havia nada a fazer a não ser rezar. Mas no sétimo dia a pele rompeu e me surgiu junto à vagina um órgão masculino com testículos e tudo. Imaginem o escândalo das irmãs. Puseram-me pra fora do convento e ainda me lançaram uma maldição porque eu tinha visto coisas lá dentro que nenhum homem tinha permissão pra ver.

HISTÓRIA DE CLÓRIS

Calou-se Eponina e uma quinta tomou a palavra: Meu nome é Clóris. Fui casada com um homem muito bom que me amava muito. Ele quis casar comigo apesar de saber que eu tinha um defeito de nascença nos genitais: a vagina não tinha abertura, o que era compensado por um buraquinho embaixo por onde saíam a urina e as regras. Vivemos felizes durante um ano, e esse tempo todo a nossa vida sexual se limitava ao ânus, porque era o único lugar onde ele podia meter o pênis. Depois de um ano, apareceu uma inflamação na região genital, que me trouxe muita dor. Onde nós morávamos não tinha médico, mas um barbeiro curioso veio ver o que podia fazer e acabou dando um jeito de abrir o que parecia um tumor, e qual não foi a nossa surpresa quando dali brotou um pênis junto com os dois testículos. O pênis não tinha nenhuma abertura, mas o danado do barbeiro inventou de fazer um corte na glande e inseriu por ali um tubo de prata até à bexiga, e a partir daí passei a urinar pelo pênis, mas as regras continuaram a descer pelo mesmo buraquinho que antes. Lembro que o danado cobrou duas vezes mais pelo serviço, porque disse que tinha tratado de dois pacientes, um homem e uma mulher.

HISTÓRIA DE PSIQUÊ

Calou-se Clóris, por entre o riso das demais. A rainha-mamãe ergueu os braços e deu por encerrada a sessão de depoimentos. Aí disse à jovem estas palavras: Querida Psiquê, ouviste os relatos de algumas de nossas irmãs; queres ser uma de nós; para ser uma de nós é preciso ser como nós; conta-nos a tua história. A jovem discípula contou o seguinte: Meu pai chamava-se Sulpício Nigina e era professor de latim. Quando adolescente se apaixonou perdidamente por uma mulher casada e fez a promessa de ser fiel a ela a vida inteira e nunca se casar. Dirigiu sua paixão para as *Eneidas* de Virgílio e as *Metamorfoses* de Ovídio, as Didos abandonadas e as sofridas Filomelas. O tempo passou em incontáveis semestres e anos letivos, em incontáveis turmas de alunos que mal aprendiam a primeira declinação. Até que, aos sessenta anos, conheceu Fedra. O nome era atraente e perigoso. Meu pai ignorou o perigo e deixou-se atrair para o abismo do amor. Ela o convidou a visitá-la. Quando acordou de manhã, na cama de Fedra, ela pôs-lhe no dedo uma aliança de noivado. Depois disso Fedra não demorou a engravidar — talvez já estivesse grávida quando decidiu dormir com meu pai. Quando lhe comunicou o fato, ele quis logo definir a questão do nome da criança. De início pensou em dar ao filho o próprio nome: Sulpício. A mulher foi contra: lembrou a ele que os alunos, que viam como uma tortura o aprendizado do latim, chamavam-no de professor Suplício. Escolheu então outro nome latino: Célio. Mas, quando chegou a hora, não nasceu um filho mas uma filha: nasci eu. Meu pai nem por isso ficou menos contente; e deu à criança o nome de Célia. Não preciso falar da minha infância. Cresci como crescem todas as crianças, mais sob a tutela da natureza que dos pais. Meu pai morreu quando eu tinha treze anos. Minha mãe tornou-se então pior que madrasta. Logo se envolveu com vários homens, um após outro, para depois casar com um soldado de polícia. O soldado surrava-a sempre que sóbrio e uma noite, bêbado, entrou no meu quarto e me estuprou. Coisa mais do que banal neste mundo de Deus, exceto se a estuprada é você mesma. Nessa época eu tinha quinze anos. Nem me dei o trabalho de contar nada à minha mãe. Ela seria capaz de pôr a culpa de tudo em mim e me castigar por isso. Juntei algumas coisas numa mochila e deixei a casa de madrugada. Caminhando sem rumo, acabei passando diante de uma igreja. Entrei. Era pouco antes da missa, e tive alguns minutos para rezar e depois fazer um pedido a Nossa Senhora. Pedi o milagre de uma transformação. Pedi para deixar de ser mulher e tornar-me homem para sempre. Depois assisti à missa com esperança, comunguei da hóstia com ansiedade. De volta ao banco, senti uns espasmos, umas contrações, uns suores quentes e frios. Desmaiei do banco ao chão. Acordei na sacristia, padre e fiéis em torno, água com açúcar, café com leite. Apalpei-me: os peitos continuavam os mesmos peitos de moça; a concha e a fenda, entre as pernas, continuavam também do jeito que eram antes; nem sinal do masculino músculo nem de seus ovais apêndices: eu não fora achada digna das insígnias do macho. Sim, para minha decepção, o milagre não se fizera. Por incapacidade da santa ou falta de sensibilidade dela? Ou a culpa era da pobre desesperada, que pedira algo que feria os rígidos desígnios do deus único e verdadeiro? Não sou capaz de dizer. O resto do dia passei vagando pela cidade, sem saber o que fazer de mim, porque não sabia mais o que fazer da mulher que levava comigo dentro de mim. Acabei saindo da cidade e enveredando por uma região cada vez mais erma. Quando me vi só, sem nenhum sinal de gente à minha volta, me senti abrigada. Foi aí que, no meio de um arvoredo, descobri um remanso. Uma piscina natural formada por uma nascente de água fresca e límpida. Era, como disse, um lugar ermo. Diante do remanso, considerei matar-me. Seria tão fácil: o local da morte era também o instrumento da morte: as águas cristalinas pareciam chamar-me com ternura para descansar para sempre no meio delas. Despi-me, deixei as vestes na margem, mergulhei nas águas frias. Não tive, porém, coragem para me entregar aos cuidados da morte. Assim que os pulmões reclamavam ar, eu lhes atendia o pedido e emergia à superfície. Isso aconteceu uma vez, duas, três vezes. Pus-me a chorar no meio do remanso, misturando às suas águas as minhas lágrimas copiosas. Então, sentindo frio, cruzei os braços sobre o busto. Aí, irmãs, pelo simples tato percebi que havia ali algo de diferente: os seios tinham encolhido de frio, estavam agora do tamanho de botões de rosa. Mas, logo depois, senti que havia algo de diferente também entre as pernas: levando a mão até lá, descobri, espantada, que onde antes eu tinha uma concha e uma fenda o que havia ali agora era o masculino músculo e seus ovais apêndices: a santa trindade do macho. Ah, irmãs, Célia entrara no tanque, Célio saía de lá com todos os atributos masculinos. Algum deus ou alguma deusa que presidia àquela fonte atendera ao pedido que a seca religião cristã me havia negado.

As outras mulheres, assombradas, trocaram murmúrios excitados e consussurros. Eu, em meu secreto posto de observação, sentia-me perpassado de uma miscelânea de emoções, algumas delas tão novatas para mim que nem sabia que nome lhes dar.

Mas, disse a jovem narradora, eu cometera um erro. Esquecera de pedir que me fosse dado também o *espírito* de um homem. Aos poucos fui entendendo que, por dentro, Célio continuava Célia. Algumas vezes tentei amar uma mulher, mas tudo ia bem até o momento do beijo e das carícias mais íntimas: aí eu sentia náusea e repugnância. Chegou um dia em que resolvi obedecer ao meu desejo e buscar o amor junto aos rapazes. Os rapazes que me atraíam e que, usando os chamarizes próprios da espécie feminina, eu atraía até mim, logo que verificavam a falta dos predicados da mulher, já não queriam nada comigo. Repudiavam-me com grosseria; às vezes, com violência: um deles me deu uma surra que me pôs no hospital. Houve alguns que levaram a relação adiante: mas, assim que eu entendia que era como homem e não como mulher que eles me queriam, vinha-me a mesma reação de repulsa e aversão que eu sentia junto das mulheres. Depois disso, quando já não acreditava que havia lugar no mundo para mim, conheci um policial. Sim, era policial, mas bem diferente do amante da minha mãe: era sensível e cortês. Teve a mesma reação que os outros quando descobriu com quem estava lidando, mas nem por isso perdeu a calma nem a cortesia. Atrevi-me a contar a ele a minha história, mas nem sei se acreditou. Sugeriu que eu consultasse um especialista — não disse em quê. E foi logo dizendo que precisava ir embora. Lembro-me tão bem. Estávamos sentados nas areias de uma praia, à noite. Não havia ninguém ali. Pedi-lhe que me fizesse um último favor. Que favor, ele disse. Eu disse: Me mata. Ele nem respondeu. Quis levantar-se para ir embora. Eu lhe segurei o braço. Por favor, eu disse; me faz essa caridade: me mata. Ele hesitou. Aí disse: Pede de novo. Eu disse: Me mata. Sem uma palavra, ele se pôs de pé à minha frente e tirou do coldre o revólver. Tirou e olhou para mim. Eu, sentada, olhei para ele, firme. Ele então destravou a arma e disse: Pede mais uma vez. Eu olhei bem para ele e disse: Me mata. Aí ele apontou a arma para a minha testa. Vou atirar, ele disse. Eu fechei os olhos e esperei o tiro, apavorada, mas certa de que a morte era o meu lugar. Mas os segundos passavam e o tiro não vinha. Ouvi um ruído, abri os olhos: ele estava guardando de novo a arma no coldre. Não faz isso comigo, eu disse, agarrando-me aos joelhos dele. E ele disse: Quem você pensa que eu sou? Eu não faço caridade: não mato quem quer morrer. Você está doente, vai se tratar. E foi embora. Isso aconteceu dois anos atrás. De lá para cá me isolei em mim mesma. Não tenho amigos nem amores. Meu único prazer são longas caminhadas por lugares desertos: bosques, morros, campos, praias. Foi bom saber que havia outras pessoas como eu e aqui estou, na esperança de ser recebida entre vocês.

Falta contar o último capítulo da história, disse a rainha-mamãe.

Não sei se é o último, mas falta um capítulo, sim. Alguns meses atrás, quando eu estava me sentindo muito só e muito frágil, aconteceu de me apaixonar perdidamente por uma pessoa — um homem. Vi-o pela primeira vez rapidamente numa rua de Vitória. A beleza dele, uma beleza forte e ao mesmo tempo suave, me impressionou vivamente. Encontrei-o algum tempo depois numa exposição de arte na capela de Santa Luzia. Ele estava na companhia de uma mulher. Eu não tirava o olho de cima dele: apesar de acompanhado, parecia tão perdido, tão infeliz, tão confuso. De repente não me contive e cheguei junto dele, naquela sala cheia de gente, e toquei-lhe o braço e pedi licença, como se quisesse passar. Ele voltou o rosto e me olhou e sorriu, e se afastou um pouco para me dar passagem. Pronto. Tocar-lhe a pele, vê-lo olhar para mim, sorrir para mim, foi o bastante para que eu me apaixonasse perdidamente. Só pensava nele. Descobri-lhe o nome. Onde morava. O nome da noiva, que era isso que ela era. Tentava achar coragem para falar com ele, mas como? Eu não era mulher, era homem. Só havia uma coisa a fazer, e foi o que fiz: guardei a minha paixão dentro de mim.

Tal é a vaidade gratuita do ser humano que toda aquela parte do relato da moça encheu de ciúme a alma minha, porque não era eu, Graciano, o objeto de sua paixão.

Um dia, em uma de minhas caminhadas solitárias, atravessei um arvoredo e qual não foi a minha surpresa quando me deparei, lá dentro, com aquele mesmo remanso em que me tinha banhado e mudado de sexo. Era o mesmo remanso, embora não ficasse no mesmo lugar em que ficava antes. Não hesitei um minuto. Despindo a roupa, entrei no meio das águas. Senti o mesmo frio agudo e cortante. Fiz um pedido: Quero ter de volta o meu sexo de mulher. Banhei-me ali até que o frio se tornou insuportável. Saí, como da primeira vez, cobrindo o peito com os braços. Ah, minhas irmãs, que sensação de felicidade extrema: os meus seios estavam de novo como eram antes, pequenos mas femininos. Quase desmaiei de emoção. Mas pobre de mim. Quando apalpei os genitais, tive um arrepio de terror. A fenda feminina estava de volta, mas o pênis e os ovinhos gêmeos não tinham sido removidos: continuavam lá. Não foi difícil entender a razão daquilo. Na minha ingenuidade, irmãs, deixei de fazer o pedido com a necessária clareza. O que pedi ao gênio do lugar foi que me devolvesse o sexo original. O que esqueci de pedir foi que tomasse de volta o sexo que me dera antes. Voltei a ser fêmea sem deixar de ser macho.

A jovem Psiquê calou-se. A rainha-mamãe de todas fez um sinal. Uma das duas mulheres que acompanhavam a jovem, pondo-se à frente dela, desabotoou-lhe a túnica, que a outra, num leve gesto dos dedos, fez deslizar dos ombros, deixando descair até em terra. Psiquê ficou nua diante dos olhos de toda a congregação — e dos meus.

Soltei uma exclamação de assombro. Psiquê tinha agora as costas voltadas para mim, impedindo-me de ver-lhe o anverso do corpo; mas o que vi foi a parte posterior de um corpo esguio e delicado, alvibranco de pele e todo gráfico em suas linhas e formas.

A rainha-mamãe se aproximou da moça trazendo nas mãos uma guirlanda de alvas margaridas, enquanto as outras cantavam em coro: Madeia perimadeia! Madeia perimadeia!

Nesse momento ouvi um grasnido atrás de mim. Virei o rosto e dei de cara com um ganso enorme, que me olhava petulante de cenho franzido. Aí, antes que eu pudesse fazer um só gesto, avançou contra mim e deu-me uma bicada no braço e começou a grasnar feito um alucinado. Ergui-me em pé e nem assim o bruto se intimidou: deu-me outra bicada, desta vez na perna. Em legítima defesa, plantei-lhe com toda a força um pontapé nos peitos que o lançou voando pelo vão da janela, deixando atrás um chuvisco de penas brancas.

Então vi surgir à porta do casebre uma das doidas do bosque. A qual berrou, olhos chispando no centro da máscara rubicunda: Tem macho aqui! — ao mesmo tempo em que, abrindo de través braços e pernas, já me barrava a passagem. Tem macho aqui! — berrou de novo. Investi contra ela óbvio e, com a força do medo e do desespero, apliquei-lhe nos ovos um coice que a pôs caduca em terra, incapaz mais do que de se encolher como feto e gemer como criança. Aí lancei-me porta afora e penetrei-me em fuga, correndo a galope por entre as árvores do bosque e desviando-me delas com uma habilidade de que nunca me supusera capaz. Às costas ouvi os gritos e urros selvagens das mulheres que, frenetizadas, se tinham instituído em minha perseguição.

Corri como o vento, pisando os calos da terra, até que de súbito me vi expurgado do bosque. Nem por isso cessei a minha fuga desabalada. Nem por isso cessou o alarido das perseguidoras. Rompi por uma estrada de chão e, quase sem tocar na cútis da terra os pés, corri tanto e tão veloz que a própria Atalanta, se ali estivesse, não me alcançaria; corri tanto e tão feroz que seria capaz, como um cavalo cita, de mijar sem afrouxar a corrida.

Quando já somente a velocidade me mantinha em movimento, fui dar cara a cara com um pequeno muro branco, que venci de um salto atlético. Caí em cheio sobre uma pequena cruz de madeira podre, que se partiu sob o meu peso. Eu chegara ao cemitério de Manguinhos.

Entre os mortos de um lado inofensivos e as mulheres de outro ensandecidas não hesitei. Uma cova aberta junto ao muro achou nesse momento seu inquilino. Lancei-me dentro e, estendendo-me ao comprido, apressei-me a cavar a própria sepultura, cobrindo o corpo com a areia macia do chão. Logo, porém, meus dedos cavadores deram com a presença inopinada de um corpo — um cadáver que, envolto em velhos andrajos, coveiros negligentes haviam sepultado a meio termo no fundo da cova. Tomado de horror, meu primeiro impulso foi exumar-me num salto mortal — o que só não fiz porque o som de vozes bravias denunciou que as minhas perseguidoras já se aproximavam do cemitério. A idéia de bulir no morto ao meu lado me agoniava, de modo que recorri então a tapar-me com areia que, por meio do ancinho das mãos, fui arrancando aos borbotões da parede da cova. Quando já me achava coberto por não mais que um véu de areia, suficiente apenas para escapar a um olhar de relance, ouvi ranger o portãozinho do cemitério. Algumas das doidas insinuaram-se no refúgio dos mortos. O cemitério era de pequenas proporções. Ouvi-lhes os passos inquisitivos. Aqui não pode estar, disse uma delas. E outra: E naquele buraco aberto ali? E ditou uma ordem: Psiquê, dá uma olhada lá. Prendi a respiração e aguardei o melhor ou o pior. Uma só falha na camada de areia que me cobria o corpo e eu estaria perdido. Logo senti a presença da moça lá fora — logo dela, da discípula cuja iniciação eu desastradamente arruinara. Ouvi caírem sobre mim alguns mais grãos de areia que os pés dela fizeram rolar lá de cima. Uma das mulheres gritou: E então, menina, que que tem aí? A resposta, para meu espanto, foi: Aqui só tem um cachorro morto. A mulher então rosnou: Escapou-nos o maldito criminoso. E uma outra: Escapou de nós, mas não escapará da nossa praga. E uma quarta: Tem de ser uma praga bem braba: é um homicida, matou nosso ganso.

Depois da partida das doidas, fiquei ali depositado no grêmio da mãe terra cerca de dez minutos, refazendo-me da emoção, do susto e do medo.

Ergui-me então e despi a mortalha de areia. No meu vizinho e conterrâneo, jazendo ali, patas rígidas, focinho arreganhado, reconheci o fidalgo galgo que morrera atropelado na rodovia.

A caminho da vila deparei com uma fonte de pelúcidas águas risonhas, junto à qual um pé de manacá destilava um cheiro mavioso. Não contente de saciar a sede provocada pelo medo e pela correria, despi-me e deitei-me dentro da fonte como dentro de uma banheira. Lavei ali o corpo e a alma, depois sentei à borda e dei tempo ao tempo para secar-me a pele. O banho serviu de linimento para os meus temores, de modo que até, se rir não ri, ao menos sorri da aventura que me sucedera no bosque das doidas. Mas, ao lembrar da jovem discípula da sinistra seita, das curvas do seu corpo sob a veste transparente, do próprio seu corpo nuzinho em pêlo, um frêmito de desejo sacudiu-me de alto a baixo.

RAPSÓDIA 12
eugênia

As ruas naquele tranqüilo subúrbio de Manguinhos eram vias de areia, matinho crescendo no meio e grama nas margens, a salvo do tacão dos pneus. As casas, muitas delas cercadas de muros hederosos, tinham em seus jardins árvores de várias nacionalidades: coqueiros e castanheiras, buganvílias e flamboyants. Eram belas casas bonitas, algumas delas de veraneio, outras de moradia o ano todo inteiro: professores da universidade já estavam usando Manguinhos como bairro residencial. Mas a terra em si dá para ver que é avara e cariada. Amoras e pitangas, além de abricós e um que outro jambo eventual, são, frutíferas, as árvores prediletas nestes terrenos. Numa das casas vi um belo e formoso perinheiro, com basta cabeleira de folhas verdoengas. Estive ali olhando para ele e ele, desconfiado, para mim. Os habitantes da casa, daquela e das outras, quanto a eles, se ali estavam, ali não vi. Passou por mim, sim, um banhista em busca do mar domingueiro; e uma velha idosa portando à cabeça o turbante gigantesco de uma trouxa de roupa; estimei que fosse mas não era Dona Sé, a doce avó de Nonara, que devia estar ainda no piquenique das putas lá na praia.

A velha idosa parou à minha frente e apontou para um casal de patos que ciscava em vão o solo cru. Pato querendo beber água na areia seca, disse ela: vem chuva grande por aí. Olhei para o céu: tinha aspecto azul-claro, a não ser senão por alguns momentos de nuvens lanígeras. A velha teimou, meteorológica: Chuva grande. E lá se foi embora com a trouxa em equilíbrio sobre a cabeça.

Um pé-de-vento levantou sobre mim um turbilhão de poeira.

Detive-me a observar uma falange de saúvas que transladavam em fila mais ou menos indiana um butim de flores e folhas para dentro de montanhosos formigueiros: distingui pétalas de rosa e de papoula, e de campânula: e mais uma vez invejei a simplicidade de uma biologia tão nobre de propósitos, tão clara de significados.

Tirou-me daquele status de contemplação o sentimento de que alguém me espiava às minhas costas — temi que fosse uma das mulheres do bosque. Virei-me cerce e olhei para trás, mas não havia ali ninguém — a não ser duas meninas brincando de comidinha.

Aceitei delas uns talinhos de couve, uns grãozinhos de arroz e uns ovinhos branquinhos do tamanho de contas de rosário, que as meninas me serviram numa champinha de garrafa; os ovinhos, disseram-me, eram frescos ovinhos de lagartixa — que elas chamaram de taruíra —, colhidos em buracos de lajota onde o pequeno réptil fazia ninho.

Continuei a andar errôneo sob o ar pacato até que topei com um grupo de outras inuptas meninas que se distraíam jogando o jogo das pedrinhas. Lembrei-me das meninas da minha infância em Cachoeiro — grandiúscula cidade banhada pelas águas do rio Itapemirim — e, em nome da nostalgia, fiquei ali olhando. Uma das meninas espalhou as cinco pedrinhas no chão, depois escolheu a pedra principal — o galo — e atirou-a para cima. Antes de recebê-la de volta na mão, surrupiou, de terra, uma das outras pedras. Depois repetiu o movimento até catar as outras três pedras que jaziam no chão. As companheiras e eu assistíamos em silêncio. Na segunda rodada a jogadora, sempre atirando o galo para o alto, recolheu, em dois lances, duas pedras de cada vez. Na terceira rodada recolheu, de um só golpe, três pedras e, por fim, a que sobrara viúva. Na quarta rodada, repostas no chão as quatro pedras, recolheu de uma vez só em ampla mão as quatro todas. Era exímia jogadora, como mostrou a seguir, no capítulo do jogo que se chama troca. Começou lançando o galo para o alto e catando do chão uma pedra. No movimento seguinte, enquanto o galo voava no ar, trocou a pedra que tinha na mão por uma das outras três que jaziam em terra. Repetiu o gesto com perícia até trocar em rodízio todas as pedrinhas. Daí passou ao epílogo do jogo, a ponte construída pelos romanos. Detendo na mão direita as cinco pedrinhas, formou com a outra, apoiada ao chão sobre as pontas do polegar e do indicador, um arremedo de ponte arqueada. Esgueirando a mãozinha direita em concha, com toda a munição, por baixo da ponte, lançou por cima desta, que nem catapulta, as cinco pedrinhas, que se espargiram pela areia. Depois, tomando o galo, lançou-o ao alto uma, duas, três e quatro vezes, varrendo a cada vez, por baixo da ponte, antes de reaver o galo na mão, cada uma das pedrinhas.

A jogadora não cometeu, em nenhum momento, qualquer erro: nem deixou cair o galo, nem buliu em qualquer das pedrinhas exceto naquela que se propôs cada vez a catar. Outra menina começou a jogar por sua vez. Novamente tive a sensação de ser espreitado, mas novamente olhei em redor sem que visse ninguém. Contornei o grupo de meninas e segui caminho.

Cercava uma das casas um muro pintado de branco. Entre as inscrições e imagens que cobriam o muro vi as iniciais G F traçadas a carvão na moldura de dois corações atravessados por uma flecha. Têm a mania os amantes de ao mesmo tempo proclamar ao mundo seus amores e se esconder por trás de indecifráveis sinais. Cinco passos além, entretanto, assombrei-me ao ver, e ler, traçada no mesmo muro, esta inscrição: F ama Graciano.

Não custei a admitir que o amado Graciano outro não seria senão eu mesmo. A letra G, portanto, deixava de ser o fator desconhecido que fora até ali. E a letra F? A que nome corresponderia e, por extensão, a que pessoa? E, depois de tudo por que passara na mágica Manguinhos, era o caso também de perguntar: a que sexo?

Alguém me amava na arenosa Manguinhos e eu, tão de amor necessitado, não tinha como lhe decifrar o nome para pedir socorro.

Passarinhos saltitavam e cantitavam em ramos de árvores.

Desemboquei num terreno vácuo que, pelo formato e pelas traves erguidas em cada extremidade, só podia ser o depilado campo de futebol de Manguinhos. Enormes tortas de esterco — a que só faltava uma cobertura de asas de borboletas — adornavam as encardidas areias. Alguns reles cavalos pastavam algum reles capim no intuito de editar mais esterco. Um deles, vendo-me, hípico partiu num simulacro de trote, sentindo-se em perigo só ele sabia por quê. Outro, indiferente à minha honorária presença, desembainhou a vara e regou da loção de sua urina a areia.

Mas havia um cão embaraçado nas malhas de uma velha rede de pesca dependente das ruínas de uma cerca de pau. Ao lado dele, um companheiro mais jovem assistia boca aberta à sua angústia — dos beiços pendia um filete de baba.

No vira-lata de um branco deslavado, feio como o demo, reconheci o galante Feio, que naquela manhã conquistara a mais bela cadela casadoira de Manguinhos. O cão mais moço era o seu filho, Feio Júnior. Logo vi que não havia modo possível de Feio se livrar sozinho daquela rede. Estava enredado até às orelhas e, debatendo-se, levantava uma poeira obscura. Feio Júnior, cheio de ódio filial, não movia uma palha para ajudar o pai. Queria é vê-lo morto e urinar-lhe em cima do cadáver. Pensei onde estaria o maldito dono desse maldito cachorro para vir salvá-lo do suplício? Pensei: Vou-me embora daqui e esse bicho que se dane. Mas sair dali não me foi possível poder: a consciência retinha-me. Hesitei ainda um pouco tanto, pois temia, e não sem motivo, ser mordido em pleno ato de boa ação. Quando me aproximei, no entanto, Feio mudou-se em pedra. Aquilo me deu coragem: o cão parecia ser inteligente o quanto bastava para reconhecer um salvador. Já Feio Júnior rilhou os dentes. O pai rosnou mais forte, e o desnaturado filho se acovardou. De cócoras então dediquei-me à tarefa de livrar o peixe das malhas da rede. Com mãos inábeis, custou-me algum tempo fazê-lo, mas Feio foi paciente e compreensivo.

Justamente naquele entreponto, quando me queria sozinho, me queria sem ser visto, crianças surgiram confederadas não perguntem donde para espiar o meu trabalho. O pior é que, seguindo-se a seguir, um adulto veio e ficou em pé junto a mim. Não tive olhos que ousassem ver quem era. Os pés, femininos, eram cultos, mimosos, e calçavam rústicas sandálias artesanais. Pensei se ali estaria uma das doidas do bosque, a mesma cuja presença eu pressentira antes, espiando-me pelas costas, à espera de ocasião para —

Enfim livre, Feio foi-se embora sem um latido de agradecimento ou de despedida, e com ele foram-se todas as crianças. Eu me pus de pé, disposto a deter com unhas e dentes que a inimiga me arrastasse de volta ao bosque para ser ali imolado por ter visto coisas que olho másculo não tinha nada que ver. Mas não era nenhuma das doidas do bosque mas sim Eugênia, ela própria mesma, que estava ali junto de mim, em toda a sua amena compostura.

Custei a dar fé ao que os gêmeos meus olhos viam. Mal podia crer que Sant'Ana enfim me atendera o primeiro pedido, fazendo-me achar a amena Eugênia. Mas, na verdade, quem achara quem? Entendi que

Eugênia, então, é que me espiara durante todo o lapso de tempo em que estive a observar a arraia-miúda das formigas, das crianças — cercando, por ela mesma, o momento de, propícia, acometer.

Ali estava Eugênia. Estava um quê diferente: os cabelos coibidos numa trança, numa só, descendo em série pela nuca. Diferente para melhor. Na sua voz líquida, em que ouvi um fio de ironia, elogiou meu amor pelos animais — só que eu tenho, disse, áspera, muito ódio desse cachorro, que à noite fica numa latição que não me deixa dormir. Queria que se enforcasse nessa rede. Depois: Mentira, disse. Não desejo mal a ninguém, nem a um cachorro besta e chato. Depois: Vamos entrar, convidou. E apontou: Moro logo ali. Quer almoçar comigo?

A casa era pequena, porém boa de morar. Varanda ao vento, rede no quintal, atada de uma goiabeira a outra. Pois havia goiabeiras no quintal da amena Eugênia, cheias de frutos pênseis, e numa delas uma coruja com seu cônjuge. O jardim: opaco. O solo do quintal: macilento.

Essa goiabeira, Graciano, dá o ano todo, não tem férias. A mesma coisa os pés de pinha e de jambo aqui do lado da casa e o de amora lá nos fundos. O chão é pobre, mas o vento nordeste, que sopra sem parar, ao mesmo tempo faz crescer uma fruta e amadurecer outra. O jambo amadurece logo depois que deu jambo, a pinha logo depois que deu pinha, e é assim com todas elas. Tenho safras uma atrás da outra; uma parte fica pra mim e o resto eu vendo pra minha tia fazer doce e fazer sorvete.

Entrei na sala em seguida a Eugênia. A qual confiou-me à tutela do sofá e foi à cozinha cantar ordens a alguém. No sofá pus-me a especular se ela como eu estaria livre para ser do amor a melhor escrava. Se havia lugar para mim entre seus amenos braços. Se para meu lato pau no coldre da sua vagina. E como não? No amor de Eugênia sempre haveria espaço para mais alguém — ainda mais alguém feito eu, que soía agradar ao sexo feminino, sobretudo ao surgir na majestade de minha nudez, com cetro e tudo à mostra.

Minhas emoções deram corda ao poeta consumado em minha mente:

>Já me antevejo a sós com ela,
>sócio com ela em núpcio leito,
>e em conúbio meu corpo e o dela.
>Não em lide com uma domicela,
>temente até do monograma do desejo,
>mas sim com tal qual mulher
>feita regente augusta de si mesma,
>de seu nariz rainha e de sua bainha.
>Já me antevejo assim a sós com ela,
>erguendo a taça ela a dela eu a minha
>para um voto de grandes amores e amações.
>Já me antevejo as mãos nas dela, aos idílios e dedilhos;
>a língua mímica a zumbir-lhe
>como abelha ali na concha da orelha;
>já a mão em seu cabelo numeroso,
>os lábios adidos no primeiro beijo, ardido e lânguido,
>a cabeça dela caindo lenta e lentamente para trás.

Será assim que faremos nosso arquiamor,
pois tudo faremos, arquiamantes, sem somenos.

Ela voltou e sentou, mas não no sofá, mas sim num banquinho de vime, de modo a dar de frente para mim. Estava de calças jeans desbotadas e — espólio de algum masculino amante — camisa de mangas compridas, de que com muito bom gosto dobrara os punhos. Os botões de cima, abertos, punham à mostra bosquejos de peitos nus e me febricitei todo só de pensar em minhas mãos caindo como luvas sobre eles.

Eram quatro da tarde. Havia um tempo espaçoso diante de mim. Conforme sendo, pensei, sou capaz de a noite toda pernoitar no corpo de Eugênia e fazer dele a minha pátria de adoção. Pois pátria é o país onde o pênis se sente em casa.

Ela simétricas pousou ambas as mãos sobre os joelhos: vi que fizera de quase todos os dedos dedos anulares, pois quase todos se cingiam de belos anéis de prata. Nessa posição hierática esperou o meu discurso. Que não veio. Ela então tomou a palavra e disse: Bárbara esteve comigo aqui em casa uma tarde. Fugimos de uma reunião do departamento e viemos direto pra cá, como meninas de colégio matando aula. Fumou um baseado: precisava ver sua cunhada fumando maconha. Que charme, que sexy. Aí mudou de assunto: Você não está pra casar? Estou, respondi. Ela disse: E o que que você está fazendo aqui sozinho?

Foi aí que Daiane entrou na sala trazendo a salada.

Eugênia disse: Pode deixar aqui mesmo, Filomena. A moça — Daiane ou Filomena ou quem quer que fosse — se fez alvibranca assim que me reconheceu e não foi capaz de me encarar. Eu, porém, não tirava os olhos de cima dela. Estava a ninfa ali, todinha do jeito que a vi na véspera, só que com outro nome. Só me faltou rir. Achava ali, na mesma casa, as duas mulheres que ontem uma tão quão outra tanto desejara. Quase ri. Daiane, no entanto, não tinha nenhuma vontade de rir. Sentia-se humilhada porque eu a via com uma saladeira nas mãos, subordinada aos comandos e desmandos de Eugênia. O que para mim pouco importava. Para o consórcio da cama, tanto se me dava ser ela princesa ou camareira. Pois meu próprio poema já me dissera claramente:

> Nasci cheio de amores, amoral,
> sabendo de mim para mim que sempre amaria
> a mim mais que a mim mesmo,
> e que as mulheres todas seriam primas no meu amor,
> desde as princesas sifilíticas às camareiras de hotel,
> e que por elas e por mim perderia por fim a minha cabeça.

Assim que pôde, Daiane retirou-se da sala, deixando-nos, Eugênia e a mim, em companhia da salada.

Na saladeira Daiane arrumara as folhas de alface em círculo, arranjando os fetos da terra — vagens, cenouras, batatas — por cima, com atum no centro, anchovas enfeitando e alcaparras salpicadas de fora a fora. Depois acrescentara pepinos, tomates e azeitonas e deitara por cima o molho, molho que, Eugênia explicou didaticamente, era feito com mostarda, vinagre, óleo, caldo de alcaparra, alho, sal e pimenta. É uma salada niçoise, disse ela. Ensinei Filomena a fazer, agora ela faz melhor que eu.

Como se escreve, perguntei, o nome dessa menina: com F ou com Ph? Diante da resposta de Eugênia, Então, pensei, deve ser a mudinha Filomena a autora dos grafitos de amor a mim dirigidos.

Filomena é o nome dela de cartório, disse Eugênia. Mas ela tem outros doze nomes, um pra cada mês do ano. Mês passado foi o mês de Sofônia, este mês é o de Daiane. Mas eu não vou nessa onda e trato pelo nome que os pais lhe deram e não por essa tropa de nomes artísticos. Quando estou feliz, dou um desconto e trato por Mena.

O casal consumiu a refeição terrestre em um níquel de tempo. Esperei o segundo prato, mas o que veio — trazida por ela própria Eugênia — foi a sobremesa: fatias de melancia, do mais lúbrico vermelho, que convexas lembravam, em miniatura, naus da velha antiguidade. Enquanto comíamos, a conversa incidiu sobre vários tópicos. Eugênia dizia coisas aptas entre si. Não fiz menos e dei a cor de minha opinião sobre os mais complexos assuntos. Sentíamos no ar que combinávamos os dois um com o outro. Do canto dos lábios escorria-nos a rubra saliva da fruta. Eugênia cuspia longe os caroços: Filomena que os catasse. Ingênuo como sempre, perguntei que planta era aquela que num vaso sobre a mesinha e Eugênia que maconha. Contou-me então algumas histórias que cataloguei junto às que Petúnia me contara na véspera. Contou de um passarinho que cantava que era uma beleza quando comia sementes de maconha em vez de alpiste. Contou também de uma festa em que esteve uma vez, festa de gente muito solene, a nata da hipocrisia internacional, ou seja, esclareceu, pessoal do corpo diplomático. Algum gaiato, de molecagem, adicionou maconha ao strogonoff. A festa foi do arco-da-velha (curioso Eugênia usar tão antiga expressão). Como assim, eu quis saber. Virou uma orgia, ela disse; uma suruba. E, branda, riu, mostrando belos dentes baços e simétricos. E você, como se saiu nessa festa, eu quis saber. Tive várias relações diplomáticas nessa festa, ela disse. Uma delas rendeu até convite pra uma viagem de estudos à Itália. Mas o que eu queria mesmo eu nunca consegui: ser adida cultural na França ou na Inglaterra. Quem saiu perdendo, eu disse, foi o corpo diplomático.

Puxando a fumaça do baseado ela produzia por entre o primor dos dentes um sibilo serpentino, enquanto eu a cada tragada uma tosse acerba me assaltava os brônquios.

Pôs um disco para ouvirmos. Música erudita: Bach, Vivaldi, um desses clássicos renascentistas. Achei preferível não lhe dizer nada sobre meu ouvido amusical e até, por vezes, antimusical. Bela música, eu disse, e a esse elogio gratuito acrescentei outro, sincero: Mas gosto mais da musa que da música.

Desfez a trança e difundiu diante dos meus olhos os cabelos numerosos. Voltou a ser o que fora na véspera. Qualquer mudança, em Eugênia, era sempre para melhor. Ah sublime deusa!

Pedi licença para ir ao banheiro. Lá, olhei-me ao espelho e achei-me beleroformoso — adjetivo que guardei na memória para uso em meu poema. Dei uma mijada no vaso. Lavei as mãos e o meu grã pau: o para Eugênia reservado cetro: dei-lhe um tapinha carinhoso no coco: espera só até a rainha ver você. Dir-lhe-ás, todo pomposo: De Graciano eu sou o pau, com fama que já vai além dos astros.

Havia sobre o lavatório escova dentária e dentifrício. Escovados os dentes, rilhei-os diante do espelho e achei-os belos e alvos. Voltei à sala. Eugênia ergueu-se. Agora me dê licença você. E lá se foi em direção ao banheiro endeusar-se mais ainda para mim.

Aproveitei-lhe a ausência para tramitar até à porta da cozinha. Numa terrina sobre o fogão rubras goiabas escorchadas — os proventos da goiabeira do quintal — aguardavam a hora de serem convertidas em doce. Daiane, aliás Filomena, ou vice-versa, estava de pé diante da pia, lavando os pratos que Eugênia e eu havíamos usado em nosso repasto de casal. Virou o rosto para olhar e viu-me; depois voltou à sua tarefa. Cheguei-me rente às suas costas. Antes que eu abrisse a boca para dizer um só fonema ela se afastou de mim e, mãos babadas de espuma, penetrou-se porta afora e escapou para o quintal.

Eugênia, em seu retorno, encontrou-me bem comportado. Sentou-se adstrita a mim no sofá e disse: Sabe o que que você me faz lembrar? Um fidalgo. Um conde ou coisa parecida. Conheci uns dois ou três nas minhas andanças pela Europa. Você tem a mesma nobreza que eles. Gostei de ouvir isso, e retribuí: Muito mais nobre é você, nobre até no nome que teus pais te deram. Te deram o nome que te convém. Ela disse: Sei não. Queria que me tivessem dado o nome que deram à minha irmã. Perguntei qual. Selêucia, ela disse. Não é lindo? Lindo, eu disse; mas não tanto quanto Eugênia.

Nós falando em nobreza, Eugênia contou que um conde inglês se casou e saiu em lua-de-mel. Uma manhã, depois de passarem a noite quase toda trepando, a condessa perguntou ao conde: Darling, does the baker do that to his wife? E o conde: Yes, my darling. Eugênia tinha uma boa pronúncia britânica. Darling, does the butcher do that to his wife? Of course, my darling. E a condessa, ainda uma vez: Darling, does the gardener do that to his wife? E o conde: Indeed he does, my darling. E a condessa, meio frustrada, disse: Such a pleasure for common people! Terminada a história, dei um risinho britânico. Se fora uma anedota, coisa para que não tenho mais ouvido do que para música, pelo menos fora uma anedota em inglês — que decerto ela ouvira na alta roda diplomática ou até na cama, depois de uma rodada de putaria com um adido cultural — ou com um cônsul honorário — ou talvez com um embaixador, uma embaixatriz — ou quem sabe até mesmo com o próprio conde protagonista da história.

Achei que não era minha hora de perder tempo. Daiane, essa, mudada em Filomena, não voltaria a não ser que chamada. A ocasião estava ali pronta para fazer o ladrão e, se eu não a captasse, era certo me odiar pelo resto da vida. O que de pior poderia evir senão uma recusa polida de Eugênia? Éramos duas pessoas adultas e civilizadas, e um convite ao amor pode ser feito como um convite à dança, e declinado com um não, obrigada. Se bem que o ar estava tão quase sólido de tanto desejo entre-cruzado que eu podia até ouvir na respiração de Eugênia a senha de seu desejo feminino por mim. Quem disse que essa mulher era lésbica? Ao som então do canto de violas e violinos que me entrava por um ouvido e saía pelo outro, colhi entre as mãos o rosto de Eugênia e dei-lhe um beijo brando na boca.

Por que ter tido receio de, com um beijo, estuprar os bons costumes da nossa mútua sociedade? Que nada: estupro teria sido a omissão do beijo. Pois aquele gesto brando, aquele beijo tênue, bastou para trans-mudar Eugênia da água para o vinho. Tudo mais ficou por conta dela. Logo de brusco me apresentou ao seu beijo cúpido, mastigando-me lábios e língua no aço dos dentes — com ela Daiane aprendera a beijar. Depois inundou-se sobre mim de tal modo que caímos do sofá ao chão e rolamos ali de um lado para outro, concorporados. Ela mais que mais estuava de amor. O nome que lhe convinha era Volúpia e nenhum outro: mulher alguma jamais vi tão enfuriada de desejo. Aderente a mim de corpo e boca, seus lábios não se despegavam dos meus, e sua língua gemia em minha língua.

Não esqueci de, nesse dado momento, logo agradecer a Sant'Ana, vovó de Jesus Cristo, ter-me concedido, na íntegra, os meus desejos.

Uma das mãos de Eugênia catou-me o pau por cima dos panos e começou a esfregá-lo com violência. Depois destituiu-se de mim, ergueu-se sobre os joelhos e arrancou a camisa com tanta urgência que os botões foram cuspidos longe como caroços de melancia. Apareceram os flocos de seus peitos, aqueles, celestes e divinos, peitos de minha veneração. Luxuriante de desejo, meteu-me na boca uma das tetas e eu com os lábios mungia e ela com a boca mugia. Logo, porém, começou a exigir, com voz imperatriz, e rouca, que eu mordesse. Morde, morde, morde, morde! Temendo ferir-lhe os mamilos, só mordisquei um pouquinho, mas ela pedia cada vez mais, morde! morde! morde! Então mordi mesmo, e ela uivou de êxtase, sacudindo a cabeça e o cabelo que nem bacante.

Suas unhas aravam-me as costas, abrindo sulcos na pele — sevícias que aturei estóico porque eram sevícias de amor.

Entre os anelos e os suores, consumindo-nos todos nós dois naquela atividade, desconfiei que meu pau jazia meio inibido dentro das calças. E Eugênia corpo e alma cremando em chamas venéreas —

Levou-me pela mão — gelada de tão fria — para o quarto e para a cama. Fez uma trégua para despir-se. Aí sobrevoou-me um medo súbito: será que não seria Eugênia uma das mulheres do bosque, e não me teria ela seguido e observado e seduzido com a intenção de, em nome da horda toda, remunerar-me por lhes ter bisbilhotado a cerimônia? Não seria ela então — e claro que seria — dotada, como as irmãs, das insígnias de ambos os sexos? Não me esperaria então, a qualquer momento de repente, na mesma cama que supunha só de deleite, o castigo de ser enrabado por um grelo de todo tamanho?

Mas, desnudada Eugênia diante dos meus olhos, vi-lhe o púbis implume e a caixinha polpuda rachadinha no meio e nada mais. Aliviado, deixei os olhos comprazer-se de olhar aquele corpo, um corpo patrício, agraciado de grande beleza, digníssimo de fazer e acontecer nas altas rodas da diplomacia internacional e da melhor e mais decadente das nobrezas, a européia.

Ela, sem saber da espúria suspeita que me passara pela cabeça, ocupou-se então ela mesma em arrancar-me do corpo a roupa, entrebabando uma pergunta: Cadê o menino, quero ver o menino. Mas sobressaltou-se quando me viu truncado de minha virilidade.

Ruborizei de vergonha por causa do poltrão. Mas ela disse: Está acanhadinho? Pode deixar que tudo se arranja. Moderou os arroubos, controlou a asma da respiração. Retirou com vagar, um por um, os anéis que trazia em quase tudo que era dedo. Para não machucar o menino, certamente. De algum ponto das proximidades extraiu um tubo de creme com que untou cuidadosamente as mãos bem-nascidas. Aí então tomou-me o pau e começou a debulhá-lo com mão arguta para ver se ressuscitava o defunto.

Custou mas afinal ele voltou a si do desmaio, para grande alegria dela e maior minha. Quis trazê-la para bordo da cama, mas Eugênia se estendeu amena no soalho e abriu as pernas como um leque. Deitei por cima dela e iniciei a fricativa dança, mas em pouco me adveio uma preocupação idiota quanto à sua comodidade. Perguntei: Está duro? Referia-me ao piso de cerâmica sob suas costas. Não, ela disse. Referia-se ao meu pau, que já perdera em dez segundos todo o vigor a muito custo incutido nele.

Derramei-me do corpo dela para o chão e, sentindo-me o mínimo dos homens, dei-me total à tristeza e quase chorei de agonia. Vinham-me à cabeça seiscentas coisas a dizer, mas todas me pareciam, tudo, farrapos de desculpa. Que adiantava dizer que nada igual àquilo nunca me acontecera até o lugar de agora? Ela podia até se ofender. Que adiantava lamuriar-me dizendo por que logo com você, deusa, a quem tanto desejo? Que adiantava dizer-lhe o que fosse, nada que homem diga a mulher em tal circunstância faz qualquer sentido. Então subtraí-me de falar e calei-me bem calado. Mas alguma coisa era necessário que eu fizesse, ainda que simbólica, para penitenciar-me do detrimento que lhe causava. Então, absurdo e mudo, devorando todos os meus gemidos e lágrimas, comecei a percutir os punhos no soalho, uma, duas, três vezes, tantas, até me doerem de dor.

Deita na cama, Eugênia disse. Fiz o que mandou. Ela colheu nas mãos o esmorecido membro e examinou-o academicamente. É tão grande, tão bonito, ela disse. Que será que há com ele hoje? Está indisposto? Deixa que eu vou dar um jeito. Que que você, eu disse, temoroso, vai fazer? Fica quietinho, ela disse.

Sem nenhum pudimento, Eugênia começou a adular-me o pau com a língua para daí, de repente, hauri-lo todo dentro da boca. Chupou-me o pau de tudo que é jeito. Fez do meu pau flauta, fez do meu pau gaita; fez do meu pau clarinete, fez do meu pau trombone de vara, enquanto eu fazia a minha parte e pronunciava o nome dela em vão.

Em desespero de causa, tomei de Eugênia as duas mãos e ajudei-a a me mastuprar. Parecia que estávamos fazendo fogo a quatro mãos, e realmente, daí a algum tempo, acendeu-se uma fagulha e a vareta empertigou-se um tantinho, saída a meio termo da sua apatia. Eugênia abriu-se de novo para me dar acesso à capital do reino, e eu reincidi sobre ela, mas foi o tempo de me acomodar em cima daquele corpo divino e notar que o pau, nada mais eu tinha que um nominativo pendente em minhas mãos.

Na minha agonia, tentei esprêmê-lo assim mesmo, aguado, mole, para dentro daquele domicílio, mas pareceu-me que ele crescia em retroverso e se tornava ainda mais murcho em minha mão.

Fora, Eugênia, da cama saltou, deixando-me intacto sobre os lençóis, com meu pingente em minhas mãos, e a alma escoriada.

Ela se envolveu num robe azul de chambre e acendeu um cigarro. Sentou à beira da cama, deixada por mim a desejar. Que se passaria dentro das paredes domésticas da sua cabeça? O que ela disse, da boca para fora, foi: Talvez a culpa seja minha. Talvez eu não tenha feito as coisas do modo que você gosta. Aproveitando o mote que ela, a sério ou irônica, me fornecera, raciocinei: se ela me tivesse deixado agir ao meu modo, sem tentar rapinar o meu corpo do jeito que tentou, talvez então — Pois gosto das coisas virem graduais. Queria acreditar que tinha sido isso. Mas não podia ter certeza, e isso me estrangulava. E se aquela falência viesse para durar? E se se desse também com outras mulheres? Com as mulheres todas e quaisquer? Tal catástrofe me levaria à necessidade quase da morte. Ainda assim, com a cabeça onerada de dúvidas, não esqueci as boas maneiras. Cavalheiro, disse a Eugênia que a culpa podia ser de todo mundo menos dela. Ela diretamente concordou: Na verdade minha reputação está aí e não me deixa mentir: nunca ninguém saiu da minha cama sem ter tido comigo o maior prazer do mundo. Exclamei: Ah, o que foi que deu em mim! A voz me veio exígua: Logo com você! O jeito, ela disse, é dizer o óbvio: isso acontece nas melhores famílias. Nos melhores membros das melhores famílias.

Num cinzeiro a amena Eugênia apagou o cigarro e chamou Daiane pelo seu nome vernáculo — Filomena. Vi que não se preocupava com o que a moça pudesse pensar a respeito. Quem sabe Daiane não se associasse também, de vez em quando, ao consórcio da cama de Eugênia? Quem sabe a etapa seguinte de uma trepada bem-sucedida com Eugênia não seria um amor trigêmeo entre nós dois e mais a mudinha? Nunca eu teria oportunidade de ficar sabendo: aquela história estava finda. Daiane surgiu e, presente em minha presença, não ousou nem olhar para o meu lado. Eugênia parecia leda e satisfeita. Pediu à moça que lhe preparasse um banho de banheira, por favor, Mena. A impressão que dava é que tinha gozado até dizer chega.

Saí de lá castrado de todas as minhas forças. Meu acervo de desventuras agora estava completo, e abolida de uma vez a minha alegria. Queria morrer, sem morrer de todo; queria morrer por uns dois meses, e reviver depois feito um novo homem. Lembrei-me de Átis, que antes de ser Átis fora Átila. Queria morrer como Graciano Daemon e reviver como, digamos, Graciano Carvalho.

A sibila de Cumas, ao pedir aos deuses a vida eterna, esqueceu de pedir também a eterna juventude. A moça do bosque, Psiquê, ao pedir de volta o sexo original, esqueceu de abdicar do sexo emprestado. Lembrei-me dos pedidos que fizera a Sant'Ana por ocasião da primeira vez em que pisei a sua igreja. Também eu, ao enunciá-los, deixei de pedir que a trepada com Eugênia fosse bem-sucedida. As divindades só nos dão o que pedimos, nada mais, nada menos.

Mas como prever que alguém como Graciano pudesse jamais naufragar numa trepada com alguém como a amena Eugênia?

Cristácia vinha vindo pela estrada de terra com uma cesta pesada ora numa ora noutra mão. Diante de mim parou e depôs a cesta pesada entre os pés. Com um lenço desbotado enxugou o suor do rosto. Com os belos olhos brilhantes discerniu vestígios de desespero em meus pobres olhos murchos. Que que aconteceu? Que que *não* aconteceu, melhor dizendo, respondi.

Pela mão Cristácia conduziu-me até um tosco assento de pau, e bambo, à margem da estrada. Se quiser contar, eu escuto, disse. A cesta, pousada aos bambos pés do assento, abriu a boca num bocejo e entremostrou o conteúdo. Cristácia viu meus olhos vendo. É cogumelo, disse. Fui colher num pasto ali em Bicanga. Cresce na bosta do boi. É o melhor que tem pra fazer um bom chá de cogumelo, ou até pra comer cru. Antes que eu pudesse prendê-la entre os dentes, a pergunta escapuliu: Serve pra impotência? Acho que não, respondeu ela. Serve pra cegueira. Cegueira de amor. Estou dando pro meu homem. Dei hoje no almoço, mas acho que ele precisa de mais. Espero que ajude a desinibir. Lhe abra os olhos bem abertos. Me veja do jeito que eu sou, não do jeito torto como me enxerga. E acrescentou: Então é esse o seu problema? Falta de vigor? Obrigado pelo eufemismo, eu disse.

Contei meu insucesso com Eugênia. Cristácia ficou pensativa. Você teve alguma outra relação sexual recente? Calculei de modo mentalmente e disse: Três. Ela perguntou: Três? Em quantos dias? Em três dias, eu disse. Com a mesma mulher? Não, cada dia com uma mulher diferente. Ela, que nem uma médica, estava fazendo a anamnese do meu caso. Pediu detalhes. Dei: A primeira foi num quarto de hotel, a segunda na praia, a terceira no carro. Cristácia: Na praia? Dentro d'água? Eu disse: Não pode não? Cristácia: Você não sabe que o mar é sagrado? Como é que você profana as águas do mar com uma foda, cara? Eu disse: Mas não cheguei a gozar, só quem gozou foi ela. Cristácia: Isso não importa. O mal foi feito. Dentro do mar não se fode, não se caga, não se mija, seu ignorante. Nem parece que tem estudo. Alguma coisa na minha expressão do rosto acendeu nela uma suspeita. Não me diga, disse ela, que você também cagou e mijou no mar. Meneei a cabeça afirmativamente. Então, suspirou ela, está explicada a coisa. As divindades marinhas estão castigando a sua falta de respeito. O que você pode fazer é jogar algumas oferendas no mar em sinal de penitência.

Eu disse: Você acha que é isso mesmo? Só pode, ela disse. Ou você fez com esse peru alguma outra coisa que não devia ter feito? Eu disse: Mas isso foi há uns três meses mais ou menos. Ela disse: Não importa. Me diz o que foi. Eu disse: Deflorei uma menina de treze anos. Ela disse: O quê? Olha aqui, seu tarado celerado, fica longe da minha Nilota, ouviu, se não quiser sair daqui capado. Porque já estou achando que broxar pra você é pouco. Eu disse: Tenho o maior respeito por sua filha, que é presente dos deuses. Mas a menina que eu deflorei era minha prima Débora e foi com o consentimento dela — aliás, com o meu consentimento, porque foi ela que me seduziu. Ela disse: Mesmo que isso seja verdade, e duvido muito, mesmo assim a coisa é grave e a causa da impotência então deve estar aí.

Eu disse: Você acha? Ela disse: É bem provável. Mas me diga, por acaso você teve algum trauma recente no campo sexual? Fiquei pensativo. Veio-me a perseguição das mulheres à mente, e a promessa de uma praga. Veio-me Átis à mente, e o estupro no âmbito do sono. Veio-me

Petúnia à mente, e o banho de mijo. Veio-me à mente a tentativa de curra do meu corpo por parte do trio de arquiveados. Veio-me Alice à mente, a adulterada noiva. Trauma sobre trauma, mas o trauma nupcial me pareceu de todos o mais traumático. Mas era Cristácia a médica e não eu. Ela que avaliasse o meu caso como um todo.

Bom, eu disse, hoje aconteceu que eu sem querer assisti uma cerimônia secreta de mulheres no meio da mata. Elas me descobriram e me perseguiram, mas eu consegui escapar me escondendo numa cova do cemitério ao lado de um cachorro morto. Cristácia de olhos brilhantes exclamou: Santo Deus do céu! Eu disse: E ouvi uma delas falar em me rogar uma praga. Ela disse: Então foi isso: rogaram uma praga pra você broxar. Aliás, com praga ou sem praga, só o susto e o cachorro morto já dariam pra afetar qualquer um.

Mas ainda aconteceu outra coisa que não sei se tem a ver. Um amigo meu me deu uma cantada esta noite. Eu não quis saber de nada, que não sou veado, mas depois dormi ao lado dele porque só tinha uma cama no quarto, e aí tive um sonho erótico com o irmão dele e me melei todo no sono. Depois dormi de novo e sonhei o mesmo sonho e acordei e vi que meu amigo tinha melado de porra as minhas coxas. Os olhos brilhantes de Cristácia foram se arregalando até não terem por onde mais se arregalar. Meu amigo, disse ela, você não pára de me surpreender. Olha, não entendi nem quero entender metade do que você narrou aí, mas também pode ter sido essa confusão toda a causa de você broxar. Talvez você esteja indeciso entre trepar com homem ou com mulher. Você tem certeza que nunca teve uma relação homossexual? Respondi: Não tive nem quero ter. Ela disse: Não diga dessa água não beberei. Você pode ser um desses enrustidos que tem por aí às pencas. Mais alguma coisa a declarar, pelo amor de Deus?

Ontem à noite, eu disse, antes desse incidente com meu amigo, eu trepei com uma mulher no carro. Mas ela passou mal e, quando se levantou pra vomitar pela janela do carro, deu uma mijada em cima de mim. Cristácia disse: Eu não acredito! Agora você está brincando comigo. Eu disse: Quem dera. E, não sei se é importante, mas antes disso fui atacado por três bichas nojentas que tentaram me currar, mas consegui fugir heroicamente. Ela deu um grito: Chega, pelo amor de Deus, chega! Se tudo isso é verdade, meu caro, pode estar certo: tem uma conspiração universal por trás dessa sua impotência. Graciano: E ainda tem mais uma coisa, que eu acho que foi a pior de todas. Cristácia cobriu com as mãos os olhos brilhantes e disse: Não me diga que você já cometeu até incesto! Espantei-me de ver ali decantado meu mais recôndito segredo, que supunha conhecido, não contando Susana e a mim, apenas de nossos confessores. Mas, para meu alívio, ela acrescentou: Não me diga que já foi pra cama com sua própria mãe! Não, não, respondi; não fui não; quero ver, acrescentei com ênfase, minha mãe mortinha aqui se eu fui.

Pus para fora, como vômito provocado, a história paratrágica do meu casamento, desde a noite de núpcias, na sexta-feira, em um hotel de Nova Almeida, até a tétrica visão, na manhã de ontem, sobre o leito epitalâmico, de alvos lençóis, imaculados: nem uma só gota de sangue ritual neles.

Enquanto lá fora jorra o sangue
de tiranos, e o de sicranos,
enquanto cá dentro eu sanguenauta
singro as águas de meu próprio sangue,
nesse entrequanto,
ah,
se tinge a cama com um que nunca dantes derramado.
Ao som de hierogritos,
escorre o sangue em bruto
e dou de beber ao meu pênis.

Faltou vinho tinto no banquete de núpcias; faltou rubro sangue na cópula inaugural. A promessa inscrita no poema faltou de se perpetrar.

Não tinha uma só gota de sangue nos lençóis, eu disse, concluindo a narrativa. *Virgem*, exclamou Cristácia, e não pude saber se a palavra era uma síntese do problema ou uma católica imprecação. Mas logo se desfez a dúvida: Você largou a noiva porque ela não era *virgem*? A pergunta foi-me cuspida ao rosto num misto de sarcasmo e incredulidade. Nem resposta Cristácia não esperou: Vocês, homens, ríspida, são uns imbecis. E fez menção de recolher a cesta para ir embora. Pelo amor de Deus, gemi, súplice, não me deixe assim. Ela olhou-me com desdém, com, até, certa repulsa no olhar. Sabe a minha filha, disse ela; sabe Nilota? Acenei com a cabeça. Pois no primeiro aniversário dela meti o dedo na vagina e rebentei-lhe o cabaço. Não queria que minha filha vivesse com esse peso na alma. Eu mesma, primeira vez que trepei, meu parceiro pensou que o sangue era das regras. Deixei pensar. Se ele, que foi o primeiro, ficou sem saber, era como se *ninguém* me tivesse desvirginado. Entendeu a diferença?

Era como se eu nunca tivesse sido *virgem*. A palavra ela pronunciou como se lhe fedesse na língua. E agora você me vem com essa besteira. Trauma porque a noiva já veio furada? E daí? Existe amor ou não? Ou você ama a membrana mais que a mulher? Ah, depois dessa sacanagem que você fez com a pobre da sua noiva, não tenho dúvida: está aí por que que você broxou. E digo mais: você *merece* broxar. Sua impotência está na alma. Vai fazer análise, vai.

Novamente a menção de recolher a cesta. Novamente um gemido de minha parte impediu-a de completar o gesto. Ergueu a mão, pensei que fosse bater-me, mas o que fez foi decorrer a mão pelo meu rosto. Mão áspera, calejada, ostentando não menos que três fitas do Senhor do Bonfim ao redor do pulso; e bem que me fez bem sentir-lhe o tato. Eu queria, disse ela, que você fosse pra merda, mas é tão bonito, tão distinto, e eu nem gosto de homem bonito nem distinto, mas você tem alguma coisa, sei lá, que mexe comigo. Olha, eu conheço uma receita pra pinto broxa. É uma receita pirótica, quer dizer, que arde, mas é coisa simples: é só untar o saco e a virilha com sebo de bode e depois sentar em cima de brasas vivas. Pode ter certeza que cura: pois você sabe que o que arde, cura. Assustei-me: Sentar em cima de brasas? Deus me livre! Não tem nada mais suave não? Bom, disse ela, talvez eu tenha. Deixa ver esse moleque. Nem bem pronunciara aquelas palavras e já me veio com a mãozinha invadindo o calção. Olhei à volta, não havia ninguém por perto naquela tarde preguiçosa de domingo na arenosa Manguinhos. Ela imiscuiu a mão lá dentro, achou o que queria, extraiu de lá o estropiado. Que veio à luz meio inseguro, sem saber o que o esperava. Remeti-lhe um olhar pleno de ódio, mas confesso que apreciei vê-lo estirado, ainda que frouxo, no berço da pequena mão de Cristácia. Que também não calou sua admiração: Que imenso membro. Que grande glande. Imagine só o tamanho dele duro. Ouvindo aqueles encômios, o patife já foi ficando à vontade. Não lembro de ter visto membro maior, disse ela, e olha que não vi poucos: e cada marido me trazia um pau maior que o marido anterior, sem falar nos amantes. Discerni no membro umas primeiras palpitações. Aí bastou que Cristácia lhe brandisse entre os dedos ásperos a longa e vultosa haste para que o sem-vergonha se encarapitasse em sua mão.

Com que alegria contemplei meu ferramento esparramado na mera mãozinha de Cristácia, duro e grosso, pulsando no ritmo dinâmico de toda a sua desmedida potência.

Não vejo problema nenhum com o paciente, disse ela. Está saudável e pronto pra guerra. Vamos fazer um teste. Aí, estrangulando-me o pau na mão, deu a ordenhá-lo como teta de vaca, devagarinho a princípio, depois em ritmo crescendo, crescendo, crescendo, até que esguichou leite, leite esse que recolheu na palminha da outra mão, mas só em parte, porque era tanto que transbordou e pingou na areia. Quanto a mim, quase caí do banco, bambo de tanto êxtase.

Cristácia, olhando a mão e a areia empapadas de soro: Meu Deus! Dá pra fazer um bolo com tanta porra.

Ele passou no teste? — perguntei. Na primeira parte, sim, com louvor, disse ela. Vamos à segunda parte. Aí, depois de enxugar a mão num lenço, deitou de novo a mão douta ao meu pau, que já ia languescendo, e foi só dar-lhe um apertão no colarinho que o bruto empinou pronto para outra. Está aprovado no teste, disse ela, com nota máxima. Esse peru, Deus o abençoe, tem uma saúde de ferro. Quanto a você, palerma, você não merece esse peru. Ele é melhor que você. Se falhou com a moça, foi por conta da merda que você tem nessa cabeça. Ele é inocente da acusação. A culpa é toda sua, de besta e machista que é. Não pude deixar de perguntar: Mas o que que você tem nessa bendita mão? O dom de levantar qualquer pau? Ela riu: Pode até ser, mas acho que a confissão que você fez serviu de penitência. Vai fuder, vai; vai sem medo. Tomado de júbilo e orgulho, eu não tirava os olhos do pau. Cristácia retirou do pulso uma fita do Senhor do Bonfim e atou-a ao pescoço do bruto feito gargantilha.

Tomado de júbilo por ver-me de novo homem na íntegra, tudo que eu queria era a oportunidade de volver à presença de Eugênia para redimir-me da afronta a ela feita e recair-lhe nas melhores boas graças.

Nesse momento depreendi na linha da paisagem a perspícua figura de Daiane, aliás, Filomena. Ainda houve tempo de enjaular o grande personagem com gargantilha e tudo dentro do calção antes que a moça se aproximasse. A qual vinha sorumbática e pouco à vontade. Quando chegou, sem nem meio olhar para mim, proferiu-me um envelope em que li estes dizeres: De Eugênia para Graciano. Enquanto o abria, Daiane foi se retirando. Daiane, chamei. A muda se fez surda e não se voltou. Daiane, chamei. Nada. Em nome da curiosidade de ler a epístola que me viera no envelope, deixei-a ir.

DE EUGÊNIA ALEIXO NETO A
GRACIANO DAEMON

Conde Graciano. Pobre de mim, não consigo esquecê-lo. Prometo fazer melhor do que fiz. Prometo não decepcionar. Vem, vem, vem. Meu amor perfeito te espera para ser regado. Tua bem-nascida.

É da moça que você broxou com ela, perguntou Cristácia. É, eu disse. Se está te chamando, pode ir, que vai dar tudo certo. E, se posso saber, quem é ela? Eugênia, eu disse. A professora? Ué, pensei que ela só gostasse de mulher. Bom, não sou eu que vou recriminar. Também me apaixonei por mulher uma vez: Setentrionária. Coisa linda. A paixão era tão grande que quando vi piolho no cabelo dela tirei umas lêndeas e plantei no meu cabelo pra ter piolho também. É, foi uma coisa maravilhosa até que chegou na hora agá. Aí não deu certo, não agüentei o fedor da fêmea. Tenho um olfato muito sensível, sabe?

Cristácia de olhos brilhantes ergueu-se, recolheu do chão a cesta, pesada com seu acervo de cogumelos, e afastou-se sem mais outra palavra. Apressei o passo em direção oposta e ainda cheguei a ver Daiane, lá na frente, ao longe de mim, e ia tão lépida nos alados pés que me foi preciso correr para alcançá-la antes de chegada à casa da patroa. Alcancei-a diante de um terreno baldio onde se erguia um belo pé de abricó, fato fortuito que recebi como do melhor agouro, tendo em vista a nossa história pregressa. Quando deu por mim às suas costas, porém, ela revoou ao sopé do abricó e, catando do chão alguns dos frutos que ali jaziam dejetos, lançou um discurso deles contra mim, atingindo-me cabeça e dorso e fazendo-me fugir à toda para os braços de Eugênia.

Amena recebeu-me Eugênia na sala ainda no mesmo robe que vestira para aguardar seu banho triunfal. Nos lábios, um sorriso humilde. Fez-me sentar no sofá e, chamando Daiane, que chegara logo depois de mim, disse-lhe: Acho que está na hora de seu banho de mar, Mena, meu bem. Daiane retirou-se sem dizer palavra. Daí a pouco ouvimos o portão bater. Eugênia avançou contra mim e beijou-me cúpida. Seu beijo sabia a nicotina e chocolate. Aí, agarrando-me pelos cabelos, Ah, suspirou, meu tesão, meu tigre, meu mamão macho, só você é capaz de apagar o fogo que você mesmo foi quem pôs no meu corpo. Ah, suspirou, sim, você fez isso, quando te conheci, e até falei pra Bárbara, esse teu cunhado me deixou queimando de tesão, e agora quem vai apagar esse fogo? Ah, suspirou, eu não ia te falar essas coisas, nem sou eu que estou falando, é o amor que fala por mim. Sim, meu caro, eu estava doida pra te achar, pra te pegar de jeito, pra te comer esse corpo todinho!

Aí que percebi a ironia da coisa: eu que me supunha caçador era na verdade caça de minha caça.

Não acredita? Pois vou te dar uma prova de amor que nunca dei a ninguém, dos mil homens e mulheres com quem fui pra cama, só a uns dez por cento eu dei esta prova de amor. Aí, incumbindo-se de costas no leito, ordenou que eu lhe cuspisse dentro da boca. Estranhei. Ela disse: É uma antiga tradição francesa da Picardia. Os amantes enchem a boca de saliva e cospem na boca da pessoa amada. Bom, pensei, se é assim, tudo bem: se os amantes franceses fazem, por que não os de Manguinhos? Ela abriu a boca e fechou os olhos; eu formei na boca, denso, um bolo de saliva que, inclinando-me sobre Eugênia, deixei pingar-lhe bem na palma da língua. Ela esperou o néctar divino dissolver-se no recesso da boca ao mesmo tempo em que o rosto se aclarava numa expressão de êxtase. Depois, apoiando-se num cotovelo, disse: Agora é a sua vez.

Tive de jazer de costas e abrir a boca e, como prova de amor, receber na língua uma bola de cuspe fedendo a nicotina — que, ao descer-me pela goela, me fez engasgar e tossir. Eugênia, alheia ao meu incômodo, lançou o robe longe e abraçou-me implícita como se quisesse conjugar o corpo ao meu, transformar a nós dois numa só criatura hermafrodita. Acendeu-se a chama viril do meu desejo; meu pau subiu, paulatino mas subiu, por baixo dos panos. Ahhh, gemeu ela, sentindo-lhe o volume e a consistência. E arrancou-me camisa estampada e calção vermelho até dar de cara com aquele promontório de carne, que se projetava da minha virilha, palpitante, com a fita do Senhor do Bonfim ao redor do pescoço. Ahhh, gemeu ela de novo; e ainda vem pra mim todo engravatadinho! Quis abrangê-lo nas mãos frias; o pau, esse, não sei se sentiu falta da mão calejada de Cristácia; o que sei é que imediatamente desfaleceu nas mãos frias da amena Eugênia. Não, não, não, berrou ela. Não faz isso comigo não!

Diante daquele novo fracasso Eugênia transformou-se numa das três Fúrias ou em todas elas de modo simultâneo. A primeira coisa que fez foi estalar em meu rosto uma violenta bofetada. A segunda foi estalar em meu rosto uma segunda bofetada, mais violenta que a anterior. A terceira foi deitar mão ao belo vaso em que medrava o arbusto de maconha. Levantei-me às pressas e, com as roupas na mão, evadi-me porta afora, tão afobado que não pude desviar de Daiane, que tentava sair de mansinho da varanda, onde devia estar à janela bisbilhotando os amores da patroa. Com ela colidi e fomos ambos morder a poeira do jardim. Ergui-me primeiro e retomei a fuga, mas não sem receber no meio das costas o belo vaso, que depois, batendo de mau jeito no chão empedernido, rachou de alto a baixo, esvaindo-se dele parte da terra fértil que o preenchia. Saí zunindo pelo quintal, atravessei o portão e, dali, correndo sempre fugaz, olhei para trás: a amena Eugênia, curvada sobre Daiane, surrava sem dó nem piedade a pobre mudinha, que, como boa mártir, agüentava firme e não soltava um pio.

Dobrada a primeira esquina, detive-me para me pôr de novo decente, vestindo calção e camisa. A alma, porém, ia desarrumada e em desalinho.

Indo assim desolado, acabei voltando ao ponto de partida, o assento rústico onde me havia sentado com Cristácia. O dia estava em vias de extinção. Sentei-me ali para recuperar o amor próprio. O membro escorregou a cabeça fora do calção. Comecei a ralhar com ele. Estás me ouvindo, traidor? Não acredito não que a culpa seja minha. É tua, só tua, tua só, filho-da-puta. Estás escolhendo as minhas parceiras agora, miserável? Cristácia aprovas, Eugênia não? Quem és tu pra governar assim o meu desejo? Sou eu o piloto-capitão desta máquina de trepar, e tu, apenas um tripulante. Preciso de ti, certamente, mas tua cabeça não foi feita pra pensar. Mira-te no exemplo dos monges e obedece ao comando superior. Eu dou as ordens, tu cumpres, como sempre cumpriste. Não já demos grandes mergulhos juntos, parceiros, sócios, para nosso mútuo prazer? Não já te levei a visitar todos os tipos de buceta, gordas e magras, altas e baixas, secas e úmidas, rasas e fundas, e, de permeio, alguns cus inesquecíveis — inclusive o de certa mudinha a quem milagrosamente restituíste a fala? Não já, graças a mim, te chuparam lindas bocas femininas, a ponto, tantas vezes, de lhes regares de porra as faces, os lábios, os dentes, as línguas, os palatos, as goelas? Deves-me tudo isso, e no entanto o que foi que jamais esperei de ti, em troca, a não ser que te pusesses duro, em pé, espigado, enorme de grande, pulsante e possante, na devida hora e no devido lugar? Como podes negar-me fogo justamente com a amena Eugênia, deusa desejada, incomparável, princesa salacíssima, caçadora de homens e mulheres? Ofendeste-a de modo imperdoável, humilhaste-a, e a mim também. Ah, canalha, merecias ser decapitado com cutelo cego para nunca mais teres cabeça com que acenar a mulher alguma. Ainda que nunca mais me falhes, o que duvido, pois perdi a confiança em ti, mas ainda que nunca mais me envergonhes com mulher nenhuma, ainda assim ficará entre nós essa mancha, essa mágoa, essa mácula, e nossa sociedade nunca mais será sadia e franca como antes. Nossa amizade está dissipada, e no meu e teu e nosso leito de morte, quando me pedires perdão de tua falta, negarei perdoar-te, morrerás em pecado, irás queimar no fogo dos infernos enquanto eu, no temperado paraíso, desfrutarei da doce companhia emasculada dos anjos.

Estas coisas eu para o meu pau. Que, triste ou sonso, nem se dignava responder palavra.

De repente, sem aviso, fez-se em Manguinhos uma noite diurna; estrofes de trovões reboaram no firmamento e logo daquele escarcéu ruiu sobre nós um aguaceiro. Achava-me tão drenado de energia vital que onde estava fiquei. Padeci, imóvel, ali, sob a injúria da chuva, a miserimônia de ensopar-me todo, da cabeça aos pés, enquanto os panos aderiam-me ao corpo como a túnica do centauro ao corpo de Hércules.

RAPSÓDIA 13
Interlúdio

Tomei o caminho do lar, se é que podia de lar chamar a bem construída casa de Cristácia, disposto a pagar o que devia à minha hospedeira e despedir-me de uma vez para todo o sempre daquele lugar nefasto. Vim pés nus pisando poças de crassa água plúvia. As árvores vi todas elas chorando por mim suas melhores lágrimas.

Passei diante da igrejota de Sant'Ana, onde o mastro de Átis com a bandeira de Nossa Senhora da Penha se arvorava triunfal. Os pagãos todos tinham fugido da chuva, mas o padre estava ali à porta, contemplabundo, de olho no ar. Fez-me parar com um apelo: Já viu coisa mais linda? E apontou para os fios elétricos que se estendiam de um poste a outro: dezenas de rolinhas, pousadas ali, confabulavam entre si de modo alegremente. Apesar de meu desânimo, dei-lhe razão: aquela imagem bastaria para lavar-me de toda a minha miséria, se eu não fosse por natureza tão estúpido. Respondi-lhe, dizendo: São nossas irmãs. Não sei se ele me entendeu. Mas disse, lá da sua porta: Isso numa frigideira com arroz é uma delícia.

Na ladeira de acesso ao planaltinho, o leito de barro antes duro e seco tornara-se um monturo que as pernas me sorveu até o meio das canelas. Chegado diante da casa calçando botinas de lama, vi que ali havia, ao lado do meu, outro carro de belas rodas. Pelas janelas do meu, que deixara abertas para dissipar o remanescente fedor de urina, a chuva ingressara a cântaros. À vista dos bancos ensopados e dos dois dedos de água acumulada sobre o chão do carro, fui tomado de um sentimento de impotência: era forçoso adiar mais uma vez a fuga daquele maldito lugar.

O sol ia em declive no poente. De trás da casa eveio-me um vulto ao encontro. Reconheci o enamorado da papua, pescador por direito divino, reincidindo ali no cerco à moça. Boa noite, patrão, disse ele, tirando respeitoso o chapéu. Aqui me encontro eu de novo. Posso ter um trato com o senhor? Assim disse; e eu respondi, condescendente: Por que não? Vinha todo ele a rigor em terno branco, gravata e chapéu, sapato preto — não sei como, sem um só indício de ter apanhado chuva ou pisado em lama —, e não deixou de relancear um olho ínvio sobre os pés que eu trazia cobertos de barro. Pedrolino Cardoso, a seu serviço, disse, estendendo-me a mão — na qual a minha desapareceu feito peixe pequeno em goela de peixe grande. Sou de boa família ali de Nova Almeida, meu avô já nasceu preto forro, minha avó era neta de índio vereador do município. Moro em Manguinhos faz dez anos. Sou honesto e trabalhador. De profissão sou pescador, e meu folguedo é tocar caixa na banda de congo. Não fumo, só bebo se for em velório, até hoje só estive com mulher da vida umas cinqüenta vezes. Assim disse; e eu perguntei: Por que esse relatório todo? Porque parece que o patrão está desconfiado das minhas intenções com a menina aí da casa, a Sostra. Pois saiba o senhor que trago intenções de namoro firme e respeitoso e de casório daqui a seis meses. Assim disse, e eu perguntei, assumindo o papel de sogro: O senhor me garante que não quer só se aproveitar da inocência dela aí no meio desse mato? Assim disse, e ele replicou: Deus que me perdoe. Por tudo que é sagrado, sou homem muito respeitador de moça donzela. Nesses seis meses fico inteiramente satisfeito com uns beijinhos de noiva honrada. O resto eu resolvo com as putas de São Bastião. Assim disse, e eu perguntei: E qual é o sentimento da menina? Assim disse, e Pedrolino redargüiu: Alecrim bateu na porta, manjerona quer sair. Assim disse, e eu perguntei: E o senhor tem condições de manter casa, mulher e família? Assim falei, e ele disse-me logo em resposta: Casa eu já tenho umazinha, lá em Bicanga, e posso fazer eu mesmo uma puxada atrás, porque, quando não pesco, trabalho de meia-colher em Jacaraípe. E quem está aqui hoje não é aquele que o senhor viu ontem. Ontem eu era pobre, hoje sou rico. Não ouviu falar da sereia que pescaram hoje de manhã no alto mar? Pois então: eu mais mestre Honório e mais Baltazar é que matamos o bicho. Vendemos muito bem vendido e a minha parte dá pra começar a vida de casado com uma festança de casamento.

Assim disse ele, e eu perguntei, cético: E era sereia *mesmo*, seu Pedrolino? Foi o que perguntei, e ele respondeu: Da cabeça aos pés, patrão. A cara não era muito bonita, mas já vi um monte de mulher mais feia lá em São Bastião. Mas as mamas, e as partes, então, nem se fala, de tão mimosas: só o senhor vendo. Deste modo falou, e eu lhe pedi: Me diz uma coisa, seu Pedrolino, só por curiosidade: se o senhor encontrasse uma criatura dessas pela frente, cheia de vida, e, é claro, se ela se engraçasse pro senhor, o senhor, digamos assim, iria pra cama com ela? Assim eu disse, e o pescador calou-se reticente e coçou o líbico cabelo. Pude ler-lhe os pensamentos no quadro-negro do rosto: primeiro receou que eu estivesse brincando com ele; depois, considerou a sério a minha pergunta; por fim, raciocinou se deveria ou não dar uma resposta sincera. Deu: Patrão, cá entre nós dois, de homem pra homem, eu iria sim. E tomo a liberdade de dizer que o senhor também não recusaria não. Foi o que ele disse, e eu repliquei: Agradeço a sua sinceridade. Quanto à nossa menina, não tenho nada com isso. Conversa com a patroa dela, Dona Cristácia — a dona desta casa. Assim falei, ao que ele me perguntou: O senhor não é o marido de Dona Cristácia? À sua pergunta respondi: Sou não. Nesta casa sou apenas um hóspede pagante. Isso eu disse e ele perguntou: Por que o senhor não disse logo? Assim falou, e eu respondi: Pelo prazer de conversar com o senhor.

Com o óbito do sol o pálio da noite recobriu a arenosa Manguinhos e algumas estrelas acronoturnas surgiram no firmamento. Por entre as trevas obscuras, no chuveiro a céu aberto, com muita água e fricção, lavei pés e pernas, purificando-os de todo o barro ali aderido.

Entrei na casa e tranquei-me no quarto, não sem estranhar a ausência total, na ampla sala de jantar, dos ex-maridos e ex-amantes da boa Cristácia de olhos brilhantes. Despojado das vestes úmidas, atirei-me de borco sobre o leito, que me adotou com ternura. Esperava que Morfeu me concedesse o momento de umas duas horas de sono para esquecer o mundo e vice-versa, mas não me foi dada essa graça. A lembrança de meu duplo fracasso com a amena Eugênia repercutia-me no cérebro como a batida de uma banda de congos.

Além disso, meu olfato, apesar de não muito sagaz, captou nos lençóis um cheiro de terra molhada. Chegando o lençol junto às narinas, não tive dúvidas: em algum ínterim do dia a papua se pusera deitada em minha cama. Como entrara no quarto, de que eu escondera a chave, era um mistério que não me dei o trabalho de deslindar. Tive foi um sentimento de ternura diante da teimosa obsessão que a bugrinha alimentava por mim. Se tivesse confiança no sócio que levava entre as pernas, talvez até me arvorasse agora a fazer alguma coisa com a noiva de seu Pedrolino. Seria até uma forma de passar adiante os chifres com que me haviam galardoado. Comeram a minha noiva? Comi a noiva alheia.

Nesse momento ouvi à porta o ruído clássico de um toque-toque-toque de nós de dedos. Saltei da cama e fui abrir a porta, sem nem dar pela nudez manifesta do corpo. Falai no mal, preparai o pau. Era ela, a papua de cabelos de lã, e o cheiro agridoce de seu suor instilou-se em minhas narinas. Trazia numa das mãos uma xícara fumegante de café — para prevenir possível resfriado — e noutra um pratinho com biscoitos branquinhos de polvilho. Piscou os olhos ante a minha nudez e a qualidade dela, mas não fez nem um til de escândalo — nudez de todo gênero era coisa a que estava acostumada em seu mundinho. Quanto a mim, tomado de pejo, acorri em busca do lençol para me tapar e, decentemente encoberto, reverti à papua, que continuava no mesmo lugar e na mesma po-sição, xícara fumegante de café nas mãos e pratinho de biscoitos. A qual baixou os olhos e assestou-os, verdes como jade, sobre o lençol à altura da minha virilha, como se quisesse fazer ali uma abertura com seu olhar de maçarico.

Estava claro que o café e os biscoitos eram uma metáfora: a papua estava ali se oferecendo a si mesma. Não me daria o trabalho nem de cantá-la: já vinha cantada, pronta a condescender comigo, como a filha do ladrão condescendeu com Neptuno.

Mas a papua era uma cozinheira de homens, e os cozinhava no calor de seu próprio corpo: ali eu corria o risco de ser, segundo o seu capricho, preparado na grelha ou na panela ou em banho-maria e, convertido em guisado ou moqueca, rosbife ou fricassê, devorado por ela com volúpia, sem deixar sobre a mesa do leito mais que uns tristes restos de mim.

Sóstrata, comecei. Ela ergueu os olhos e os lábios tremeram em milimétrico sorriso: gostou de ouvir-me chamá-la pelo lindo nome. Prossegui: Seu Pedrolino Cardoso, moço bom, honesto e trabalhador, pescador de manjuba e de sereia, veio pedir você em casamento. Ela me olhou fixo com olhos esgazeados. Casa com ele, eu disse.

A papua saiu do quarto, levando consigo sem ser bebido o café, nem comidos os biscoitos.

Disposto a tomar um banho — porque aquilo lá fora fora apenas um lava-pés —, retirei da mala uma bela toalha vermelha que mais semelhava uma tapeçaria: trazia, bordada em branco, a estampa de um cavalheiro setecentista, peruca à cabeça, lenço ao pescoço, espada à cinta, chapéu de três pontas à mão, sapatos de fivela nos pés, essas coisas todas. Essa era a toalha masculina. A toalha feminina, abandonada junto com a noiva no quarto de hotel, trazia no centro a estampa de uma mulher do mesmo belo século, trajando vestido longo de anquinhas e babados e meneando na mão um leque. Essas toalhas Alice trouxera da viagem pré-nupcial que fez para, entre outras coisas, compor o enxoval. O casamento do casal setecentista naufragara ao mesmo tempo em que o nosso.

A lembrança de Alice trouxe-me um espasmo de dor que me transcorreu pelo corpo inteiro.

O banheiro interno estava aberto, mas não desocupado: lá dentro, bem à vista de pé diante do espelho, estava a figura encorpada de um sujeito que nunca vira antes — mas que deduzi ser o proprietário do carro lá fora e, provavelmente, o amante de Cristácia: a excelente alma boa que pagava o aluguel da casa. Acheguei-me. Ele não parecia bem de saúde. Vestido em bege em calças de linho, o largo peito nu, os largos pés também, dirigia um palavreado desconexo contra a própria imagem, duvidando, é o que me pareceu, reconhecer a si mesmo na criatura que via no espelho. Quando me viu à porta, fechou o cenho e rosnou como lobo: Mais um pra mim meter o pé na bunda. E avançou contra mim: seu peito parecia um muro. Retraindo um passo, exclamei: Espera lá, moço, o que foi que eu fiz? Ele estacou: Você não é um dos ex-maridos de Cristácia? Eu disse que não. Ele disse: Um dos ex-amantes dela? Eu disse que não. Ele disse: Um dos ex-qualquer coisa dela?

Lembrei da recente bronha que ela me tocara: será que essa intimidade, ainda que nada mais que fortuita e casual, me classificava naquela última categoria? Mas, considerando o caráter clínico, portanto assexual, do episódio, achei que não — e respondi de negativo modo à pergunta, apresentando-me, para alívio de ambas as partes, como hóspede pagante.

Toda vez que venho aqui, disse ele, encontro a casa cheia de desocupado. Toda vez, como hoje, tenho de botar todo mundo pra correr a pontapé. Não estou aqui pra sustentar vagabundo que se aproveita da alma generosa de Cristácia pra comer e beber às minhas custas. Aí mudou de tom: Hóspede pagante, é? Quer dizer que a danadinha está recebendo hóspede? Não me falou nada, mas tudo bem, a casa é dela, eu que pago, mas é dela. Ganhar um dinheirinho extra não faz mal a ninguém — sou empresário, não sou eu que vou recriminar. O que eu não tolero é essa cambada de parasitas acabando com tudo que eu ponho dentro da casa.

Nisso o bom homem levou a mão à cabeça, como se sentisse que alguma coisa — um carrossel, um redemoinho, um meteorito — lhe rodasse lá dentro em moto-contínuo. Algum problema, perguntei solícito. Meu amigo, a minha cabeça é uma cachoeira de palavras e minhas pernas pesam como se eu tivesse elefantíase. Me diz: eu tenho elefantíase? E com isso ergueu a bainha das calças para que eu lhe visse as pernas. Meneei a cabeça negativamente. Pois andei do quarto até aqui elas pareciam cada uma pesar uma tonelada. E está vendo isso aí no chão? Me diz: que merda é essa? E apontou para um pedaço de papel celofane que, colorido, jazia amarfanhado no chão do banheiro; um dos invólucros de bombom que a divina Nilota largava pela casa toda. É um papel de bombom, eu disse. É isso então, não é? Eu devia ter adivinhado. Pois fiquei duas horas em pé aqui olhando e sabe o que que me parecia? Um caleidoscópio de diamantes. Como brilha! Que riqueza de cores, de luzes! E é a merda de um papel de bombom? Qual bombom? Respondi: Serenata de amor. Serenata? Eu devia ter adivinhado. É da caixa que eu trouxe antes de ontem — esses vadios filhos-da-puta já acabaram com ela. E tornou a meter a cara diante do espelho, como alguém obcecado pela própria imagem.

Perguntei solícito: Posso fazer alguma coisa pra ajudar? Não, obrigado, não tem ninguém que pode me ajudar, só eu mesmo, no dia que tomar vergonha na cara. Meu Deus, quarenta e cinco anos nas costas e nunca tinha passado por uma situação assim. Lá dentro tive crise de riso, crise de choro, crise de falar sem parar, o cacete. Vi minha vida passar na cabeça de trás pra frente e de frente pra trás. Também quem manda comer cogumelo cru com suco de uva? Tá querendo pirar? Porque pira mesmo. Aí arrastou as pernas plúmbeas em minha direção. Abri caminho, mas ele pousou-me no ombro a mão pesada. Devo dar graças a Deus que não morri. Também quem manda se apaixonar por uma doidinha? Eu sou careta, cara, com muita honra. Que que eu estou fazendo aqui? Quero minha mulher e meus filhos. Quero minha casa e minha poltrona da sala e minha tevê. Quero saber de cogumelo cru porra nenhuma. Alucinação pra quê? Pra me sentir pesado que nem elefante? Mais um pouco e estou tentando pegar as coisas com a tromba. Quero isso não, cara. A danadinha me agradou desde que vi, com aquele olho alucinado. Me apaixonei, confesso. Ela também gostou de mim, nem sei como, mas gostou. E confesso que me fez sentir que nem um aventureiro, um fora da lei. Tá vendo aquele mar lá fora? Tomei banho nu com ela naquele mar. Quando que eu pensei fazer isso um dia? Mas com ela fiz e foi uma aventura. Mas cogumelo está além de mim. Quero não. Quero é pegar o carro e voltar pra casa. Quero a minha poltrona e minha tevê. Quer me levar pra casa, meu amigo? Pago bem pra dirigir o carro pra mim. Quer? Não, não, esquece. Não posso deixar a bruxinha. Ela me ama, cara. Eu não sabia o que era amor até ver a paixão que essa mulher tem por mim. Sabe o que ela me disse? Que eu sou o primeiro homem da vida dela. Homem de verdade. Teve uma porção de amantes no passado, mas tudo fedelho nos cueiros — essa cambada de vagabundos que vem aí pra perturbar. Homem de verdade, homem de responsabilidade, o primeiro na vida dela sou eu. Sou pai, sou mãe, sou irmão, sou amante, sou o diabo a quatro. Disse que eu passo a sensação de solidez, força, raciocínio, prudência. Isso é muito bom, mas nunca teve um orgasmo comigo, a filha-da-puta.

Com os fedelhos tinha um orgasmo um atrás do outro, ela disse, mas comigo nem um só pra semente. Diz que eu trepo igual máquina. Trepo só pensando nela, e ela diz que eu trepo igual robô. E tome cogumelo pra dar um jeito nisso. Ah, meu amigo, cogumelo pra quê? Sabe o que vai resolver o meu problema? Minha poltrona e minha tevê, é isso que vai resolver o meu problema, e mais um café preto bem forte que minha mulher faz. Cogumelo é pra doido e pra veado, não é pra mim não. Perguntou-me o nome, e eu lhe disse. Perguntei o dele em troca. Eurílico de Albucorque, disse ele, muito prazer. Não será Eulírico, perguntei, ingênuo. Ele se injuriou: Está querendo me ensinar meu próprio nome? Isso é pior do que querer ensinar missa ao vigário. Eu-rí-li-co. Entendeu? Eurílico. Todo mundo estranha e pensa que é Eurico. Mas do jeito aí que você falou é a primeira vez que alguém fala. Eulírico? Por que deveria ser Eulírico e não Eurílico? Alguma razão especial? Tentei uma explicação: Bom, *eu lírico*, duas palavras, entende, é como se chama em teoria literária o narrador de poesia. Ele franziu o sobrolho: Olha que isso é coisa de bicha. Você por acaso pensa que eu sou bicha? E você, por acaso você é bicha? Não, sou poeta. É a mesma coisa, disse ele.

Disse e, afastando-me para o lado, lá se foi de volta ao quarto de casal: tripudiava sobre o piso da sala como um elefante.

O discurso do homem me fez ver que eu estava na mesma que ele situação de peixe fora d'água. Também eu queria minha mulher, também queria minha poltrona e minha tevê — que ambas lá estavam à espera no apartamento especialmente preparado para nossa vida de casal — e queria um bom café preto feito por Alice, exímia que era nessa arte. Mas a ele era-lhe dado voltar para casa — e eu? Havia aí entre nós uma diferença de vozes verbais. Voltar para casa para ser perdoado pela mulher é uma coisa; voltar para casa para perdoar a mulher é outra muito diferente.

Entrei no banheiro, tranquei a porta e tomei um demorado banho morno de que saí do mesmo jeito que entrei: sem solução para o meu dilema.

Quando retornei ao quarto, havia um envelope jazendo no soalho. Tomando-o na mão curiosa e trêmula, vi que continha uma carta manuscrita dentro. Pensei logo em Eugênia, convocando-me para uma terceira tentativa de acasalamento. Mas, às primeiras palavras, entendi que de Eugênia é que não podia ser.

DE F PARA GRACIANO

Se me perguntares o que sou responderei com coragem. Sou uma ave perdida e que luta para sobreviver. Voando de galho em galho, para não ter que sofrer mais do que já sofri. E me pergunto o que é ser mulher. Mulher. É um ser lindo maravilhosamente que nunca deixa de sofrer. Atrás de um sorriso, há sempre um gesto amargo daquela que lutou para ser feliz e nos olhos não esconde a tristeza que restou. Não me perguntes mais nada. Sou o que sou, reprimindo minhas lágrimas, escondendo meu coração. Mas seja em qualquer lugar, sempre, estarei a procurar uma palavra amiga, mesmo um ombro para chorar. Pois sou tudo e não sou nada, pois de mim o que restou foram migalhas de um coração que só quis ter alguém para amar. Fui tantas coisas na vida. Fui isso e aquilo e hoje sou um nada que perdeu tudo que tinha. Não te espantes, pois no meu coração só restou solidão e agonia. Tu és poeta e todo poeta vive assim falando de amor e revivendo os momentos de um dia que passou... Espero que tenhas entendido esse simples pensamento. Não posso ir além. Temos vidas totalmente diferentes. Diferentes em tudo! Sonharemos tristes e nos encontraremos em um paraíso. Duas paixões frente a frente é uma coisa tão bonita. Por favor! Se nos encontrarmos outra vez, não me olhes nunca mais! Teus olhos fazem com que eu me sinta despida. Por favor! Assinada, F.

Dentro do bilhete vieram algumas pétalas secas, atadas com linha. Era a carta de desagravo e de despedida da minha Filomena. Para uma mudinha, até que ela escrevia pelos cotovelos.

Se é que, pensando bem, a carta era dela: onde estavam os cacoetes ortográficos que haviam personalizado a sua escrita nas areias? A carta não vinha, portanto, de Filomena, mas de outra mulher. Estava restaurado o enigma: quem era F? Quem era F que amava Graciano?

Agamemnon passou mais tarde à minha procura para levar-me ao jantar em casa de Domingos Cani. Vim à varanda para recebê-lo. Com ele, quem diria, estava Átis, o degenerado irmão de Áquila. Eu, que já andava em dúvida se iria ou não jantar em casa do varão de Plutarco, decidi por unanimidade não ir. Átis, que não era tapado, entendeu ser ele a razão de minha atitude e pediu licença a Agamemnon para falar comigo a sós. Agamemnon entrou sem cerimônia pela casa à procura de bons ouvidos aos quais dizer qualquer coisa que lhe desse na língua. Átis disse: Se é por minha causa que você não quer ir, então quem não vai sou eu. Mas quero que você saiba que o que fiz — e não interessa se você consentiu ou não consentiu, dormindo ou não — foi em nome do amor. E aí, com certa adulação na voz, Graciano, disse ele, não foi à toa que Áquila gamou em você, e olha que você era só um rapazinho. Por que me punir se eu também gamei? Sou humano, sou feito de carne e osso. E comigo não importa se é homem ou se é mulher. Se eu gamar, eu encaro. Não fujo do amor. Permaneci em silêncio, mas ouvinte. Então, prosseguiu, o que eu quero que você saiba é que, se você não é disso, não é disso, e eu lhe respeito assim mesmo. Mas continuo gamado em você e acho que mereço pelo menos a sua amizade em troca. Ele supôs que estivesse me persuadindo, e estava. Quanto ao que aconteceu, pronto, foi um sonho. E guardei segredo, do jeito que sei que você guardou. Não que eu veja nada naquilo pra envergonhar ninguém, nem a mim, nem a você. Mas guardei segredo porque sei que pra você é mais difícil encarar uma coisa dessas. Está bem, eu disse. Não se fala mais nisso. E você vai, perguntou ele, ao banquete? Vou, eu disse. Ele não se conteve e me agarrou num pertinaz abraço cachoeirense.

Abri o porta-malas do carro para Átis retirar a roupa com que iria à ceia de Domingos Cani. Entramos na casa de Cristácia. Átis fechou-se no banheiro para se aprontar. Achei Agamemnon na copa conjugada à cozinha, metido num papo com logo quem, Pedrolino Cardoso, que, pelo semblante risonho e feliz, fora aceito por Cristácia como candidato à mão de Sóstrata. À mesa, junto com os dois, sentava-se também a magnífica Nilota, papando um bombom Serenata. Na cozinha conjugada, Cristácia ocupava-se em fazer um bolo de fubá. De Eulírico — insisto em chamá-lo assim — e da pretendida noiva, nem sinal.

O assunto eram as formigas de correição — guaiú, como dizia o pescador. Porque guaiú é sinal certo de chuva, e dera guaiú em vários pontos de Manguinhos durante o dia. Agamemnon disse que vira o guaiú próximo à casa em que se hospedara. Pois ali perto havia um casebre meio desusado e, quando deu guaiú, ele ficou estarrecido de ver a fuga desesperada de ratos, baratas, aranhas, taruíras, tudo despejado de suas tocas, de seus antros, frinchas e buracos, tudo evindo para a rua em busca de salvar a pele. Logo mais um destacamento do primeiro guaiú atacou a própria casa em que Agamemnon estava; a dona da casa não vacilou: contra-atacaram, ela e o filho, armados de vassouras de piaçava, varrendo a correição para longe. Agamemnon, com um sorriso irônico: Achei curioso que, ao mesmo tempo que varriam as formigas, não paravam de gritar: Vai pra casa do vizinho! Vai pra casa do vizinho!

Seu Pedrolino deu sua receita, dizendo: Eu também mando o guaiú pro vizinho, mas prefiro usar tição do que vassoura. E vou riscando com o carvão, em cima das formigas, uma porção de cruz. E depois ainda faço uma cruz em cima do formigueiro, só pra elas não sair mais dali. Cristácia cantou, lá de onde estava com seu bolo: Um dos meus maridos é natural aqui de Carapina, e disse que em vez de mandar pro vizinho é melhor mandar irem pra missa. Num instante some tudo. A mesma coisa vale pra pulgas e percevejos. Pedrolino não conhecia essa: Mandar essas pragas pra igreja? Credo. Deve de ser pecado. Nilota aí abriu a boquinha e enunciou: Formiga-fogo já me picou uma vez na perna e como dói. Que dó, disse Agamemnon, de olho encantado em cima da ninfa. E ela: Tive de mijar na mão e esfregar em cima que só assim é que alivia.

Então resolveu jantar em casa de Dr. Cani, disse-me Cristácia. Faz de muito bem. Vir em Manguinhos e não ver Dr. Cani é o mesmo que ir em Roma e não ver Nero.

E fez-me sinal com os olhos brilhantes. Ergui-me e cheguei junto à pia. Ela murmurou: Como é que foi lá com a professora? Muito mal, respondi. Ela disse: Não subiu? Eu disse: Subiu, sim, mas desceu antes do tempo. Ela disse: É, meu caro, seu caso é grave. Acho que só milagre de Nossa Senhora da Penha pra dar jeito.

Nesse momento entrou cozinha adentro a papua de cabelos de lã: selvagens os olhos lançaram dardos de jade sobre todos nós. Boa noite, minha folha de café, disse o pescador. A papua dignou-se a nada responder. Voltando-se para ela, Cristácia de olhos brilhantes disse —

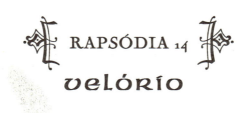

RAPSÓDIA 14
velório

Agamemnon receitou irmos pedestres até à casa de Domingos Cani. Era cedo ainda, alegou, e caminhadas noturnas no que ele chamou de roça lhe davam imenso prazer: traziam-lhe à lembrança estradinhas rurais percorridas, à meiga luz de um lampião, nas noites infantis de sua pátria, São Mateus. Átis foi contra e eu, para ser contra Átis, votei a favor da caminhada, sem nem dizer que não poderíamos sair num carro todo alagado por dentro.

Átis vestira uma maravilhosa camisa azul-claro ilustrada de enormes baratas negras.

A ladeira de barro alguém se dera o trabalho de atapetar de palha seca de coqueiro, mais para que não atolassem na lama carros de belas rodas do que pés de sapato ou de sandália.

Agamemnon exclamou de repente: Juro por tudo que é santo que essa menina é a coisa mais formosa que eu já vi! As palavras vinham carregadas de tanta emoção que Átis riu. Minha ingenuidade, falando por mim, disse: Você se refere a Nilota? Agamemnon disse: A mãe não devia deixar uma coisa dessas andar sozinha por aí. Não pra proteger a menina, mas pra proteger a nós, pobres machos da espécie: até um monge ficaria tarado se batesse o olho em tanta beleza, faça idéia um professor universitário. E, na minha opinião, a justiça não pode prender quem estuprar essa menina: ela mesma é prova bastante pra inocentar qualquer um.

Andando enquanto íamos através da noite umbrática, Agamemnon contou-nos que na verdade não nascera em São Mateus, mas num de seus distritos, Boa Esperança. Átis atiçou-o a falar de sua infância naquele cu de mundo. Agamemnon começou um rosário de reminiscências a que não dei maior atenção, nem menor.

Um ovo de galinha jazia esquecido sobre um mourão de cerca. Logo, porém, vi outro ovo sobre um segundo mourão, e mais outro, um pouco adiante, sobre um terceiro. Agamemnon interrompeu os seus mementos para explicar que eram oferendas a Santa Clara: para ela limpar o céu e afastar as tempestades.

Hoje não chove mais, Átis disse, depois de olhar o céu como estava estrelado.

Olhei para o alto e vi o céu coberto de estrelas católicas, cada qual não mais que uma luminosa cabecinha de alfinete que os deuses espetaram no vasto painel do universo pensando servir-nos, a nós, de lição de humildade.

O senhor deve ter dado muito em criança, Átis disse a Agamemnon. Dei nada, respondeu o professor, com a displicência de quem não deu mesmo. E passou a relembrar que fora grande caçador de passarinhos. Eu fazia armadilhas no mato: esparrelas e arapucas. Tinha umas arapucas que laçavam o pé do passarinho, que ficava pendurado na ponta do galho. O problema é que sempre aparecia algum cachorro do mato antes de mim, e eu só encontrava os pés do passarinho balançando no laço.

Mas o senhor tem cara de quem comeu muito veado em criança, Átis disse, insistindo no mesmo mote. Só tinha um veado na nossa turma, disse Agamemnon, e se chamava, nunca esqueci, Dirceu: mas era mais Marília que Dirceu. Átis: O senhor comeu Dirceu? Agamemnon: A turma fazia fila pra comer Dirceu. Atrás da escola tinha umas paredes em ruínas. Acho que quiseram fazer uma puxada ali atrás, mas faltou dinheiro e só ficaram as paredes. Os garotos aproveitavam pra cagar ali e pra comer Dirceu. Ou então no poço que abastecia a caixa d'água da vila, que nós costumávamos nadar nesse poço. Átis: E o senhor comia Dirceu? Dirceu, disse Agamemnon, com certa melancolia, dava pra todo mundo, menos pra mim. Não gostava de mim, não sei por quê. Átis: Que coisa triste, professor. Agamemnon: Mas um dia me vinguei. Peguei um cabo de vassoura, esfreguei numas folhas de pimenteira, e meti com toda a força no rabo de Dirceu. Átis: Ai! Que crueldade, professor. Agamemnon: Dirceu foi importante na minha vida porque me ensinou a combater todo tipo de discriminação, principalmente se é contra mim.

Agamemnon a Graciano: Quem é também de Boa Esperança é um ilustre xará seu, Graciano Neves. Certamente conhece. Eu disse que sim. Ele perguntou: Não foi em homenagem a ele que seus pais lhe deram esse nome — ou foi? Eu disse: Creio que não. Ele disse: Lá em Boa Esperança, durante algum tempo, foi um nome muito comum. Eu mesmo tive um irmão chamado Graciano. Foi ele que afundou junto com o *Baependi*.

De mim para mim, considerei explicado que uma botocuda de Itaúnas tivesse o nome que tinha. Itaúnas, Conceição da Barra, São Mateus, Boa Esperança, era tudo decerto um mundão só naquele tempo. A botocuda se chamava Graciana em homenagem ao mais célebre dos filhos da região.

Vultos na noite, lá fomos nós calcando as arenosas avenidas de Manguinhos, Átis e Agamemnon à frente, precursores, eu seguindo mais atrás. Agamemnon fazia a apologia de Graciano Neves para instrução de Átis: médico, filósofo, escritor satírico, governador — cargo a que renunciou por simples fastio da política —, diretor do Jardim Botânico do Rio e, nas horas vagas, pintor e violinista: a apologia de sempre, que isso é tudo que se sabe a respeito desse grande Graciano da virada do século. Vi que já estávamos em pleno subúrbio: diferente do centro nevrálgico da vila, aquilo ali era um ermo só. Ruas havia, ali, desertas de qualquer tipo de habitação, outras, dotadas de não mais que duas que três casinhas de pescadores, nas quais o crepúsculo de luzinhas trêmulas, enfermiças, dava sinal de alguma vida em vegetação lá dentro.

Diante, porém, de uma delas, toda iluminada, pequena multidão vimos de mortais em atitudes de silêncio duro ou de conversa mole. De dentro chegou-nos o som de vozes femininas que cantavam uma lúgubre melodia que me pungiu até os ossos:

Onze incelências
Da Senhora Santa Rita,
Olha o céu como está composto,
Composto de alegria,
Céu, céu, céu, céu,
Ó céu,
Tão piadoso...

Vamos lá ver quem foi que morreu, Átis disse, animado. As vozes lá dentro femininas emendaram uma estrofe na outra:

Doze incelências
Da Senhora Santa Rita,
Olha o céu como está composto,
Composto de alegria,
Céu, céu, céu, céu,
Ó céu,
Tão piadoso...

Aí fizeram uma pausa semínima para então começar uma nova cantilena:

Uma incelência
minha mãe sempre pedia,
adevogada,
rainha,

dos anjos, das estrelas coroada,
rainha,
dos anjos, das estrelas coroada...

 Toda morte alheia, ainda que de um desconhecido, interessa ao próximo. Nós éramos os próximos do morto, e dele nos aproximamos, cheios da viçosa mas efêmera vida que arde nos vivos mortais. Silenciaram as pessoas diante da casa, depois deram boa noite, depois recaíram em tácito silêncio. Átis meteu-se por entre elas, e por entre elas atrás dele seguimos Agamemnon e eu. Entramos na sala constipada de gente. A um lado mulheres em pé, meia dúzia delas, cantavam a toada mortuária, parindo uma brenha de som. Dentre as cantoras reconheci a papua de cabelos de lã. Ela me viu; nem por isso parou de cantar. A estrofe que cantavam era sempre a mesma. Só o primeiro verso é que mudava, numerando cada estrofe de um até, a julgar pela toada anterior, doze.

 A casa era pobre e simples, o chão de terra batida, as paredes de estuque. O esquálido esquife jazia, a nem três palmos do rés-do-chão, sobre o assento de três cadeiras raquíticas. Uma quarta cadeira servia de sede a algumas velas acesas. Toda fechada de preto numa quinta cadeira sentava-se a viúva. Átis, depois Agamemnon, depois eu mesmo os nossos lhe demos mais sinceros pêsames. Na minha vez estendi a mão e apertei a ponta de três dedos e não mais que a viúva ofereceu. O morto jazia quieto e deixei quieto. De onde estava pude ver que era um caboclo de idade indefinida, nariz obeso, faces vincadas: um desses manguinhenses que gostam de remos. As mãos, cruzadas sobre o peito, tinham dedos grossos e rurestres. Senti vergonha de estar ali; por ele e mais talvez até por mim mesmo. O ar estava abafado, por causa das velas e da cantoria.

Saí da casa de volta ao relento, trazendo alguns versos flutuantes como espumas no mar de minha mente.

>Sinto vergonha por aquele, por ti,
>que está vivendo suas
>primeiras horas de morto.
>Inevitavelmente exposto ao olho público,
>à pública visitação,
>como em florido pelourinho.
>Sinto vergonha, explicarei melhor,
>como sinto por um mau ator no palco,
>por um palhaço de circo que não faz rir.
>Coro por aquele, por ti, meu bom amigo,
>e por mim de antemão:
>que não há contramorte para ninguém.

Dois sujeitos estavam em pé de conversa perto de uma árvore. Um deles ouvi dizer: Pois eu ia andando, hoje no final da manhã, ali perto do riozinho, e aí ouvi chamar meu nome. Parei. Fiquei só na escuta. Chamaram de novo. Me arrepiei todo, pensei logo que só podia ser a senhora Dona Morte. Não respondi, que não sou besta. Aviei o passo e fui embora. Devia ser meio-dia por aí assim. Depois foi que eu soube que o compadre morreu meio-dia e pouco. Celeste contou que bateram palmas lá fora, o compadre foi atender. Não era ninguém. Quando voltou já veio branco, aí só fez arriou na cama e morreu. O outro sujeito ouvi dizer: Tem razão, Quirino. Você escapou de boa. Se responde ao chamado, era você o finadinho estirado no caixão hoje, pessoal cantando na beira. Acha mesmo, Genário, disse Quirino, querendo que o suadissem daquilo de que já estava suadido. Acho. A danada não conseguiu nada com você, veio bater na porta do compadre, coitado. É a vida. Hoje um, amanhã dois. Chegou um terceiro manguinhense e deu boa noite aos outros dois e disse: Pois é, o compadre já não tem mais medo da morte. A morte só respeita morto, replicou Quirino. E começou: Estava contando aqui pro compadre, hoje no final da manhã passei ali perto do riozinho...

Agamemnon surgiu ao meu lado, com uma caneca de cachaça na mão. Ofereceu, recusei. Isso vai até, disse, de manhã cedo, sem parar. Pessoal daqui tem um nome pra essas cantigas de ninar o morto: incelências. Estranhei: Incelências? O termo, disse ele, correto é excelências, mas o povo simples deturpou a palavra e diz incelências. Átis reapareceu com uma caneca de cachaça na mão. Ofereceu, recusei. É Timotina da boa, disse ele. Dr. Cani que mandou, pro pessoal beber em memória do morto. Mestre Zé Pedro. Quarenta e cinco anos. Morte fatal. Estava dentro de casa, com a mulher, passou mal de repente e lá se foi. Antes ele do que eu. Mas a morte, quando é rápida, dá inveja. Não dá? O que é preferível, morrer mais cedo ou morrer melhor? Eu posso estar aqui, todo feliz de estar vivo, e quem sabe se a morte não será medonha quando vier? Aí vou lembrar de mestre Zé Pedro e sentir inveja. Mas desgraça tem sua hora. A vida é breve, mas mesmo uma vida breve custa um pouco a passar. Agamemnon: Pra ele acabou, mas não pra nós. É a vida. Uns vivem além, outros aquém, mas a verdade é que nascemos todos moribundos. É a vida, é a vida. Toca a aproveitar enquanto dá. Um dia, quando dermos pela coisa, estaremos todos falecidos que nem mestre Zé Pedro. E eu, voltando-me para ele —

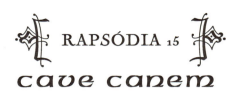

RAPSÓDIA 15
cave canem

Chegados diante do portão, vimos, inerido ao muro, um mosaico: sobre campo branco, pastilhas negras perfaziam a figura de um cão molosso, boca aberta e afiada, com um toque vermelho de língua. Infraescrita, em bom latim, a legenda: CAVE CANEM. Agamemnon quis fazer graça: Cuidado com o *Cão*? Com qual cão? O de quatro pés, ou o de dois? O guardião da casa, ou o dono dela? Qual dos dois é mais canino? Qual dos dois é mais humano? Sorri pelo nariz, mas Átis tomou a defesa do amigo: Se é isso que pensa dele, professor, por que se deu ao trabalho de vir? Agamemnon, sem titubeio, Vim, disse, pra comer e beber. Átis: Tomara que tenha uma indigestão. Agamemnon, porém, Poupe a praga, replicou; minha vida já é uma indigestão. Mas acrescentou, conciliador: Na verdade nada tenho contra o cidadão, muito pelo contrário; mas, se sou amigo dele, sou mais amigo ainda de um bom epigrama.

Trancado não estava o portão, e à vontade fomos entrando. Intramuros, à nossa esquerda, espigava-se o vulto de uma guarita cobertinha toda ela de telha ruiva. Porteiro que é bom eis que sentado o vimos à beira da calçada que de cimento circundava a guarita. Franzino, tendo de seus uns vinte anos, pardo como gato à noite, vimos que estudioso e absorto ia entregue à tarefa de catar feijões. A mão direita, ágil, destra, armada de prestos dedos, ciscava na palma esquerda um punhado de grãos e separava, por assim dizer, do trigo o joio, recolhendo em uma peneira os grãos saudáveis e relegando os bichados — e com estes as escórias mais diversas — a uma folha de jornal a seu lado, de onde mais tarde seria tudo lançado ao lixo, junto com as notícias de um mês atrás.

Sentindo-me, no plano da humanidade, joio e não trigo, o que li naquela metáfora foi que me esperava então ao fim da jornada o mesmo destino do joio: o lixo. Tentei insurgir-me contra tal sentimento: o que fizera, senão nada, para merecer tal destino? Pelo contrário, era, sim, vítima inocente da traição de uma noiva adúltera e da unânime conspiração do universo contra minha congênita potência. Crista erguida, galo: sobre a cabeça recaia de teus malfeitores, e não sobre a tua, o opróbrio do teu infortúnio. Mas a exortação teve efeito apenas paliativo. Eu sabia que, enquanto não recobrasse o vigor do pau, honra e amor próprio não haviam de florescer no meio-homem em que me convertera.

Boa noite, Dama, disse Átis. E, sem mais cerimônia, agarrou do rapaz a destra, apertou-a, sacudiu-a, dando-lhe cordiais parabéns; depois, para nós, justificou o gesto dizendo de roldão que Dama casou sábado, sem ser este agora o outro, e muito bem casado, a noiva, Reuza, é moça linda, prendada, honesta e trabalhadora, empregada da família desde o berço, e muito estimada dos patrões e de todos nós que freqüentamos a casa. Ouvindo tais palavras, fomos compelidos pela cortesia a dar também ao noivo os parabéns. Dama é que parecia o mais que infeliz dos recém-casados: não sorria não e, pior, nem dava sinal de qualquer vitalidade além da exigida para respirar e para catar feijões: o casamento parecia tê-lo traduzido num ser apático, sem alma própria. Não pude senão ver-me espelhado nele: algo em sua noite de núpcias não dera certo: talvez à cama lhe tivesse vindo a amada noiva com o selo já de antemão obliterado.

Senti-me irmanado a ele. Também eu conheço a tristeza do noivo que chega à cama nupcial não para amar e ser amado, mas para cumprir a inglória tarefa de tapar um buraco.

Deixamos o sorumbático noivo entregue ao seu marasmo e aos seus feijões.

Agamemnon: Que diabo de nome, Dama, é esse? Átis: Não é nome, é apelido; o nome dele é Damastor. Perguntei: E o nome da noiva é mesmo Reuza? Claro que não, disse Átis, rindo alvos dentes à mostra: onde já se viu? Reuza também é apelido; o nome dela é Diarreuza.

TRAGÉDIA GREGA DE
DIARREUZA E ONTENOR

Em sinóticas palavras Átis contou que aquele era o segundo casamento de Reuza. O primeiro durara seis meses se tanto, e acabara em melotragédia: o marido lhe estuprara a irmã caçula, uma ingênua mudinha.

Reuza quando soube, grávida de quatro para cinco meses, provocou de algum modo o próprio aborto, cozinhou o feto, fez uma boa sopa e deu ao marido pra tomar. Nossa, a uma voz exclamamos Agamemnon e eu. E o professor: E o marido tomou? Átis: Tomou tudo e pediu mais. Mas aí olhou assim pra barriga de Reuza, passou a mão e estranhou que tinha murchado. Cadê meu filho? Ela disse: Passou da minha barriga pra tua. E disse: É pra você aprender a respeitar cunhada. O homem ficou possesso. Quis matar as duas, mas Reuza estava pronta pra tudo. Quebrou-lhe uma garrafa no focinho e teria ela sim matado o marido se a vizinhança não acudisse. O caso foi parar na polícia, mas isso, pra quem tem o patrão que tem, não é problema: Dr. Cani foi lá e abafou tudo. O casamento foi anulado, Ontenor, o marido, sumiu do mapa, Dr. Cani deu dinheiro pra ir pra Guaporé; e deixou bem claro que era pra ficar por lá mesmo: Se voltar, mando capar. E de quebra arrumou o casamento de Reuza com Dama, que é irmão de Ontenor. Então, disse Agamemnon, inverteram-se os papéis: Ontenor, de marido que era, virou cunhado e Dama, que era cunhado, virou marido. E, além da mulher, disse Átis, ainda herdou do irmão o emprego — pois, concluiu, antes dele Ontenor é que era o ministro da portaria e dos feijões.

Isso mesmo, disse Átis, é assim que são chamados os empregados da casa, pra eles se sentirem importantes e trabalharem com mais entusiasmo.

O que para uns é um sonho, para outros é um grão de feijão. Quanto motivo de júbilo me teriam dado os deuses se meu irmão Antônio, sacudindo o jugo da inércia, procedesse ao estupro de uma irmã de Bárbara ou, na falta desta, de uma prima dela, deixando-me assim viável o caminho rumo ao corpo deiforme da minha própria cunhada! Em vez disso, é a um rude porteiro e catador de feijões que os deuses concedem tal bênção — que, longe de fazê-lo rir e cantar de alegria, o reduz a esse estado de inanição moral.

E o que foi feito da irmã de Reuza, perguntei a Átis. Continua aqui em Manguinhos, disse ele. Trabalha na casa de um e de outro. Como se chama, perguntei, só para confirmar o que já sabia. Filomena, disse Átis. Agamemnon disse: Sabiam que é um nome grego? Significa rouxinol. Aliás, Diarreuza também é um belo de um nome grego. *Dia* é através, *reuza*, correnteza. Aquela que Atravessa a Correnteza é uma boa tradução do nome. Sabe grego, professor, perguntou Átis. Uma palavra ou outra, disse o professor, modesto.

Larga era a alameda que percorrendo íamos, larga o suficiente para dar passagem a dois barcos de Ísis Pelágia ombro a ombro; ladeavam-na alguns grandes exemplares de fícus, árvores que o poeta interno em minha mente descreveu assim:

>   Todas elas bem nutridas e musculosas,
>   todas elas com farta juba verde vívida
>   e tronco folheado de hera.
>   Todas elas maridadas umas às outras,
>   as aéreas mãos dadas em promíscuos enlaces,
>   as aéreas raízes enroscadas em si mesmas.
>   A barba por fazer perpendia-lhes em profusos fios
>   até a data de hoje dos joelhos.

Lá no meio de um jardim luxuriante se via a bem construída casa, que era enorme de grande corpo e alta de elevado teto.

PHALLUS ALATUS

Venham aqui ver uma curiosidade, disse Átis, e através da relva ciceroneou-nos até uma coluna de mármore sobre a qual pontificava uma singela escultura de cerâmica. Era a escultura de um falo que, instituído de pé sobre o topo da coluna, parecia prestes a alçar vôo: pois era um falo de asas. No corpo da coluna, em relevo, liam-se estas palavras: HIC HABITAT FELICITAS. É uma antiguidade, disse Átis, que Dr. Cani trouxe da viagem que fez pela Itália. Não é uma beleza? Olha os ovos: não lembram o trem de pouso de um avião? À vista daquele membro duro, pronto para voar em busca de ninho, minha tristeza amplificou. Agamemnon não seria Agamemnon se não desse um palpite: Aqui mora a felicidade? Sou obrigado a concordar. De fato, impossível ser feliz sem um pau em perfeitas condições de funcionamento. Com o meu, graças a Deus, nunca tive problemas. Nem eu, disse Átis: vocês acreditam que até hoje não sei o que é broxar? E olha que já comi até uma paralítica... Bem que gostaria de broxar um dia, só pra saber como é que é. E você, Graciano? Tive de meio que mentir, ainda que de vago modo: Não sei nem quero saber. Agamemnon sugeriu: Batamos na madeira, e bateu no próprio pau, toc-toc-toc, com os nós dos dedos. Átis e eu lhe imitamos o gesto.

À frente da casa, em pátio calçado de paralelepípedos de granito, erguiam-se três mastros de bandeira, cada qual dos quais com a sua flâmula hasteada na respectiva ponta. Ali o dono da casa tinha o cacoete de hastear, na companhia das bandeiras da pátria e da capitania, a da própria sua família: branca bandeira com um brasão no centro, no qual brasão, de pé sobre o coco de um elmo argênteo, se via a figura de um cão rompante com dois palmos de língua para fora.

Já ia me perguntando se não havia alguma ligação entre as dinastias de Domingos Cani e de Vasco Coutinho, nosso primeiro donatário, quando voz acérrima perfurou o silêncio mudo da noite, cantando: Boa noite! Boa noite! Tomado de assalto pela surpresa, boa noite respondi sem saber a quem, espiando atarantado em torno. Riram Átis e Agamemnon. Aí que vi ser um papagaio, posto de sentinela no pódio de um poleiro na varanda, o autor do cumprimento. Átis, por sua vez, Boa noite, louro, gritou. Deviam ser velhos amigos, tanto que o papagaio o chamou de filho-da-puta. Ao que Átis: Dá o cu, louro. E o papagaio: Não dou mas troco.

No amplo distrito da varanda algumas samambaias bem-nutridas transbordavam de suspensos xaxins. Átis deu-lhes a sua toda atenção. Agamemnon embarcou numa das redes que ali se ofereciam de todas as cores, a qual logo foi coagida a balançar como nau sobre mar agitado. Vi que Átis tinha jeito para cuidar de planta. Fez vistoria, extraiu ramos secos aqui, desembaraçou outros ali, tudo com muita ternura nos dedos. Tinha mãos botânicas; e talvez um pouco de teatro fizesse para meus olhos verem. Inquiri: Onde é que você aprendeu a mexer com planta? Nas esquinas da vida, respondeu. E lecionou: Samambaia, Graciano, é planta dengosa, cheia de não-me-toques, qualquer coisa e a folha pára de crescer e murcha. É tão dengosa que parece uma bicha. O papagaio com ciúme o chamou: Vem cá, meu bem! Átis chegou junto ao poleiro e deixou-se mordiscar o dedo no bico do bicho um pouco, ciciando entre isso umas palavras de afeto.

Dava para ouvir dali o ladrido das ondas, pois a praia jazia às cegas em algum ponto para as bandas do oriente próximo.

Nesse mesmo enquanto Átis dava dengo ao louro, meu olhar incidiu sobre a porta que se erguia em forma de ogiva no extremo da varanda. Por ali é que se daria o meu ingresso na alta sociedade da arenosa Manguinhos. Qual seria o meu futuro a partir dali a pouco? Com que novas pessoas travaria conhecimento, com que novas mulheres? Que novas porventuras e trepidantes peripécias me aguardavam lá dentro? Que novos e trepidantes amores? Que novos e sinistros fracassos? Daria naquela casa com uma mulher que, enviada por deuses filantrópicos, me fizesse esquecer quanto padecera sob o poder de Júlia, de Alice, Filomena, Petúnia, Eugênia — e, por que não dizer, do próprio Átis? Daria ali com a misteriosa mulher que, oculta sob a letra F de Fêmea, pichara Manguinhos de amorosas declarações murais a mim endereçadas?

Já contávamos como certo transpor o limiar da porta e ingressar na bem construída casa de elevado teto quando às nossas costas soou uma voz peremptória: Alto lá, nem mais um passo!

O papagaio? Não: era uma voz, além de peremptória, feminina, e de fato, girando sobre os calcanhares, vimos ao nosso encontro vindo uma mulher módica, de formas roliças, em quem reconheci, não sem surpresa, a cordata Evônima, aliás Ivone, amiga de cavalos. Agamemnon conhecia-a: Ué, menina, você por aqui? Ela, porém, de cenho franzidinho, a ele saudou e a mim secamente e disse: Já já dou atenção a vocês. Átis interpelou-a:

Que foi, Ivone, não podemos entrar? Eles dois podem, disse ela, mas você, Átis, vai tirando seu cavalinho da chuva e voltando atrás daqui mesmo.

Tanta prepotência nos espantou aos três, sobretudo ao próprio Átis. O qual: De casa como sou, não posso entrar? Mas por causa de quê? Por causa de quê o quê, retrucou ela; deixa de ser sonso: você sabe melhor do que eu por causa de quê. Já entendi, disse ele, em voz concisa. Por um pingo de crime, que crime nada, por um maldito mal-entendido, agora virei pessoa ingrata nesta casa. Mas deixa eu conversar com Patativa, ele já chegou? Ivone, firme, Átis, disse, não adianta me vir com conversa mole: você não vai entrar: quer que eu chamo Indalécio pra botar você pra fora na marra? Átis olhou para nós em busca de intercessores. Eu me pus mais mudo que um peixe: tinha graça interceder pelo estuprador do meu pudor. Mas Agamemnon, E quanto ao direito, disse, de defesa dele? Você não se meta, retrucou Ivone: ele tem direito mas não tem defesa. Agamemnon: Então ele só tem direito ao castigo? E Ivone: Cala a boca, você não sabe da missa um terço!

Átis fez uma oração de despedida: Se esta casa não me quer dentro dela, eu também não quero esta casa dentro de mim. Vasto é o mundo e suave é a noite, já disse o poeta, e me consola saber que tem muitos outros lugares aonde serei aceito esta noite com prazer e alegria. Pode dizer, Ivone, a seu amigo Patativa que vou achar asilo junto ao Sr. Eugênides. Ou então vou atirar-me ao mar, que tenho certeza que as ondas me tratarão com mais carinho do que quem sempre achei que fosse meu amigo. Ou, em último caso, vou voltar pro velório de mestre Zé Pedro e encher de aguarrás o talo até ficar troncho e cantar incelência até ficar rouco. Ou nem isso eu posso? Tive pena de Átis: senti que se sentia humilhado, logo ele, o de nós três mais íntimo da casa: senti que apelava para todos os seus brios para não discorrer em pranto. O qual, dirigindo-se a Agamemnon e a mim: Amigos, murmurou, não se preocupem com o vosso pobre Átis: eu estou mal, mas estou bem. E, dirigindo-se a mim: Graciano, só lhe peço uma coisa, se não for pedir muito: nunca se esqueça que somos amigos para sempre. Amanhã lhe procuro pra pegar minha bagagem. E, por fim, a Ivone: Ivone, eu te perdôo, sei que não está me mandando embora por mal, mas porque mandaram me mandar embora, e governanta tem mais é que cumprir as ordens que recebe. E, a todos nós em conjunto: Se precisarem de mim, estou no velório ali adiante, chorando pelo morto e mais ainda por mim mesmo.

Corações contritos, admiramos a compostura sua diante de tamanha desfeita. Olhos condoídos, acompanhamos o vulto seu atravessar a relva e depois enveredar pela alameda em direção ao portão. À medida que ele se afastava, seu corpo ia se encolhendo sob o peso da mágoa e da humilhação. De súbito, ergueu a mão e arrancou de um dos galhos de ficus uma folha. Continuou a viagem para o exílio tirando, musicais, da folha, algumas notas doloridas.

A singela Ivone vestia-se de vermelho agudo e trazia numa orelha (como Átis, numa só) um brinco em forma de meia-lua e no pescoço, pingente de um colar, uma figa de ébano. Resolvido o problema de mandar Átis embora, pôde nos dar a prometida atenção: Me desculpem pelo constrangimento, e saibam que não sou governanta da casa mas amiga da família. Agamemnon perguntou: O que foi que Átis fez? Ivone: Aprontou com Patativa, um dos amigos de Domingos. Mas isso não nos diz respeito. E, mudando de tom: Como vai você, Agamemnon? Como tem passado? Agamemnon: Melhor agora. Ivone, sorrindo: Você não perde essa mania de galanteio, hein, moço? Depois foi a minha vez dela me cumprimentar: Que bom rever você de novo. E, chegando-se a mim, apertou-me a mão entre as mãozinhas suas e, não satisfeita, chegou o rosto ao meu e depositou-me um beijinho em cada face, dizendo: Você acredita que ontem depois que saí de lá eu encontrei nosso amigo outra vez? Enquanto eu me perguntava a que nosso amigo se referia ela, Agamemnon, de malicioso modo, disse: Então você também já *conhece* Ivone. Repliquei: Conheci ontem, por acaso. E deitei elogio: E percebi que é gente fina e que tem um belo nome, dos mais belos que já vi. Ouvindo-me as palavras encomiológicas, Ivone sorriu a olhos vistos, mostrando os dentículos. Agamemnon deu sua aula: Evônima é, na verdade, um nome metalingüístico, pois em grego quer dizer *belo nome*. Ou seja, o próprio nome diz que é um belo nome. Metalinguagem e cabotinismo. *Bom* nome, disse Ivone, corrigindo o professor de grego. Em você é tudo a mesma coisa, disse ele.

A porta recebeu-nos de par aberta em par, mas Ivone, que substituíra Átis no papel de guia nosso, advertiu: Atenção! E, abrindo as asas para nos sustar o ingresso no vestíbulo da casa, apontou para baixo. No solo de cerâmica vimos o rastro, pintado em amarelo, de pegadas descalças, a começar pelo pé direito. Agamemnon: Temos um supersticioso em casa? Ivone: Hum! Se Domingos por distração calçar o pé esquerdo antes do direito, não sai de casa nem que seja pra ser nomeado presidente. Quanto a mim, não acredito nessas coisas, mas pergunto a vocês: se não somos capazes de atender o capricho de um amigo, que espécie de amigo somos?

Entramos no vestíbulo com pé direito e, calcando as pegadas impressas de antemão, fomos indo até chegarmos diante de um pedestal de granito, onde demos de cara com o em bronze feito austero busto de Domingos Cani, a que não faltava um ramo de louros cingindo-lhe de orelha a orelha o traseiro da cabeça. Numa plaqueta se lia: *Domingos Cani pelo laureado artista escultor de fama internacional Roberto Samotraça. Vitória, 1974. Obra destinada à eternidade*. O escultor dera a Domingos Cani uma romana antiga nobreza de caráter que o punha em pé de igualdade com um Nero, um Galba ou um Vitélio — ou, em termos neo-romanos, com um Mussolini.

O austero busto servia de sentinela a uma porta no fundo do vestíbulo. Ninguém entra, disse Ivone, nesta casa sem passar pelo santuário da arte.

O santuário da arte era uma imensa galeria atravancada de todo tipo de artefato. Logo nos detivemos diante de um painel embutido na parede, no qual, sobre leito de veludo carmesim, cochilava bela e vetusta medalha de ouro. Dizeres numa plaqueta afixada abaixo do painel faziam saber que ali se achava a medalha conferida pela princesa Isabel ao caboclo Bernardo, que na noite de 7 de setembro de 1887, durante formidanda tempestade, salvara os tripulantes do brigue *Imperial Marinheiro*, naufragado no litoral de Regência Augusta, no município de Linhares. Quem diria. Aquela medalha, que reluzia ali perante os olhos meus carnais, fora a mesma com que tenras mãos de princesa haviam decorado o taurino pescoço do bugre heróico. A meu lado, Agamemnon, especialista em naufrágios, emitiu uma exclamação híbrida de espanto e enlevo: A medalha perdida do caboclo Bernardo! E apelou para Ivone:

Mas como veio essa preciosidade parar aqui? Ivone sorriu e disse: Preciosidade? Você ainda não viu nada.

Em painel semelhante viam-se dezenas de comendas e condecorações, estas, sim, conferidas ao próprio dono da casa. Em breve relance pude ver, entre outras honrarias a que fizera jus Domingos Cani, as medalhas de Maria Quitéria e dos Diários Associados, a do quarto centenário de fundação de Vitória, com a efígie do convento da Penha, e a suntuosa Ordem Real do Mérito de São Bartolomeu, da Casa Real e Soberana da Bitínia e da Lídia, esta no grau de cavaleiro comendador da justiça.

Já Ivone ia indo adiante, e beliscando-lhe os calcanhares passamos por uma velha cadeira carcomida pelo tempo que Ivone, sem nem deter-se, propalou que era a cadeira que pertenceu ao beato José de Anchieta, apóstolo do Brasil. A verdadeira, acrescentou ela, porque a que está lá na igreja de Benevente é falsa que nem dentadura.

Demos a seguir com uma cristaleira em que se alojava populosa coleção de rechonchudas bonecas antigas, vestidas em trajes típicos de dezenas de países dos cinco continentes. No cume da cristaleira, entre plúrimos objetos todos díspares uns dos outros, vi um belo cavalinho de Tróia com um relógio engastado no flanco e um meigo navio em miniatura, com bandeirinha holandesa, montado a poder de arte e paciência dentro de uma garrafa.

A verdade é que o santuário oferecia-nos aos olhos o colírio de maravilhas sem conta. Telas havia, dos mais famosos mestres, em todas as paredes, uma via sacra delas, ricamente todas emolduradas; são todas, disse Ivone, originais. Como assim, contrapôs Agamemnon, se os originais dessas telas todos sabem que estão em museus e galerias do mundo inteiro? Não, disse Ivone, o que os museus têm são *reproduções*; os originais estão é aqui. Apontando para o *Nascimento de Vênus*, inquiri: Esta também? E mergulhei a alma na obra soberba de Botticelli, lambendo o detalhe de cada folha, de cada onda, de cada fímbria de vestido, de cada artelho, para depois venerar a imagem central da esplêndida deusa recém-nascendo do útero da concha — e aí abismar-me na verificação de que, coisa impossível mas verdadeira, era o rosto de Nilota, a ninfa magnífica, que Botticelli escolhera, séculos atrás, para representar a incomparável beleza de Afrodite.

A intervalos, depois de se exaurir em tanto Rubens, Ingres, David, Monet, Manet, Van Gogh, Lautrec, Picasso e Modigliani, sem falar nos Portinari, Guignard, Di Cavalcanti e um tal Isaías Paregórico — grande pintor dali da Serra, disse-nos Ivone, em quem Domingos Cani estava investindo alto —, o olho repousava em bandejas estampadas com múmias de multicores borboletas.

Móveis antigos então, infestados de santos barrocos a título de ornato, pululavam ubíquos em todo canto: dessas peças que, tanto os móveis como os santos, mercadores semitas compram no interior da província por uma ninharia e por uma fábula revendem a ricaços como Domingos Cani.

Até mesmo o violino de meu xará Graciano Neves fazia parte daquele acervo de tesouros artísticos.

E o que dizer da seção de arte esculturada? Vi, com estes próprios meus olhos, a beleza estontenante da Vênus de Milo, e a vi na íntegra, isto é, munida dos braços escorreitos e das mãos de fada que faltam à famosa reprodução hoje sob a custódia do Louvre. Vi a majestosa estátua da mal-humorada Juno, deusa do casamento, e baixei os olhos diante da feroz censura que me infligiu com seus grandes olhos de vaca: já me condenara pelo abandono da noiva sem nem cogitar de considerar as minhas justas razões. Vi a doce escultura de Hermafrodita dormindo: naquele corpo que lânguido ali jazia de lado, arrebatava o olhar, vendo-se por trás, o par de femininas nádegas esculpidas a dedo e, vendo-se pela frente, arrebatava e, mais ainda, conturbava o olhar a antítese entre os seios femininos e o tenro falo projetando-se da virilha delicado como um bibelô.

Arrebatado e perturbado, de olho posto na escultura, perguntava-me se assim é que era, vista de frente, a moça da floresta; perguntava-me se seria eu capaz de enfrentar o desafio de amar criatura tão formosa mas também tão anômala e anormal, se seria capaz de ir para a cama com ela, se seria capaz de —

Não, não fere a dignidade do homem chupar o pauzinho de uma mulher.

Distraiu-me desses pensamentos o belo mosaico panorâmico, todo ele ilustrado com uma seqüência numerosa de cenas diversas, que usurpara de fora a fora a parede do fundo da galeria. Na parte superior do mosaico decorria uma faixa brilhante, larga de uns cinco centímetros, dotada de cauda rendilhada e cabeça estelar: apesar de bem estilizada, era possível adivinhar que a imagem configurava um corpo celeste, a saber, um cometa. Ivone, sempre atenta e solícita, acudiu a explicar que o mosaico registrava alguns dos principais momentos da vida de Domingos Cani — que nascera no ano da passagem do cometa Halley: a data, 1910 D. C., bem visível no ângulo esquerdo da obra, parecia prescrever, pelas iniciais que a cronometravam, que a partir desse ano o calendário cristão se associava a outro: o dominicano.

Detive-me ali, admirando a obra admirável. Algumas cenas me pareceram especialmente líricas ou então dramáticas. Incorreu-me aos olhos esta, em que, numa piscina perpendicular, nadavam como sapinhos umas crianças machas e fêmeas; e aquela, em que um soldado a cavalo disparava um tiro de carabina contra um homem estendido no fundo de uma trincheira; e mais aquela outra, em que um avião parecia projetar-se em parafuso rumo ao sólido solo. Inadvertidamente desejei que Alice estivesse ali comigo: a obra fascinaria a esteta que ela era. Quem fez, perguntei, afastando o fantasma da noiva. Ivone: Foi um grande artista do Rio. Levou nove meses — o tempo de uma gestação — pra fazer o trabalho. E cobrou uma nota. Agamemnon: Pois eu que não ia querer esse troço na minha casa nem de graça. Ivone: Quem quer saber sua opinião? Você não entende nada de arte.

A singela Ivone, amiga de cavalos, indicou-nos uma mesinha à saída sobre a qual jazia aberto enorme livro encadernado em veludo negro, cujas páginas aguardavam a contribuição de nossas assinaturas. Enquanto Agamemnon assinava o livro de visitas, Ivone deixou claro que aquilo tudo ali era só uma décima parte do acervo: o resto está armazenado em vários galpões lá em Vitória. Domingos é dono de todos os lotes de todas as quadras aqui das vizinhanças, e já reservou uma quadra inteira pra construir um pavilhão com espaço suficiente pra receber todo o acervo. Porque a intenção dele é abrir o santuário pro público. Aliás, este aqui já é assim. Quem quiser visitar, é só falar com Dama, ele acompanha. Hoje mesmo uma moça esteve aqui no final da tarde, quando deu aquele toró.

Inclinei-me sobre o livro. Agamemnon, com mão firme e traço forte, preenchera a penúltima linha da página direita com seu nome legível: Agamemnon Penteado. Na última linha infra-assinei meu nome de modo ilegível, acrescentando, na coluna apta para isso, a data. Eis o meu olhar correu página acima e logo tropeçou num nome como numa pedra. O nome era Fausta Ama Graciano. A data, aquele dia mesmo.

Era então de uma Fausta o F da fêmea que propagara em muros de Manguinhos seu amor por mim.

Sim, Fausta chamava-se a mulher que me amava: que se debruçara sobre aquele livro para incutir ali não só a assinatura do seu nome, mas também a sua declaração de amor — no fundo uma coisa só. Estava revelada de modo indubitável a sua identidade — mas, apesar disso, quem era ela? Que aparência tinha? Que temperamento? Seria doce como Penélope, férrea como Circe, núbil — e virgem — como Nausícaa? Fui tomado de sentimento indescritível. Fosse quem fosse e como fosse, estivera naquela casa enquanto eu, encharcado e miserável, tanto precisava de seus cuidados. Estaria ali ainda ou voltaria ali para cear? Seríamos apresentados um ao outro? Teria coragem de olhar-me no olho e declarar-me o seu amor?

Mas aí Ivone, amiga de cavalos, tomando-me pelo braço —

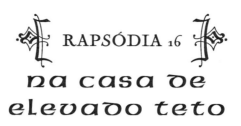

RAPSÓDIA 16
na casa de elevado teto

Perambulamos pela bem arquitetada casa como pelo labirinto de Creta, vencendo um nunca mais acabar de salas e saletas e salões e cursando de entremeio os mais variados corredores, inclusive, a céu aberto, um pontilhão de madeira com corrimãos de corda que sobrevoava uma semipiscina coalhada de nenúfares. Num dos corredores, uma tabuleta presa à página de uma porta dizia: QUARTO DE POBRE. Diante de nosso desconcerto, Ivone, sem uma palavra, abriu a porta, revelando um cubículo de reduzidas dimensões e paredes sem reboco: vimos, sobre o chão de terra densa, uma enxerga coberta de lençóis rotos e puídos, uma cadeira desprovida de assento, algumas amontoadas lajotas sobre as quais uns tocos de vela e uma caixa de fósforos. Numa das paredes, um caco de espelho; noutra, alguns andrajos pendurados a pregos retorcidos. Um fio de barbante, esticado de uma a outra parede, servia de varal a alguns trapos informes. Ivone disse: Domingos às vezes dorme aí, pra lembrar dos tempos de pobreza: ele quando jovem foi pobre como Jó. Não chega a ser um sacrifício, disse Agamemnon: priva-se temporariamente das coisas que tem, sabendo que é só abrir a porta pra voltar pra elas. É uma questão de sentimento, Ivone disse. É uma brincadeira de criança, disse Agamemnon. E isso aí, perguntei, apontando para um punhado de botões guardados dentro de um vidro. Ah, disse Ivone, isso é pra lembrar de uma vez que Domingos mandou pra lavanderia o único terno que tinha e o chinês devolveu só os botões, assim, dentro desse vidro: o terno estava tão velho que desmanchou na lavagem.

Estamos quase chegando, avisou Ivone, e pôs-se, lépida, a galgar alguns degraus de uma escada que, mais acima, quebrava à direita. No patamar se deteve para dar ocasião de admirarmos na parede uma fotografia, ampliada até mais não poder, que mostrava o anfitrião, todo estofado em paletó e gravata, geminado ao presidente da república num abraço xifópago.

O salão de jantar agrediu-nos pela enormidade de seus vazios, realçada ainda mais por espelhos que, cobrindo as paredes como uma segunda pele, davam a ilusão de que aquele universo não tinha começo nem fim. Nem mesmo ao fundo, onde não havia espelho, se desfazia a ilusão: pois o olhar atravessava o vidro temperado que substituía a parede e se perdia a passeio por um grande terraço que fazia as vezes de jardim suspenso, colidindo, o olhar, mais além, com a grande noite sideral do cosmo.

Assim que Ivone nos deixou para ir não sei aonde, espocaram flashes: um sujeito vivaz, nascido do nada à nossa frente, fotografou-nos recém-chegados. Depois, cumprimentando-nos efusivo, disse que estava ali incumbido da missão de documentar a festa — e estendeu-nos o seu cartão. No qual, além do seu nome, Chapim dos Reis, constava que fazia todo tipo de trabalho fotográfico, inclusive festas de casamento, flagrantes de adultério e nus artísticos. Então, disse Agamemnon, você é o ministro da fotografia. Por uma noite mas sou, admitiu o outro, com modéstia.

Agamemnon puxou-me à parte e infligiu-me as seguintes palavras: Nunca estive nesta casa, mas nem por isso me considere marinheiro de primeira viagem, porque já tive oportunidade de ir a um coquetel no apartamento do cidadão em Vitória e a um churrasco no sítio dele em Matilde. Portanto, o debutante aqui é você. Vamos ver como se vai sair. Só espero que não me faça passar vergonha... Você está sugerindo, eu disse, que este jantar é um teste em que eu possa ser reprovado? E é mais ou menos isso, disse ele. E aí quem cai em desgraça sou eu, por tê-lo trazido aqui. Perguntei: E como devo tratar o dono da casa: de senhor, de doutor, de comendador, de excelência? Ele: Trate de tratá-lo como eu trato: de cidadão: ele gosta. Eu disse: Cidadão Cani? Ele me olhou com o rabo do olho destro e não respondeu.

Alguns mortais de aparência respeitável esperavam, em sofás e poltronas enturmados num canto do salão, o momento de sentar à mesa.

Dos que estão aí, disse Agamemnon, conheço quase todo mundo. Aquele de barbicha é Tito Lívio Panterotti. Esse cara fazia colunismo social em Colatina, era um fudido, tudo que tinha eram umas terras à toa aqui em Manguinhos, que herdou de uma tia velha solteirona. Pois não é que o Banco do Brasil se interessou em comprar, Panterotti vendeu e pronto, está aí podre de rico. Mas é uma besta quadrada e, ainda por cima, fruta. Quanto ao velho que está com ele, Mem de Sá Mendes de Sá, é solteirão mas não é fresco. Se não casou foi só por avareza e porque tem horror às responsabilidades, como dizia Max Nordau. É dono de cartório, e isso diz tudo: tem dinheiro a rodo e sempre terá: dinheiro está sempre lhe batendo à porta e ele, é claro, só abrindo e mandando entrar. É tirado a poeta e intelectual. Como poeta é trovador, ou seja, está no grau abaixo de zero da poesia. Como intelectual, se meteu a gramático e resolveu dedicar-se à reforma ortográfica. Chegou a publicar uns artiguetes na imprensa pregando uma nova ortografia, complicadíssima, porque tenta conciliar a escrita fonética com a etimológica. Pra isso até acrescentou ao alfabeto algumas letras gregas pra escrever palavras como *fósforo* e *psicologia*. Mas com essas bobagens entrou pro Instituto Histórico e agora, graças ao cidadão, foi eleito pra Academia de Letras, na vaga do desembargador Policarpo Gergelim, que Deus tenha, ou talvez o Diabo.

Sediado no regaço de uma poltrona vi alguém que conhecera na véspera: o tal Indalécio, fiel sequaz de Domingos Cani. Uma morena de cabelo crespo, montada sobre um pufe estampado, suportava sobre o joelho a perna dele para cuidar-lhe das unhas dos pés.

Aquele, Agamemnon disse, é Indalécio Sucerda. Era barbeiro de profissão até que ganhou um prêmio de loteria e ficou milionário. A primeira coisa que fez com o tutu foi comprar três carrões e um barco de pesca, a segunda foi casar com uma vedete de teatro rebolado que veio do Rio dar em cima dele. Em um ano, a mulher queimou toda a fortuna, fora o que o irmão dela malbaratou na bolsa. Indalécio está falido, não tem eira nem beira, nem cadeira nem esteira: é um Pedro Sem, que ontem tinha e hoje não tem. Só não se enforcou porque não sobrou dinheiro nem pra comprar a corda. Mas o cidadão o agasalhou debaixo da asa, e graças a isso hoje ele pelo menos tem um teto sobre a cabeça de vento. Mora na parte de cima de um sobrado que o cidadão tem lá pras bandas de Goiabeiras. E subloca a casa pra uns dois ou três sujeitos usarem como abatedouro, sabe como? Pra levarem umas zinhas pra comerem lá. Amigo meu é um desses safados. Me disse que a casa é uma esculhambação.

Indalécio faz as refeições numa mesa de pingue-pongue e assiste televisão sentado na velha cadeira de barbeiro que levou pra lá depois que largou o ofício.

Agamemnon apertou, e eu também, a mão do velho Mem de Sá, de todos ali o mais senhor de idade, pois já batia à porta da casa dos setenta. A singela Ivone reapareceu para dizer, cruzando os dedos: Isola, que não quero isso pra nenhum de nós, mas alguém aí tem bicho-de-pé no pé ou na mão? Porque se tem, aproveita que Reuza é especialista em tirar. O altivo Indalécio manifestou-se num grunhido: Manguinhos é o paraíso dos bichos-de-pé. Também, com essa cachorrada toda que vive por aí cagando na areia...

Então era aquela a binúbia Reuza. Vendo-a corcovada sobre um dos pés de Indalécio, agulha entre os dedos, abrindo um sulco na pele em torno do dedão do pé para depois retirar na íntegra a bolsa que servia de toca ao clandestino, quem poderia adivinhar que ali se achava a paratrágica esposa que dera de beber ao marido, em forma de sopa, o próprio aborto?

Tito Lívio não nos dignou cumprimentar. Sentadinho numa cadeira estofada diante de um tabuleiro de xadrez armado de todas as peças, às vezes movia aqui um bispo, ali um peão, com a indiferença desdenhosa de quem não conhece o jogo. O gregário Agamemnon chegou-se até lá e propôs jogarem uma partida. Não vê que eu não estou jogando, disse o outro, azedo. Estou só brincando, pra ocupar as mãos. E agitou mãozinhas pueris, uma sósia da outra. Agamemnon: Não sabe jogar? O outro disse: Não sei e não quero aprender. Comprei no Rio um tabuleiro todo de marfim, feito na China, coisa de muito bom gosto, e cara pra caramba, sabe pra quê? Pra *enfeitar* a sala da minha casa de Vitória. Xadrez é jogo pra intelectual que nem você, não pra mim, que sou um humilde descendente de imigrantes italianos. Jogo que eu jogo é damas, é vareta, é dominó. Quer jogar dominó comigo, garanto que lhe dou uma coça. Mas dados, porrinha, par-ou-ímpar, cara-ou-coroa, rapa-tira-põe-e-deixa, lá isso não: Domingos se péla todo, é uma alma simples, mas eu acho que isso está abaixo de mim.

Pois eu, modéstia à parte, disse Agamemnon, sou um mestre no xadrez. Na universidade só conheço um capaz de me vencer, e lá muito de vez em quando: Patróbio, da Engenharia: jogamos xadrez por telefone, uma jogada por dia. O resto não tem vez comigo. Deixo o adversário sentado à mesa e vou pra janela, e de lá, sem nem olhar o tabuleiro, vou só cantando os movimentos. Nunca perco nem empato. Só ganho. O grande Gustavo Corção também gostava de jogar assim.

Em floreados pratinhos de cristal sobre polida mesa baixa havia azeitonas verdes num, azeitonas pretas noutro, lingüiças fritas neste, ameixas naquele, figos roxos num quinto, num sexto pepinos e num sétimo belos cajus de pele amarela. Copos e taças de cristal e garrafas de variadas bebidas perfilavam-se sobre o espelho de uma bandeja dourada. No centro de tudo isso, num prato de porcelana chinesa, jaziam fatias de pato assado guarnecido de maçãs, ameixas e toucinho.

Este pato está uma delícia, exclamou Agamemnon, mastigando uma fatia. Já ia me animando a provar da ave quando Ivone corrigiu Agamemnon, dizendo que não era pato, mas ganso. Melhor ainda, disse Agamemnon. Eu, porém, recuei a mão imediatamente, com receio de que fosse o mesmo ganso que eu levara à morte com um pontapé nos peitos naquela tarde.

Deixando-me então atrair pelas azeitonas, estendi a mão e, assim como o ciclope Polifemo colheu dois dos homens de Ulisses para curar a fome, colhi duas das azeitonas verdes: que, recheadas de amêndoa, me souberam suculentas ao paladar. Agamemnon, ao meu lado, já deixara quieto o ganso para provar de um a um todos aqueles petiscos.

A boca cheia de figos e pepinos, Esse Tito Lívio, disse Agamemnon, nem italiano não é. Nome dele de verdade é Titânio Peixoto. Depois que ficou bem de vida se envolveu com um rapaz aí do interior, um Panterotti tocador de concertina, vai daí adotou o rapaz como filho, mas ele é que mudou o nome, e agora Titânio Peixoto se chama Tito Lívio Panterotti. O filho já casou e botou no mundo uma prole numerosa, mas Tito Lívio, embora tenha deserdado filho e netos, conservou o nome e a alma de um trentino. É o primeiro caso que conheço de alguém que se naturalizou descendente de imigrante italiano.

Hora de começar a beber, disse Agamemnon, e pôs-se a preparar uma bebida. Primeiro colheu do pratinho um dos cajus que ali jaziam e, com uma faca de bambu, cortou a fruta em gomos; depois verteu três dedos de cachaça num copo que tirou da bandeja. Aí, na pinça de dois dedos levou ao copo um dos gomos de caju e deu-lhe um bom banho de cachaça, metendo-o então na boca para mascá-lo com os dentes desencontrados. É o caju amigo, disse-me, depois de devorar a bebida. Tem gente que cospe o bagaço fora. Eu, não: engulo com bagaço e tudo.

Vendo aquilo, o jogador de xadrez deu palpite: Esse não é o caju amigo que eu aprecio. Onde é que você aprendeu esse jeito bobo de tomar caju amigo? É o jeito lá de Conceição da Barra, disse Agamemnon. Tito Lívio: É um jeito sem arte, sem poesia. E explicou, preciso: O jeito certo é botar na boca um gomo de caju e mastigar, mastigar, sem engolir nem o sumo nem o bagaço, até ficar com a boca cheia do caldo misturado com saliva e, aí, sim, de um gole só virar a cachaça na boca. Bom, disse Agamemnon, a diferença de um jeito pro outro não é tão grande assim: e os próprios ingleses também têm dezenas de maneiras de preparar o chá que só se diferenciam em pequenos detalhes. O outro: Ah, mas, se você tem uma amante carinhosa, e quando digo amante pode ser esposa, noiva, namorada, amásia, concubina, ou até mesmo uma rameira da praça Costa Pereira, o ideal é pedir pra ela mastigar a fatia de caju até ficar no ponto e então, num beijo bem gostoso, passar pra sua boca e aí então você tomar o gole de cachaça. Esse é o melhor caju amigo que eu conheço. Caju amigo não, disse Agamemnon, caju *amiga*. E, pensando bem, deve ter sido inventado por algum índio bebedor de cauim.

A propósito, disse Tito Lívio, esses cajus aí fui eu que trouxe. Mandei buscar lá em Regência: vêm de um cajueiro de quase duzentos anos, e não quero saber de outros, porque tenho pra mim que não existem melhores no mundo.

A singela Ivone, para jubileu do meu coração, encheu-me de vinho a taça até a borda e deixou a garrafa ao meu alcance da mão. Agamemnon veio logo investigar o rótulo: Que vinho é esse? E deu palpite: Não é mau, mas passo: tenho certeza de beber coisa muito melhor hoje ainda nesta casa.

No mesmo momento a diligente Reuza esfregou álcool nos pés de Indalécio, sinal de que a cirurgia estava concluída.

Ivone a Reuza: Terminou? Terminei. Cadê o bicho? Aqui; era um casal. E Reuza desdobrou a toalha que tinha nas mãos e pôs à mostra os restos mortais dos parasitas. Que enormes, Ivone exclamou, fazendo um esgar de nojo. Não tem vergonha não, seu Indalécio, de deixar crescer até esse tamanho? Dá uma coceirinha gostosa, disse Indalécio. Eu sei, Ivone disse; mas não vale a pena perder um pé por causa disso.

Aquela que Atravessa a Correnteza retirou-se, levando adido às grossas que rijas coxas o cúpido olhar de Indalécio. Ivone disse: Cuidado que Reuza é braba, moço. Você sabe o que ela fez com o marido. Indalécio, sorrindo-se todo: Eu gosto mesmo é de égua braba. Deixa comigo que eu amanso. Ivone: E um pouco de respeito nunca é demais. Indalécio: E eu faltei com o respeito? Só queria beber água onde muita arara já bebeu. Ivone: Respeita que ela teve um casamento infeliz e tem todo o direito de começar de novo, e ela mais Dama estão muito apaixonados. Acho que o casamento deles tem tudo pra dar certo.

Mem de Sá: Um dia eu fiz, lá no cartório, um daqueles estudos grafológicos que, modéstia à parte, sei fazer muito bem. Pois um dos meus escriturários, eu fiquei preocupado quando vi que ele puxava o bracinho do *d* pra trás, e isso revela tendência suicida. Dito e feito: não deu seis meses o rapaz se matou. Ivone: A troco de quê, Mem, você está dizendo isso? Mem de Sá: Por acaso dia desses notei que Dama faz o *d* da mesma maneira. Ivone cobriu com a mão a boca, em sinal de susto. Mem de Sá: Já falei com Domingos, que prometeu pagar psicólogo pro rapaz. Mas não sei não se psicólogo resolve caso de *d* com bracinho puxado pra trás.

Quer dizer, pensei para comigo mesmo, que também eu sou forte candidato ao suicídio, eu que, como Dama, meu semelhante, meu irmão, vivo puxando para trás o bracinho do *d*?

Chapim dos Reis fotografou profusamente o recém-chegado, que a singela Ivone saudou com beijinhos no rosto, perguntando como é que iam as coisas lá na velha terrinha. A resposta veio no engrolado sotaque das terras altas, o que identificava o recém-chegado como autêntico italiano do interior. Nosso Agamemnon, todo querendo mostrar-se amistoso, perguntou: De onde o senhor é? Sou de onde a moça mijou, respondeu o outro. Essas palavras geraram um chuveiro de riso, a que, porém, não me sociei eu, que me lembrei de Petúnia, nem muito menos Agamemnon, que se pôs, coisa rara, meio assim sem graça. De todas as bocas vieram pedidos para que o engraçadinho — a que chamavam Jamba — recitasse o mote. Ele não hesitou:

> Aonde a moça mijou
> nasceu um pé de roseira,
> com sessenta léguas cheira,
> recende que nem canela,
> mandei fazer uma capela,
> dez padres missa cantou,
> dez pagãos se batizou,
> todos dez foram cristão,
> eu vi a povoação
> aonde a moça mijou.

Uma tiara de risadas, entre as quais agora a do próprio Agamemnon, coroou a décima. Eu moro em Santa Teresa, disse o italiano, mas minha terra de nascença é Queda d'Água, lá pras bandas de Alfredo Chaves. É um povoado diurético, pois nasceu de uma mijada de moça. E de moça bonita, tenho certeza. Pois nasceu muito bem nascido, reparou Agamemnon, já refeito do embaraço.

Mem de Sá para o italiano do interior: E como é que anda a nossa audaz república federativa de Santa Teresa?

Jambattista Parlavestra para Mem de Sá: Bom, no terreno político-imperialista, estamos conspirando em segredo pra anexar, de um golpe só, Santa Leopoldina, Itaguaçu e mais da metade de Colatina: a parte ao sul do rio Doce. Precisamos urgentemente de espaço vital. Mas não espalhem, que isso é ultra-segredo de estado: o fator surpresa é essencial pro sucesso da operação. Risos e sorrisos promíscuos tranqüilizaram-me: era tudo uma brincadeira boba lá deles. Parlavestra prosseguiu: Já no terreno sócio-cultural fizemos uma belíssima montagem do *Setembrado* agora dia trinta e um, no aniversário da revolução.

SETEMBRADO: FANTASIA EM UM ATO

Ivone perguntou o que era o *Setembrado*. É o auto, respondeu o outro, que escrevi em parceria com Óton meu primo. O tema é a nossa gloriosa independência: o brado do sete de setembro às margens do Ipiranga. Tito Lívio: Mas eu pensei que só fosse encenado na semana da pátria. O outro: Abrimos uma exceção, afinal a revolução equivale a uma nova independência. E não é por nada não, mas foi um tremendo sucesso. A meninada, como sempre, adorou. Ivone: E como é que é esse *Setembrado*? O outro: É uma fantasia em um ato. O palco é decorado com um grande brasão das armas nacionais embaixo de um dossel. Começa com uma ninfa, sabe o que é, deusinha da natureza, que no caso se chama Libertina, a Ninfa do Rio Timbuí. Quem fez o papel foi a filha do Ercole Passamani, e a rapaziada endoidou quando viu ela numa roupinha transparente que nem água. Ela entra recitando um soneto, que, aliás, modéstia à parte, é de minha lavra. Aí entra a História e diz: Salve, Ninfa tão formosa! Aí entra a Liberdade e diz: Salve, querida divindade! E a Ninfa responde: Hosana à majestade desta saudação honrosa! Aí a História pergunta: Cantavas a natureza deste solo tão gentil? E a Ninfa: Cantava toda a grandeza do meu formoso Brasil! E vai por aí. Que bonito, Ivone disse. Parlavestra: É muito bonito mesmo, embora seja eu que digo. É de arrepiar a gente de orgulho cívico-patriótico. Estou querendo ver se consigo em setembro encenar em Brasília. Queria que o presidente assistisse. Acho que ele ia gostar. Mem de Sá: Escuta só, Jamba, que eu vou cantar a pedra: vais virar comendador com esse trabalho. Parlavestra: Eu já sou comendador, recebi a Ordem da Árvore, no grau de benemérito, lembra não? Mas se vier outra eu aceito: comenda é igual a dinheiro: nunca é demais.

Tito Lívio a Parlavestra: E choveu hoje lá em Santa Teresa? Parlavestra: Nem uma gota. Aqui choveu? Tito Lívio: Só um toró de arrasar quarteirão. Ivone: Já está muito frio lá em cima? Adoro o frio de Santa Teresa, foguinho de lareira, vinho de jabuticaba, fumacinha saindo das ventas, namorinho embaixo de cobertor. Minha querida, disse Parlavestra, Santa Teresa já foi mais frio. Só que agora o desmate e a erosão estão abalando o clima e aquecendo a república. Mas o que fazer? São as voltas que o mundo dá. Mas espera só nós tomarmos o poder que vamos cortar esse problema pela raiz.

As mulheres estão demorando a chegar, queixei-me a Agamemnon. Que mulheres, perguntou ele, surpreso. Isso aqui não é bordel não, meu amigo. Eu queria, murmurei, companhia feminina, e aqui só tem homem — e Ivone. Ele disse: E Ivone não te agrada? Eu disse: Não é exatamente o que eu queria. Ele disse: Pois já tive um caso com ela. É boa pessoa, porém ingênua. Maior ingenuidade dela é achar que é vamp, e nem tão boa de cama assim não é. Mas, julgando-se vamp, costuma fazer caridade. Quer comer? É só pedir com jeito que ela já vai arriando as calcinhas. Mas em paga você tem de lhe ouvir a biografia.

Eu disse: Acho que não estou muito a fim de Ivone não. Então, Agamemnon disse, vou fazer um resumo da vida dela pra você.

Ivone casou muito nova e o marido tinha um problema, era seco. Não tinha esperma. Ivone, que foi virgem pro casamento, levou três anos pra descobrir que faltava alguma coisa no marido. Depois se separou dele e teve uns cinco ou seis amantes até que caiu nos meus braços. Depois me trocou pelo velho Tadeu Boaventura. Esse Boaventura, olha só, foi padrinho dela de casamento, era amigo da família, foi professor dela de inglês no ginásio e tinha uma tara por ela, apesar dos oitenta e tantos anos. Pois deu em cima dela e começaram a namorar. Encontrei-a nessa época, até dei-lhe uma cantadinha, mas não quis nada comigo: era fiel ao velho. Contou-me, com lágrimas nos olhos, a felicidade dos dois quando ela conseguiu pela primeira vez pôr em pé o pinto dele. Ela o admirava: um verdadeiro patriota, me disse: se ouvia tocar no rádio o hino nacional, se levantava e se perfilava todo, mão firme no peito. E voltou a ensinar inglês a ela. Era um idílio. Estariam juntos até hoje, se não fosse o velho ser espírita. Deu-lhe uma coleção de livros de Allan Kardec e passou a insistir pra ela ir com ele ao centro. Tanto ele insistiu que ela foi, mas achou aquilo tudo uma bambochata, e daí pra frente o namoro degringolou de vez. Quando ela disse que estava tudo terminado, o velho endoidou. Quem manda ser burro? Encontrei com ela nessa ocasião e dei-lhe outra cantadinha, e ela me contou a história toda na cama. Estranhei foi vê-la aqui. Não sabia que circulava nas altas rodas.

INTERSTÍCIO NO LAVABO

Lavabo — apesar de bom latim — era termo humilde para descrever o suntuoso cômodo. Verdade que não tinha nem chuveiro nem banheira. Em compensação, havia ali um par de lavatórios, um casal de vasos sanitários e um dueto de bidês. Rente a uma das paredes estendia-se um comprido sofá. Ao lado de cada vaso vi de ferro batido um porta-revistas portando revistas, algumas delas para o público feminino, outras para o masculino, e ainda outras para a puerícia, o que achei estranho numa casa, salvo engano, viúva de crianças. Em vez de lavar as mãos, arrojei-me sentado sobre o sofá em companhia de uma das revistas para homens e examinei com atenção a mulher que estrelava com a plenitude de seu corpo a capa luxuriante. Que belos peitos, que belíssimas coxas, que belo sorriso de fêmea feliz, feliz com toda a razão, em seu status de musa de punheta. Por força do hábito premi com a mão o membro másculo por cima dos panos, mas o que senti foi um murcho cilindro de carne. Irritado, atirei longe a revista, que, debatendo as folhas em vã tentativa de voar, caiu de borco sob um dos lavatórios.

Migrei de volta ao salão, onde fui posto à escuta de uma conferência haliêutica que Chapim dos Reis, fotógrafo oficial, fazia em benefício de Parlavestra.

CONFERÊNCIA HALIÊUTICA
(primeira parte)

Não gosto de Conceição da Barra pra pescar. Barra do Saí, a areia é muito grossa, muito pesada. Só vou lá na época do compadre baiacu. O compadre baiacu lá no Pontal do Ipiranga, quando a água está limpa, dá que é uma beleza: baiacu come muito em água limpa. Lembra, Jamba, que antigamente o povo pegava baiacu e jogava fora? Ah, baiacu é peixe venenoso, diziam, quem come morre, não sei que mais. Hoje em dia, Jamba, nego está disputando baiacu na porrada por aí. Quando pega baiacu, sai pulando carnaval. Que o baiacu salgado é a melhor coisa que tem pra comer. Melhor do que bacalhau. E o baiacu predomina na costa. Domingo retrasado matei um lá na Praia Funda. E está meio fora de época. O baiacu começa quando? — o baiacu começa mesmo é mês de maio, vai de maio até fim de agosto pra setembro. Parlavestra: Quer dizer que tem temporada igual fruta? Chapim dos Reis: Por exemplo, o pampo, a época do pampo é o mês de outubro, vai de outubro até fim de fevereiro. Aí em março já começa a encostar o bandido do baiacu, bandido não, desculpa, baiacu, o bendito do baiacu. Agora, aonde tem baiacu, outro peixe não se mete. Quando dá cardume de baiacu, você vem puxando um baiacu, vêm dois, três atrás comendo o rabo do outro, bocando o rabo do outro. Aqui Parlavestra tentou mas não pôde conter uma risada. Mas é, disse Chapim dos Reis, baiacu é bicho esfomeado. É voraz. Come até o próprio baiacu. Tem até uma história que diz o seguinte: o camarada foi pescar, chegou lá não tinha isca. E ele quando ia pescar tinha o costume de limpar a mão na camisa, e a camisa ficou impregnada com o cheiro de sardinha, que se usa muito sardinha como isca. Aí quando ele viu que não tinha isca, cortou um pedaço do pano da camisa, botou no anzol, jogou dentro d'água e pegou um baiacu. Isso é fato verídico, que se conta na beira dessas praias aí.

CONFERÊNCIA HALIÊUTICA
(segunda parte)

Venenoso? É o que dizem, mas eu discordo. Dizem que o veneno está no fel. Eu discordo. Porque já vi cachaceiro, pinguço, em beira de botequim, chegar pra um sujeito limpando o peixe e pedir dinheiro pra tomar cachaça, e o sujeito diz, eu te pago uma cachaça, mas olha o seu tira-gosto aqui. Aí mostrava a bolsinha de fel do baiacu. Aquilo ali é um ácido. Se você põe em cima de uma folha e deixa no sol, o ácido vaza e corrói a folha. Pois o pinguço tomava a cachaça e engolia a bolsinha de fel. Fazia isso várias vezes e nunca morria. E você soube, disse Parlavestra, de alguém que morreu? Bem, lá em Ubu, quando eu morava em Ubu, uma família foi envenenada por baiacu. Mas é o seguinte. Como eu lhe disse, baiacu é peixe que come de tudo. Do jeito que tem essas ervas venenosas aqui na terra, o fundo do mar também tem. Pois o baiacu come essas ervas lá do fundo do mar e a carne fica envenenada. E o miserável não morre não, baiacu não morre assim fácil não. Então, quando você chega em casa e vai preparar um baiacu, por precaução é sempre bom colocar na vinha d'alho. Vinagre com sal, ou senão limão com sal. Se a carne ficar roxa, você joga o peixe fora: está envenenado. Se ficar leitosa, branquinha, pode comer que está boa. Já aconteceu comigo de pegar um baiacu —

Nisso de modo súbito brotou na sala, vinda não sei de que onde, uma mulher clara, de quarenta e tantos, dona de um corpo em que a fartura de carne rija ombreava com a extravagância de gestos e postura. Com ela vinha a binúbia Reuza e, vendo-as em agitado palavrório, julguei que a desconhecida fizesse parte da criadagem, isto é, do ministério.

Mas Agamemnon, murmurando-me ao ouvido —

RAPSÓDIA 17
Berecíntia

A primeira dama era toda igual a si mesma e já veio contra nós berrando boa noite a plenos pulmões. Olhando-a com atenção, censurei-me por tê-la associado à criadagem. Vestia um vestido em que as cores brigavam umas contra as outras e cobria-se toda de jóias: brincos em forma de espermatozóides nas orelhas, colar de pérolas ao pescoço, anéis em quase tudo que é dedo, argola — dessas que chamam escrava — apertada no braço esquerdo e, em ambos os pulsos, espessos braceletes de ouro de que pendiam grandes moedas também de ouro. O afoito Chapim dos Reis não perdeu tempo em fotografá-la de tudo que é ângulo. Ela, em troca, fez a parte dela, caprichando nas poses e nos sorrisos. Depois, ainda sob a mira do fotógrafo oficial, dispensou beijos e abraços aos mais próximos, e a nós os demais abrangeu em ampla saudação manual, fazendo vibrar e cintilar na cara da câmera as fulvas moedas.

A dona da casa exclamou: Quantos talheres somos? Ivone respondeu que, com ela Berecíntia e mais Domingos, dez. Ótimo, disse a dona da casa. Crisântemo não demora chega, mais a mulher, pra inteirar doze, que é número redondo. E mostrou erudição: é o número dos doze meses, dos doze apóstolos, de uma dúzia de bananas, sem falar nas doze letras do nome do meu marido. Se chegar mais alguém depois de Crisântemo, tem de ser dois e não um. Treze na mesa só em casa de judeu. Se chegar um só, chama Dona Dalmácia pra mesa também, viu, Ivone? Não esquece. Vou deixar isso por sua conta. Aí, dirigindo-se ao plenário: Cavaleiros, e cavaleira também, que é você, Ivone, querida amiga, bem, os que me conhecem me conhecem, os que não me conhecem, aquele rapaz ali, quem foi que trouxe esse rapaz aí que pra mim é cara nova?

O rapaz indigitado era eu; Agamemnon deu adiante um passo, puxando pela mão seu tutelado, e me apresentou como poeta de vanguarda e professor da universidade. Berecíntia disse, dirigindo-se a mim: Olha, professor, eu não sou professora, mas também tenho muita coisa pra ensinar pros que querem aprender, que eu estudei na escola da vida: a melhor escola do mundo. Na escola da vida ou você aprende ou você morre. Eu estou aqui vivinha, então isso quer dizer que fui boa aluna. Aliás, fui ótima aluna. Domingos, meu tucho, sabe disso. Quanta vez ele se meteu em enrascada da grossa e aí fui eu que salvei a pátria com meus conselhos e até com minhas atitudes? Porque a mamãe aqui não tem medo nem de macho nem de fêmea, se tiver de enfrentar eu enfrento, e quando se trata de salvar o maridinho a boa esposa, que nem eu, dá tiro, dá porrada, dá o olho da cara e mais o que tiver que dar. Não é, Mem? Não sei o que seria de Domingos se não fosse você, Mem de Sá disse. Lembra, disse ela, e incipiou a contar uma história confusa de que não entendi nem o sentido nem a conclusão.

Perpetrada a história, que provocou a hilaridade de toda a grei ali presente, a gloriosa Berecíntia disse: Bom, sejam todos bem-vindos na minha casa. E, enquanto seu Lobo não vem, vamos pra mesa esperar sentados, como manda o provérbio, mas em jejum não: quero ver todo mundo de boca cheia.

Houve uma onda de murmúrios de júbilo, quem sentado se foi já já erguendo em pé, e vi Agamemnon esfregar as mãos num antemão de guloso prazer.

Aproximamo-nos da mesa, uma mesa comprida, coberta de cestos de rosas púberes, tendo, de cada lado, um banco interminável: segundo calculei a olho nu, cada banco acomodaria com folga nada menos que pelo menos oito pessoas. Agamemnon, esse, foi logo acorrendo para a ponta de um dos bancos, mas a sensata Berecíntia chamou-lhe a atenção: Que pressa é essa, meu amigo, as coisas aqui não são como quem vai às goiabas. Aqui não tem isso de qualquer um em qualquer lugar. A posição de cada convidado tem de ser muito bem estudadinha, sabe pra quê? Pra ter harmonia na mesa: harmonia. Então deixa a mamãe aqui pensar. Está claro que as cabeceiras de honra são pros *hostess*. Traduzindo, são pros anfitriões: pra mim e pra meu marido. Bom, na direita de Domingos quero Mem de Sá, na esquerda, Patativa, que são os velhos amigos mais do peito de Domingos, sem querer desapreciar ninguém, é só uma questão de tempo de casa. Os dois nomeados tomaram os respectivos lugares e entendi que, na intimidade, Tito Lívio era chamado carinhosamente de Patativa: ou seja, era ele que Átis aborrecera de tal forma que acabara, bem feito, excluído da festa. Professor, agora, sim, se me faz favor, senta ali ao lado de Patativa. Lá se foi Agamemnon sentar no lugar indicado. Aí ela pôs o olho em mim: Você, qual o seu nome mesmo, Graciano, eu disse, Graciliano, ela disse, ali do lado do professor, foi ele que trouxe você, então seu lugar é do lado dele. Muito bem. Ivone, senta aqui do meu lado. Ivone sentou. Berecíntia contou: Um, dois, três, quatro, cinco. Pronto. Aí já está na dose certa. Agora vamos fechar o banco de cá. E chamou, em seqüela, para ocuparem o banco, Indalécio, Parlavestra e o fotógrafo.

Berecíntia contemplou sua obra a olhos críticos. Não, não. Vamos fazer umas mudancinhas. Mem, querido, troca de lugar com Patativa. Quero você do lado do professor, são dois sabichões, têm muita lorota pra trocar os dois. Mem de Sá e Patativa obedeceram — o mais velho não sem um suspiro. Chapim, senta lá do lado de Indalécio e deixa Jambattista aqui pertinho de mim. Comutaram de lugar Chapim dos Reis e Parlavestra. Isso, Jamba, fica aqui do meu lado, quero saber das fofocas de Santa Teresa: quem matou quem, quem roubou quem, quem corneou quem, essas coisas e tal.

Feitas as novas mudanças, Berecíntia avaliou o resultado. Bom, acho que agora a mesa tem harmonia. Mas, Ivone, exclamou ela, quêde o dono da casa? O dono da casa ficou por sua conta. Ainda está na sauna? Que horas são, Mem, aí no seu conta-gotas? E, diante da resposta de Mem de Sá, disse ela: Pô, vai ver derreteu, tem três horas que está lá naquela estufa. Também pudera, esquece da vida jogando porrinha com aquele rapazinho. Dá um jeito de acabar com isso, Ivone, se me faz favor.

Ela mesma, porém, empunhando uma sineta enorme posta ali sob sua jurisdição, brandiu-a com força, fazendo o badalo cantar como badalo de sino. Quem acudiu foi uma mulher branca, forte, de aparência agrária e coxas carnulentas. Ela era toda igual a si mesma e trazia à frente do corpo abundante um avental que tinha, bordada nele, a doce figura da moça do Leite Condensado Moça, com baldinhos de madeira e tudo. Berecíntia proclamou: Avisa Dr. Domingos que estamos todos aqui, só falta ele. A moça fez meia volta, mas Berecíntia mugiu: Dora! A moça volveu. Berecíntia ordenou imperativa: E bota comida na mesa, que não quero fofoqueira falando por aí que convidado passa fome na minha casa. A moça voltou-se para ir, mas a patroa ainda arrematou: E traz logo o vinho, que não quero ver vela apagada em cima desta mesa. Agamemnon traduziu em meu benefício a pitoresca expressão: Ela não quer ver copo vazio na frente de convidado.

Daí a pouco retornou-nos a poderosa Dora e, aproximando do ouvido de Berecíntia os lábios, destilou ali algumas palavras. Endereçando-se a nós, Berecíntia disse: O anfitrião mandou dizer que já está se vestindo a caráter pra vir.

A diligente Reuza e a poderosa Dora vieram trazer mais vinho e de quebra algumas iguarias mais: melão com presunto, ostras com bacon, cachos de uva e uma estranha estrutura gastronômica intitulada cascata de camarão: três abacaxis esfolados, cada qual disposto sobre a cabeça do outro, as polpas crivadas de centenas de palitos com camarões empalados neles. O afoito Chapim dos Reis fotografou Reuza, fotografou Dora, fotografou a cascata de camarão. Sem dispêndio de tempo Agamemnon atou ao pescoço um imenso guardanapo e investiu contra os camarões. Quanto a mim, preferi as uvas. Indalécio também: vi-o em meio minuto dar conta, bago a bago, da prole de um cacho inteiro.

Enquanto comíamos, alguém falou em televisão e o preclaro Mem de Sá apressou-se a dizer: Eu na televisão só assisto noticiário. Já o egrégio Tito Lívio disse que não queria mais saber de nada que acontece no mundo. Suspeitei-o usando peruca, e discerni-lhe na voz um tom familiar, talvez porque comum ao gênero a que pertencia: sua voz igualava-se à do Sr. Eugênides. Disse: Não leio mais jornal nem revista nem vejo noticiário da televisão. Não quero nem saber se o presidente é branco ou preto, verde ou amarelo. Só tomo conhecimento da realidade que me cerca, e posso dizer que ando muito preocupado, pois este nosso mundinho não vai durar muito tempo. Isso eu sei. O inimigo está aí, esperando a hora de atacar e virar tudo pelo avesso. Quem que é? É essa ralé toda que está aí, se multiplicando por cem e por mil. Outro dia apareceu lá na minha casa de Vitória uma família de dezoito pessoas pedindo esmola. Não era uma família, era um município. Esse pessoal não faz outra coisa o tempo todo a não ser fazer filho. Com o trabalho não querem nada, mas não param de botar filho no mundo. Estão preparando um exército. Só pode. Olhem o que estou dizendo. Mais dia, menos dia, vai chover sangue e cabeças vão rolar. Que não seja a minha, mas, se for, estou preparado pra morrer como herói. E, quando começarem a currar os ricos, só peço a Deus uma coisa: que não me deixe ser currado sem gozar. Já passei por isso uma vez e uma vez basta. Berecíntia: Pois deixa vir esses vacabundos na minha casa que eu recebo na bala e boto tudo pra correr. Daqui eles não levam nem biscoito. Vou fazer igual aquela Maria Ortiz da escadaria fez com os diabos dos piratas e tacar mijo, e tacar merda, e tacar água fervente em cima deles.

Tito Lívio: Isso foi no tempo de Vasco Coutinho, que Deus o tenha: tudo era fácil naquele tempo. Nos dias de hoje não vai ser mole não, minha amiga. Se prepara pro pior. Parlavestra: Um mucadinho de otimismo, Patativa, nunca fez mal a ninguém. Tito Lívio: Que que é isso, otimismo? Olha, Jamba, pra mim a melhor coisa que pode acontecer a uma pessoa no mundo de hoje é não nascer. Uma vez eu li num almanaque antigo, que almanaque antigo é minha leitura favorita, pois li que uma senhora de setenta e cinco anos morreu em Nova York de um tumor nos ovários. Fizeram a autópsia e viram que o tumor pesava quase vinte quilos. Abriram o tumor e, olha só, encontraram lá dentro uma criatura toda formada, com cabelo comprido e todos os dentes permanentes, inclusive os sisos. Santo Deus, que coisa pavorosa, exclamou Ivone. Medonha, concordou a sensata Berecíntia. Tito Lívio: Os médicos disseram que aquela criatura esteve no útero da mãe vinte e cinco anos: não quis nascer. Agamemnon: Não quis nascer? Tito Lívio: Não quis. No que fez de muito bem. E isso já tem tempo. Nem as coisas não estavam do jeito que estão hoje. Já eu, disse Mem de Sá, eu acho que as coisas estão do jeito que sempre estiveram e sempre estarão. Uns têm muito, outros têm pouco, e fica tudo por isso mesmo. É o que eu também acho, disse Parlavestra: a nação está sã e salva e assim vai continuar enquanto Deus der bom tempo. Que nada, contradisse Tito Lívio. Podem ter certeza vocês, isso aqui ainda vai virar uma república soviética, que nem Cuba. Ai, me dá um calafrio só de pensar em abrir mão das minhas lagostas, do meu vinho francês, das minhas saunas, massagens, todas essas coisas que fazem a vida valer a pena; só de pensar em dividir minha casa com mais duzentas pessoas sem educação. Ah, mas não quero nem falar nisso, não quero nem saber! Só espero ter a coragem dos meus antepassados lá de Roma na hora de abrir as veias. E, franzindo o rosto, acariciou o pulso bem ali onde o suicida por velha tradição milenar abre o duto das veias. Eu não dizia nada, cingindo-me a sorver o vinho e a bicar uns petiscos, enquanto a mente versificava livre qualquer coisa.

Aqueço ao sol meu este cristão-velho corpo,
vendo passarem muletas em romaria

e um cortejo de humanos esqueletos
cavalgando os esqueletos dos cavalos.
(Um desses esquálidos cavaleiros,
outro dia, hóspede dos meus ouvidos,
falou-me do que viu nas guerras camponesas,
das chuvas de sangue e cidades abrasadas,
e dos trigais que cantam pelos cabelos:
os louros cabelos das princesas de cetim,
mortas a sabre e sepultadas sem os himens.)

A conversa, indo e vindo, às vezes tocava em tópicos de grande interesse. Me respondam, meus amigos, disse Mem de Sá: qual a moeda mais forte do mundo? Dólar, replicou Parlavestra. Não é não, disse o velho. Então é a libra, disse Tito Lívio. É nada, disse o velho. O marco alemão, aventou Agamemnon, a moeda da China, aventou Berecíntia. Nenhuma delas, disse Mem de Sá; a moeda mais forte do mundo é o corpo.

Ivone: O corpo, Mem? Mem de Sá: O corpo — o corpo jovem e bonito, bem entendido. Digo isso porque dia desses me procurou lá no cartório uma vendedora de livros. Vendendo essas coleções, essas enciclopédias: e se livro é o pior comércio que existe, a mascateação do livro é pior ainda. Eu estava até fazendo um lanche, que tenho uma úlcera pra cuidar, que é como uma filha, preciso dar de comer de duas em duas horas. Me senti constrangido, a moça me pegar bem na hora do meu lanche. Mas mandei sentar, ela sentou e foi logo cruzando as pernas e mostrando que era pernóstica. E eu disse a ela: Minha filha, quer tomar um chá comigo, você toma. Mas não me abre a boca pra falar de enciclopédia, nem me vem abrir esses prospectos em cima da minha mesa. Enciclopédia eu já tenho a Lello lá em casa, portuguesa com certeza, que me atende muito que bem, e não quero, não preciso, e não vou comprar outra. Dinheiro não está mais sobrando, muito menos no meu bolso. Aí ela disse: É, eu sei muito bem como é que é, sei melhor que o senhor. Passo o dia inteiro, ela disse, subindo e descendo escada de edifício, de escritório em escritório, pra lá uma vez na vida outra na morte fazer uma venda e ganhar a miséria duma comissão. A gente quer trabalhar, mas só consegue trabalho igual a este, sem salário, que tem de andar o dia todo, incomodar as pessoas, como estou incomodando o senhor, muitas vezes ficar sem almoço, como hoje, que nem almocei, e ganhar uma mixaria, quando ganha. É, a gente tenta ganhar dinheiro sem perder a vergonha, mas não dá. O jeito mesmo é fazer outras coisas. Eu faço o que o senhor quiser, que eu preciso de dinheiro de qualquer maneira, que ainda por cima tenho uma filha pra cuidar. Por isso, o que o senhor quiser que eu faça, eu faço. Como assim, eu perguntei. Mas é claro que, só pelo jeito que ela falou, eu já adivinhei tudo. Aí ela disse bem assim, eu dou o que o senhor quiser, faço o que o senhor quiser, em troca de um agrado. Aí eu disse: Ah, menina, olha bem pra mim, olha a minha idade. Aí ela disse: O que que tem a idade do senhor? E eu disse: É difícil fazer o dito cujo subir nesta idade. Aí sabe o que ela disse? Ela disse: Pode crer que na boca sobe.

A singela Ivone, amiga de cavalos, não foi capaz de segurar o riso, que veio e não parou mais. Berecíntia se deixou contagiar e deu a rir também. Chapim dos Reis fotografou-as ridibundas. Outros, como Agamemnon e Parlavestra, riam também. Nos lábios um sorriso, o preclaro Mem de Sá mostrava-se feliz da alacridade que provocara. Tito Lívio: E aí, velho safado? Mem de Sá: E aí? Aí, meu amigo, graças a Deus que ainda tenho dinheiro pra queimar numa aventura dessas de vez em quando. Vai ver, Tito Lívio disse, que nem assim não subiu. Subiu feito um foguete, disse Mem de Sá. Aí a hilaridade retomou posse da mesa: onde todos se corroíam de riso menos eu.

Rir como, se me doía a lembrança de Eugênia com meu pau murcho na boca, tentando, com a melhor das boas vontades, enchê-lo de brios. Doía-me pensar que nem a vendedora de livros, com toda a sua lábia, cuja lábia essa pusera de pé o velho e cansado membro de Mem de Sá Mendes de Sá, nem ela seria capaz de —

Como se não bastasse, o egrégio Tito Lívio tomou a palavra: Essas vendedoras de livros e de outras tralhas semelhantes estão todas assim, fazendo duplo comércio. É uma tristeza. Amigo meu, vocês conhecem, posso até dizer o nome, Rogélio Pais, que trabalha na Caixa Econômica, filho do velho Cristóvão Pais, dono da Casa Reritiba, que ficava à porta da loja seqüestrando freguês na marra, pois Rogélio me contou que apareceu lá na Caixa uma vendedora de bíblias. De bíblias, vê se pode! Rogélio não perdeu tempo e cantou a mulher e disse pra ela voltar lá pelo final do expediente. A mulher voltou, já não tinha ninguém mais por lá, Rogélio se trancou com ela na sala e comeu. Só que a mulher era noiva — aqui, ouvindo a nefasta palavra, me recalcitrei todo — e estava atrás de dinheiro pro enxoval. Era virgem — aqui me recalcitrei mais ainda — e era crente, e só queria dar se fosse por trás. O chamado vaso indevido, pra usar a linguagem canônica que aprendi no seminário. Rogélio se lambeu todo de gosto, aquele já gosta de comer um rabo. Não troco um bom rabo por um cesto de bucetas, as senhoras presentes me desculpem a má palavra, foi ele que disse com a própria boca e não eu, tenho horror dessa palavra. E a mulher ainda voltou outras vezes... Estive lá outro dia e fiquei espantado quando vi a estante cheia de bíblias, de fora a fora. Que é isso, Rogélio, você agora virou gedeão? Aí ele contou a história como é que foi, e ainda me deu uma bíblia de presente, o safado.

Isso não me admira, disse Indalécio. Lá na casa de Dona Aurora tem três que estão fazendo a mesma coisa. Vendem a bundinha mas guardam o selinho.

Que fiz eu para ser assim perseguido por maus fados e piores fadas? Que fiz eu para que não me permitam esquecer a minha provação nupcial? Que fiz eu para que de quando em vez me venha alguém falar em noivas, em virgens, em táticas femininas que sacrificam outros orifícios do corpo mas preservam intacto incólume imaculado o hímen que certifica a virgindade da noiva? Que fiz eu, sim, que fiz eu que não mereci da Fortuna uma noiva que tivesse pelo noivo a mesma consideração que a vendedora de bíblias — uma noiva que desse o cu à vontade, que de golfadas de porra melasse as mãos e as coxas, que chupasse um congresso de membros viris, mas guardasse para mim o tesouro de uma ilusão de pureza na pessoa do ilibado hímen?

Agamemnon a Mem de Sá: Li no jornal o seu poema sobre o convento da Penha. Mem de Sá: Quanta honra. E o que achou? Agamemnon: Só digo depois de encher a cara. Mem de Sá: Então não gostou? Agamemnon: Não tem nada ali nem pra gostar nem pra desgostar. Tito Lívio, notando a decepção de Mem de Sá: Pois eu gostei muito. Mem de Sá: O que eu tentei foi registrar a emoção que senti ano passado, quando fui ver a romaria dos homens passar ali no Parque Moscoso. Aquele aleijado de muletas que eu pus no poema — pois eu vi aquele aleijado seguindo a romaria com o maior sacrifício. Me emocionei até às lágrimas. Tito Lívio: Aquele aleijadinho é uma imagem de grande beleza e sentimento. E, cobrando de Agamemnon uma opinião: Nem do aleijadinho, disse, você não gostou? Agamemnon: Um poema não é feito de aleijadinho, é feito de texto. Deixa eu encher a cara que eu digo o que achei do aleijadinho de Mem de Sá. Indalécio, indignabundo: Que que custa elogiar, seu doutor Memnon, em vez de ficar aí arrotando merda? Será que é tão difícil assim fazer a boa ação de um elogio pra um poeta danado de bom como Mem de Sá? Mem de Sá: Ora, Indalécio, só quero elogio se for sincero. Indalécio: Pois eu, apesar de que não li essa sua poesia, digo com a maior sinceridade que é boa pra diabo.

Diarreuza, Reuza na intimidade, começou a distribuir entre nós uns fofos pãezinhos à razão de dois per capita. Berecíntia anunciou, megafônica, que os pãezinhos eram produzidos na própria conzinha da casa, com milho colhido na fazenda de Água Doce — o melhor milho do mundo, proclamou. Indalécio continuou a atacar Agamemnon: Pra mim o senhor está é com inveja da poesia de Mem de Sá. Vocês sabichões só me lembram balde de caranguejo, quando um está saindo do balde os outros puxam pra baixo de novo. Agamemnon começou: Deixa eu explicar pra você... Indalécio interrompeu: Deixa eu explicar pra você é estrebaria, te davam palha, tu não queria, te davam merda, logo lambia.

O altivo Indalécio partiu o pãozinho, encharcou no vinho e levou à boca. Dava para ver, porém, que ainda ia enfurecido. Aí, voltando-se para Agamemnon, disse: Esse agá no seu nome, doutor Memnon, é agá de quê

— de homissexual? Tomado de surpresa, Agamemnon não entendeu a pergunta e falhou de responder. Indalécio disparou: Olha aqui, seu bunda mole, eu sei a sua opinião que você tem de mim, mas fica sabendo que eu não sou pouca porcaria não. Hoje estou meio fudido mas não é por isso que eu tenho de engolir sapo de seu ninguém. Fica sabendo que eu nunca fui vagabundo não, sempre trabalhei, desde criança, lá na roça, que eu sou ali de Laranja da Terra, município de Afonso Cláudio. Novinho ainda eu já cuidava de uma horta junto com meus irmãos e colhia alface, colhia couve, colhia coentro, tudo isso eu colhia mais eles e vendia na cidade e ganhava um dinheirinho pra ajudar a família, que era grande, sete irmãos e não sei quantas irmãs. A roça foi meu colégio. Aposto que o professor, que sabe tanta coisa, não sabe preparar uma boa tumba de batatas no capim-gordura. Pois eu sei. A natureza é uma escola. O joão-de-barro é mais sabido que muito engenheiro que tem por aí formado em niversidade. O joão-de-barro tem as estações na cabeça. Sabe de que lado vem a tempestade e faz o ninho com a porta pro outro lado, pro vento não alagar de água a casa dele. E as braboletas? Cansei de ver. Tempo de abóbora, depois que a folha secava, apareciam os ovinhos, depois as larvas, e as larvas cresciam, e saíam dali, e ficavam pregadas na pedra até que um dia rebentavam o casulo e saíam avoando. Cansei de ver braboleta avoando assim meia tonta, porque acabou de sair do casulo. Aposto que seu doutor Memnon não sabia disso. Pois eu sei. Milhões de alunos da cidade não sabem disso. Criança da cidade não sabe nada, pensa que urina é mijo e que berimbau é gaita. Se mostrar um pé de quiabo não sabe que aquilo é um pé de quiabo. Arranca uma folha de goiabeira à toa à toa e não sabe que isso dói na goiabeira igual um dedo cortado na gente. Ah, eu podia dar aula de natureza pra essas crianças, e olha que só fiquei lá na minha terra, Laranja da Terra, até os dezoito anos. Bem que eu podia ter sido roçariano a vida inteira, mas você pensa uma coisa, a vida faz outra. Eu tinha um tio meu que era barbeiro lá em Iúna, uma vez esse meu tio que era barbeiro foi lá em casa e me viu, e olhou bem pra mim e aí disse: Você tem cara de quem dá pra barbeiro. Quer ir comigo pra Iúna aprender o ofício? Eu não sabia se queria ou se não queria, mas meus pais disseram vai com seu tio e lá fui eu pra Iúna e aí comecei a ser barbeiro. Ele me deu umas liçõezinhas assim e passou pra mim a garotada toda da cidade pra mim praticar neles. Aí fui longe. Todo dia a garotada fazia fila esperando pra cortar cabelo comigo. E não demorou muito eu estava cortando cabelo de adulto também, e fazendo barba e bigode, essas coisas. E fui ganhando meu dinheirinho, e acabei vindo pra Vitória, e trabalhei num salão ali na praça Costa Pereira, e muita gente importante, muito político e muito dono de comércio, cortou cabelo ali comigo. Barba então nem se fala, eu fazia que era uma perfeição, não lanhava ninguém. A fama da minha navalha corria mundo. Dr. Marcondes, que foi senador em Brasília, que morreu ano passado de uma pulmonia braba, quando vinha em Vitória só fazia barba comigo. Ele era muito engraçado, dizia que eu demorava tanto tempo fazendo a barba que quando acabava um lado o outro já estava precisando de navalha de novo... Pois é, eu vivia direitinho só com o que ganhava na barbearia, era solteiro, morava ali numa pensão na rua da Pedreira, ali perto do Parque Moscoso. Não tinha despesa quase nenhuma, nem no cinema eu não ia, só se era filme nacional, minha distração era assistir júri e comer puta no puteiro ou então graxeira se dava bola pra mim no parque. Sim, eu era feliz, o maior problema que eu tinha era uma gona ou outra de mês em mês. Até que ganhei o prêmio da loteria esportiva, e meu azar foi a minha sorte, ou o contrário. Fiquei rico de um dia pro outro, e aí minha vida virou de cabeça pra baixo. Comprei apartamento na Praia do Canto, comprei carro esporte, comprei caminhão, comprei lancha, casei com um mulherão, lembra de Glória, Patativa? Que mulherão, e que cabelo, ia do cocuruto da cabeça até o cocuruto do cu. Ah, aí que eu me lavei na bacia de iaiá. Tinha sido meia prostituta, eu sei, e fez uns filmes meio de putaria pra sobreviver, mas foi honesta comigo, me contou tudo, e confessou que queria sair daquela vida, e eu tirei ela daquela vida e casei com ela: quem tem canoa no porto precisa matricular. Aí não deu nem dois meses, aconteceu que um dia eu recebi uma corrente de Santa Edwirges, vocês sabem, que você tem de mandar cinqüenta cópias pra cinqüenta pessoas pra receber uma graça da santa, e lá diz o nome de gente que mandou as cópias e recebeu uma graça e de gente que não mandou e perdeu tudo que tinha, até a vida, que nem Dr. Getúlio Vargas, que foi nosso presidente do Brasil. Pois eu fui idiota e não acreditei naquilo e rasguei a carta e joguei fora. Ou então foi uma casa de marimbondo que eu mandei botar fogo nela: esqueci que minha mãe dizia que isso atrasa a vida. Talvez que as duas coisas juntas acabaram comigo. Porque deu um revertério na bolsa e eu perdi todo o dinheiro que estava aplicado em ações, e aí vendi tudo que tinha comprado e perdi esse dinheiro também, uma parte na bolsa, outra parte no jogo, e fiquei mais pobre que antes, com uma mão na frente, outra atrás. A faca finca, a janela cai: até Glória me largou. Ainda tentei voltar pra vida de barbeiro, mas me veio uma alergia que era só eu entrar no salão que danava a espirrar que não tinha jeito. Quando melequei o cangote de um freguês, aí o dono do salão me mandou embora. Andei fazendo umas barbas e uns cabelos de casa em casa, mas não rendia nada. Quando enche a maré do azar, não quer saber de vazar. O que me valeu foi Domingos me amparar nessa hora, porque eu já estava na beira de dexplodir, já estava pensando me jogar do cacume de um prédio e acabar com tudo. Você não seria capaz, interpôs Mem de Sá; conheço o seu *d*: você não tem o perfil do suicida. Indalécio retrucou: Você é que pensa. Se eu quiser me matar eu me mato e pronto. Me mato até pra lhe provar que meu *d* não manda em mim.

Logo a diligente Reuza e a poderosa Dora começaram a trazer, a bordo de mesinhas de rodas, cintilantes salvas e travessas contendo deliciosas outras tantas iguarias, que Berecíntia anunciou de uma tacada só: alcachofras recheadas com siri, pimentões recheados com fígado, abacates recheados com coquetel de frango.

TITO LÍVIO

Este abacate, Berecíntia, está muito melhor que o que eu comi na festa de quinze anos de Maria Lúcia Helena Cristina.

IVONE

Você foi, Patativa? Me conta, quero saber de tudo em detalhe. Foi mesmo a festança que deu no jornal?

TITO LÍVIO

Olha, Ivone, ouvi gente que freqüenta a alta sociedade do Rio e São Paulo dizer que essa foi a mais bela festa de quinze anos da história do país. A decoração, por exemplo, estava esplêndida, toda nas cores rosa e branco. Tinha uma passarela de quarenta metros pra se chegar até o salão. Na entrada principal foram usadas quarenta mil rosas de organdi. As mesas tinham toalhas de organdi branco bordadas, forradas de linho com babados plissados cor de rosa. Até as cadeiras, que foram encomendadas em São Paulo, eram cor de rosa. Os guardanapos, também de organdi, tinham as iniciais de Maria Lúcia Helena Cristina. Mas o melhor de tudo foi o pórtico por onde ela entrou na sala. Era um coração de três metros de altura e três de largura, todo acolchoado em cetim. Todo mundo concordou que nunca se viu nada tão maravilhoso. E Maria Lúcia Helena Cristina? Estava belíssima, num modelo longo todo branco. Nos cabelos tinha arranjos de cristal feitos por uma japonesa de São Paulo. Agora, o ponto máximo da festa foi a valsa. Além de Maria Lúcia Helena Cristina com o pajem, dançaram catorze casais de moças e rapazes, as moças todas penteadas e vestidas da mesma maneira, com vestidos cor de rosa, os rapazes de dinner jacket. A entrada de Maria Lúcia Helena Cristina na pista de dança foi emocionante, com fumaça de gelo seco, música especial e os convidados aplaudindo de pé. Fiquei tão emocionado que chorei na taça de champanhe. Ela dançou com o pai, com o tio, com o padrinho de batismo e com o pajem. E o bolo, então? Acreditem: tinha um metro e oitenta por dois metros, com três mil e quinhentas flores de massa e de coco. O motivo era a metamorfose da menina em moça.

PARLAVESTRA
Por falar em bolo, e o menu? Quero saber o que foi que eu perdi.

TITO LÍVIO
E perdeu mesmo. O bufê foi preparado por um maître de São Paulo, que tem mais de dez anos que chefia a cozinha dum hotel chique de lá. O menu, meu caro, deixa ver se me lembro de tudo: olha, teve fricassê de frutos do mar, filé de trutas ao vinho do Porto, lagosta ao Thermidor, faisão ao molho de Calvados, medalhão de vitela com molho de champignon, deixa ver que mais. Ah, filé mignon com molho maturim, capelletti ao Roquefort, robalo inteiro com ovos moscovitas e salmão defumado. De arroz tinha três tipos, de queijos uns sete ou oito: provei de todos. Saladas, então, havia uma de abacate recheado com frutos do mar — muito boa, mas esta de hoje é ainda melhor —, uma de pepino com molho de nozes e uma de tomates com atum.

INDALÉCIO
E bebida?

TITO LÍVIO
Ballantine's de doze anos, vinhos alemães e, lógico, champanhe da viúva, que não pode faltar. Era tanta comida, tanta bebida, que tinha até uma enfermeira diplomada de plantão pra atender qualquer emergência.

CHAPIM DOS REIS
Por sinal uma gracinha. Tirei umas fotos dela.

TITO LÍVIO
Você estava lá? Não vi você lá não.

CHAPIM DOS REIS
Tive a honra de ser um dos fotógrafos oficiais da festa, graças ao Dr. Cani, que me indicou. Também ganhei o grão de café.

IVONE

Que grão de café?

TITO LÍVIO

Cada convidado ganhou de lembrança um grão de café.

AGAMEMNON

Só um grão de café?

TITO LÍVIO

De ouro.

MEM DE SÁ

O pai da moça ficou rico exportando café, sabia não?

Ainda bem, exclamou a gloriosa Berecíntia de magníficos braceletes, que eu estava pra fazenda com Domingos e não pude ir, porque acho que isso tudo é muita *vaidade*, muita vontade de aparecer em jornal, de jogar dinheiro fora. É isso é que é. Tira por nós, eu e o tucho. Dinheiro nós temos pra dar e vender, mas não estamos aqui pra esbanjar desse jeito, com tanta gente aí passando fome sem ter pra comer nem uma mariola. Pra mim, Patativa, esse luxo todo é uma *vergonha*. É isso é que é. O egrégio Tito Lívio defendeu a classe abastada contra as invectivas do operariado: Não acho não, Berecíntia. Quem tem, tem, quem não tem, tivesse. Você diz isso porque não tem uma filha. Se tivesse, ah, aposto que você e Domingos iam querer dar uma festa de quinze anos pra ela bem bonita. Afinal, é a virada da menina criança em menina moça. Uma festa dessas Maria Lúcia Helena Cristina não vai esquecer nunca — vai contar pros netos e dizer, com lágrimas nos olhos: meus pais que me deram essa festa. Berecíntia: Você tocou no meu ponto fraco. Não tive filho porque **abortei**

com treze anos e fudeu tudo lá por dentro. Mas se tivesse uma filha eu era bem capaz de dar uma festa dessas pra ela, sim. Mas grão de café? Que coisa mais da roça, sem querer ofender você, Indalécio, nem você, Jamba. Eu ia dar de lembrança outra coisa. Recorreu a Ivone: O que que eu podia dar, Ivone? Diz aí alguma coisa bem fofa. Ivone: De onde saiu a fortuna de Domingos? Berecíntia: Eu sou uma dama de sociedade, eu vou lá saber? E o que eu quero é coisa mais romântica, mais a ver com moça que ficou de boi. Aí riu: Mas um boi nem pensar. Que língua doida esse seu português, professor, que chama paquete de boi. Que que o boi tem a ver com as calças? Mas e aí, Ivone? Uma coisa bem delicada pra lembrar paquete de moça. Uma rosa, disse Ivone. Berecíntia: Uma rosa, taí, gostei. Uma rosa de ouro, bem bonita, bem fofa, e grande que nem repolho. Grão de café! Esse pessoal endinheirado não tem um pingo de bom gosto no cu pra cagar.

Respondendo à minha pergunta, Antes de ser o que é hoje, disse Agamemnon, nosso anfitrião deu muito duro. A família era pobre de mavé de si. O que realmente mudou a vida dele foi cair nas graças de uma viúva rica, Pudentila Guerra, e tornar-se amante dela. Ele tinha vinte e poucos anos, ela já ia tocando os sessenta. Ele tinha uma noiva, moça de boa família, mas a velha ficou com ciúme e, a mando dela, uma puta arrancou o cidadão da mão da noiva quando os dois estavam passeando na praça Costa Pereira, e aquilo foi um escândalo em Vitória, e o cidadão, que não sabia de nada, mas não era bobo, aproveitou a deixa e lá se foi com a puta, dando à noiva motivo pra romper com ele. Do lado da velha Pudentila, os filhos, tudo gente já crescida, de olho grande na herança, criaram uma confusão danada. Chegaram a meter processo contra o cidadão, acusando-o de usar feitiço pra seduzir a velha. Mas ele, que nunca prestou, pôs os filhos da mãe uns contra os outros e acabou casando com ela e ficando com a fortuna toda: os filhos tinham de ir comer na mão dele. Com dinheiro no bolso, foi mole fazer mais dinheiro como empreiteiro do governo, fazendo aterros e estradas por aí afora, tudo, é claro, pra lá de superfaturado. Mesmo assim teve uns momentos de crise, mas deu a volta por cima e ganhou mais alguns rios de dinheiro com agiotagem e especulação imobiliária. Em 1964, aderiu logo à revolução e está aí nas graças dos militares há quinze anos. É o queridinho de todas as armas, já recebeu o título de Amigo da Marinha, a Ordem de Duque de Caxias e não sei quantas medalhas. Das ligações com políticos, então, nem se fala. Você viu a foto dele com o presidente. E nessa mesa onde vamos jantar o que já jantou de ministro, senador e deputado nem ele sabe dizer. E de todas essas relações só vêm benesses, vantagens, mordomias, mutretas e falcatruas, além de cargos: o cidadão é conselheiro do Tribunal de Contas, onde ganha uma fortuna pra ir lá cochilar duas vezes por semana.

E o que foi feito de Dona Pudentila, perguntei. Bom, disse Agamemnon, rebaixando ainda mais a voz, o casamento durou uns doze anos, até que Berecíntia entrou em cena. Era filha de uma puta lá de Caratoíra, e começou cedo na profissão, como discípula da irmã mais velha. Uma gracinha, dizem: a mascote do puteiro. Inventava umas brincadeiras que faziam muito sucesso: deitava nua no chão, de costas, e mandava cobrir a obscenidade lá dela com grãos de milho que os patos do puteiro vinham bicar de grão em grão. Às vezes era contratada pra animar as festas dos pervertidos de Vitória, e dava conta sozinha de atender a todo mundo. Foi numa dessas festas que o cidadão a conheceu. Aí, é o que dizem, ele tirou a menina daquela vida e botou em casa como arrumadeira. E lógico que ele dormia mais no quartinho da empregada do que na cama do casal. Dona Pudentila descobriu e quis botar Berecíntia no olho da rua, mas o cidadão segurou a barra. Logo depois a velha morreu de repente, e já ouvi dizer que Berecíntia é que despachou a patroa, e despachou é o termo: algum desses feitiços de encruzilhada à meia-noite, quem sabe, e, por garantia, um veneninho na polenta. Se foi ela ou não foi, eu é que não sei dizer. Mas depois da morte da velha o cidadão se deixou levar por Berecíntia e, dois ou três anos depois, acabou casando com ela. Se o casamento foi tranqüilo? Nem tanto. Houve turbulências. Uma vez o cidadão botou na cabeça de se meter no esporte e comprou um time de futebol. O time não ganhava uma partida, só perdia, e se empatava era uma festa. Contrataram uns craques decadentes do Rio, mas quem disse. O famoso artilheiro não fez um só gol no campeonato. O único gol que fez foi em Berecíntia, que se apaixonou de quatro por ele e fugiram juntos. Era um sujeito horroroso, feio de dar medo, mas esse era o tipo que tirava ela do sério. Foi parar lá em Goiás, ficou por lá mais de ano, até a paixão evaporar por si mesma, aí voltou, e o cidadão, alma nobre, a recebeu sem fricotes. Mas olha só pra ela: dá pra ver que foi um peixão. Ainda hoje, com mais de quarenta, parece capaz de derrubar um exército na cama, não acha?

O preclaro Mem de Sá, em voz baixa, disse: Pelo que ouvi, vocês estão falando eu sei de quem. Foi realmente uma mulher de chamar a atenção, e muito da fogosa, e ainda é. Despertou grandes paixões quando mais nova. Não sabe Estolato, que foi deputado? Se encheu de amores por ela, foi lá na casa de Domingos de revólver em punho, ameaçou se matar ali mesmo no tapete da sala se Domingos não emprestasse Berecíntia pra ele. Domingos viu que era uma questão de vida e de morte, mas respeitou Berecíntia: Só empresto se ela não fizer objeção. Mas Berecíntia também entendeu a situação e concordou. Combinaram o preço do comodato ali na hora. Dia seguinte lá se foi Berecíntia pro Rio, era ainda no tempo do congresso no Rio, antes de Brasília. Daí a dois anos, quando a paixão passou, Estolato devolveu Berecíntia pra Domingos. Mas teve de pagar até o fim o aluguel, que foi de quatro anos e não dois. E, bem antes disso, uma vez que Domingos quase foi pro buraco, tinha contraído uma dívida imensa e não conseguia pagar, o credor, que era Nancisco Escândula, propôs receber Berecíntia como penhor. O acordo foi feito, foi até no meu cartório, e Berecíntia fez o sacrifício de ficar uns seis meses penhorada com Nancisco, até Domingos pagar o que devia. Nancisco era doido por ela e aproveitou: fazia três refeições de Berecíntia por dia — e não enjôo, me disse uma vez. Ainda quis escamotear depois que Domingos acertou os ponteiros, mas Berecíntia não admitiu, até porque já tinha outro credor interessado em fazer acordo. Mas isso foi só uma fase difícil que Domingos teve, depois nunca mais. E Domingos, também, não sei se digo, mas —

RAPSÓDIA 18
domingos cani

O que se seguiu à chegada do cidadão Cani, aluno de Deus, que veio trajado em longa bata negra, foi a eclosão de várias dessas rudimentares expressões ditadas pela emoção humana: exclamações, suspiros, interjeições, epifonemas, saudações, assovios, tudo impossível de registro coerente em qualquer alfabeto. O cidadão achegou-se à cabeceira, plácido, da mesa e, dali, fez, a um simples gesto, nascer, das mãos autorais, silêncio e, mantendo-se de pé, fez uso da palavra, dizendo: Meus patrícios, pra começar tenho uma ótima notícia. Acabo (fez uma pausa, deixando-nos a todos pênseis de curiosidade), acabo, com a ajuda de Nossa Senhora da Penha (outra pausa), acabo de cagar com sucesso. Tais palavras, coroadas por um sorriso beatífico, levaram os amigos a um concerto de palmas de alegria, a que nos juntamos, espontâneos, Agamemnon e eu. Pois é, disse o cidadão. Já faziam nove dias, Berecíntia que ali está não me deixa mentir, nove dias, sim, nem um minuto a menos, que minhas tripas não funcionavam direito. Duas horas na sela e o que saía eram umas pelotinhas que mais pareciam cocô de cabrito. Mas hoje, agorinha mesmo, abriu-se por fim as comportas do reto e botei pra fora tudo que comi na última semana. E olha que não foi pouca coisa, porque desde a quinta-feira santa o que eu comi de torta de marisco não dá pra imaginar. Também pudera, como se não bastasse a torta que Dona Murta faz aqui em casa, que reputo a melhor do mundo, ainda recebi torta de tudo que é amigo, inclusive mandada do Rio em malote de avião, e juro pelo cu da tanajura que me esbaldei bonito em todas elas. Tudo isso desceu tudo de uma vez agora e quase entope o vaso. Uma obra-prima no gênero. Quase que chamei vocês pra verem, porque acho que desde aquela vez que petelequei até as paredes e o teto do banheiro num hotel lá da Bahia que eu não cago assim em tão larga escala. A merda é que esse cagaclismo de hoje me petelecou as calças e a camisa, tive de voltar pros braços de Netuno e tomar outro banho e, é claro, mudar de roupa.

A propósito, isso aqui é a beca que usei em dezembro quando fui paraninfo de uma turma de Direito: me deram de lembrança da minha paraninfação. Bom, meus patrícios, agora me sinto leve que nem mulher parida, devo estar pesando uns dez quilos a menos, e posso usufruir com todo afinco do nosso banquetinho, porque duvidar ninguém duvide: nossas ministras capricharam pra oferecer pra vocês um banquete digno de ninguém botar defeito.

Mas o que é isso, continuou ele. Não quero falar de coisas de terra-a-terra. Hoje pra mim é um dia iluminado: sinto o dedo de Deus apontado pra mim e só quero falar de coisas do céu. Que véspera é hoje, sabemos todos: é véspera de Nossa Senhora da Penha. Pra mim, que sou devoto dela pra diabo, é uma felicidade grandiosa festejar de uma só cajadada duas datas tão importantes: o dia da minha santa favorita mais querida e o dia que eu, pobre mortal, por ocasião de dois anos diferentes, tive o galardão de escapar da morte por um fio de cabelo. Porque este ano, por uma mutreta da lei das probabilidades astronômicas, as duas datas coincidiram pela primeira vez desde que instalei a tradição de oferecer este jantar anual aos meus amigos. Daí que fico feliz de ver vocês todos aqui, e desde já dou a cara a tapa e a mão a palmatória se esta noitada não for especialmente fenomenal. Quem ver verá.

E, assestando o olho sobre Tito Lívio, Patativa, meu querido, disse ele, hoje eu sonhei que estava te dando um abraço. Então o que estamos esperando? Venha daí um abraço, meu querido amigo. Tito Lívio ergueu-se e, no que se aproximou do cidadão, este, em gesto subitâneo, fez que ia agarrar-lhe o saco — o querido amigo recuou em instintivo sobressalto. Rimos todos em geral. Aí o cidadão estendeu os braços e Tito Lívio se aninhou junto ao peito do amigo, e deram-se uma corruptela de abraço cachoeirense. Sei, disse o cidadão, endereçando suas palavras a todos os seus satélites que ali estávamos, que por nada deste mundo, nem que fosse erupção de vinte vesúvios, nem que fosse enchente de quarenta solimões, sei que por nada neste mundo meu amigo Patativa deixaria de ir na romaria do convento da Penha. Nada, vírgula: menos se fosse uma coisa: convite pra jantar comigo na minha casa na data de hoje. E é por isso que ele está aqui conosco, e eu agradeço a ele de coração a alta estima e consideração que tem por este velho caquético. Porque o nome disso é amizade, AMIZADE com letras de fôrma, amizade fiel e verdadeira, amizade que dá trezentas voltas ao mundo, que vai daqui ao céu e volta sete mil vezes. Porque se a prata vale menos que o ouro, o ouro vale menos que a amizade. E vou parar por aqui, meus patrícios, pra não chegar ao cúmulo de chorar de emoção.

Depois que amainou o estrépito de nosso aplauso, o cidadão dignou-se a sentar. Aí, percebendo Agamemnon entre os convivas, dirigiu-se a ele dizendo: Professor, é como eu disse, temos aqui um devoto de Nossa

Senhora da Penha que nunca, olha só, *nunca* deixou uma vez sequer de ir na procissão da romaria dos homens. Você que é ateu de nascença não dá valor a essas coisas. Azar o seu. Pois o nosso Patativa sai da praça da catedral, lá em Vitória, e vai caminhando a pé, veja bem, a pé, no meio daquele homizio todo, até às cinco pontes, depois pega a rodovia e lá vai até Vila Velha e depois ainda sobe religiosamente, sem tirar nem pôr, a ladeira velha do convento até lá em cima no topo, com risco de escorregar e quebrar um braço, uma perna, um nariz ou um queixo. Isso é que é devoção! Isso é que é catolicismo apostolicismo! Isso é que é *fé*! Aliás, esse é um exemplo que devia ser seguido no mesmo diapasão por muita gente aqui presente. Eu estou dispensado, e nosso Mem também, por causa da idade — da idade das pernas, não da cabeça. Você, professor, eu acho que faria bem em ir, pra ver se Nossa Senhora não dava um jeito nesse seu anarquismo ateu. E você, Indalécio, que vergonha, por que você não é capaz disso? Vai lá ano que vem, vai lá com Patativa, garanto que no embalo dos hinos e dos vivas a Nossa Senhora você não vai nem sentir a caminhada. Vai lá rezar, seu pagão, que eu garanto que em três tempos sua vida muda de figura. Vai ficar menos fudido do que está, sem ter que depender da caridade dos amigos até pra comer um pitéu na casa de Dona Aurora. Ah, meus amigos, eu dou duro nesse sacana, isso dou, mas tenho o maior carinho por ele. É meu vade-mecum: onde eu vou, ele vai junto, menos no cagatório. E, se eu quero fazer uma caminhada solitária, pra pensar nas dialéticas da vida, é só dizer pra ele ficar mudo e não abrir a boca. Mas escuta, Indalécio, o conselho de quem tem mais quilômetros na estrada da vida do que você, e vai lá, ano que vem, faz a porra da romaria ao lado de Patativa, que você vai voltar de lá abençoado.

Não sou machista, retrucou Indalécio. Quando o frade do convento abrir a romaria pra mulherada toda ir também, aí eu prometo que vou junto. E prometo a Nossa Senhora que não vou passar a mão na bunda de mulher nenhuma, só vou comer com o olho com todo o respeito e mais nada.

Me disseram, interpôs Berecíntia, que tem umas mulheres do Ibes e de Cobi que colam pentelho no rosto pra dizer que é barba e entram na procissão se fingindo de homem. Ivone, se você topar, ano que vem que tal nós duas fazer isso e subir juntas aquela ladeira no meio do batalhão dos machos? Ivone: De barba eu não vou não. Mas um bigodinho até que eu ponho, que já pus numa festa de São João que faltou homem, e disseram que fui o noivo mais bonito da quadrilha.

Domingos Cani: O avião tinha cinco passageiros: quatro romanos e um inglês. Qual era o nome da aeromoça? A singela Ivone sorriu para ele. Adoro você, minha cadelinha, disse o cidadão. Meu neném de ouro. Tão doce, tão leal, tão — Estou com *ciúme*, buzinou a gloriosa Berecíntia. Ciúme por quê, minha broa de milho, disse ele, sou apaixonado por ti até hoje. Que que você fez comigo, hein, bruxa? Me deu café coado na calcinha, hein, me diz. Ou botou paquete na minha batida de limão, hein, safada? Alguma coisa você fez, pra me deixar assim grogue de amor até hoje... Fiz nada não, tucho, defendeu-se ela, é que você me comeu menina, que você foi um dos primeiros que me tirou o cabaço, o quarto ou o quinto, lembro mais não, e quando o homem come a mulher ainda menina fica apaixonado pro resto da vida. Acho a coisa mais linda, disse Ivone, o amor de vocês. Entra ano e sai ano e vocês aí sempre firmes. São um exemplo pros casais do mundo inteiro. Um brinde, berrou o irrepreensível Parlavestra, erguendo-se e erguendo a taça. Instaurou-se um silêncio taciturno. Parlavestra bateu na mesa com os nós dos dedos, uma, duas, até três vezes: foi aí que percebi nitidamente que lhe faltava o index da mão direita. A madeira desta mesa, disse ele, é legítima madeira de lei. Forte como este jacarandá é o nosso anfitrião, é esse casamento de anfitriões construído sobre a sólida e incoercível base do amor. Um brinde ao casal, para que levem a efeito ainda por muitos anos esse casamento inquebrantável.

Diante de tão túrgidas palavras, viramos as taças alegremente. Agamemnon, já de cara um tanto quanto meio cheia, resolveu narrar a mito-história de Anfitrião: ausente Anfitrião de casa, Júpiter assumiu-lhe a figura e foi visitar-lhe a mulher, que, enganada, dormiu com o deus sem dar pelo embuste. A história, para contentamento do narrador, foi recebida com hilaridade por todos, sobretudo pelos donos da casa, que riram mais que os outros.

Uma vez deu-se com Berecíntia um caso parecido com esse, exclamou o cidadão, por entre uns últimos resíduos de riso. Agamemnon enrubesceu de surpresa, temendo ter perpetrado uma gafe. Mem de Sá perguntou: Como foi isso, Domingos? Deixa que eu que conto, disse a discreta Berecíntia. E historiou que certa vez, num banquete que ofereceu na mansão de Vitória a um empresário paulista, o cidadão contou para todo mundo à mesa as coisas que ele e ela faziam na cama, mas, estando bêbado, inventou que chegava uma hora em que ela pedia pelo amor de Deus para parar, que já não agüentava mais tanta pica e tanta porra em tudo que é buraco: mentira pura, que ele não dá no couro tanto assim, mas quem me conhece sabe que sou muito capaz de passar uma semana fudendo sem pedir penico. Não quis bater boca com o tucho na frente dos convidados por causa que não ia pegar bem pra uma dama da melhor sociedade que nem eu, mas também não fiquei na mesa nem mais um minuto, pedi licença com toda chibanceria e me retirei pro quarto pra dormir.

Pois não demora muito me aparece um puto comigo na cama, e no escuro imaginei que só podia ser meu tucho querendo fazer as pazes. Fui logo abrindo as pernas e fudi igual vaca, crente que estava fudendo com esse filho da mãe aí. Mas depois que a coisa terminou, quando o sujeitinho me agradeceu, minha senhora, muito obrigado pela melhor foda que eu tive na minha vida, foi aí que eu vi que era um dos picas grossas que no banquete não tirava o olho de cima de mim nem um minuto. Dei-lhe um pescoção e um pontapé no meio do rabo — que filho-da-puta, se aproveitar assim da minha inocência.

Nova onda geral de riso acolheu a narração de Berecíntia. Agamemnon pediu uns farrapos de desculpa pelo embaraço que causara por ignotícia, mas o cidadão sossegou-o dizendo: Estou acima disso, estou acima disso. E, voltando-se para Berecíntia —

Não sei o que ainda teria de ouvir o casal de anfitriões contar a respeito de sua vida sexual se as ministras não tivessem trazido um frango assado para a mesa. Era um belo frango assado, mas estranhei a simplicidade do prato em simpósio notório pelo exótico e pelo nunca visto. O cidadão, porém, recebeu o frango como se fosse coisa do outro mundo e, silenciando a conversa, pediu a Agamemnon que trinchasse a ave. Cidadão, disse Agamemnon, erguendo-se, é muita honra pra um pobre marquês. Aí, recebendo da poderosa Dora um garfo que mais parecia um forcado e uma faca que mais parecia uma peixeira, preparou-se para trinchar o frango. Mal lhe espetou o garfo no dorso, para surpresa dele e minha, mas não dos outros, o frango assado elevou-se sobre as pernas e, abanando as asas depenadas, crespas de gordura, saiu correndo mesa afora, pisoteando iguarias e derrubando taças de vinho, até despenhar-se mesa abaixo e desaparecer no fundo do salão, tudo isso não sem deixar pelo caminho uma salva de cacarejos e cocococós.

Todo o convento — encabeçado pelo cidadão — farfalhou-se de rir do susto de Agamemnon: Chapim dos Reis mal foi capaz de fotografar o episódio. Não repara, professor, disse o cidadão a Agamemnon: esse tipo de coisa é uma espécie de trote que costumamos fazer com nossos noviços. Agamemnon sorriu para o cidadão, mas resmungou para mim: Não é justo: deviam ter chamado é você, você que é o noviço aqui hoje e não eu. Ivone nos a nós explicou o truque: Reuza depena o frango em água morna e depois, usando uma das penas, pinta ele todinho com uma mistura feita de gema de ovo, açafrão em pó, farinha de trigo e mais o caldo da gordura de outro frango, que foi assado de verdade. Na hora de vir pra mesa ela mete a cabeça do frango debaixo da asa e fica girando, girando, até que ele dorme. Aí é só botar na mesa e pedir a alguém pra trinchar que o frango acorda e foge que nem doido desse jeito. Agamemnon disse: Mas você não acha que meu amigo aqui é que deviam ter chamado pra palhaço dessa brincadeira? Eu já tenho algum tempo de casa. Ivone disse: Ah, meu bem, não liga pra isso não. Melhor ser o palhaço que ser o frango.

Mem de Sá trouxe a conversa de volta às coisas do espírito: Domingos, antes que me esqueça, estou cabalando uns vereadores pra ver se a prefeitura coloca, em todo lugar que tem vista pra Penha, uma placa com os dizeres: Daqui se avista o convento da Penha! Que idéia abençoada, clamou o dono da casa, no que foi secundado de todo canto por um burburinho de aprovação. Nossa Senhora da Penha merece, disse Tito Lívio. Domingos Cani: Eu que o diga. Já perdi a conta das graças que recebi dela. Lá no convento, na sala dos milagres, quem duvidar pode ir lá ver, tem não sei quantos ex-votos que eu pus lá pra agradecer uma graça concedida. Sou o campeão das graças concedidas por Nossa Senhora da Penha. Meu velho isqueiro está lá, porque graças a Nossa Senhora é que eu deixei de fumar. E levei um pé de gesso também, não foi, Berecíntia, quando queimei feio o pé com água fervente. E quando escapei vivo daquela famosa viagem de avião que passou à história, mandei pro convento toda a roupa que estava vestindo, de presente pra Nossa Senhora. Se estou vivo hoje, e forte e são como Sansão, devo isso a ela.

Berecíntia bradou, lá da sua cabeceira: Também sou devota da Virgem pra danar. Quando me curei de um corrimento que médico nenhum dava jeito, só me curei depois que fiz promessa pra Nossa Senhora. Aí levei uma buceta de gesso pra pagar a promessa, mas o filho-da-puta do frade não quis aceitar de jeito nenhum. Disse que era indecente, que era pra mim substituir por uma placa de agradecimento. Seu frade, eu disse, o que eu prometi foi uma buceta, não foi uma placa. Está aí a buceta; minha promessa está paga, estou quites com a santa; se o senhor não quer botar a buceta na sala dos milagres, resolve o problema lá com Nossa Senhora.

Reuza e a poderosa Dora de corpo abundante irromperam trazendo os vinhos: não mais simples paliativos como os que tínhamos bebido até ali, mas vinhos mais musculosos, destinados a acompanhar os pratos de resistência da noite. O que foi que vocês trouxeram aí, disse o cidadão;

deixa ver. Elas submeteram as bandejas a uma inspeção que suspeitei ser meramente teatral. Não, disse ele, esse vinho português aqui não, e esse espanhol também não, pode levar embora: pra beber no dia-a-dia e pra temperar a comida até que são mais ou menos ótimos, mas não pra uma noite de gala especial como esta. E, dirigindo-se ao concílio: Mas sejamos democráticos. O que preferem, meus patrícios: vinho francês, alemão ou chileno? Antigamente tudo que era chileno era uma merda. Mas hoje o país é respeitado por causa do vinho. O vinho chileno redimiu o país. Mas não quero tacar um vinho em vocês sem passar pelo crivo do nosso especialista, não é, Mem? Mem de Sá sorriu, lisonjeado.

A poderosa Dora, operando o saca-rolhas com desenvoltura, abriu uma das garrafas de vinho chileno, que protestou desbocada por meio de um estampido. Mem de Sá dedicou-se de olhos fechados ao transe de cheirar a rolha enquanto Reuza, tomando a garrafa na mão enluvada, verteu dois dedos não mais numa taça de cristal da Boêmia ou da Morávia. Chapim dos Reis fotografava a cena toda. Largando a rolha, o preclaro Mem de Sá provou na língua um perdigoto do vinho, degustou. Que foi que achou, Mem, perguntou o cidadão, ansioso, apreensivo mesmo. Absorto em sua própria autoridade, Mem de Sá bebericou mais três gotas, depois um gole inteiro, bochechando antes de engolir. Nós todos, em silêncio, lhe admirávamos a sapiência do paladar. Ele ainda tomou mais um gole para então dizer, não menos infalível que um papa: Vinho de primeira água, e inocente: não sobe à cabeça. Aplaudimos todos, e os mais rudes — leia-se Indalécio e Parlavestra — socaram a mesa com os punhos cerrados. Indalécio ainda por cima meteu dois dedos na boca e assoviou estrepitoso. O cidadão exultou: Pronto, meus patrícios, o vinho foi aprovado pela censura. Reuza, pode servir.

Ouvi Indalécio queixar-se a Dora: Você se esqueceu da minha água do mar? Vai já lá dentro e traz logo uma garrafa cheia, que esse vinho não dá pra mim beber sem mistura.

Vamos fazer, disse o cidadão, um brinde a nosso Mem de Sá, não por ser especialista em uvas, parreiras, vinhos e vinícolas, que isso, em se tratando de quem sois, sai na urina, mas porque recebeu *um prêmio literário* e, o que é mais importante, não foi aqui nesta província não, foi lá no Mato Grosso, divisa com a Bolívia, o que tanto vale, senhores, como um prêmio internacional. Que prêmio foi mesmo, Mem? Diz aí. Mem de Sá: Foi uma menção honrosa nos Jogos Florais de Quaquacetuba do Oeste. Parabéns, parabéns, disseram vários dos nossos, eu inclusive. Não tenho pretensões, disse Mem de Sá, participo desses conclaves mais pela oportunidade de conviver com trovadores de todo o Brasil, gente simples, viva, alegre, cordial, espirituosa. O cidadão bradou: E além disso, o que me enche de orgulho fraternal, o trabalho de Mem de Sá vai ser *pu-bli-ca-de-ó-dó!* Mem de Sá, sem olhar, por modéstia, para ninguém: É verdade, vão reunir num livro os três primeiros lugares, que ganharam a violeta de ouro e a rosa e o malmequer de prata, e mais as noventa e sete menções honrosas, inclusive a minha: cem trovas sobre o tema seleção canarinho. O cidadão ergueu a taça e berrou: Um brinde a nosso grandioso literato! Bebemos todos, depois de tocar as taças nas dos vizinhos mais próximos. Agamemnon trocou comigo um olhar de tédio e disse: Sou um detestador de trova, não da popular, bem entendido, mas da *literária*: não é à toa que lhe dão o nome de quatro-pés, porque é mesmo coisa de quadrúpede. Pra mim, é o cocô da poesia, e essa turma de trovadores está sempre de caganeira.

Recita, recita, pediram algumas vozes. Mem de Sá tentou se furtar: Amigos, poupem por favor o coração deste vate humilde. Houve uma oposição geral. Chapim dos Reis, ministro da fotografia, batia uma foto atrás de outra. Mem de Sá então ergueu-se meio recurvado e recitou um excremento de trova que me fez corar de vergonha de ser poeta enquanto Agamemnon vaiava com olhos coruscantes.

A trova foi acolhida com salva de palmas e retinir de talheres. No meio do escarcéu, reparei que Mem de Sá olhou de soslaio para Agamemnon, que, ali ao lado, em vez de aplaudir, estudava com atenção o monograma bordado no guardanapo, tentando discernir onde terminava o D e começava o B.

O cidadão não sei se notou também aquele alheamento, mas foi ao meu colega de universidade que ele se dirigiu em seguida, dizendo: Sabe, Agamemnon, que Mem de Sá foi eleito pra nossa Academia? E por unanimidade geral e total. Toma posse em agosto, e eu é que vou fazer as honras da casa ao novo recipiendário. Meus parabéns, cidadão, resmungou Agamemnon: a Academia merece. A sorte da sua mulher, disse a sensata Berecíntia a Mem de Sá, é que você não tem mulher. Porque toda segunda-feira eu tenho de ficar no choco sozinha em casa pra meu marido intelectuar a tarde inteira com um bando de velho gagá. Aliás, Mem, disse o cidadão, por que você não foi na reunião dessa segunda? Você já pode assistir, já está eleito. Só não pode dar palpite. Passei o fim-de-semana, disse Mem de Sá, comendo torta na casa da minha irmã em Benevente e os trovadores de lá, tudo gente boa, me chamaram pra ser juiz de um concurso de trovas. Aí fiquei lá mais dois dias na terrinha natal: sou beneventino de pai e mãe. O tema do concurso foi sogra. Muita trova boa, difícil escolher os vencedores. Mas você nunca teve sogra, Parlavestra disse. Mem de Sá replicou: E precisa ter? Além disso, meu pai teve, e meus irmãos também. Sei muito bem como é que é a praga. Domingos Cani: E o discurso, já está escrevendo? O início já está pronto, disse Mem de Sá. Vou começar assim: Entro bem de mansinho, com pés de lã, no Templo. E, com a intuição do religioso, biblicamente, procuro sacudir a poeira de minhas sandálias provincianas para erguer aqui as mãos na linguagem gestual de uma prece de agradecimento, na espessura deste momento, de densidade semântica, envolvida de afeto, esticando-me nas estruturas lingüísticas para fazer-me merecedor da honra que me concedeis, colegas logógrafos, de sentar —

O cidadão ordenou que trouxessem para a mesa o porco de Tróia.

Um prato épico, murmurou Agamemnon, e ele e eu, assim como os demais convivas, ficamos de olho na porta dos fundos à espera de que surgissem dali Reuza e Dora trazendo o porco. Mas não vinha ninguém. Então alguma coisa rangeu acima de nós e, levantando o olhar, vimos abrir-se no teto uma portinhola: por ali baixava, sustentado por correias, um enorme porco assado. Pusemo-nos todos a aplaudir com francas palmas o inusitado espetáculo. Enquanto o porco vinha descendo paulatinamente rumo ao campo de pouso — uma enorme salva de prata no meio da mesa —, o cidadão leu um texto que dizia que o porco de Tróia era prato antigo, muito apreciado em Roma e na Idade Média, e, como dizia o nome, se inspirava na história da guerra de Tróia e no presente de grego que os gregos deram aos troianos e que levou à conquista da cidade. O texto fui eu que escrevi, sussurrou Mem de Sá ao ouvido de Agamemnon. A meio metro da mesa interrompeu-se a viagem suína e o porco ficou suspenso no ar. A um sinal de Berecíntia, Ivone esticou-se sobre a mesa e, alçando a mão até o ventre do porco, fez um gesto rápido. Ouvimos o som de um zíper que se abria de um golpe só.

Do ventre aberto do porco caiu sobre a salva de prata uma chuva miscelânea de tudo quanto era tipo de iguaria: pombos à passarinha, ovos cozidos, piabas assadas, ostras, siris, camarões fritos na casca, iscas de fígado, mamas e vulvas de porca, nozes e avelãs, pastéis de leite, abricós cozidos, e até tanajuras à milanesa: enfim, todo o exército aqueu que recheava o ventre do porco.

Caímos vorazes sobre os diversos regimentos daquela milícia e em pouco tempo os dizimamos em festivo morticínio.

Acabamos com os gregos, aclamou o cidadão. Agora acabemos com o presente dos gregos. O porco veio pousar sobre a salva de prata; a poderosa Dora de corpo abundante pôs-se a fatiá-lo com destreza enquanto a diligente Reuza enchia os pratos e, acrescentando fartas colheradas de farofa, distribuía-os entre nós convivas.

O FIM DA ACADEMIA DE LETRAS
DE PORANGA VELHA

Fiquei muito triste, disse Mem de Sá, enquanto enchia de porco a pança e de farofa, muito triste de saber que a Academia de Letras de Poranga Velha fechou. O cidadão se admirou: Fechou como? Mem de Sá disse: Acabou, morreu. Não é possível, disse o cidadão. Uma academia cheia de imortais não morre, não tem como. Mas morreu, disse Mem de Sá. O cidadão: Me conta: morreu de morte morrida ou de morte matada? Foi o seguinte, disse Mem de Sá. Um sujeito lá de Poranga Velha, tirado a poeta, foi candidato a uma vaga e perdeu de zero: não teve nem um voto. Aí, pra se vingar, o velhaco penetrou na Academia no meio da sessão, o presidente pediu que ele se retirasse, ele disse, vou, mas quero deixar aqui uma homenagem à Academia, e colocou em cima da mesa uma estatueta de musa, uma estatueta de bronze, me disseram que até muito bem feitinha, e disse: Ao melhor poeta. E foi embora. Primeiro foi aquele silêncio. Depois um dos acadêmicos estendeu a mão pra estatueta. Aí um outro contestou: disse que a estatueta era dele. Logo estavam todos reivindicando a estatueta e ninguém se entendia mais, nem o presidente, que também é poeta. Bom, meus amigos, a discussão virou uma guerra, e até a musa entrou na dança, porque usaram a estatueta pra quebrar algumas cabeças. Vários dos acadêmicos foram parar no hospital, e os outros, na polícia. Na justiça estão correndo quarenta processos, não por conta da violência, afinal, todo mundo deu e levou, mas pra ficar com a estatueta. E os acadêmicos, antes tão camaradas, agora só querem ver a caveira dos colegas. Ninguém fala com ninguém; quando passa um pelo outro na rua, cospem na calçada. A Academia de Letras de Poranga Velha está morta. Acabou. Não tem retorno. Domingos Cani: Bom, são coisas da vida, mas isso não aconteceria aqui porque aqui estamos todos acima dessas vaidades. Mem de Sá: Mas é uma pena. Era uma das mais ativas academias que conheço. Eu mesmo estava publicando minha gramática em verso na revista deles.

Que, por falar nisso, disse o cidadão, tenho pra mim que é sua obra-prima mais feliz, porque junta no mesmo saco o útil e o agradável. Conhece não, Agamemnon? Agamemnon teve de dizer que não. Pois olha só que jóia. E o próprio cidadão recitou:

O nome de coisa macha
É do gênero masculino:
E aquele de coisa fêmea
É do gênero feminino.

Ouvi Berecíntia exclamar, injuriada: Coisa fêmea, eu? E trocar alguns sussurros com Ivone. O cidadão, no outro pontal da mesa, É assim, disse, que eu gosto da didática, direto na ferida. Se eu tivesse estudado por sua gramática, Mem, não estaria hoje cometendo os erros que cometo a três por dois. Mas canta aí a parte da colocação dos pronomes, que eu reputo que é o ponto alto do seu trabalho. Mem de Sá obedeceu:

Vem o pronome oblíquo após o verbo puro,
Nem pode começar o período ou a sentença:
Intercalá-lo, porém, no verbo a que pertença
Forma condicional ou forma de futuro.
Relate-me o que se deu; ficar-lhe-ei cativo,
Na franqueza consiste a cunha da amizade.
Julgar-lhe-ia mal se, por qualquer motivo,
Me ocultasse agora a bárbara verdade.

Observa, Agamemnon, disse o cidadão, que Mem de Sá mistura aí as lições de gramática com as lições de moral: ataca em duas frentes, pra usar linguagem guerreira, e afinal o que é a didática? Um plano de estratégia pra se alcançar a vitória da luz do conhecimento sobre a escuridão da ignorância. Só essa gramática já seria motivo de sobra pra nosso Mem sentar o rabo numa cadeira lá da Academia.

E agora, disse Mem de Sá, estou me debruçando a escrever uma história da nossa capitania em verso: desde Vasco Coutinho até o governador Caruncho.

Agamemnon contou a história de um professor que teve lá em Boa Esperança, que comparava a colocação dos pronomes ao cachorro cambão. Que é o cachorro, explicou, que, quando se anda na roça um atrás do outro em fila indiana, às vezes vai lá na frente, às vezes no meio, às vezes lá atrás de todo mundo.

O cidadão, alma simples, gostou da comparação singela. Aliás, Agamemnon, disse ele, andei lhe avaliando e cheguei à conclusão que também quero lhe ver lá na Academia. Diga-me, em total confidência, não tem pretensão de se candidatar? De se tornar imortal? Quem sou eu, cidadão, pra juntar-me ao panteão da Quarentena, respondeu Agamemnon. Deixe-se de falsa modéstia, disse o cidadão, aceito isso de qualquer um menos de você. Olha, o velho desembargador Querqueira, por exemplo, está com um pé na cova. Já teve dois enfartes, mais um ele estica as canelas. A vaga é toda sua, é só você querer, e os pauzinhos deixa que eu mexo. Querqueira, disse Parlavestra, foi juiz lá em Santa Teresa. Nunca teve a hombridade de pagar um pão na minha padaria. Console-se, disse o cidadão. Quando foi presidente do Instituto Histórico, ele alugou a parte de baixo do prédio pra um secos e molhados e recebia o aluguel em gêneros que mandava entregar todo mês na casa dele. Mas isso não desmerece ele em nada, Querqueira sempre foi — e é, que afinal ainda não exalou o último peido — excelente pessoa. Excelente pessoa, concordou Mem de Sá. Eu até soube que na noite do casamento a mulher estava tão cheia de pudores que ele, por gentileza, nem tentou deflorar:

só lhe comeu o traseiro. Parlavestra: Lá em Santa Teresa diziam que Dona Sirisca nunca peidou nem cagou, de tão refinada. Se for verdade, disse o cidadão, ela não sabe o que perdeu. Peidar é um dos grandes prazeres da natureza. Se eu tiver de peidar, peido onde estiver, pode ser até numa solenidade cantando o hino nacional. Ivone disse: Quem deve sofrer é Berecíntia. O cidadão exclamou: Que o quê! Ela também já gosta de dar seus peidinhos. A discreta Berecíntia retrucou: Dar, não: soltar. Dar pra quem, quem vai querer um peido de presente? Ah, os seus eu quero, disse ele, quero todos eles pra mim, vou guardar num álbum, que nem faz o colecionador de selos. Cidadão, disse Agamemnon, o escritor James Joyce, um dos maiores escritores deste século —

Enquanto Agamemnon perorava sobre Joyce, abstraí-me para compor mentalmente alguns versos:

> Já não janto em mesa de amigos,
> já não ceio em belas companhias,
> minha fome não mato em festas e orgias,
> nem mamar não mamo ao seio da família,
> já não mais, e por que não?
> Por primeiro que me irritam os avecésares,
> e também o tintinábulo dos talheres,
> e os rostos em torno, ora ruminantes,
> ora louvadeuses; (viandas não quero,
> nem me agrada, como ante e ontem,
> rinchar à mulher do próximo:
> já nem sinto mais o sabor da carne
> nem do pecado: foi-se o meu paladar
> tão refinado.)

DOMINGOS CANI

Fico-lhe muito grato, professor, por essa informação de interesse literário. Mas não sei se entendi direito: esse grande escritor Joyce gostava dos peidos da mulher ou da nora?

AGAMEMNON

Não, cidadão, a *mulher* dele era Nora.

DOMINGOS CANI

Então ele *casou* com a nora dele?

AGAMEMNON

Não, não: Nora era o *nome* da mulher dele.

DOMINGOS CANI

E isso lá é nome que se dê a uma mulher? Olha aí formada a confusão. Mas não importa. Se o caso dele não foi com os peidos da nora, que eu, não tendo filho, estou proibido de ter nora, então o famoso Joyce é igualzinho a mim. Viu, Berecíntia? Estou em boa companhia no setor dos peidos. E você, Ivone, que sempre me censurou que peido não é assunto pra se falar em mesa de boa sociedade, o que me diz agora? Se Joyce que é Joyce, um dos maiores escritores da atualidade, tem o mesmo bom gosto por peidos que eu, está provado que peido é cultura e pode ser mencionado em qualquer mesa de bom tom.

AGAMEMNON

Cidadão, devo dizer que o imperador Cláudio —

Por segundo que me irritam as palavras à meia-luz,
a conversa sobre hipismo e tênis, sobre enfarte e arte,
já formando no soalho literal poça de mangue.
Sinto-me mais à vontade na forca
do que nesses banquetes de sexta à noite,
onde nem mesmo encontro nin-
quem me explique meu sonho de segunda a quinta:
todos sorriem que como a noite está quente
e enxugam do rosto o suor com um lenço Dior.
Não me verei outra vez no espelho desses salões:
pois é aí que me sinto canino em meio dos cães,
e receio talvez meu próprio comer
meu filho sem o conhecer:
pagando em agnada carne, em carne amada,
nesse cordeiro morto ainda na primeira lã,
meu desejo por tudo que me é cunhada,
minha paixão por tudo que me é irmã.

BRIGA DE BOIS NA FAZENDA PANORAMA

As ministras da ceia passaram pela sala como um vendaval e, enquanto esta arrebanhava da mesa todos os pratos sujos e talheres, aquela dispunha à nossa frente outros tantos pratos e talheres limpos. No meio daquela convulsão Domingos Cani, aluno de Deus, atiçou Parlavestra: Me conta, Jamba, como é que vai aquele nosso querido cu de mundo? Teve ou não teve a briga de bois na fazenda Panorama? Teve, disse Parlavestra, e quem ganhou foi o Figurão, o boi de tio Fortunato. Depois de uma hora de briga feia, botou o Jordão pra correr. Também não podia dar outra. Jordão é boi novo, inexperiente, enquanto que o Figurão já ganhou não sei quantas brigas. O cidadão disse: Mas o Jordão estava em casa, era o rei do pasto, e nem assim? Mas tio Fortunato, respondeu Parlavestra, foi sabido: levou junto uma vaca prenha, namorada do Figurão, pra ver a luta. Figurão não quis fazer feio na frente da namorada e deu tudo que pôde. Chato é que tio Fortunato comemorou descarregando o revólver pro ar, meu pai não gostou, achou um acinte. Aí os dois começaram a trocar desaforo e acabaram rolando ali no pasto mesmo. Deu o maior trabalho pra desapartar. Tito Lívio: E gente, deu muita? Parlavestra: Ô! Veio gente até do Quinto Patrimônio. Seu amigo Panterotti estava lá. A mulher está prenha de novo. Que reprodutor, esse seu amigo, hein? Dizem que não dá descanso à mulher nem prenha, sem falar das filhas dos meeiros. Tito Lívio, de olho tristonho: Quem diria. Quando eu conheci só queria saber de homem. Foi quando Matatias tomou posse na prefeitura. Eu estava quieto na cadeira, o rapaz, além de me pisar no pé de propósito, ainda deu um jeito de cair no meu colo. É muita sacanagem. A gente se apaixona por um bofe e da noite pro dia o bofe vira homem. Parlavestra: Dizem que foi porque ele bebeu da água de uma fonte que tem lá em São Roque: quem é homem vira paca, quem é paca vira homem.

O cidadão lamentou-se: Queria que os miolos que vamos comer agora fossem desse Figurão, e não de um boi castrado lá da minha fazenda de Linhares, sem querer com isso dizer que são menos saborosos: é só uma questão de quilate.

Saúde, clamamos todos copiosamente, porque o cidadão espirrou.

A moqueca de miolos de boi, acompanhada de pirão, foi recebida com farto aplauso, mas não por mim. Felizmente, como alternativa para estômagos mais delicados, daí a pouco trouxeram um sarapatel. A diligente Reuza, a poderosa Dora e uma terceira, em quem reconheci a infanta Daiane, aliás, Filomena, começaram hábeis e lépidas a servir os comensais. Acaso quis que Daiane e não outra me servisse a mim. Ao encher-me o prato de sarapatel — que preferi à moqueca — deu um jeito de ferrar-me um beliscão no braço. Receoso de que descobrissem minha relação com a mudinha, degluti a dor sem um pio. O que me valeu, de despedida, outro beliscão ainda mais doloroso.

A pedido do irrepreensível Parlavestra, Berecíntia deu a receita da moqueca em poucas e aladas palavras: Ferve os miolos com água e uma colher de sal. Só levanta a fervura pra endurecer mais a membrana pra poder retirar. Põe tempero igual moqueca de peixe. Mem de Sá perguntou: E o sarapatel? Berecíntia respondeu: Faz com miúdos de porco: língua, rim, fígado. Ferve tudo. O pulmão sempre tem muito verme e catarro. Refoga o tempero com alho e cebola e mistura com vísceras picadas, colorau — se o corante queimar, amarga —, tomate, cebolinha, salsa, e outras coisinhas. Água aos poucos, pro caldo ficar grosso. Ouvindo falar em verme e catarro, afastei o prato para longe e me dediquei inteiramente ao vinho chileno.

A conversa, seguindo sua órbita, sempre acabava retornando às belas letras, coisa que aquelas pessoas, à exceção talvez só de Indalécio, traziam nadando no sangue.

NA ACADEMIA

Mem de Sá: Afinal, Domingos, como é que foi a reunião de segunda-feira na Academia? A reunião, disse o cidadão, foi ótima. Briareu de Abreu me ensinou uma adivinha nova: qual o bicho mais limpo que existe. Ninguém sabe? Pois é o peixe, que passa a vida inteira tomando banho. E embasbacou todo mundo perguntando de que cor era o burro que fugiu: o burro que fugiu! Só Briareu pra inventar essas coisas. Ah, e propôs como tema de debate pra próxima reunião: que tipo de sonhos tem um cego de nascença? Díndimo fez uma palestrinha muito boa sobre as forças capitais de Coelho Neto: a fértil imaginação e o poder verbal. Eu cochilei um pouquinho no meio, mas gostei no fim quando ele disse que Coelho Neto se aproveitou da bela música que é a língua portuguesa e lhe solfejou todas as notas e cadenciou todos os ritmos e compassos. Olha que frase perfeita. Díndimo vale por um Coelho Neto. Mas Musógenes Azambuja, aquele quadrúpede, não achou de propor a transcrição em ata da obra completa de Coelho Neto? Musógenes, Díndimo disse, a obra de Coelho Neto é imensa. Só de contos são mais de setecentos. Então votamos pela transcrição em ata só de cinco romances e cinqüenta contos. Já o nosso querido Pneumático sustentou a tese de que escrever um conto é mais difícil que escrever um romance. O menor exige mais que o maior: o estilo, a linguagem, a forma, tudo isso tem de ser muito bem trabalhado no conto, mais do que no romance. Saí de lá com uma decisão tomada: já que é assim, eu, que sempre tive a aspiração secreta, que só vocês sabem, de escrever um romance, deixei pra lá. O romance está abaixo de mim. Quero é encarar a empresa mais difícil e escrever uns contos. Não setecentos, como Coelho Neto, é claro, não dá mais tempo, mas pelo menos uma meia dúzia. E já saí da reunião com a idéia pra um conto na cabeça: "O infeliz Dagoberto". O título é inspirado em Machado de Assis, mas só o título, que plágio não é o meu forte, não preciso disso. Gosto de ser original em tudo. Pois bem, o meu infeliz Dagoberto morre, mas não morre, sabe como, porque no meu conto quem morre ainda tem um tempo de consciência até morrer de uma vez, e o infeliz Dagoberto está lá deitado no caixão e lá vêm os amigos, os parentes, a mulher, e ele ouve tudo que falam no velório. Aí fica sabendo de certas coisas... A fiel empregada, por exemplo, trinta anos de casa, murmura que todo dia cuspia na comida antes de levar pra mesa. Mas não quero adiantar mais nada. Já está tudo aqui na cabeça, só falta sobrar um pouco de tempo pra botar no papel e aí quero reunir vocês aqui pra um sarau de leitura do conto pra vocês me darem sua opinião. Você inclusive, Agamemnon. Não pensa que vai me escapar. Nem quero, cidadão, nem quero, disse Agamemnon.

Mem de Sá: E como vai o dicionário de Cóccix de Lima? Não saiu da letra D, disse o cidadão. Até já disseram que ele, como Penélope, rainha de Tróia, desfaz de noite todo o trabalho do dia. Mas isso é intriga da oposição. O dicionário vai ser um sucesso. Vai levar o nome do nosso capitólio pro cenário nacional. Vamos mostrar à Academia Brasileira que o que eles não fazem faremos nós aqui na nossa humilde capitania. Agamemnon: Um dicionário da língua portuguesa? O cidadão respondeu: Mas simplificado. Um dicionário popular, acessível a todas as classes e idades. Nada de caracochel que não leva a lugar nenhum. Isso é isso: zás-trás. Água, por exemplo: segundo elemento. Não precisa dizer mais nada. Abelha: mosca de mel. Acordar: acabar o sono. Cigarra: gafanhoto estrondoso. Que beleza! E leite? Suco materno. E filho? Produto de pais. E dente? Osso de mastigar. Ah, meus patrícios, se alguém é gênio naquela nossa Academia, é Cóccix. Não é à toa que esteja há dez anos trabalhando feito mouro, sem ganhar um tostão, só por amor à língua portuguesa.

Sou um devoto do livro, disse Domingos Cani: cinco letras reinando gloriosamente no universo.

Estou preparando um livro de pensamentos dialéticos, disse ele a Agamemnon, e quero você, Agamemnon, e mais ninguém, pra me escrever o prefácio. Agamemnon engasgou com os miolos de boi. O preclaro Mem de Sá bateu-lhe com força nas costas, São Brás, São Brás. Não admito recusa, disse o cidadão. Ou então, se preferir, te dou a minha autobiografia pra você escrever. Já está mais do que na hora, não tem graça nenhuma publicar autobiografia depois de morto. Os outros vão ler e eu não? Olha aqui, ó, berrou, girando a mão no gesto ortofálico.

Que que você me diz, Agamemnon, de escrever minha autobiografia em duas bilínguas, português e latim? Não quero que leiam só no Brasil e Portugal, mas que todas as comunidades acadêmicas e científicas do mundo possam ler também, e aí só em latim.

O cidadão Cani para Mem de Sá: Meu amigo, sabe que eu estava com muita saudade de você? Estava mesmo, bem lá no fundo da alma. Mas não me queixo, você às vezes custa, mas sempre me acaba aparecendo. Hoje, então, eu sabia que você viria. É o único velho amigo que me resta, você e Tito, mas Tito é mais novo, não é daquela nossa geração perigosa que desabrochou na belepoque da década de trinta. Os outros, uns morreram, outros estão aí, mas não são mais da nossa farinha. Crispim, por exemplo, tem anos que não dá as caras. Não dá mais bola pros amigos, não me visita, não visita ninguém. Vive o tempo todo socado em casa feito ostra, virou ostracista. Só lendo e estudando. Soube que passa vinte horas em cima dos livros, vinte horas, meus patrícios, onde já se viu tamanho descalabro? Virou um ser dissocial. Não vai mais na Academia, nem no Instituto Histórico, e olha que é um dos mais antigos de nossos consortes: está lá desde os tempos de Maria Ortiz. Da Arcádia dos Trovadores, então, não quer saber: nem dá seqüência às coroas de trovas que lá da Arcádia mandamos pra ele. Interrompe toda a seqüência. Põe a perder todo o nosso trabalho.

Pensar que nós éramos inseparáveis, eu e Crispim. E impossíveis, na baderna e na safadeza. Um dia, alunos do Liceu Filomático, lideramos um quebra-quebra num bonde bem ali na rua Sete. Rebentamos o bonde inteiro. Crispim, parece até que estou vendo, pegou um paralelepípedo e enterrou com toda a força no farol do bonde.

Qual um filomático Ulisses de Liceu, varando o olho uno de um pobre ciclope indefeso e inofensivo.

Ah, suspirou o cidadão, queria que Crispim estivesse aqui esta noite, pra relembrar os tempos de Adão cadete. E começou, o cidadão, a rememorar brincadeiras que ele e os amigos faziam uns com os outros quando jovens. Todos, salvo eu, riam e morriam de rir. Eu ouvia essas histórias achando-as da mais plena vulgaridade, enquanto o vinho me ia gota a gota afogando o cérebro e os dedos começavam a formigar de sublime dormência. Porque Reuza e Dora, ministras da ceia, não cessavam de ir e vir, trazendo e servindo vinho. Mem de Sá se abstinha; as mulheres também, a não ser Ivone, que bebia com moderação; os demais e, mais que todos, Agamemnon, viravam uma taça atrás da outra. O próprio Indalécio, depois de mais uma vez batizar o seu vinho com água do mar, voltou-se para Dora e —

RAPSÓDIA 19
testamento

A vernácula Reuza apareceu trazendo na mesinha de rodas um exército de copos de nívea água gelada, que espalhou pela mesa diante de cada um de nós. Reuza, disse o cidadão, chama seu marido ou seja quem for pra dançar pra mim a dança do tamanduá. Está na hora do tamanduá. Reuza, indiferente àquela petição, terminou de servir a água e foi embora. O cidadão dirigiu-se a Berecíntia: Tucha, toca essa sineta aí, manda chamar o tamanduá. Antes que Berecíntia, no entanto, pudesse obedecer, invadiu a sala, aos ladridos, um vira-lata nojento no qual reconheci o cachorro que ajudara naquela tarde a safar-se com vida das malhas da rede em que se embaraçara.

O cão invadiu a sala e, ao mesmo tempo em que Berecíntia soltava um grito e punha-se a agitar a sineta escandalosamente, chamando as ministras, o cidadão ergueu-se e abriu os braços para o cão, que saltou sobre ele, tombando ambos para trás num híbrido abraço e rolando de um lado para outro sobre o tapete persa. Reuza, que mal saíra da sala, acorreu, assustada, e, no minuto seguinte, a poderosa Dora de corpo abundante. A discreta Berecíntia berrou: Quem deixou esse diabo entrar na minha casa? Estão pensando que minha casa é sinagoga? As duas tentaram tirar o animal de cima do cidadão. Os dois, homem e animal, se ineriram mais ainda, recusando se separarem. Berecíntia veio então intervir: Domingos, tira esse cachorro sarnento de cima de meu tapete! O cidadão replicou: Foda-se o tapete! Berecíntia: Vai encher a casa de pulga e carrapato! O cidadão replicou: Foda-se a casa! Foda-se a dona da casa! Foda-se o mundo, mas me deixem aqui com meu melhor amigo. Porque não é o homem o melhor amigo do homem, mas o cão. Se um bando de ladrões entrassem aqui agora pra me assaltar, aposto que só Feio ficaria do meu lado pra me defender. Quando eu bater as botas, não deixem ele saber de jeito nenhum: é capaz de morrer de fome ou, pior, de se atirar nas chamas da minha pira pra cremar comigo.

Enquanto Berecíntia e os demais se atropelavam em votos e juramentos de lealdade, Agamemnon segredou-me ao ouvido: Acho que o cidadão já está meio embriagado.

De cócoras, e mais comedido, o cidadão examinou do cão a orelha. Que que houve nessa orelha, você brigou de novo, seu peralta? Reuza, depois passa colubiasol nessa orelha, que está ferida. Curioso, não parece dentada, é um lanho por trás, de fora a fora. Que terá sido? Corda? Será que tentaram seqüestrar o pobre do Feio pra me pedir resgate?

Amigo da verdade, que, segundo dizem, reside no vinho, não pude conter-me de narrar a história do salvamento do cão.

O cidadão deu-me um forte abraço, cobrindo-me de elogios em voz tão quebradiça que pouco lhe faltava para chorar. O cachorro horroroso, como se reconhecendo em mim seu benfeitor, lambeu-me as mãos e, num salto atlético, deu-me um abraço cachoeirense, roçando-me contra os joelhos o canino pênis.

Depois de cobrir-me de elogios, o cidadão cobriu-me de perguntas: Quem é você, quem são seus pais, de onde veio, como chegou até aqui, a pé ou de carro, em casa de quem está hospedado? Quem trouxe você hoje até minha casa? Agamemnon não teve dúvida em reivindicar a paternidade da minha presença ali. Aproveitou ainda para fazer-se meu porta-voz e responder a quase todas as perguntas que o dono da casa ejaculou contra mim. Por fim, não satisfeito, denunciou ao cidadão que, além de herói, eu também era poeta. O cidadão ficou abismado: Você me trouxe um portento, exclamou. O rapaz é herói, é poeta, é professor — tem mais alguma coisa escondida aí nessa manga?

Mem de Sá: Devo registrar em ata o fato de que esta mesa é uma mesa de heróis. Nosso Domingos escapou pelo menos duas vezes da morte cruel. Berecíntia já chutou colhão de muito sujeito metido a besta. Jamba, ali, nem se fala: é preciso muita coragem pra dar um tiro de espingarda no dedo pra não ter que ir pra guerra. Ivone saiu arrancando cabelo da filha do Boaventura, que veio tirar satisfação com ela porque terminou o namoro com o velho. Indalécio já pegou galo de briga na unha. Patativa foi seqüestrado e mantido em cativeiro e nem por isso se abalou. Tito Lívio resmungou: E ainda por cima fui comido sem gozar. Mem de Sá: Eu mesmo, modéstia à parte —

Mas me diga, rapaz, disse o cidadão: você é daqueles que escrevem poesias subversivas contra o regime militar? Escrevo poemas subversivos contra o regime da vida como um todo, respondi, petulante. Aí tudo bem, disse o cidadão. Pois deixa eu lhe dizer uma coisa: gosto demais de literatura, que é a indústria das palavras, mas mais que tudo eu gosto de poesia. Poesia me encanta, me acalma, me seduz. É só alguém me pedir alguma coisa em verso que eu não sei negar. Se me pedissem o rabo com um bom soneto, eu não negaria. Não negaria. Mas gosto mais é da boa poesia antiga, dos simbólicos e pernasianos. Meus preferidos são Olavo Bilac e Gonçalves Dias. Bilac é mais singelo, com seus ora direis, e Gonçalves Dias, com seus versos tupinambás, é mais profundo. Tu choraste em presença da morte? Mais dramático. Na presença de estranhos choraste? É de sufocar a alma. Já ora direis é a poesia mais lírica que já vi na minha vida. Contém verdades que só um poeta seria capaz de perceber, de tão sutis, de tão — Mas pois é, tenho o maior respeito por poeta. Os poetas são criadores da emoção, príncipes da arte, modeladores de mundos. Por músico também: gosto de música clássica e música de novela. Por filósofo, não. Não acredito na filosofia. Se filosofia servisse pra alguma coisa, nós não estaríamos até hoje sem saber se viemos de uma casca de noz ou de uma caixa de fósforos. Algum filósofo resolveu essa questão? Nenhum. Então fodam-se os filósofos.

Instaram-me, então, a dar uma amostra da minha poesia. Inspirado pelo vinho, não tive pejo de declamar diante de toda aquela audiência.

Perdi meu tempo a fazer poemas
que se coagulavam sem terem leitor.

Foi tudo em vão, e eu sabendo, de antemão,
que em vão seria, mais que a vida, a poesia,
apesar disso deixo-me estar até o fim,
regando urtigas de feira a feira,
aos noivos dando parabéns de sábado,
e à sombra óssea de um centauro
fazendo como estes versos de domingo;
à sombra óssea e sagitária:
híbrido esqueleto que na forca se agita
em meu lugar.
Deixei coalhar portanto em cima do piano
o copo de veneno: entre a cicuta e a poesia,
provei o contragosto da segunda.
E nisso que estou me deixo restar até o fim,
e de meu corpo de morte
quero ainda colher, em nublados ouvidos,
da história do mundo os últimos vagidos.

Não entendi nada, resmungou Indalécio. Mas o cidadão, aplaudindo o meu poema, provocou uma ovação que pôs encabulada a minha pessoa. Muito niilista, muito fatalista, muito pessimista pro meu gosto pessoal, sentenciou ele, mas merece meu respeito e de todo mundo: é poesia de boa cepa. Se tem um ou outro verso de pé quebrado aí, a culpa não é sua, poeta, é da caneta. Então você está autorizado a me fazer o favor de mandar e desmandar nesta casa, primeiro porque é herói e segundo e principalmente porque é poeta. E, além do mais, quero levar você pra Academia. O que me diz? Não seja bobo igual a seu colega. A imortalidade foi feita pra gente como você. Aliás, tive uma idéia genial: vou levar Feio pra Academia também. Currículo é o que não lhe falta. É só um cachorro, dirão meus colegas acadêmicos? E daí? Garanto que é mais sabido que Musógenes. E, além do mais, se já teve cavalo senador em

Roma e rinoceronte deputado aqui no Brasil, por que não pode ter um cachorro acadêmico em Vitória? Essa Academia, resmungou Indalécio, está precisando primeiro é de mulher, depois de cachorro. Quando é que vão botar uma buceta nessa casa de sabichões? Boa lembrança, disse o cidadão. Sou candidata, disse Berecíntia. Quero ser a primeira fêmea naquela casa de macho. Não, não, tucha, disse o cidadão, vamos com calma. Não quero que me acusem de nepotista. Depois a gente conversa.

Feio foi retirado do salão com honra e pudemos todos retomar nossos lugares à mesa.

Do outro lado da mesa o fotógrafo oficial, a câmera pendurada ao pescoço em lugar de guardanapo, estendeu-me um envelope cor de telha, perguntando: Poeta, você gosta de mulher?

Não quis passar por fresco, por isso recebi da mão dele o envelope. Agamemnon, a meu lado, todo concentrava-se numa conversa com Mem de Sá. Abri o envelope. Havia ali cerca de dez fotografias, todas elas de mulheres: algumas fotografadas no cenário esquálido de um estúdio, outras em plena rua, estas, pelo visto, incônscias da presença do fotógrafo.

Chapim dos Reis: Gostou? E, sem esperar resposta: Sou deslumbrado por mulher, pra mim é o melhor tema que existe pra um fotógrafo.

Por última de todas vi a foto de uma moça de louro cabelo cacheado. Era a moça que eu vira nua na floresta durante a cerimônia secreta de iniciação a que chamaram de *teleté*.

Parece que conheço esta moça de algum lugar, eu disse, contendo minha emoção. Chapim dos Reis disse: Deixa eu ver. Bonitinha, não é, disse, depois que viu a foto da moça do bosque. Fotografei mês passado lá em Vitória. Você conhece? Eu disse: Não me parece estranha. Quem é mesmo? Ele disse: Mora lá perto de casa, no morro de São Francisco. Chama-se Fausta.

Ao ouvir aquele nome, senti o coração mirrar-se de angústia. Mais uma vez os fados conspiravam contra mim. Pois Fausta, a misteriosa mulher em quem eu pusera a melhor das minhas esperanças de melhores horas naquele lugar Manguinhos, era Célia, era Psiquê: a moça hermafrodita do bosque: e, sendo assim, o que tinha eu a ver com criatura que, embora bonita e graciosa, trazia, na confederação do corpo, um membro a mais?

Porém, lembrando-me da escultura de Hermafrodita que vira no santuário de arte, em que o membro sobressalente parecia um bibelô, de tão meigo e mimoso, fui capaz de abjurar da lógica e autorizar o coração a bater desenfreado.

Entrevi em Chapim dos Reis, então, um benigno deus que, disfarçado em reles fotógrafo de terceira classe, vinha trazer-me, divino mensageiro de asas nos calcanhares, bons augúrios e agouros.

Posso ficar com esta foto, perguntei a Chapim dos Reis. É sua, disse ele, generoso.

O cidadão Cani, aluno de Deus, pediu a palavra e, distraindo-me daqueles palpitantes pensamentos, disse, em tom eloqüente: Nossas ministras capricharam pra oferecer pra vocês um opíparo banquete de jantar. E, pelo visto, já começamos a jantar com o pé direito, porque a moqueca estava de lamber os beiços. E agora se preparem, porque vem coisa ainda mais refinada: gato com cerejas.

TESTAMENTUM FELINUM

Antes, porém, devo dizer que o nosso gato, antes de ir pra panela, pediu pra fazer testamento. Ora, não se nega nada pra quem vai morrer. Chamei Ivone pra me servir de secretária e pusemos por escrito tintim por tintim todas as últimas vontades do gato. Cadê o testamento dele, Ivone? A singela Ivone passou-lhe uma folha de papel enrolada em forma de pergaminho. Meu óculos, Ivone, faz favor. Ivone abriu um belo estojo de madrepérola e estendeu ao cidadão os seus óculos de ler. Peço a todos vós, disse ele, que fazeis um minuto de silêncio em respeito ao defunto. Calamo-nos todos em uníssono. Bom, disse o cidadão, desenrolando o pergaminho, agora vou ler o cabeçalho, que diz o seguinte: Pelo presente instrumento testamentário, eu, abaixo assinado, Gato das Cerejas, filho de progenitor desconhecido e de Dona Gata Malhada da Silva, já falecida, encontrando-me em perfeito juízo de minhas faculdades mentais e em artigo de morte final e finitiva, cujo meu corpo servirá de alimento aos ilustres convidados do Exmo. Sr. Dr. Domingos Cani na ceia de Nossa Senhora da Penha, por minha livre e espontânea vontade quero legar a cada um dos putos que cearem do meu corpo os bens abaixo consignados. Indico o Exmo. Sr. Dr. Domingos Cani meu bastante testamentário com duas condições sine qual non. Primeira. Que seja rezada uma missa de sétimo dia pela minha alma na igreja de São Gonçalo, em Vitória, onde fui batizado e me casei. Segunda. Que meus ossos recebam sepultura cristã no cemitério de Santo Antônio, com o seguinte epitáfio na minha tumba: Em vida fui o Gato das Cerejas. Agora, deitado aqui em berço esplêndido à espera do Dia do Juízo, meu consolo é que os ratos de Vitória ainda se borram nas calças quando lembram de mim. Minha bênção a todos. Vitória, tanto de tanto de 79, etc. Abaixo assinado, Gato das Cerejas. Lido isso, o cidadão retirou os óculos para acrescentar: Sendo analfabeto de pai e mãe, o bichano assinou com a impressão digital da patinha, que está aqui pra qualquer São Tomé que quiser ver. Mesmo assim, pra evitar o perigo de contestação testamentária por parte de algum abusado, mandamos reconhecer a firma no cartório de Mem de Sá. Está aqui o carimbo do cartório e a assinatura do tabelião, no caso, o próprio Mem. Reconheço o reconhecimento da firma, disse o preclaro Mem de Sá. Bom, disse o cidadão, segue-se aqui no testamento a lista dos bens e, como o gato era poeta, a destinação de cada item foi feita em verso.

A gloriosa Berecíntia de magníficos braceletes tocou a sineta e, pela mesma portinhola por onde já nos descera antes o porco de Tróia, zarpou a descer, lentamente, um enorme de grande cesto de vime. As ministras tinham varrido tudo que jazia no centro da mesa, abrindo ali uma clareira onde suavemente aterrissou o cesto.

Dentro do cesto vimos uma dezena ou mais de pacotes de vários tamanhos, todos eles embrulhados para presente; todos tinham, colada ao papel de embrulho, uma etiqueta.

Levantamo-nos todos da mesa para melhor apreciar a brincadeira. O afoito Chapim dos Reis fotografava tudo. O cidadão, não sem não perder tempo, retirou aleatório um pacote de dentro do cesto e, depois de relancear o olho pela etiqueta, disse a Agamemnon: Este é pra você, professor. E, consultando o testamento, leu em voz alta este dístico:

> Muitos pontapés no lombo me deu um professor
> da universidade.
> O legado que lhe lego lhe dará de mim muita saudade.

Abre, abre, abre, cantaram em coro os convivas, alguns deles marcando o ritmo com palmas estridentes. Agamemnon abriu o pacote e tirou lá de dentro uma grande bota velha. O altivo Indalécio mal se pôde suster em pé de tanto rir, enquanto nós, os demais, ríamos uns mais, outros menos do legado que o Gato das Cerejas deixara ao professor.

A Indalécio coube um envelopinho magro. O cidadão leu o versinho do gato:

> Tem gente aqui que gosta de mulher,
> Mas nunca sabe qual mulher quer.

Indalécio abriu com furiosa curiosidade. Tirou de lá dois cartões com as imagens coloridas de duas japonesas. A técnica de impressão das fotos, engenhosa, permitia que, fazendo-se dançarem os cartões, as mulheres ora aparecessem cobertas — uma por balões de gás, outra por uma camisa de manga comprida — ora desnudas. Juro que esperava mais desse gato filho-da-puta, Indalécio disse.

A brincadeira continuou sob os flashes frenéticos de Chapim dos Reis, ministro da fotografia. O egrégio Tito Lívio ganhou um patinho de madeira para fazer-lhe companhia na banheira; Mem de Sá, que não sabia nadar, ganhou uma bóia salva-vidas — um velho e sebento cinturão de placas de cortiça que já sobrevivera a vários naufrágios, e que atraiu o interesse de Agamemnon; o irrepreensível Parlavestra, um maço de antigas cédulas de um cruzeiro com a efígie do almirante Tamandaré, em que, sobre o nome Brasil, escrevera-se a tinta nanquim: República Federativa de Santa Teresa. Chapim dos Reis ficou sem graça quando viu que seu legado era um passarinho de pau, com cabo comprido: Pra você dizer Olha o passarinho quando tirar uma foto, explicou o cidadão. A singela Ivone ganhou uma peruca loura, que acomodou à cabeça: ficou parecendo uma rameira da praça Costa Pereira.

O gato não fizera versos para mim, mas nem por isso deixei de receber dele uma doação: coube-me um desses ovos de pau que as costureiras usam para cerzir meias. Naquele presente casual — pois o gato não poderia ter adivinhado a minha triste sina — vi uma representação simbólica da minha própria impotência.

E os donos da casa, Indalécio disse, não foram lembrados no testamento do gato? Em resposta, o próprio cidadão retirou do cesto mais um pacote e leu o que dizia o cartão:

Bela e mimosa Berecíntia, reconhece:
O gato que você gosta é esse.

Berecíntia abriu o pacote, que continha um porta-retratos com foto do próprio cidadão. Pois o gato, retaliou ela, deixou também uma herança pra você. Amontoamo-nos em torno para ver o legado de Domingos Cani. Não havia verso no cartão. O presente era um baralho de cartas com fotos de mulheres nuas. Pra você, disse Berecíntia, jogar paciência, velho safado. Indalécio disse: Pô, era isso que eu queria pra mim, e não aquelas japonesas sem graça. Mas quem tem asa não avoa, quem não tem quer avoar.

De repentino vi balançar a corda atada à alça do cesto. Olhei para cima e, com espanto indescritível, vi que lá vinha um gajeiro descendo pela corda abaixo. Outros convivas viram o mesmo que eu, e conclamaram juntos; e alguém gritou: Ladrão! Nisso, a meio caminho do teto ao chão partiu-se a corda com um estalo e o homem caiu de costas, com uma pancada surda, dentro do cesto, sem causar mossa à mesa porque de jacarandá maciço.

Era o proscrito Átis que nos caíra do céu como um Ícaro.

O egrégio Tito Lívio ficou furioso: Se isso é um presente pra mim eu não quero nem por nada!

Domingos Cani disse a Átis: Que diabos você está fazendo aí, meu camarada? Por que não entrou pela porta como todo mundo? O que mostrava que a interdição de participar Átis da ceia era maquiname lá de Tito Lívio com Ivone. Mas Átis, com sua camisa ilustrada de baratas e seu brinco na orelha, só tinha olhos para Tito Lívio, a quem, de dentro do seu cesto, mãos postas em súplica, endereçava palavras em língua gaga. Sai com essas baratas de cima de minha mesa! — berrou a discreta Berecíntia, fazendo ressoar a sineta junto ao ouvido dele. Átis saltou da mesa para o soalho, onde logo se pôs de joelhos diante de Tito Lívio.

Fora algumas taças partidas e vinho derramado, o estrago não fora de grande monta, e as ministras da ceia já estavam cuidando de repor tudo em ordem.

De fato, Átis não tinha olhos para ninguém, só para Tito Lívio. Nem sei se me viu a mim, hóspede que fora da cama dele naquela madrugada. Tito Lívio, com uma expressão de desprezo, virou contra ele as costas e afastou-se alguns passos. Átis patinou de joelhos até ele. Todos nós fizemos silêncio em coro, esperando o que eviria dali. Até o cidadão demudou-se em simples espectador.

Átis a Tito Lívio: Me deixa explicar o que foi que houve. Não é nada do que você está pensando. Tito Lívio se esquivava, estomagado. Sai, diabo. Não tem nada que explicar. Não vê que sua presença me faz mal pro coração, pro fígado, pros rins?

Ouvindo-lhe a voz, agora, entendi que Tito Lívio era o dono da casa onde eu fora dormir para ser por Átis arteiramente estuprado. Lívido de medo de que se desnudasse, diante de toda a companhia, a minha participação no incidente diplomático daquela manhã, só a minha dignidade me impediu de desterrar-me dali e retornar à casa de Cristácia.

O cidadão Cani, da estirpe de reis, houve por bem intrometer-se e perguntar qual era o problema. Átis fez um gesto inaudível de voz. Mas Tito Lívio se sobrepôs: Mais de ano, como todos sabem, que esse ingrato mora de favor num quarto lá de casa. Um quarto bom, independente, que tem até banheiro próprio. Uma autêntica suíte de verdade. Conheci o sujeitinho numa exposição de pintura. Não, não pensem que ele era o artista, porque ele era mas uma das peças de arte da exposição: lá estava ele, todo nu, com o corpo todo pintado de tudo que é cor. Parecia um arco-íris, coisa patética, tudo pra ganhar uma merreca. Também pudera, era um pobre-diabo, não tinha onde cair vivo nem morto, e ainda por cima viciado em coca. Ia acabar fazendo um buraco no septo, de tanto que vivia aspirando coca dia e noite. Ia poder usar uma argola no nariz, pra combinar com o brinco na orelha. E se querem saber como é que ele arranjava dinheiro pra dar de comer a esse vício, não me perguntem, que eu não sei. Perguntem a ele. Ou não precisa, porque dá pra adivinhar. Quanto a mim, tive pena, porque pensei que era um bom rapaz, só meio desorientado. Além do quê, nunca vi um corpo tão bonito. Adotei o safado. Tem um ano isso. Um ano deixei ficar no quarto lá de baixo, e ainda ajudando com uma coisa aqui, outra ali. Essa camisa que ele tem no corpo fui eu que comprei. Tirei do vício na base da catequese e de uns trabalhos aí com um babalixará muito estudado — e muito careiro. Pus pra comer comigo na minha mesa. Apresentei aos amigos, como apresentei a você, Domingos, que fez a caridade de comprar uma tela dele. Tinta, pincel, tela, tudo caro do jeito que está, cansei de comprar. Sabe, seu vagabundo, quanto está custando uma tela dessas que eu compro pra você pintar? Ele nem sabe, nem precisa saber, eu que compro. Compro porque ele tem até algum talento com as tintas, não digo que não, mas já pintou coisa melhor do que pinta agora. Já pintou meu retrato, o retrato de alguns amigos meus. É ótimo retratista, mas hoje em dia... Hoje em dia só quer saber de pintar putaria, porque é só o que ele tem na cabeça. E fica aí pedindo pra mim conseguir uma exposição dessa putaria toda numa galeria, eu até já estava disposto a falar com algumas pessoas, apesar de que Vitória é um lugar onde colocam a cama antes da cultura, pra se vencer é preciso ir pra cama com alguém.

Pois é, sou um pai pra ele. Vai negar, moleque? Tem coragem de negar? Mas Átis se mantinha humilhado, crista baixa: quase irreconhecível para quem o vira na véspera como eu vira. Um pai, disse Tito Lívio, e mais: já estava até pensando em adotá-lo como meu próprio filho: dar meu nome a ele, fazer dele herdeiro de minha fortuna, que não é pouca coisa. E ele, como é que me retribui? Hoje de manhã voltei de Vitória e cheguei até o quarto dele, a janela estava entreaberta. Fui lá chamar pra tomar café, trouxe uns pãezinhos frescos pra ele e tudo. A janela estava entreaberta. E que vejo? Lá estava esse canalha na cama junto com outro sujeito. Os dois dormindo pelados, abraçadinhos.

Fiquei morto de pré-vergonha com receio de que Átis me invocasse como testemunha sua de defesa.

Tito Lívio: Ah, me chamem de tudo menos de Mariquinhas. Pois não quis nem saber. Chamei o ingrato e botei pra fora: Pra fora, já! Rua! Rua, você e seu bofe! Dou três minutos pra fazer a trouxa e nunca mais me aparecer na minha frente nem pintado nem despintado!

Átis estalou na garganta um soluço.

Tito Lívio: Traindo minha confiança, botando dentro da minha casa o primeiro michê que encontra! E sabe-se lá o que não fizeram, os dois, a noite toda, em cima daquela cama! Às minhas custas! Às custas da minha caridade, da minha generosidade! É um desnaturado. Não foi sua mãe que lhe amamentou, foi uma cobra cascavel!

E ainda por cima, rosnou Tito Lívio, depois achei no banheiro do quarto, no cesto de lixo, uma cueca, uma cueca toda melecada de... Ah, não me obriguem a dizer mais nada, senão a minha sensibilidade é capaz de ter uma apopopope — Apoplexia, socorreu-o Mem de Sá.

Então Átis disse, a língua trôpega de emoção: Mas era um amigo meu de infância, gente fina, não tinha pra onde ir, pensei em telefonar pra você, Tito, mas já era tão tarde da noite, e de qualquer maneira não houve nada, sacanagem nenhuma, que sacanagem, o rapaz é gente boa de boa família, como que eu podia deixar na rua sem lugar pra dormir, eu quis telefonar pra você, eu ia telefonar, mas não quis incomodar numa hora daquelas... Está me ouvindo, Tito, está me ouvindo? Tito Lívio, brusco: Estou, diabo, estou! Você pensa que eu escuto com o cu?

Os olhos de Átis começaram a demitir umas lágrimas grossas. E eu só temendo a hora em que ele não veria outra saída senão apelar para o meu testemunho.

Juro, foi o que tu, Átis, então disseste, juro por Deus que não houve nada, sacanagem nenhuma. Se eu quisesse fazer sacanagem, não ia ser lá na sua casa que eu ia fazer. E o respeito? Eu respeito você, Tito... O paciente e egrégio Tito Lívio replicou: Você achou que eu só ia voltar hoje de tardinha e aproveitou. E tu, Átis, replicaste por tua vez: Não, Tito, não foi não. Eu juro. Alguma vez já menti pra você? Várias, aposto, o egrégio Tito Lívio disse. Mas tu, excelente Átis, disseste: Não, Tito, menti não. Olha, se não acredita em mim, acredita no rapaz que estava comigo. Retrucou então Tito Lívio da estirpe dos italianos com estas palavras: Deve ser outro mentiroso igual a você. E tu, bom Átis, cada vez mais tendias, em tua torpeza, a sacrificar-me em teu próprio benefício: Não é não, Tito, se você conversar com ele você vai se convencer. E então disseste, tu, Átis, já resoluto em tua decisão de me expor àquela indignidade: Quer que eu chamo ele, eu chamo. E Tito Lívio, intrigado: Chamar ele? Mas onde é que esse bofe está? E tu, Átis, disseste, sem uma partícula de hesitação: Está bem ali, olha. E indiciaste-me com dois dedinhos tímidos, entregando-me ao escândalo geral.

Todos os olhares convergiram como setas sobre mim. Ouvi a voz de Ivone, ainda que contida num murmúrio: Graciano Delon — gay?

O cidadão Cani, aluno de Deus, assumiu o inquérito como um juiz: É verdade o que Átis diz, meu jovem? Era você que estava lá na cama com ele? Era, murmurei. E aconteceu, perguntou o cidadão, alguma coisa entre vocês dois? Não, quer dizer... O cidadão ordenou: A verdade, toda a verdade, de um herói como você não espero menos que a verdade. Graciano: Eu bebi mais do que devia... Aí dormi... Sonhei que alguém estava me abraçando por trás... Aí acordei e vi que tinha um pau duro aqui, bem nas minhas coxas... Mas eu não sabia de nada, entende? Eu estava dormindo. Eu estava dormindo!

Tu, Átis, então, não perdeste tempo em exclamar: Eu também! Eu também! Ao que replicou o paciente e egrégio Tito Lívio: Mas aposto que seu peru estava bem acordado!

Uma gargalhada secundou as palavras azedas de Tito Lívio.

Tito Lívio tentou manter a acusação. O cidadão disse, pacatório: Vamos, Tito, chega, não se fala mais nisso. São dois bons meninos. A ingenuidade de um absolve a ingenuidade do outro. Mem de Sá disse: Tito, se houve alguma coisa, foi durante o sono: dormiram juntos e a coisa aconteceu à revelia deles, e ninguém merece castigo pelo que faz dormindo. Perdoa Átis, Patativa, interveio Ivone — querendo compensar a dura atitude que fora obrigada a adotar contra Átis, pobre e inocente rapaz. Além do mais o quê, disse o cidadão, hoje é a festa de Nossa Senhora da Penha. É dia de anistia e de clemência. Como devoto dela, dá indulto ao rapaz.

Tito Lívio: Está bem. Eu dou. Ele pode voltar lá pra casa. E, dirigindo-se a Átis: Mas tem uma coisa: da próxima não tem indulto nem perdão. Da próxima vai direto pro olho do cu da rua.

Átis, inflado de luxuriante alegria, saiu dando cambalhotas pela sala sob o olhar caloroso de todos nós, enquanto, por milagre, pela abertura do teto caía sobre nós uma chuva de pétalas de rosa.

Depois, de repente, sob aquela chuva floral, Átis se ajoelhou diante de Tito e lhe beijou as mãos — e Chapim dos Reis fotografou. Que é isso, disse Tito Lívio, abstraindo-se àquele beija-mão. Não exagera, rapaz. Depois lá foi Átis correndo em torno da mesa e beijando cabeça ou fronte de todos os que tinham falado a favor dele. A mim ainda me segredou ao ouvido: Estou em dívida contigo; mas já está nesta casa a jóia que lhe vou dar de graça pra pagar tudo que lhe devo. E mais não disse porque, abrindo um sorriso, recebeu do cidadão, do próprio punho dele, uma taça de vinho. Comoveu-me a delicadeza do dono da casa. Bem que Átis estava precisado, depois de tamanho melodrama. Houve um brinde geral à reconciliação dele com Tito Lívio. O qual mantinha ainda a cara fechada, ao passo que Átis deixava os olhos chorarem plena e livremente. Bebemos todos, e de repente eis que Átis tomou um susto e afastou o copo dos lábios. Do fundo da taça surgira-lhe diante dos olhos a estalagmite de um falo ereto.

Tito Lívio, quando percebeu a brincadeira, foi quem riu mais do que todos nós.

Sentamo-nos de novo todos à mesa, nos mesmos lugares, e Átis, como convinha, colado ao lado de Tito Lívio.

O cidadão perorou: Nada tenho contra os homossexuais. Já fui um deles. Aliás, quem pode dizer que nunca foi, se não nesta vida, em outra? Mas eu, quando criança, minha mãe não tinha recursos pra cuidar de mim, por isso o jeito foi me entregar pro poeta Cicuta Pereira criar. Cicuta era um dandy que tinha em Vila Velha, um solitário que morava num morro que dava vista pra baía. Era poeta, e dos melhores, e grande inventor de neologismos: brasilíndio é cria dele; capitaniólogo também. Era um sujeito de boa família e de muitas posses que tinha xodó por criança, e acolhia criança carente na casa dele pra criar. Cicuta me deu tudo que eu precisava: deu casa, comida, roupa, escola, cultura poética, e em troca tudo que eu dei foi meu rabinho. Ele era assim, generoso, desprendido. No bonde, tinha a mania de pagar a passagem de todo mundo. A casa era uma verdadeira creche. Tinha até uma piscininha, coisa que naquela época ninguém tinha por aqui, só Cicuta. Todo domingo era dia de banho de piscina, e Cicuta botava a criançada toda na piscina com ele, todo mundo nu, pra brincar de peixinho. Que saudade. Eu mergulhava na piscina junto com os outros e ia lá bicar as coxas e o saco de Cicuta. Ele adorava criança. Chegou a publicar um livro falando da infância, incluindo uma porção de historinhas sobre os filhos dos amigos e, é claro, sobre os peixinhos dele também. Tem uma foto minha lá, peladinho e fofo, com uma trovinha de Cicuta embaixo: És o meu anjo da guarda, flor astral, celeste nume. Tua luz sempre me arda em doce e vago perfume. Aquelas bonecas que eu guardo com todo carinho é a famosa coleção de Cicuta, que viajou pelo mundo inteiro atrás de bonecas típicas de cada país. Museus de Chicago e Nova York já me ofereceram os tubos por aquela coleção. De jeito nenhum: é lembrança de Cicuta Pereira e não vendo nem por um milhão de dólares.

Pois'e, Cicuta Pereira foi meu tutor até os meus catorze pra quinze anos. Me ensinou muita coisa: hoje é discípulo de ontem, ele dizia. E dizia também, citando o Antigo Instrumento, que tem a idade de dar e a idade de receber, ou seja, de ser fudido e de fuder. Sim, sou muito grato a Cicuta por toda a educação que me deu. Aliás disso, se ele comeu meu rabo, como tinha todo direito, também comi o rabo da noiva dele, uma artista do Rio, que usava uma piteira de metro e meio de comprimento. Ele deixou a mulher sozinha comigo, a mulher se engraçou, quem manda? Comi. Você é menino, ela disse, mas tem pau de homem. Só que a sirigaita contou pra Cicuta, e Cicuta fez um discursatório sobre minha ingratidão e me emancipou pra um orfanato. No orfanato eu era ajudante de cozinha, de formas que cozinhava de dia e cuzinhava de noite, porque comia todos os cuzinhos que davam sopa no dormitório. Foi quando começou meu tempo de fuder. Saí do orfanato direto pro exército. Servi no Rio. Vivia sem dinheiro. Mas não faltava veado pra salvar a pátria. Veado gosta de soldado porque soldado, além de ser discreto, tem muita gana e pouca grana. Então era só eu ir no cinema, que recruta entrava de graça, e logo aparecia um veado do lado. No banheiro o veado já vinha com uma nota de vinte na mão. Não esqueço um veado que só pra pegar no meu pau me deu cinqüenta mil réis. Era uma fortuna, um prato feito me custava quinhentos réis naquela época.

Sim, tive a sorte de ser um dos peixinhos de Cicuta Pereira. Devo isso a minha mãe: porque, se não fosse Cicuta, o que teria sido de mim na vida? Talvez eu tivesse trabalhado a vida toda vendendo sapato. Graças a Cicuta é que sou o que sou. E não é à toa que eu ocupo a cadeira que foi dele na Academia. Quando me convidaram, eu disse: Só se for na cadeira de Cicuta: minha bunda, que ele tanto amou, não aceita outra. Disseram: Vai ter de esperar, essa é a cadeira do trovador Aquino, que não tem nem quarenta anos. Respondi: Pois espero o tempo que for. Não deu dois meses Aquino morreu, e eu entrei pra Academia e fiz um discurso grandioso, que Serrano Belo escreveu pra mim em troca de quatro pneus de caminhão: mandei imprimir uma plaquete e distribuí no dia da posse, que pela primeira vez na história da Academia foi no palácio do governo, com governador Caruncho do meu lado na mesa. Mas o povo desta terra não vale nada: pois teve quem disse que eu roguei praga pra Aquino morrer. Eu sou lá de fazer uma coisa dessas? Eu sou quem sou. Se quero alguém morto eu pago alguém pra matar.

Disse e, pousando a mão sobre o ombro de Tito Lívio —

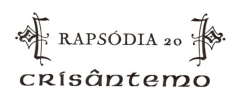

RAPSÓDIA 20
crisântemo

Crisântemo Lentilha era todo igual a si mesmo. Imponente, de solene rosto cavalar, veio vestindo uma camisa de seda azul-claro com fios de trigo: tricoline lavrado. Sua elegância descia a minúcias, pois as unhas dos dedos mínimos usava compridas e afiadas. Tinha os cabelos tingidos para mentir uma idade que não era a dele — o rosto arado de rugas desdizia o cabelo preto retinto. Agamemnon não tardou a soprar-me ao ouvido algumas informações sobre o recém-chegado: desembargador, professor da Faculdade de Direito, acadêmico, sócio da Adesg. Vive comendo mulheres em troca de sentenças. Ficou famoso o seguro em grupo que fez: colocou no meio o pai, na época com noventa anos, e ele como beneficiário. O pai, aliás, eu sempre ouvi falar que foi quem roubou da família do caboclo Bernardo a medalha que a princesa Isabel deu ao caboclo, aquela que nós vimos lá no santuário. Tudo se encaixa: Crisântemo herdou a medalha e vendeu pro cidadão. Esse, meu amigo, tem cara de besta mas não dá ponto sem nó.

Berecíntia e Ivone, à chegada de Crisântemo, chegaram a agitar-se para encomendar, dentre a criadagem, um décimo quarto comensal, mas sossegaram quando perceberam que o desembargador vinha só e desacompanhado.

Cadê minha amiga Laurinda, perguntou-lhe Berecíntia. Não veio? Não veio por quê, a safada? Laurinda me demitiu do cargo de marido, Crisântemo disse, não sabia não? Desta vez me demitiu mesmo. Andaram contando umas mentiras pra ela sobre mim, que eu tinha uma amante em cada vara, aí ela me deixou. Nessa hora é que eu dou graças a Deus que não tivemos filhos, senão meus netos estariam aí sofrendo com a separação dos avós.

O cidadão pôs-se de pé para se apossar do desembargador, mentindo um queixume: Isso são horas! E nem posso mandar você embora, senão você me manda prender por desacato à autoridade. Crisântemo: Me desculpa o atraso, caro amigo. Cheguei hoje do Rio, fui fazer meu check-up dentário naquela clínica que na sala de espera servem uísque escocês e você já vai anestesiado pra cadeira do dentista. Mas aí resolvi esticar o fim-de-semana, e só vim hoje porque tinha compromisso contigo. Se não, ficava no Rio mais hoje e amanhã e voltava terça. Mas seu jantar anual é motivo de força maior do que qualquer outra coisa.

O cidadão disse que muito obrigado pela sua alta estima e consideração e fez Crisântemo sentar-se entre Mem de Sá e Agamemnon, ao qual apresentou o juiz. Meu amigo Crisântemo, disse, falando diretamente para Agamemnon, me faz a gentileza de vasculhar os sebos das cidades aonde vai pra adquirir obras raras pras minhas bibliotecas, que eu tenho duas bibliotecas, uma de livros em português, outra de livros em tudo que é língua estrangeira. E então, Crisântemo, trouxe alguma coisa pra mim desta vez? Crisântemo: Mas como não? Ontem de manhã estive num sebo ali em Copacabana, um sebo pouco conhecido, que um amigo me indicou. É até meio clandestino, não paga imposto nem nada. Trata-se de uma viúva que está vendendo a biblioteca do marido — no próprio escritório do marido, que fica no edifício onde os dois moravam e onde ela continua morando. Muito prático. O apartamento fica no terceiro andar, o escritório no quinto. Ele saía de um e passava o dia todo lendo e estudando no outro. É o que ela faz agora, pra ver se consegue vender aquela pá de livros que o marido deixou como parte do espólio. Mas a pobre me disse que cada livro que vende é uma pontada no coração. O cidadão disse: Respeito os sentimentos dela. Não é toda viúva de intelectual que se apega assim aos livros do marido. Berecíntia, por exemplo, já disse — Berecíntia, interrompendo: Não quero saber de tralha na minha casa, quanto mais material inflamável. O cidadão disse: E eu entendo. A pessoa não tem culpa de uma criação sem cultura. Por isso é que já incluí no meu testamento uma cláusula legando os meus livros pra Academia. Mas me diz, Crisântemo. Nesse sebo que você foi, tinha muito livro virgem lá? Crisântemo disse: Olha, até que deu um pouco de trabalho encontrar alguns, que o velhinho lia tudo que comprava, mas acabei ficando com uns três ou quatro, inclusive um bem grosso, a correspondência de Lawrence da Arábia em tradução francesa, tão grosso que vale por três.

Admirou-me saber, e o participei a Agamemnon, que o cidadão Cani se interessava por tais obras e que, leitor guloso, era capaz de ler também em outra língua que não a última flor do Lácio. Meu amigo, não me diga uma coisa dessas, murmurou Agamemnon, quase como um ventríloquo falando um segredo a seu boneco. O cidadão não lê livro nenhum, e esses menos ainda. Acontece que ele tem uma coleção de espátulas de todos os modelos e tipos, inclusive de ouro, de prata, de marfim, de ébano, e se dá o prazer de usá-las pra abrir as folhas de livros que nunca foram lidos. O prazer no caso não é a leitura, é a defloração com a espátula.

O desembargador estendeu ao cidadão um pacote de livros, dizendo: Está tudo aí: o tijolo de Lawrence da Arábia e mais uns três clássicos: Cícero, Horácio, Terêncio. Tudo fechadinho do jeito que você gosta. O cidadão disse: Pra mim não tem melhor presente que livro. Pra mim livro é uma coisa viva, orgânica, um animal perfeito. E, para Crisântemo: Meu amigo, eu lhe fico mais uma vez muito grato. Depois você me diz quanto é que foi. Crisântemo: Fica pela nossa amizade. Mas, se não for incômodo, eu pediria que você usasse a sua influência pra conseguir uma gari pra trabalhar lá em casa, uma dessas que o prefeito contratou. O cidadão disse: Como é que um sujeito como você ficou fora da partilha? O imponente Crisântemo disse: Estive em férias no tribunal. O cidadão disse, franzindo o cenho: A essa altura não sei se vai dar, acho que já distribuíram todas as cem que reservaram pros compadres. Você está muito precisado? Crisântemo disse: Olha, Domingos, precisado, precisado, não estou não, mas tanta gente aí recebeu gari que acho uma injustiça logo eu ficar sem. Balduíno, meu cunhado, está com duas ou três em casa, e é nababo, ganha mais que eu. O cidadão disse: Deixa comigo que eu acerto com o prefeito. Crisântemo disse: Só quero uma; duas já é prejuízo: começam a fofocar mais que trabalhar, sem falar na comilança o dia inteiro. O cidadão disse: Em último caso, você fica com uma das minhas. Crisântemo disse: Se não se importa, meu amigo, me manda a mais bonitinha. O cidadão riu: Vou lhe mandar a mulher do Ramalho, meu colega lá no Tribunal de Contas. Crisântemo abriu a boca, sem entender. O cidadão disse: Estou mexendo com você. Crisântemo: Mas que negócio é esse? O cidadão disse: O prefeito aproveitou o embalo pra contratar uma porção de madame como gari, pra elas ganharem uns trocados a mais pros alfinetes. Eu até quis que Berecíntia entrasse nessa boca, mas ela não quis. Berecíntia: Ser contratada como gari da prefeitura ganhando salário mínimo? Nem morta. Ivone: Querida, um salário até que dá pra comprar umas coisinhas. Berecíntia: De jeito nenhum: só se fosse dois salários.

Crisântemo ao cidadão: Trouxe pra você mais isto aqui, que encontrei em outro sebo ali perto. E passou às mãos do cidadão outro volume. O cidadão soltou uma exclamação mista de espanto e cólera: O quê? Quem foi o filho-da-puta que vendeu um exemplar do *meu* livro pra merda de um sebo?

Crisântemo, impassível: Tem até uma dedicatória sua, mas o nome do infrator foi rasurado e não dá pra ler. Mas que filho-da-puta, disse o cidadão. Olha que esse livro virou edição rara, você não encontra mais, os que eu tinha já dei todos, de vez em quando me aparece um amigo querendo um e sou obrigado a dizer que não tenho. Tanta gente querendo e esse filho-da-puta se desfaz do livro dessa maneira imoral. Tem muito filho-da-puta no mundo, até onde menos se espera. Porque se eu dei o livro a esse cara, é pessoa de minhas relações. Já deve ter vindo aqui, jantado aqui, comido do meu prato. E o cara não só despreza a minha obra e a minha gentileza, como ainda sai lucrando em cima da própria leviandade. Quanto você pagou, Crisântemo, pelo meu livro? Crisântemo sorriu de um modinho embaraçado: Não posso dizer, Domingos. Olha, Crisântemo, disse o cidadão, se eu não visse a peça de evidência aqui bem na minha frente, não acreditaria que tem gente capaz de tal torpeza. Esse cara é capaz de matar a própria mãe.

Mas há males, disse o cidadão, que vêm pro bem, é o que reza o provérbio. Aí fez sinal para que eu me aproximasse. Ergui-me do banco e fui até à cabeceira da mesa. Meu amigo, disse ele, eu não lhe recompensei pelo que fez pelo pobre Feio. Pois sua recompensa acabou vindo igual a montanha de Maomé. Não repare que é de segunda mão, porque se trata de livro raro, exemplar de bibliófilo. E não repare a dedicatória rasurada, são coisas que até valorizam o livro: este exemplar tem história, e a história dele é ter sido dado a um calhorda pra depois, em desagravo, ser dado a um anjo heróico que arriscou a vida pra salvar um pobre cão.

Com uma caneta que recebeu do preclaro Mem de Sá o cidadão inscreveu na folha de rosto uma dedicatória e me depôs o volume na mão. Bom proveito, disse ele; não é uma autobiografia aqui do Degas, que essa o professor está me devendo, mas um tratadinho de comentários político-filosóficos e notas de viagem, com muita fotografia pra quem gosta de livro de figuras, pros amigos conhecerem minhas idéias e meu estilo de vida.

Agradeci gaguejante o régio presente. O cidadão disse: Ivone, depois me lembra de dar pro herói uma foto minha autografada.

Tu, Átis, te ergueste da mesa para interceptar-me no retorno ao meu lugar e, fingindo cumprimentar-me pelo presente recebido, murmuraste-me ao ouvido: Não esquece o que eu te disse. A mulher dos seus sonhos já está aqui nesta casa. Eu disse: É Eugênia? Tu disseste: Que Eugênia nada. E voltaste rapidinho para junto de Tito Lívio.

Berecíntia para Crisântemo: Sempre achei que você e Laurinda iam ficar juntos pra sempre, igual eu e o tucho. Como é que você me dá uma dessas, meu amigo? Ela é uma mulher em mil, e eu sei quando a mulher é boa e quando não é. Crisântemo: Tenho de reconhecer que é uma mulher de alto quilate e que devo a ela muito do que tenho. Se bem me lembro, disse o cidadão, foi ela que pediu ao velho Demóstenes pra lhe indicar como sucessor. Ali ela se superou, Crisântemo disse. Demóstenes estava no leito de morte, era uma questão de dias, minha mulher quando soube foi até lá chispada e pediu pra ele me indicar pra vaga. E foi bem na hora, porque quando ela ia saindo da casa de Demóstenes deu de cara com Heliodora, mulher de Lúcio Noronha, toda emperiquitada, que ia lá pedir a mesma coisa. Mas Laurinda foi logo dizendo pra Heliodora: Se tivesse vindo do jeito que estava, seria mulher de desembargador. Porque Laurinda saiu de casa de chinela no pé, na pressa de conseguir o cargo pra mim. É, se eu me tornei desembargador tão novo, devo isso a ela, Deus a abençoe. Berecíntia: Você deve estar sentindo muito a falta dela. Crisântemo, o rosto oblongo uma máscara de tristeza: Demais. Aquela casa deserta, aquela cama vazia. Já saí com uma ou duas mulheres aí, que ninguém é de ferro, mas não é mais a mesma coisa. Não preciso mais me esconder, não preciso mais me preocupar com a hora nem inventar desculpa pra quando chegar em casa: metade da graça de ter uma amante foi embora. Uma dessas noites, quando cheguei em casa, por força do hábito esfreguei as mãos no pêlo do cachorro, pra tirar o cheiro do per-fume da outra, mas quando eu me toquei que não precisava mais fazer aquilo, meus amigos, me deu uma saudade dos velhos tempos e comecei a chorar.

Enquanto esperava, junto com os outros, a vinda do gato, escrutei o livro que ganhara do dono da casa. Tinha como título *Os vastos mundos*

de Domingos Cani e trazia na capa uma foto supercolorida do autor. Numerosas fotografias internas em cor e em preto e branco mostravam o cidadão ao lado de suas pinturas e porcelanas, no meio de seus jardins, em companhia de seus ilustres cães — e de mãos dadas com sua esposa, a gloriosa Berecíntia. A dedicatória valia por uma condecoração: Para Graciano Demone, anjo guardião dos pobres animais e poeta ilustre, cordialmente oferece o autor destes vastos mundos. Embaixo, após a assinatura, a data e o local: Manguinhos, dia de Nossa Senhora da Penha, 1979.

Havia um ex-líbris colado na segunda capa. A imagem mostrava o tríplice conjunto composto por lavrador, arado e parelha de bois. Os dizeres diziam: O que vai ser vai sendo.

Preparamo-nos todos para fazer as honras ao gato com suas cerejas, que não se fez esperar, trazido que foi na mesinha de rodas pela diligente Reuza. Era um gato gordo como um suíno e tinha na boca, em lugar de maçã, que não caberia, um filhote de abricó. O cidadão exigiu ser o primeiro a provar, dizendo: Quem entende de gato é o cão. E depois, regalando-se todo, Está uma delícia, disse, de fato ninguém prepara um gato melhor que Dona Murta. Parlavestra quis saber como se preparava, Berecíntia ensinou: Primeiro tem de fazer um corte nas quatro patas, assim por detrás, e tirar umas glândulas, que é pra purificar a carne. Depois mete um canudo nesses buraquinhos e sopra, que é pra soltar a pele toda, e aí é só cortar a pele de fora a fora por baixo, com um canivete, ou uma navalha. Depois limpa, tira as tripas fora, lava com limão, reparte e aí tempera o bicho com pimenta do reino, vinagre, sal e alho. Defuma na brasa com mel de abelha, que é bom saber que é mel das nossas abelhas lá de Matilde. Põe pra frigir numa caçarola com uma divisão de sessenta por cento óleo e quarenta por cento azeite. Depois é só servir com cereja, e é isso que está aí.

Mem de Sá: Lembra frango, mas o gosto é mais assim, como dizer, mais forte. Parlavestra: É, a carne é fibrosa, sequinha, rija. Domingos, na minha opinião ia melhor com cachaça do que com vinho. O cidadão prontamente mandou vir cachaça da boa pra Parlavestra embeber nela a sua porção do gato.

Enquanto eles se deliciavam com o bichano, eu enchia a cara de vinho.

Bastou um pouco de álcool para Crisântemo soltar a língua e relatar que acabara na cama com a viúva dos livros. Depois que ele terminou o relato, o cidadão disse: Você fez muito bem, e ela, melhor ainda. O mundo não é um mosteiro: quem está no mundo é pra fornicar. Sou totalmente a favor das viúvas que dão um coice na castidade: e isso serve, Berecíntia, pra você também, quando for minha viúva. Berecíntia cruzou os dedos de ambas as mãos e os braços sobre o peito e sacudiu a cabeça em sinal de vade retro. O cidadão disse: Mem de Sá, conta aí aquela história edificante que você me contou que aconteceu lá em Alegre.

HISTÓRIA DA VIÚVA DE ALEGRE
(primeira parte)

Ano passado, narrou o preclaro Mem de Sá, fui até Alegre pra uma reunião de trovadores. Monazôntico era promotor lá em Alegre, e me contou a história dessa viúva que tinha lá que era um modelo de virtude. Casada já era uma lenda pelo amor que votava ao marido. Viviam numa casinha dessas de porão embaixo, nos limites da cidade, e, não tendo filhos, era um fazendo tudo pelo outro o dia inteiro. Tirando o trabalho dele, os dois só saíam de casa juntos, de braços dados, e até no trabalho ela ia buscá-lo com freqüência pra voltarem juntos pra casa por um caminho que passava por uma alameda de flamboyants. Dava gosto ver, eram o exemplo vivo do casamento perfeito. Quando o marido morreu de repente, a cidade inteira temeu que ela morresse também — alguns até *desejaram*, por um sentimento de caridade, que ela morresse também, só de imaginar o sofrimento da pobre mulher. De fato, consta que ela até recusou comida durante vários dias depois que o marido morreu, pois tudo que queria era morrer também. Mas agüentou a perda como pôde e passou a viver pro morto. Ia ao cemitério, não sei quantas vezes por semana, levar flores, arrumar a sepultura, rezar. Muito religiosa, ia à missa quase todo dia, e só saía de casa com véu negro cobrindo o rosto. Comungava sempre. Nas raras vezes que sorria, era um sorriso tão triste que dava vontade de chorar. Parecia que estava só contando os dias pra ir se juntar ao marido no céu. Passaram-se uns cinco anos e a cidade acompanhou a fidelidade da viúva com a mesma admiração com que acompanhara o idílio do casal. Ela ainda era nova, seus quarenta anos, se tanto, e tinha um traseiro que era uma coisa de doido, mas aquilo era considerado terra de ninguém. Alguns mais irreverentes, que sempre os há, se lamentavam quando viam aquela mulher andando de preto pra cima e pra baixo e ninguém comendo. Mas que que se havia de fazer? A dama era uma santa, um modelo de virtude e de moral. Todo mundo punha a mão no fogo por ela. Já era até um monumento em Alegre. O pessoal de lá contava a história dela pra quem vinha de fora: levavam pra ver a casa dela como se fosse casa de artista de Hollywood. Ela já era um patrimônio municipal.

HISTÓRIA DA VIÚVA DE ALEGRE
(segunda parte)

Já senti que aí vem sacanagem, disse Crisântemo. Mem de Sá ergueu a mão, pedindo paciência, e prosseguiu: Mas isso era o que todo mundo pensava, porque no quinto ano já tinha alguém comendo a viúva. Era um advogado de Castelo, sujeito muito gentil, fala mansa, muito simpático. Não se deixou convencer por aquela história de virtude inexpugnável, e deu em cima, muito discreto. Parece que tudo começou numa dessas visitas dela ao cemitério, ele estava lá, já de propósito, e abordou a viúva assim como quem não quer nada, meteu uma conversa, ouviu-lhe a história, chorou com ela, acompanhou-a até à porta do cemitério. Voltou outras vezes a Alegre e sempre dava um jeito de abordar a viúva no cemitério. Chorava com ela um pouco, rezava um pouco, mas entre reza e choro ia metendo com jeito uns lembretes de que a vida não tinha desistido dela como ela da vida. É maravilhoso um casal que se amou e foi fiel o tempo todo, mas se morre um dos dois é preciso que o que ficou continue a amar e a ser fiel à vida. Casais não são irmãos siameses, que quando um morre o outro morre também. Imagine o inverso da situação. Imagine que foi a senhora que morreu e não seu marido. Imagine que a senhora possa vê-lo lá de cima e o veja nessa situação de renúncia da vida em que a senhora está. O que a senhora, que tanto o amou, sentiria então? Não seria prazer, não seria orgulho, não seria felicidade. Não, a senhora ia querer que ele, sem esquecer a senhora, se dedicasse a viver da melhor forma possível o tempo que lhe restasse de vida. E não acha que é exatamente assim que ele, se pode vê-la, deve estar se sentindo? Bom, creio que foram coisas assim que ele foi injetando na cabecinha da viúva com paciência de chinês. Imagino que um dia a viúva deu um sorriso e outro dia voltou a rir. Imagino que as visitas ao cemitério começaram a se tornar mais espaçadas e que ela já não demorava tanto tempo junto à sepultura. Imagino que chegou um dia em que, à noitinha, sem que ninguém visse, o advogado tenha feito uma visita à casa dela. Foi só comer a primeira vez que a viúva se lembrou de como aquilo era gostoso e não quis mais parar de dar. Ele, por sua vez, não quis mais parar de comer. Passou a vir com assiduidade a Alegre, entrava na casa dela à noite e saía de madrugada. Os fundos da casa davam pra um morro onde havia uma matinha, e era por ali que ele chegava e saía, pra ninguém ver. Deviam passar a noite toda trepando. Ela devia ter um fogareiro entre as pernas, que se tinha apagado e o advogado reacendeu. O pessoal da cidade com quem ele tinha relações até reparou que ele andava meio seco, meio mirrado. A viúva não devia dar folga ao bruto.

HISTÓRIA DA VIÚVA DE ALEGRE
(terceira parte)

Até que uma noite aconteceu que ele estava lá na cama da viúva, dando uma bimbada, quando teve um enfarte fulminante e lá se foi. A viúva deve ter ficado apavorada, não só com a morte do sujeito, mas também por causa da própria reputação, que ia direto pro brejo. Ficou tão apavorada que nem parou pra pensar. Puxou o corpo fora da cama e jogou pela janela lá embaixo na calçada. E do jeito que estava: nu em pêlo. No outro dia, quando acharam o corpo, ninguém sabia explicar como é que o advogado tinha vindo parar ali, e ainda por cima pelado daquele jeito. A viúva foi ouvida, mas fingiu susto e fingiu que não sabia de nada. A reputação dela era tão sólida que ninguém nem sonhou em duvidar. A coisa era um mistério e continuou sendo um mistério. Só o irmão do morto, que parece já tinha desconfiado de alguma coisa, somou dois mais dois e entendeu a história. Foi lá conversar com a viúva em particular, mas ela negou e teimou, jurou e terjurou, não admitiu nada. Tudo que ele conseguiu foram os documentos do irmão, que ela disse que tinha achado ali na rua. Foi ele que contou essa história pra Monazôntico, que contou pra mim.

Tenho a maior admiração por essa mulher, disse o cidadão. Admiro nela o amor que tinha pelo marido, que era tão grande que ela tentou se agarrar a esse amor mesmo depois da morte dele. E admiro nela a sensualidade racional que acabou falando mais forte, como não podia deixar de ser, do que a fidelidade sem cabimento. O apego bobo à reputação e o desespero que levou ela a jogar na rua o corpo do amante como se fosse lixo, nós entendemos. Mulher, afinal, não passa de uma criança grande, incapaz por natureza de tomar decisões em situações de emergência como nós.

HISTÓRIA DA VIÚVA DE ALEGRE
(epílogo)

Mem de Sá disse: Mês passado, Domingos, encontrei Monazôntico em Vitória e ele me contou o final da história. O cidadão disse: O final da história? Quero ouvir. Mem de Sá contou: O que aconteceu foi que morreu em Vitória uma senhora que tinha morado muito tempo em Alegre. O marido tinha morrido em Alegre e estava enterrado lá. As filhas resolveram transferir os restos do pai pra Vitória e enterrar junto da mãe. Fizeram o requerimento direitinho, mas o morto tinha nome parecido com o nome do marido da tal viúva e os responsáveis pelo cemitério confundiram um morto com outro e mandaram pra Vitória a ossada errada. A coisa transpirou e as moças de Vitória ficaram sabendo e ficaram horrorizadas. Aí entraram em contato com a viúva pra tomarem juntas as devidas providências. E ficaram mais horrorizadas ainda com a resposta da viúva: Não precisa fazer nada não; vocês tomam conta do meu marido aí que eu tomo conta do pai de vocês aqui. Mas isso pegou tão mal pra viúva na cidade que ela achou melhor se mudar, e parece que hoje mora em São Mateus. Daqui a pouco mata outro lá de enfarte, se é que não já matou e nós não sabemos.

Que viúva mais filha-da-puta, disse o cidadão. E, fincando os cotovelos na mesa, franziu o olho para Berecíntia e —

RAPSÓDIA 21
Lucrécia

O homem anunciado pela poderosa Dora como Dr. Micagas era baixo e corpulento, moreno que nem beduíno, hirsuto que nem babuíno. A cabeça era enorme, imersa nos ombros, e ornava o rosto um bigode negro. Mais uma vez Berecíntia e Ivone, alarmadas, já iam providenciar um décimo quarto comensal, mas, para alívio delas, o símio vinha acompanhado. A mulher que o acompanhava não era menos que uma Vênus. Chamava-se Lucrécia. Tinha queixo forte, quadrado. Dentes cândidos e contíguos. Sorriso lindo. Olhos de conta, cor de azul-piscina. De tontear — e tonteou, ali, a todos: homens, mulheres et alii. Alta, loura, pele de pêssego. Seios arredondados feito taça. Cabelos lisos, fluentes sobre os ombros. Voz linda — nunca se ouviu boa noite mais canoro. Uma Vênus madura, assim como Nilota uma Vênus de vez.

Quem são, perguntei a Agamemnon. Agamemnon sussurrou: Nicágoras da Silva é empresário de sucesso. Quando menino foi vendido pelo pai pra ser grumete de navio. Adolescente largou a vida marítima e foi trabalhar como aprendiz com um mestre de obras. Em pouco tempo já era mais mestre que o mestre. Foi crescendo aos poucos, tornou-se empreiteiro corrupto e ficou rico com mármore e granito. Todo o mármore e granito desta casa é presente dele pro cidadão, a quem deve favores sem conta. Dizem que conhece as notas falsas pelo cheiro. E a mulher, perguntei, é mulher dele? Nicágoras é bicha, respondeu Agamemnon: não notou o rímel nos cílios? Uma das tarefas dele como grumete era dar o cu, e parece que foi a única coisa da vida no mar que ele gostou. Tem tara por salva-vidas: a tática é sempre a mesma: entra n'água e berra que está se afogando: já foi salvo em Camburi uma dúzia de vezes. Quando bebe, se lhe apresentam um rapaz e o rapaz lhe oferece a mão, ele não pega a mão, pega o pau. Mas não pense que ele vai pra cama fácil: primeiro tem de casar de véu e grinalda. E tem uma habilidade que o tornou famoso na praça. Forma uma fileira de uns doze rapazes que já lhe passaram pelo harém, e aí, de olhos vendados, valendo-se apenas do tato, reconhece cada um pelo pau. A brincadeira é muito apreciada, pelo que me contaram: é conhecida como dar nome aos paus. Então, respondendo à sua pergunta, a loura não deve ser mulher dele, mas não sei quem é. Só sei que é um peixão.

O imponente Crisântemo, que nos ouvira com orelhas atentas, elucidou baixinho: É uma prostituta de luxo. Conheço. Formou-se em Direito se prostituindo pra passar. Mas nunca exerceu a profissão. Nunca trabalhou: com essa estampa, trabalhar pra quê? Todo mundo caía de quatro por ela, até Esquilino, que foi pirata terrível em Santa Catarina das Mós quando novo e depois que se aposentou deu pra cultivar flores e legumes. Ele, que foi mestre assassino de alto coturno, encheu de flores a casa dela todos os dias, durante anos, e ela nem muito obrigada. Mas isso não foi nada. Ela arruinou até o último centavo uma porção de pancrácios, inclusive um conhecido meu, Nicanor Pilicrepo, professor de Medicina Legal na universidade. Tirou dele até o fundo de garantia. Ele era médico, rico, bonitão. Fui ao casamento dele: engraçado que casou virgem, com cravo branco na lapela. Mas depois do casamento virou mulherengo. Teve paixões avassaladoras, mas Lucrécia foi a maior de todas, e a última: cinco, seis anos atrás. Ele estava tão apaixonado que na primeira noite que os dois treparam cobriu o corpo dela de cédulas de mil. Com o tempo ficou mais apaixonado ainda. Beijava o assento da cadeira onde ela sentou. E quando Lucrécia tinha cólicas por causa das regras, dizem que cólicas violentíssimas, ele ficava na frente da porta do quarto, chorando que se acabava. Mas quem muito ama acaba na lama. Ela, que nunca amou ninguém, fez dele gato e sapato. Uma vez obrigou ele a se vestir de coronel do exército, pra parecer com Khaddafi, sempre teve uma tara por Khaddafi. Isso em casa, mas ela humilhava Nicanor em todo canto, até em público. Eu vi, uma vez, num restaurante. Ela gritou: Vou te abandonar. Ele pediu pelo amor de Deus, não me abandona não. Só se você se ajoelhar. Ele se ajoelhou. Só se você ficar de quatro. Ele ficou de quatro. Aí ela colocou a bota em cima do pescoço dele e disse: De você eu já tirei tudo que queria, velho escroto, babão. Só queria te ver assim de quatro, e pisar no teu cangote. Agora pode ir pro inferno, que lá é que é teu lugar. Eu estava no restaurante, ouvi tudo claramente. Morri de pena. Mas o pobre-diabo foi brincar com fogo, se queimou. No fim da vida, pobre, doente, ainda foi visitar Lucrécia, acompanhado de um enfermeiro. Queria ver Lucrécia uma última vez. Chegou lá embaixo, na portaria do edifício, ela nem subir não deixou. O apartamento ele mesmo é que tinha dado pra ela, mas ela não quis nem conversa. Nicanor? Não conheço. Se insistir mando chamar a polícia. O jeito foi ele ir embora, deitar na cama e morrer. Conselho de amigo: cuidado com essa mulher, que ela não é brincadeira: é o tipo da mulher femme fatal.

A fulva Lucrécia deu um abraço apertado em Ivone — conheciam-se de alguma dessas esquinas da vida. Ivone apresentou-a a Berecíntia. Ouvi falar muito de você, Lucrécia disse, com seu sorriso lindo; estava doida pra lhe conhecer. E que belo vestido, disse, dando um passinho atrás para melhor admirar as vestes diversicoloridas da dona da casa. E sorria-se toda, a gloriosa Berecíntia, toda embevecida: muda de enlevo e deleite.

Sentaram-se os recém-chegados: Lucrécia no banco da direita, na ponta, entre Ivone e Berecíntia; Nicágoras no outro banco, à esquerda do cidadão, empurrando o egrégio Tito Lívio e desfazendo o triângulo italiano. De lá seu olho veio até mim e se deteve um pouco; pareceu-me até que piscou para mim.

Lucrécia, quando viu, se pôs deslumbrada com os braceletes de moedas de ouro no pulso da gloriosa Berecíntia. A qual retirou do pulso um dos braceletes e deixou que Lucrécia o sopesasse na mão — Que peso! — e até pusesse no pulso, pondo-se a incubá-lo com os olhos de céu claro. Combina com seu cabelo, disse Ivone. E Lucrécia: Que moedas são essas, tão lindas! E a Chapim dos Reis, que lhe estava à frente, perguntou: Você sabe? Chapim dos Reis veio logo e aproveitou para degustar o braço da fulva Lucrécia enquanto examinava as moedas. Está tudo escrito em latim, disse ele. E indicou Agamemnon: O professor ali sabe latim.

Lá foi Agamemnon decifrar o texto das moedas. De pé entre Lucrécia e Berecíntia, tomou o bracinho sedoso da mulher fatal para melhor examinar as moedas, enquanto a lépida câmera de Chapim dos Reis não perdia um só lance do episódio: Esta aqui, olha, disse Agamemnon, é da Áustria, ou melhor, da Áustria-Hungria, muito bonita, mas não é muito antiga: é de 1915. Que homem bonito, Lucrécia disse, referindo-se não a Agamemnon, mas à imagem gravada na moeda. É o imperador Francisco José, esclareceu Agamemnon. Que bigodão, disse Berecíntia, metendo a sua colher torta; mas que pano é esse na cabeça dele? Não é pano, disse Agamemnon, é uma coroa de louros. E que escudo bonito aqui atrás, disse Lucrécia: parece duas águias de coroa na cabeça. Na verdade, explicou Agamemnon, encantado de poder servir de intérprete a mulher tão formosa, é uma águia só, veja, só tem duas asas. As duas cabeças simbolizam os dois reinos unificados, a Áustria e a Hungria. Lucrécia, ocorrendo-lhe a mão pelo rosto: Você sabe das coisas, hein, professor? E a outra moeda, perguntou ela. É de Portugal, disse Agamemnon, e bem mais antiga, olha aqui a data: 1790. Lucrécia olhava tudo com grande interesse numismático. E quem é essa velha feiosa? Deixa ver, disse Agamemnon. Ah, é a rainha de Portugal, Dona Maria a Louca. Mãe de Dom João VI. Lucrécia ficou escandalizada: Colocaram a cara de uma louca numa moeda de ouro? Coisa de português, disse Chapim dos Reis, entre uma foto e outra. Podiam colocar a minha cara, então, disse Lucrécia: eu também sou louca, mas sou mais bonita, que que vocês acham? Berecíntia e Agamemnon concordaram em dueto. Ah, suspirou Lucrécia, eu dava *tudo* pra ter meu retrato numa moeda de ouro. Nicágoras mugiu do outro extremo da mesa: Ouro! Ouro! Ouro! Por São Tostão, tem palavra mais bonita na língua portuguesa? Até a palavra brilha e arde na língua. Ah, pra mim, dos quatro elementos, o ouro é o melhor de todos, depois é a prata.

Lucrécia, devolvendo (com tristeza) o bracelete a Berecíntia: Nunca vi jóia mais bonita, e olha que já ganhei muita jóia bonita na vida. Esse anel aqui, disse, mostrando, sob o clarão dos flashes de Chapim dos Reis, um belo anel de ouro em que se engastara um enorme topázio, quem me deu foi Gilbertino, quando era presidente do Tribunal das Contas. Berecíntia, tão cativa que estava da moça, disse: Pois eu te dava essa aqui também, meu bem, se não fosse jóia de família, que passa de mãe pra filha há muitas gerações. Lucrécia, não sei se falando sério ou não: Por que não me adota como sua filha? Uma mãe como você eu ia amar de olho fechado.

Crisântemo, baixinho, só para eu e Agamemnon ouvirmos: Jóia de família, sim, mas da família da velha Pudentila, a primeira mulher de Domingos. Até hoje os filhos da velha esperam recuperar essas jóias na justiça. Mas quem disse que conseguem? Engavetei o processo tem mais de sete anos.

Nicágoras de vez em quando punha sobre mim o olho petulante, e sorria, enquanto as mãos loquazes faziam gestos flácidos no ar.

A singela Ivone, amiga de cavalos, disse: Eu viajei pela Europa uma vez, fui na Grécia, fui numa daquelas ilhas da Grécia, nunca vi coisa igual, todas elas cercadas de mar, e fazia parte do programa visitar uma senhora muito importante, a Sra. Kyra Paouli, era esse o nome dela, nunca esqueci. Essa senhora era tão importante que teve o retrato pintado por um pintor muito importante, não sei quem, e esse retrato acabou que foi usado na nota de mil dracmas. Pensei em você, Átis: quem sabe Domingos não arranja pra você fazer o retrato dele pra enfeitar uma nota de mil? Tu, Átis, disseste: Podiam me pagar até com mil dessas notas de mil: me pagar com meu próprio trabalho. Parlavestra disse: Domingos não ia se prestar pra uma coisa dessas. Pois eu ia, disse a áurea Lucrécia; e, fazendo-se coquete: Eu já fui pintada o meu retrato muitas várias vezes por artistas famosos. Um deles até pintou um retrato só dos meus seios, é o que chamam de *busto*, ficou uma beleza, foi o show da exposição, juntava gente assim pra olhar. Então eu não recusaria botar um retrato meu numa nota de mil, mas não tem como comparar dinheiro de papel com uma moeda de ouro do tamanho dessa de Berecíntia aí. Ai, triste destino. Nasci na época errada. Eu era pra nascer no tempo dos imperadores. Duvido que aquele bigodudo ia resistir aos meus encantos.

Nicágoras, valente nos negócios, encetou a se queixar de um jardineiro desaforado que fizera um serviço num dos escritórios dele. Eu cheio de problema pra resolver, disse ele, sem tempo nem pra me coçar, e o cara me enchendo o saco atrás do pagamento. Quer receber? Só tenho tempo pra você às cinco da manhã. Pois, por São Tomaladacá, não é que o cara teve o desplante de bater lá em casa às cinco da manhã? Aí eu perguntei pro safado: Quanto deu? Trezentos. Eu olhei assim pra ele e disse: Escuta aqui, seu mendingo. Você me torrou o saco só pra receber trezentos testículos? Está abaixo de mim pagar uma mixaria dessas. Pago não. E não paguei mesmo. Não se pode dar colher de chá pra essa gentinha. E olhou diretilíneo para mim em busca de minha aprovação.

Chapim dos Reis entregara-se ao afã de fotografar a fulva Lucrécia. Ela interpelou-o: Cara, você está me comendo com essa lente? Se está, fica sabendo que é a única maneira de você me comer. Está com tesão? Vai lá fora e bate uma, corno. Se você fosse rico, eu ia deixar você com uma mão na frente outra atrás, seu puto. Berecíntia riu: Se deu mal, hein, Chapim? Encontrou uma que sabe falar com homem, hein? O afoito Chapim dos Reis contra-atacou: Quer jantar comigo amanhã? Se quiser, eu vendo minha máquina e levo você pra jantar aonde você quiser.

Lucrécia: Quê? Jantar? Só se for em Nova York. Está em condições de me levar pra Nova York pra jantar? Se não está, me esquece. Que que você tem pra me dar? Carro? Apartamento? Terreno na Praia do Canto? Ações da Vale? Se tiver alguma dessas coisas, me procura, que eu vou estudar seu caso. Meu amigo, eu sou muito perigosa. Já teve homem que se matou por minha causa. Quer um conselho? Fica na sua. É casado? Não? Tem namorada? Pois fica com ela. Se se meter comigo, vai se fuder. Eu sou foda. Pergunta a minha irmã. Ela é crente, vivia no meu pé pra mim mudar de vida. Mandei tomar no cu. Meu cunhado veio tirar satisfação. Dei-lhe a satisfação de ir pra cama comigo. Depois ficou no meu pé, querendo mais, aí contei tudo pra minha irmã e o casamento foi pro buraco. É assim que eu sou, corno. Estou lhe avisando em atenção a Berecíntia: cuidado comigo. E sacudia para trás os belos cabelos de seda, louros por natureza.

Nicágoras, intrometendo-se lá de longe: Olha aqui, rapaz, que idéia é essa de ficar azarando a moça? Sabe o que mais? Por que tu não vai embora? Quanto tu quer pra ir embora? E puxou a carteira obesa: Quanto tu quer? Diz aí seu preço que eu pago. Chapim dos Reis encarou o empresário: parecia iminente a voar sobre o outro e dar-lhe um couro. Indalécio tomou o partido de Nicágoras contra o fotógrafo: É isso mesmo, não pode ver mulher que fica zoiando, não deixa nem a pobre da Dora em paz! Mas o cidadão interveio: Nicágoras, deixa disso, Chapim é o fotógrafo oficial da noite, não posso ficar sem ele. E ele não tem culpa de nada. A culpa é da beleza dessa moça esplendorosa. Viu, moça? Você tem de se acostumar e perdoar. Deixa olharem: nossos olhares vão regar a tua beleza e você vai ficar ainda mais formosa. Ela respondeu: Já que é o senhor que está me pedindo...

Ofereceram à áurea Lucrécia uma fatia do gato, que ela denegou polidamente. Aceitou uma cereja: Só como o que voa e o que nada, justificou. Berecíntia disse: Então você vai provar do próximo prato, o prato especial da noite. É coisa, perguntou Lucrécia, que voa ou que nada? Berecíntia: Pode comer sem susto, é coisa que nada.

Nicágoras também recusou o gato: Belisquei alguma coisa na casa de Nasidieno antes de vir pra cá. Ele não queria deixar eu sair nem por nada, achou uma afronta eu trocar a ceia dele pela sua. Mas eu falei: Nasidieno, gosto muito de você, você pra mim é como um irmão, mas Cani é mais que um pai pra mim. Não posso deixar de ir na casa dele hoje. O cidadão disse: Aprecio muito a sua lealdade, Nicágoras. Mas, a propósito, o que que tinha lá na casa de Nasidieno? Qual foi o primeiro prato que serviram lá?

CEIA NASIDIENA

NICÁGORAS

Serviram um macuco que nosso amigo Sílvio tinha caçado naquele mesmo dia, em homenagem ao dono da casa. Tinha prometido um macuco a Nasidieno, caçado por ele mesmo, e cumpriu a promessa. Aí, é claro, foi só Nasidieno meter o garfo no macuco pra trinchar que o bicho piou e peidou. Os novatos ficaram espantados, mas eu, que sou habituí, sei que em todo jantar de Nasidieno tem que ter um prato que canta e peida. Quando acabamos de traçar o macuco, uma caboclinha veio limpar os restos deixados sobre a mesa com um espanador e uma sacola roxa que nem aquela que se usa pra pedir esmola nas igrejas — donde eu fujo como São Diabo foge da cruz — e mostrava as tetas enormes toda vez que se curvava, pra horror de todos os convidados. Enquanto isso a irmã dela, cara de uma, focinho da outra, só que ainda na ceva, ia varrendo o soalho e recolhendo numa pazinha tudo que tinha caído no chão, e mostrando os fundilhos toda vez que se curvava. O patrão por um lado é tão cheio de nove horas e por outro não ensina as criadas a se comportar em público. Depois vieram duas bichas, uma preta e uma branca, trazendo cestas na cabeça cheias de garrafas de vinho, uma trazendo vinho português, outra, um vinho gaúcho, com o nome de Nasidieno no rótulo. E nos disse o gabola: Se alguém quiser vinho francês ou alemão de boa safra, também temos na nossa adega. Por São Pego, que exibicionismo mais chulo!

DOMINGOS CANI
Soube que o galgo que atropelaram aqui na estrada era dele.

NICÁGORAS
E era. Ele estava até de luto, com uma braçadeira negra no braço — não ficou mal. Tinha um xodó danado por aquele cachorro. Pagou uns desocupados pra enterrar no cemitério e vai pedir pra rezar missa de sétimo dia. O cachorro tem um nome maior que o meu, o padre nem vai saber que não é gente.

DOMINGOS CANI
Mas que outros convidados estavam lá, sofrendo esse tratamento junto com você?

NICÁGORAS
Estávamos lá, além de mim e de Horácio, Dócimo de Visco, Servílio e Vidíbio, sendo que Vidíbio deixou de ir na festa dos oitenta anos da mãe pra estar lá. Nomentano estava lá, e Drauco, aquela bicha velha, e Pórcio, ridículo, metendo broas inteiras na boca. E quando eu já estava de saída chegou Eugênides com aquele casal escroto, Espíntria e Pompônio.

MEM DE SÁ

Sabe, Domingos, Eugênides me encheu o saco a semana inteira pedindo pra vir comigo hoje à sua casa. Até na rua me abordou, mas não dei colher de chá. Safa! Sujeito chato e inconveniente. Pelo visto foi se consolar jantando com Nasidieno. Mas desculpe o aparte, Nicágoras. Continua, por favor.

NICÁGORAS

Nasidieno fazia questão de apontar tudo que tinha na mesa, com uma mão, depois com outra, pra que ninguém deixasse de ver nada, principalmente os anéis que tinha nos dedos: pois tinha dezesseis anéis metidos nos dedos, cada um com uma pedra diferente: diz que tem um fornecedor que vende as pedras pra ele. E nós ficamos lá, nos servindo de aves, de mariscos, de peixe, tão encharcados de molho que não dava nem pra saber o que estávamos comendo. Aí Nasidieno invadiu o meu prato, colocando ali tripas de maraçapeba que eu nem estava a fim de provar. Então Vidíbio disse: Se nós não bebermos esse vinho até secar as garrafas, nossos espelhos não terão orgulho de nós. E pediu taças maiores. Nosso pároco Nasidieno ficou branco como cera, pois tem medo dos convidados, se beberem demais, ficar tudo inconveniente — e também, em taças maiores, o vinho esquenta e perde o sabor. Mas o que trouxeram pra Vidíbio não era taça, era balde. Aí todo mundo quis também. Foi então que vieram chamar nosso amigo Sílvio, tinha um sujeito à janela querendo um particular com ele. Você sabe como Sílvio é cego. Não reconheceu o sujeito, então mandou entrar e dizer o que queria. O cara entrou e, na frente de todo mundo, disse que veio receber o pagamento pelo macuco. Foi aquela enxova, porque ficou claro que Sílvio não tinha caçado macuco nenhum, mas sim comprado baratinho daquele sujeito.

DOMINGOS CANI

Não crucifiquemos o pobre Sílvio: qual de nós não teria feito o mesmo?

NICÁGORAS

Aí fizeram um intervalo pra um dos famosos shows de Nasidieno. Por São Culhão, tivemos de ir lá pra fora e assistir aquela bicha soltar trezentas pombinhas que estavam presas no viveiro. Cada uma delas levava no pescoço uma fita escrita assim: Nasidieno me deu a liberdade. Pior é que saíram as primeiras duzentas e lá se foram voando pelo céu — e os puxa-sacos aplaudindo e nós tendo de aplaudir também — e ficaram as outras cem, que não queriam a liberdade nem pelo capeta. Um dos domésticos da casa teve de entrar no viveiro e botar todas elas pra voar na base do pontapé e da bordoada. Arre, que essa foi dura de agüentar. Depois voltamos pra mesa e serviram um vinho horroroso pra brindarmos à saúde de Nasidieno: e tivemos de esvaziar nove taças desse vinho, uma pra cada letra do nome do nosso amigo. Depois trouxeram uma garoupa que Nasidieno disse que foi preparada pra atender a todos os gostos: quem quisesse ela frita, comesse a cabeça, ensopada, o rabo, e assada o resto do corpo. O prato seguinte foi anunciado pelas bichas com trombetas e tambores. Era um frango, só que veio dentro de uma garrafa bojuda, com a cabeça saindo pelo gargalo. Nasidieno estava pra estourar de felicidade, e gritou assim: Palmas pro meu frango engarrafado! Até eu tive de bater palmas, afinal, aquilo pra mim era novidade. Mas aí Drauco, aquela bicha velha desastrada, deixou cair uma moringa em cima da garrafa do frango, e a garrafa se quebrou toda. Nasidieno deitou a cabeça sobre a mesa e começou a chorar como se tivesse perdido o filho que nunca teve. Horácio virou pra mim e disse, Alegria de rico dura pouco. Nomentano tentou consolar Nasidieno, dizendo: Se há um deus, coisa que duvido, ele não é nem sacro nem santo, pois se diverte em nos fazer sofrer. Não pode nos ver felizes, que arranja logo um jeito de nos fazer chorar. Quanto a mim, nunca esquecerei as suas lágrimas, Nasidieno, porque sei que foram choradas por amor de nós: porque você nos quis tratar como filhos pródigos, e fez esforços sobre-humanos pra isso. E Vidíbio acrescentou outras palavras de consolo: Eu acredito que haja um deus, sim, só que é um deus que não se envolve nessas questões mundanas. A inveja, isso sim, é que provoca acidentes como esse. Não digo que há invejosos aqui entre nós, que todos nós, eu diria, somos amigos sinceros de Nasidieno. Mas até mesmo de longe, em pensamento, a inveja pode estragar prazeres. Debita essa catástrofe na conta dos invejosos, Nasidieno, e pára de chorar. Se a inveja se preocupa em lhe criar sofrimento, é porque você incomoda com suas posses e seu bom gosto. Da inveja só os medíocres escapam. Nasidieno ficou comovidíssimo: Deus abençoe você, Vidíbio, e Nomentano também, e a todos que aqui estão: que fiz eu pra merecer tão bons amigos e tão cheios de bons sentimentos? E aí olha o que ele disse: Mas será que é Domingos Cani o invejoso que me lança mau-olhado de longe? Eu lhe defendi, Domingos, dizendo que a inveja é uma das capitais do pecado e você não se rebaixaria tão baixo. E aproveitei a deixa pra me despedir, dizendo que era esperado em sua casa. Ouvindo isso, Nasidieno começou a chorar mais que antes. Foi um custo pra mim conseguir me livrar das mãos dele, só faltou me prender à força pra mim ficar. Chegou o cúmulo de me fazer propostas indecentes que não vou repetir aqui. Quando viu que não tinha jeito, acompanhou-me até na porta e me disse: Sei que carnalmente você vai pra casa de Cani, mas em espírito fica aqui comigo, e é isso que vale. E pediu o favor especial de não mencionar em sua casa nada que tivesse visto de desabonador na casa dele. Mas Nasidieno, eu disse, juro por Santa Enxárcia que não vi aqui nada que desabonasse você, muito pelo contrário!

Todo esse relato causou grande hilaridade entre o cidadão Cani e seus amigos — da qual participamos nós, Agamemnon e eu, mesmo sem conhecermos as pessoas de que falavam. O próprio Agamemnon, aliás, pedindo a palavra —

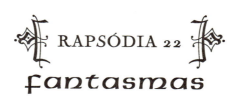

RAPSÓDIA 22
fantasmas

O cidadão Cani, da estirpe de reis, imperou que ficássemos à vontade; prescreveu que usássemos como se nossa fosse a casa toda, as duas bibliotecas, os nove banheiros, as três salas de jogos, as duas saunas — tudo, tudo, menos a cozinha. Na cozinha, disse ele, só entra o pessoal culinário. Mas se vocês quiserem circular pelos jardins, pra fazer a digestão, favor não se acanhar. Recomendo uma visitinha ao meu torso de Apolo, de onde dois mil anos de arte nos contemplam. Eu, por mim, peço data vênia pra me retirar pra botar pra fora tudo que comi, porque, senhores, quero deixar a casa do estômago igual a uma tábua rasa pra fazer o devido jus ao prato chave de ouro que vai fechar nossa noite gastronômica.

Evacuamos a sala. O sexo feminino saiu em tríade pela porta que dava para o terraço. Os homens tomaram o rumo da sala de fumar, onde se servirem de licores e café. Quanto a mim, furtei-me degraus acima até à área íntima da casa, em busca do ostracismo de um banheiro.

Debruçado sobre o lavatório heroicamente evoquei o vômito, que me exonerou o ventre de toda a porcaria que eu ingerira nas horas anteriores.

Na sacada do saguão fui haurir um pouco da fresca aragem da noite. Mal tive tempo de encher de ar puro os pulmões quando percebi que, de onde estava, podia ouvir cada palavra que subia do terraço logo abaixo.

CONVERSA DE GINECEU

Reconheci a voz acre de Berecíntia: Achei lindo o teu cabelo. E a linda voz líquida de Lucrécia: Outro dia me chamaram de loura de farmácia. Fiquei embucetada, quase chorei de tanta raiva. Dei um tabefe no cara. Tá vendo não, seu cego, que este cabelo é louro de lei? Só dou um reforço de vez em quando. E a voz aguda de Ivone: Eu tinha cabelo lisinho igual o seu. Fui cortar o cabelo de minha irmã, que é ondulado, o meu ficou ondulado também. Mas é uma gracinha, disse Lucrécia, parece um monte de minhoquinhas. O meu está um frege, disse Berecíntia. Não acho cabeleireira que preste. Onde você corta, perguntou Lucrécia. Numa escola de cabeleireiras, já tentei todas, não tem uma só que não faz merda. Vou ensinar uns macetes, Lucrécia disse, pra você cuidar melhor desse cabelo.

Eu vi que Indalécio não tirava o olho de cima de você, disse a singela Ivone. Lucrécia: Tem dinheiro? Já teve, Berecíntia disse, hoje não tem nem duzentos réis. Lucrécia: Então esquece. Não faço mais caridade. Fiz uma vez, e me arrependi. Era um pobre-diabo que morava perto da minha mãe. Vivia dando em cima de mim, todo respeitoso, bom dia, como está a senhora. Até que um dia me pegou de bom humor, primeiro, porque Dr. Leitão me tinha dado um carro de presente, que eu passei adiante por um bom preço; segundo, porque encontrei minha mãe em casa fazendo banho de assento. Não tem nada que me alegra mais do que ver minha mãe tomando banho de assento, porque isso quer dizer que ela está com as hemorróidas em carne viva. Saí feliz pela rua, lá vem o bostinha, todo cerimonioso, boa tarde, madame, como vai. Dei logo o tranco: Está querendo me comer, tá bom, hoje você vai me comer porque eu estou feliz. Mas é só hoje, viu? Não quero você me dando nem bom dia de amanhã em diante, eu disse pra ele.

A voz da áurea Lucrécia deleitava-me, a mim que a ouvia da sacada, como se fosse a voz eufônica de uma deusa.

Fui pro apartamento dele ali perto, numa porra de um conjunto vagabundo, e dei pra ele — dei só por dar, grátis, não cobrei nem um centavo. Foi a boa ação da minha vida — primeira e última. O cara devia ser doido. Depois de me comer muito bem comida, em vez de me agradecer, me beijar os pés, mandar rezar uma missa pra mim ficar rica, não, sabe o que ele fez? O otário me perguntou se podia pedir mais uma coisinha. Eu já comecei a ficar puta. Mas, por curiosidade, perguntei o que que era. Achei que ele ia me pedir o cu, ou uma chupada, e já estava pronta pra dar-lhe um chute nos bagos. Pois foi pior que isso. Ele se ajoelhou e disse: Se ajoelha, meu bem, aqui do meu lado e reza comigo um pouquinho pela saúde da minha mãezinha, que está doente. Ah, que filho-da-puta! Dei-lhe um empurrão que ele foi parar longe. Aí soltei os cachorros: Olha aqui, seu imbecil. Eu quero mais é que sua mãe, que a minha mãe, que a mãe de todo mundo neste mundo se fodam todas elas e mais as que ainda nem nasceram! E você, seu filho-da-puta, se me aparecer pela frente, não interessa onde, eu te arranco os olhos da cara mais o olho do cu. Vai ser mal-agradecido assim na puta que te pariu!

Aí, moderando a voz, Vê se pode, disse ela, uma coisa dessas. Isso tinha de acontecer justo comigo? Entenderam agora por que eu não faço mais caridade? Só dá gente ingrata neste mundo.

E você já foi casada, Berecíntia perguntou. Lucrécia: Fui noiva de um professor: um professor de judô. Terminei o noivado por ciúme. Eu era muito ciumenta, a boba. Ele saiu pra dançar com outra. Pois eu quando soube invadi o apartamento dele e quase estrangulei o filho da mãe. Não aceito traições. Depois ele começou a namorar com a tal da Natividade: Nati. Era uma estrangeira, uma espanhola, ou filha de espanhola, sei lá, foda-se. Pois mandei um presente pra ela: um caralho de estopa que pedi a uma mãe-de-santo pra fazer. A mulher ficou apavorada quando recebeu aquele troço e fugiu da cidade. Não aceito traições. Nunca mais quis saber de compromisso com ninguém. Homem não merece confiança. Ivone: Com quantos homens você já foi pra cama? Lucrécia: Ah, docinho, já perdi a conta. Cem, duzentos, sei lá. Talvez uns mais de mil. Berecíntia: Te admiro muito, coração. Lucrécia: Eu também me admiro muito. E nossa amiguinha aqui, não é uma gracinha? Adoro ela. Olha aqui, Ivone, não quer me adotar como sua filha não? Ivone: Mas eu sou mais nova que você, como é que pode a filha ser mais velha que a mãe? Lucrécia: Então eu adoto você, quer? Ah, Ivone, você não sabe o carinho que eu tenho por você. O que você quiser de mim, meu anjo, é só dizer que eu faço. Sou sapata não, Deus que me livre, mas com você eu ia pra cama sem medo. Lambia você todinha. Ivone: Acho que ainda não estou preparada pra isso. Não leva a mal não. É que eu gosto só de homem. Lucrécia: Eu entendo, baby. Eu também só gosto de homem, você é a minha exceção da regra. Me diz: está com alguém?

AMICA EQUORUM

Ivone: Antes de ontem me aconteceu uma coisa incrível. Sonhei com um cavalo. Sonhei que estava tendo relações com um cavalo, onde é que já se viu? Lucrécia: Só você, meu amor, pra ter um sonho maravilhoso desses — não é não, Berê? Berecíntia: Ivone é muito especial; eu que sou eu nunca sonhei que estava fudendo nem com um cachorro, quanto mais com um cavalo. Que cor que era? Ivone: Branco. Mas não foi só isso. Ontem à noitinha eu saí pra dar um giro, e não é que acabei encontrando o mesmo cavalo do sonho? Era igualzinho a ele, mesma cor, mesmo tamanho, e ainda tinha na testa o mesmo sinal de estrela que o cavalo do sonho. Fiquei tão emocionada, não, tão apaixonada, que comecei a sussurrar umas coisas no ouvido dele, sabe, eu te amo, eu te quero, você é tudo que eu desejo, sem você não posso viver, essas coisas que dizemos quando estamos apaixonadas. E passava a mão no pêlo dele, e me encostava nele, e dava uns beijinhos no pé da orelha. Acreditem, a coisa dele esticou que foi uma loucura, o bichinho começou a ficar todo assanhado, também pudera, quando é que foi que uma mulher arrastou a asa pra ele assim? Berecíntia: Não me diz que você fudeu de verdade com o cavalo. Ivone: Olha, nós dois já estávamos com um tesão tão grande que não ia dar outra. Mas aí apareceu aquele menino que veio hoje aqui, Graciano. Que eu chamei de Graciano Delon, porque ele é o suco da beleza, não é? Aí eu tive de disfarçar um pouco, não é, que que o rapaz ia pensar se soubesse o que estava rolando ali? Lucrécia: Já vi que esse cara é um empata-foda.

Mas depois que eu saí dali, prosseguiu Ivone, quando vim pra cá, pela praia, já estava de noite, pois não é que cruzei com um sujeito de todo tamanho, nunca vi ninguém tão grande assim. Eu parei, fiquei olhando pra ele, ele ficou olhando pra mim. Tinha um olhão castanho igual o olho do cavalo. Aí eu perguntei: Você é aquele cavalo? Ele não respondeu. Só agitou a cabeça igual cavalo faz. Aí eu vi que o sujeito tinha uma estrela no meio da testa. Minhas amigas, fiquei tão alumbrada que não me controlei mais. Cheguei junto e comecei a falar baixinho com ele e a alisar o braço dele, peguei na mão e dei uns beijinhos, e ele só me olhando assim de esguelha meio ressabiado. Eu vi que a coisa dele inchou dentro das calças e foi lá no pé. Aí tirei a roupa e me deitei na areia e ele deitou por cima de mim e, minhas amigas, acreditem, já não era um homem mas um cavalo que eu tinha ali em cima de mim. Aí começou a me lamber com uma língua de mais de um palmo de comprimento, nunca vi coisa igual. Tudo parecia um sonho. E o troço dele? Era um troço de todo tamanho, e quando eu vi aquilo eu gelei de medo: esse troço não cabe dentro de mim, vai me rebentar toda, vai me deixar toda estuporada. Aí fechei os olhos, e só sei que quando eu dei pela coisa aquele cacete já estava todo lá dentro de mim. E vou dizer pra vocês: que troço gostoso. Sou difícil de gozar, mas com aquela jibóia cá dentro em três minutos eu já estava gozando, e gozei que não parava mais de gozar. E o maroto gozou também, e foi tanto esperma que me alagou toda e ainda transbordou na areia um meio litro. Aí ele levantou de cima de mim e lá se foi embora que nem levado pelo vento. Eu fiquei ali me recuperando: parecia que tinha sido currada por um regimento de cavalaria. Quando me levantei, o que vi? Vi que ali tudo em volta só tinha pegadas de casco de cavalo nas areias.

A sensata Berecíntia exclamou: O que foi que aconteceu afinal? Isso foi sonho também ou foi o quê? Me explica, senão hoje eu não durmo.

Eu tenho pra mim, Ivone disse, que o cavalo se transformou em homem só pra não me assustar, e depois que a coisa começou ele voltou a ser cavalo de novo. Mas, disse Lucrécia, nem precisava: muita mulher já fudeu com cavalo neste mundo. Eu sei, disse Ivone: eu li numa revista que até uma rainha da Babilônia foi pra cama com um cavalo. Meu Deus, disse a gloriosa Berecíntia, por que que uma coisa dessas não acontece comigo? Homem mudado em cavalo, cavalo mudado em homem, ou cavalo cavalo mesmo, por que só eu que tenho que ficar chupando os dedos enquanto todo mundo se diverte? Lucrécia disse: Agora o que dá um pouco de medo é se ele fez um filho em você. Ivone disse: Não quero não, mas se fez, o jeito é cuidar: enjeitar um filho é que eu não enjeito de jeito nenhum: é pecado mortal. Berecíntia: Mas vai ter que fazer cesária, senão, já pensou?

Aquela história extraordinária trouxe um silêncio ao terraço. Já ia me retirar quando ouvi Lucrécia fazer uma pergunta que me sobressaltou: E esse tal de Graciano, que que ele faz, além de empatar foda? Ele tem dinheiro? Ou será que é gay que nem Nick? Que aliás não tirava o olho de cima dele lá na mesa. Ivone: Ele me disse que foi casado. Lucrécia: Foi ou é? Prefiro mais os casados: são os melhores pra se tirar dinheiro deles. Você está interessada nele, anjo? Ivone: Não posso negar que acho ele uma graça, apesar de quê o homem-cavalo me tirou um pouco do sério. Mas se Graciano, qualquer dia menos hoje, me tirasse pra namorar, eu ia na hora. Nunca namorei um poeta. Lucrécia, num espasmo de náusea: *Poeta*? Ivone, foge de fazer besteira: poeta não é homem. Não sabe trepar. Não tem tesão de verdade. Só quer saber de encher seu ouvido de verso. Ah, tudo que eu queria é que esse poetinha desse em cima de mim. Sabe o que eu ia fazer? Eu ia pedir uma poesia. Escreve uma poesia pra mim que eu *dou* pra você. Aí quando ele viesse com a merda da poesia dele, todo animadinho, aí eu ia dizer: Agora, meu amor, você pega essa poesia e enfia no olho do cu. Ah, minhas amigas, se tem coisa que eu odeio é livro, é poeta, é poesia. Berecíntia: Você sabe que eu também? Cá entre nós, minha triste sina foi casar com homem de letras.

Seus anéis também são lindos de morrer, disse a fulva Lucrécia à discreta Berecíntia. No verão, Berecíntia disse, gosto de usar anéis mais leves, e mais pesados no inverno. Este aqui, olha, de rubi, é o mais que eu gosto. Quando eu morrer, a pessoa que eu mais amei vai receber este anel de presente. Lucrécia: Pena que só lhe conheci hoje, senão seria eu. Berecíntia: Ainda tem tempo, coração, de vir a ser. Lucrécia: É um anel de rainha. Berecíntia: Sem meus anéis eu me sinto pelada. Parece que são parte do meu corpo. Só deixo de usar se estou de luto.

Lucrécia a Berecíntia: Minha querida, conheci você hoje e já adoro você. Então vou lhe dizer uma coisa, que papa na língua é coisa que eu não tenho: olha, esse velho horroroso que você chama de marido vai morrer em breve. Eu sei: eu vi no olho dele. E já vai tarde, não é? Lucrécia abriu espaço para Berecíntia dizer alguma coisa, mas ela não disse nada. Ah, mas eu sei, Lucrécia disse; eu vi no teu olho que você já está de saco cheio dele. Deixa morrer. Aí, que que você me diz, eu venho morar com você, que tal? E Ivone também. Nós três, que maravilha. Pra começar vamos fazer uma reforma na casa. A decoração fica por minha conta. Podemos pintar a casa toda de amarelo, vai ficar lindinha. Vou chamar um rapaz que é pau pra toda obra pra fazer o serviço. Faz tudo que eu mando em troca de uns beijinhos. Só tem um defeito: é viciado em drogas. E só tem uma coisa que eu odeio mais do que droga: minha mãe. Aquela velha horrorosa. Tomara que morra logo. Estou de olho na pensão do meu pai, que foi militar. Meu sonho é internar a velha. Quando vou visitar, eu digo pra ela: Está quase na hora de chamar o enfermeiro pra te dar injeção e te botar numa camisa de força. Vai esclerosando, vai, que é isso que eu quero. Outro dia me acusou de ladra porque peguei dois mil do dinheiro dela. Ela disse: Por aí você vê que não estou esclerosada não. Essa filha-da-puta. Pior é que tem jeito de que ainda vai viver muito. Todo mundo no lado dela da família vive noventa anos, cem. Tá louco. Será que eu ainda vou primeiro que ela? De quem é este mundo afinal? É de Deus ou é do Diabo?

No ermo em que se tornara a sala de jantar Aquela que Atravessa a Correnteza estendia sobre a mesa uma toalha noviça, estampada com motivos marinhos. Viu-me ali imóvel e olhou-me, amestrada, à espera de uma ordem. Como ordem não veio alguma, voltou a dar atenção à mesa, pondo-se a muni-la de novos pratos e talheres de belas formas. A única peça que sobrevivia a cada novo serviço era a enorme sineta de Berecíntia, que adquiri em minhas mãos sob o olhar desconfiado da ministra. Era peça antiga. O cabo tinha forma de peixe, peixe de cabeça risonha, corpo sinuoso e cauda em leque; a saia era toda insculpida de figuras, entre as quais sobressaíam as de um pássaro, de um cão e de um indefinido animal mitológico — um touro de asas?

No salão de fumar reencontrei meus companheiros, desfalcados da presença real do cidadão. O afoito Chapim dos Reis trocava o filme da máquina. Crisântemo e Parlavestra jogavam porrinha com palitos de fósforo. Tito Lívio e Átis, sentados entrejuntos num sofá, bebiam uísque: Átis sorriu para mim sem qualquer indício de mal-estar, todo culto em sua camisa de baratas. O copo dele, largado sobre a mesinha junto ao sofá, tinha gravado no vidro um coraçãozinho vermelho com a palavra

Você; o de Tito Lívio, presumi, traria um coraçãozinho semelhante com a palavra *Eu*.

Ainda atarantado pela história que ouvira Ivone contar, nem me lembrei de inquirir o bom Átis sobre a mulher que, oculta em algum lugar daquela casa, me apareceria redentora para purgar-me das maldições que pesavam sobre mim.

Nicágoras, capitão de efebos, mergulhado numa poltrona de couro, fumava um charuto. Quando me viu, devorou-me com o olho maquiado. Tirando da boca o charuto, ia dizer-me uma palavra, mas Agamemnon antecipou-se e me perguntou por onde eu andara. Sem esperar resposta, tomou-me pela mão para mostrar uma coisa no outro lado da sala. Nicágoras meteu o charuto de novo na boca: entendera tudo: eu era o irmãozinho do professor. Mesmo assim, piscou para mim o olho canhoto.

Numa lousa afixada à parede havia algumas mensagens escritas. Eram alguns dos fetos produzidos pelo elevado espírito do cidadão, entre os quais este: O livro é a alavanca que impulsiona o saber. E este: A saliva é o excremento da boca; as unhas são o excremento das mãos. E, melhor ainda, este: O que é Deus? A alma do universo.

Eu não tinha mais por que estar bêbado, mas ainda estava. A giz ousei acrescentar aos dizeres inscritos na lousa: Deus nada mais é que a quarta pessoa do singular, além de mim e de ti, além dos terceiros, e não há forma de tratamento que chegue até lá.

Ambos rimos os dois, como meninos levados. Mas Indalécio me vira, e veio logo declamar que naquela lousa só Dr. Cani botava o dedo — e apagou sem nem ler a minha poética definição de Deus. Depois, dando de cara com Chapim dos Reis, ladrou: E você, seu merda, pára de dar em cima de Ninfodora, que aquela mulher é minha. Chapim dos Reis replicou: Ué, não vi seu nome escrito na buceta dela não.

Os dois heróis foram apartados a tempo antes que se arrancassem as orelhas no aço da discussão. Ninfodora, foi o que deduzi, era o nome completo da poderosa Dora de abundante corpo.

Servi-me de um licor de rosa e sentei-me num sofá, Agamemnon ao meu lado, para participar da conversação geral.

MEM DE SÁ
Quem emigrou desta para melhor foi o nosso Leão.

NICÁGORAS
O Panta?

MEM DE SÁ

O próprio. Morte lamentada por gregos e troianos. Agora acho que a presidência honorária do Centro de Esperanto vai sobrar pra mim. Arre. Mais trabalho.

NICÁGORAS

Eu sabia que ele estava mal, mas não sabia que tinha morrido. Foi coroinha junto comigo lá no orfanato. Os padres adoravam ele. Pudera não, ficava uma gracinha naquela roupinha branquinha amarelinha.

CRISÂNTEMO

Eu soube da triste notícia pelo filho dele, que encontrei na rua. Foi até meio chato. Eu tinha compromisso com uma belezura que conheci no Tribunal, mas tive de dar atenção ao rapaz, que me chorou no ombro. Quase que perco a minha comida, mas, paciência, são os ossos do ofício do ser social.

MEM DE SÁ

Estive em casa dele mês passado. Vi a menina que lhe virou a cabeça e fez ele largar a mulher. Não tem vinte anos. Um chuchuzinho. Panta estava na varanda, sozinho, estirado numa rede. Não tem oitenta, mas parecia ter cento e vinte. Olhou pra mim e disse, num suspiro: Quero morrer.

INDALÉCIO

Quero *mulher*?

MEM DE SÁ

Não: quero *morrer*. Mulher ele quis a vida inteira, mas a garota acabou com ele. E ainda deixou ele morrer sozinho. Morreu na rede. Se fosse sertanejo, era só embrulhar e levar pro cemitério.

TITO LÍVIO

Coisa triste. Seria tão bom se pudéssemos morrer na companhia dos amigos; até, se possível, morrermos todos juntos, de mãos dadas. Não teríamos toda hora de chorar por causa deste ou daquele.

NICÁGORAS

Deixa de inventar moda, Patativa. Deixa as coisas do jeito que estão.

PARLAVESTRA

Lá se foi o Panta fazer a viagem de que não se regressa. Melhor que ele, só outro ele. Era homem feito à unha. Tinha aquela mania de roubar paliteiro de restaurante, mas não se pode dizer que matou ninguém. Era um bom. E generoso: um dia fui elogiar um urinol que vi na casa dele, que tinha um olho pintado no fundo e escrito "te vejo" — pra quê — me deu de presente. Está lá em casa, na sala. Fica como lembrança dele.

CRISÂNTEMO

Não esqueçamos o lado religioso do homem. Nunca fui à missa que não visse o Panta de lá pra cá o tempo todo: era o fac-totum do padre. Lia a epístola, saía cirandando com a sacola das espórtulas, botava o pratinho debaixo do queixo dos comungantes, tudo o sacana fazia. Mesma coisa no Movimento Familiar Cristão. Era presidente, vice-presidente, servente-contínuo e ainda dava os cursos de noivos e redigia os panfletos sobre fidelidade conjugal e outros temas de discussão. Era mais cristão que Cristo, mais religioso que Deus.

MEM DE SÁ

Panta era uma pedra preciosa sem jaça. Homem humaníssimo. Na Academia, era um oásis de lhaneza e de simplicidade. Um homem integral: teve filhos, plantou árvores, publicou as traduções que fez do esperanto, na minha opinião as melhores obras dele. O resto é meio fraquinho. Lembro daquele concurso de redação que ele tomou parte por engano:

era só pra garoto de ginásio e ele ficou em décimo lugar. Mas a vida é isso: hoje toma-se a sopa quente, amanhã toma-se fria. O que importa é que ele soube viver. Não vê a viuvinha... Confesso que tive inveja de Panta. Comer um corpinho daqueles... Melhor se tivesse sido mais cedo, mas, enfim, antes tarde do que nunca.

PARLAVESTRA

Mas o Panta pagou caro essa bucetinha nova: teve de dividir com um regimento, segundo eu soube — a menina nunca foi fácil. Lá na funerária tiveram de aparar os chifres do pobre pra não fazer feio na frente dos parentes e amigos.

CRISÂNTEMO

Ele não tinha feito uma plástica?

PARLAVESTRA

Mas cresceu tudo de novo, a menina não parava de dar...

TITO LÍVIO

Panta já mandou carta? Quando mandar, não esqueçam de mim. A última carta que eu li lá do além, que foi a de Serpentino, eu só li seis meses depois de chegada.

AGAMEMNON

Será que eu entendi bem? Vocês estão esperando carta do morto?

MEM DE SÁ

Nossos amigos sempre mandam carta depois que emigram. Gergelim acabou de mandar uma. Disse que foi recebido com festa, é claro, foi o último da turma dele do Liceu Filomático a subir. Os colegas levaram direto pra uma moqueca na filial do céu do restaurante São Pedro, que Sinfrônio dirige e que até São Pedro freqüenta, como não podia deixar de ser: e come a moqueca e nunca paga a conta, como também não podia deixar de ser. Por falar nisso, Crisântemo, Gergelim mandou um recado pra você na carta dele. Disse que está morrendo de vontade de comer chocolate, e que é pra você mandar uns cinco quilos pelo primeiro portador, que deve ser o Querqueira, que está pra subir a qualquer hora. Depois ele acerta com você.

CRISÂNTEMO

Ah, por que morremos? Por que desaparecemos, um dia, do número dos vivos? Por que viramos sombras sem nome nas sombras da noite? Por que viramos ossos sem título nem honras? Acho isso uma injustiça, Deus que me perdoe, mas acho.

ÁTIS

Meritíssimo, é a lei da natureza, mas o senhor pode entrar com um mandado de segurança.

CRISÂNTEMO

Patativa, fala pra esse seu bofe aí não bulir comigo, que eu sou magistrado e ele é o quê? Viu, traste? Quem é você pra falar de lei pra um jurista que nem eu? Você não é nada. Já eu sou desembargador, escritor e poeta. Escrevi teses importantes, *A alma da lágrima*, *O dente do direito*, *Feticídio por combustão*, elogiadas pelos melhores juristas do Brasil. Quando eu morrer, vou ser nome de rua, e você, vai ser o quê?

TITO LÍVIO

Ih, Crisântemo, deixa de veadagem. O rapaz não quis ofender.

PARLAVESTRA

Nossa geração está indo embora, aos pouquinhos, mas está. Quem será o próximo?

NICÁGORAS
Por São Farpado, espero ser o último da fila.

AGAMEMNON
Está na Bíblia: o último será o primeiro.

NICÁGORAS
Então quero ser o primeiro.

TITO LÍVIO
Passa, morte, que eu estou forte.

Quem será o póstumo de nós,
o que nos deitará em rasa cova,
e que a pá de cal afinal sobre nós jogará?
Esse dirá, como epitáfio, os nossos versos,
sobre as cinzas da cidade já extinta.
Esse terá nome, mas ninguém para chamá-lo.
E nós, enquanto mortos sob a terra morta,
esperando escoar-se toda a eternidade,
somos tantos pedros sem
(que ontem tinham e hoje não têm):
sem orgasmo, sem bandeira,
sem vergonha de nossas fezes,
sem memória de pombos arrulhando no sótão,
nem dos beijos comprados às crianças por um só tostão.

Mem de Sá: Nuno meu irmão era muito amigo de Panta, tanto que ficou com o cachorro dele depois que o Panta morreu. E Nuno me disse que de vez em quando Panta vai lá na casa dele visitar o cachorro. Nicágoras, valente nos negócios, ficou impressionado: Seu irmão *vê* o fantasma do Panta? Mem de Sá: Não, quem vê é o cachorro. Nuno me disse que tem vezes, sempre de noite, que o cachorro levanta de repente e se põe a olhar pra um ponto qualquer, abanando o rabo feito doido e rindo de feliz. É o dono que veio visitar.

Agamemnon riu, meneando a cabeça.

MEM DE SÁ
Eu sei que você, mestre Agamemnon, não acredita nessas coisas, mas muita gente preparada acredita, e eu também.

PARLAVESTRA
E eu também acredito, mas racionalmente: em mula-sem-cabeça eu não acredito, não faz sentido, mas acredito em alma do outro mundo. De todas as coisas sobrenaturais, é a mais certa que tem. E também acredito em lobisomem, pois conheci um lá em Queda d'Água. Era pálido, magro, macilento, de orelhas compridas e nariz virado pra cima, com narinas tão grandes que dava pra meter três dedos em cada uma. Virava lobisomem nas sextas-feiras de lua cheia. Na sexta-feira santa vinha lamber as tripas de peixe e cascas de siri que as pessoas deixavam no quintal sem enterrar.

INDALÉCIO
Eu faltei pouco pra virar lobisomem. Sou o mais novo de sete irmãos. Só não virei lobisomem porque meu irmão mais velho é meu padrinho de batismo. Foi o que me salvou, graças a Deus.

PARLAVESTRA

O que eu conheci era filho de padrinho com afilhada.

AGAMEMNON

Padrinho de casamento?

PARLAVESTRA

De batismo.

AGAMEMNON

Pelo menos o risco de ser mãe de lobisomem nossa amiga Ivone não correu.

CRISÂNTEMO

Como assim?

MEM DE SÁ

É que Ivone andou namoriscando o velho Boaventura, que foi padrinho de casamento dela.

INDALÉCIO

Lá em Colatina um sujeito me contou uma história de arrepiar o cabelo: ele e o irmão dormiam no mesmo quarto, e ele sonhou que um estranho chegava, sentava na beira da cama do irmão e começava a cortar o cabelo dele. E de manhã, quando acordou, viu o irmão se olhando diante do espelho, naquela estranheza, porque o cabelo estava cortadinho de recém. E ainda por cima os pêlos cortados estava tudo espalhado pelo chão. E o sujeito me falou: Seu Indalécio, se essa moda pega, barbeiro como o senhor vai perder tudo que é freguês. Mas eu matei a charada. Só podia ser fantasma de barbeiro, e devia de ser do velho Manduquinha, que não tinha nem um mês de morrido. Cortou cabelo mais de sessenta anos, não deve de ser fácil largar a tesoura assim de repente. Vai ver eu vou voltar também depois de morto pra cortar cabelo dos amigos.

CRISÂNTEMO

Ah-ham.

O ADVOGADO DO FANTASMA
(primeira parte)

O imponente Crisântemo narrou: Isso aconteceu quando eu era recém-formado e fui advogar lá na comarca de Mimoso. Nem advoguei muito, porque logo depois fiz concurso pra juiz e passei em primeiro lugar, e aí deixei a advocatura. Mas desse caso eu não esqueço, nem poderia esquecer. Um menino de uns treze anos morreu afogado no rio Itabapoama e a mãe ficou inconsolável, o que é natural numa mãe nesses casos. Algumas noites depois, o fantasma do menino apareceu pra mãe e passou a noite toda na companhia dela, tentando consolar com beijos e abraços muito carinhosos. Quando chegou a manhã, o fantasma desapareceu. A mãe quis compartilhar com o marido aquela felicidade, e então contou tudo a ele, que era o pai da criança. Mas o homem não gostou da idéia de receber visita do fantasma do filho: ficou transtornado só de pensar na coisa. Que fez então? Mandou vir um pai-de-santo e os dois foram no cemitério ver o túmulo do menino. Quando chegaram lá, o pai-de-santo fez uns passes em torno da sepultura e depois deitou em cima da lápide e soprou umas palavras mágicas que, segundo ele, penetrariam o mármore, a terra e a madeira do caixão e dariam sossego ao anjinho como se fosse um calmante. Mas, depois de uma hora de atividade, o pai-de-santo disse que o espírito do menino estava resistindo ao tratamento. E que só tinha uma solução: abrir a sepultura, tirar toda a terra e depois encher o buraco com cimento e folhas de aço. O pai concordou e mandou fazer. Depois que fizeram, o pai-de-santo disse: Pronto. Agora o menino vai dar sossego, porque daí não pode sair de jeito algum. E, de fato, a partir desse dia a mãe não recebeu mais a visita do menino.

Alguns de nós repudiamos com veemência aquela judiação contra o menino morto e a sua mãe.

O ADVOGADO DO FANTASMA
(segunda parte)

Escutem, disse Crisântemo. A mãe, quando soube, ficou desesperada de dor, o que é natural, mãe é mãe. Começou a sonhar que via o filho tentando a todo custo sair do túmulo, coitado, sem saber que tinham bloqueado o caminho com camadas de cimento e aço. Imaginem alguém que foi sepultado vivo e que acorda dentro do caixão no fundo da sepultura. Pois o desespero dessa pessoa não chega aos pés do desespero de uma alma presa no fundo da terra, que não entende por que não consegue sair dali. Bom, o caso acabou chegando aos meus ouvidos e eu, mais por compaixão do que por dinheiro, propus que a mãe entrasse com uma ação. Ah, meus amigos, tenho orgulho desse caso. Impetrei uma ação contra a crueldade do marido, e levantei a tese de prisão em cárcere privado, invocando até o princípio da liberdade de ir e vir prevista na constituição federal, que não diz que essa liberdade só se aplica aos vivos. Morto também é gente. E fui mais além: afirmei que o que o marido fez equivalia a uma tentativa de uxoricídio, porque todo mundo via que em pouco tempo a dor e o desespero iam matar aquela mulher. Ele alegou que fez o que fez para garantir à mulher a paz de espírito. Repliquei que o fantasma de um filho nunca seria capaz de assustar mãe nenhuma, nem de lhe tirar a paz de espírito, muito pelo contrário. Pra que me estender? O juiz deu ganho de causa à minha cliente. O pai-de-santo foi intimado a retirar todo o feitiço que pôs no túmulo e o pai da criança, a remover o bloco de cimento e aço que impedia a alma do menino de sair dali pra visitar a mãe.

Crisântemo tirou não sei de onde um leque e se pôs a abanar, dizendo: O filho continuou visitando a mãe durante muitos e muitos anos. O mais curioso é que, segundo me disseram, o fantasma do menino foi crescendo, tornou-se adolescente, depois adulto, ou seja, foi seguindo o ciclo da vida mesmo estando morto. A mãe morreu quando ele teria uns trinta anos. Pois é, meus amigos, posso dizer, em sã consciência, que fui o único advogado do mundo que defendeu um fantasma. Agamemnon: Então o senhor acredita em fantasmas? Crisântemo: Um advogado não precisa acreditar no cliente, precisa defendê-lo. Mas já ouvi muitas histórias fidedignas pra negar que fantasmas existem. Uma tia minha, por exemplo, depois que morreu, apareceu de noite no quarto do marido. Ele ficou curioso de saber como era o mundo do lado de lá. Ela disse que só diria se ele mandasse umas roupas bem bonitas pra ela vestir no outro mundo, porque estava passando vergonha com a mortalha em que tinha sido enterrada. Meu tio comprou roupas bem bonitas e queimou tudo num certo lugar que ela indicou. Dessa maneira ela recebeu as roupas e então contou pra ele tudo que ele queria saber sobre o além.

E acredito em clarividência também. Uma vez consultei uma vidente, a mesma que o governador consulta, ele que me indicou, e ela me disse que eu vou chegar aos oitenta. Pra mim é o bastante. Ainda tenho vinte anos de vida pela frente. Ou só um, disse Agamemnon. Crisântemo:

Como assim? Agamemnon: Ano que vem estaremos nos anos oitenta. Crisântemo: Julgo improcedente a sua interpretação. Agamemnon: É apenas uma interpretação. Mas o tempo dará a sentença, não o juiz.

De tanto licor que bebi, acabei adormecendo no sofá.

Fui acordado por Agamemnon de um sono obeso. Estávamos sozinhos. Ele disse: Vejo que você e o sono se dão muito bem. Cadê, perguntei, os outros. Acabaram de sair, disse ele, pra voltar à mesa. Está na hora do prato principal. Estou curioso, eu disse, pra saber que prato será esse. Ele disse: Bem, se é coisa que nada, como foi dito, só pode ser peixe — e peixe raro, ou não seria o prato principal da noite. Portanto, pode apostar que tem gosto de merda. Atônito ante tamanho absurdo, exclamei: Só se a merda estiver na sua língua.

Agamemnon disse: Não sabe o capitão Cook, o célebre navegador inglês? Pois, falando sobre Java, ele disse que a pesca nessa ilha era muito abundante, de modo que a população nunca passava fome. Havia, porém, uns peixes que eram muito raros, e esses iam pra mesa dos ricos, que pagavam uma fortuna por eles. Mas, veja só, esses peixes raros tinham um gosto horrível, enquanto os outros, que davam a rodo, eram uma delícia. Mesmo assim, os ricos, por orgulho, só comiam os peixes raros, porque se comessem dos outros, que eram baratos, seriam olhados com desprezo pela elite da ilha.

Em trâmite para o salão, quase tropecei com Átis, que apressado ia saindo do lavabo. Interpelei-o, então, dizendo: Que diabo de jóia é essa que você trouxe pra mim? E tu, Átis, respondeste: Qual é a jóia que você mais deseja? Não é uma mulher? Pois trouxe comigo pra você, quando entrei na casa por uma passagem secreta, uma mulher que vai te fazer esquecer Alice e todas as outras mulheres. Agamemnon, que tudo ouvira, perguntou antes de mim: Quem é essa mulher? E tu, Átis, respondeste: Ela se chama surpresa. E perguntei, curioso: E onde está ela e quando vou vê-la? E tu, Átis, respondeste: Nem eu sei onde ela está escondida, mas prometeu aparecer no momento certo. Não se preocupe: em matéria de mulher, palavra de Átis, seus problemas estão resolvidos. E finalizaste: Amigos para sempre: amigos grátis: Graciano e Átis. Que veadagem é esta, perguntou Agamemnon. Ao que tu, Átis, voltando-te para ele —

RAPSÓDIA 23
sereia

Neste mesmo dia de hoje, disse o cidadão, em dois anos diferentes, escapei de morrer morte certa. Vi a morte olhando pra mim com água na boca. Mas nas duas vezes dei sorte de me safar e ela teve de ir embora de mãos abanando. A primeira vez foi no comício da oposição que teve em Vitória em 1930, quando houve um tiroteio onde morreram não sei quantas pessoas. Eu caí numa vala na rua Sete e um dos cavalarianos disparou o fuzil contra mim duas vezes, mas o bandido estava cheio de cachaça e errou os dois tiros. A segunda vez foi no acidente de avião, também morreu gente, mas eu escapei de corpo inteiro. Quando o avião começou a sacudir que nem vara verde eu vi logo que ia dar merda. Aí me lembrei de Nossa Senhora da Penha, que salvou os escravos do Queimado de morrer na forca. Aí, com o cuzinho na mão, rezei pra ela me salvar também, e ela não negou fogo: morreu até um padre no desastre, mas o Degas aqui a danadinha salvou inteiro. E virei devotíssimo dela, porque Nossa Senhora é foda. Também não fiz por menos: dei toda a roupa que estava usando naquele dia pra sala dos milagres do convento: dei tudo, dei terno, gravata, camisa, sapato, meia, polaina, chapéu, lenço, cinto, abotoadura, e até as ceroulas. Está tudo lá, quem quiser ver vamos lá que eu mostro. E este é um dia especial pra mim também porque é domingo. Nasci num domingo, por isso que me chamo Domingos. Nasci no mês de janeiro, no cabeçalho do ano, e sou capricórnio de cabeça dura. Nasci de pés pra diante, coisa rara, não é pra qualquer um. E nasci numa canoa no meio do rio Lete, que dizem que a água desse rio é boa pra aguçar a memória, e é por isso que eu tenho essa minha memória toda. Nossa casinha ficava na ribeira desse rio. Meu pai precisou ir no outro lado do rio pra apanhar lenha, e minha mãe, pesadona do jeito que estava, deu desejo de ir junto. Só o esforço dela entrar e sentar na canoa já bastou pra mim me assanhar todo pra sair da toca. Meu pai, teimoso que era, não quis perder a viagem: remou até o outro lado e apanhou lenha, sem dar ouvido pros berros da minha mãe. Na volta, quando chegou no meio do rio, eu nasci. Sou filho das águas, que nem Moisés e a deusa Vênus, só que menos bonito que ela. Pois então nasci no rio Lete, que separa os municípios de Mileto e Gadara, de modo que esses dois municípios disputam *ferozmente* o privilégio de serem o berço de Domingos Cani. Prefiro seguir o exemplo do grande rei Salomão e dizer que minha cabeça e meu peito nasceram nas águas territoriais de Mileto, e nas de Gadara nasceu meu baixo ventre, incluindo o pau e os ovos, mais as pernas. Nasci em 1910, no ano do cometa Halley, e esperamos nos ver de novo em 1986. É a minha estrela favorita. Minha mãe me dizia: nascer de pés pra diante e ainda por cima no ano do cometa, isso só pode ser bom agouro: é sinal de que você não vai ser pouca porcaria na vida. Você vai ser alguém, menino. Disso de ser alguém ela entendia, conheceu pessoalmente Gago Coutinho e Sacadura Cabral, os aviadores portugueses que desceram de hidroavião na baía de Vitória, e que ela chamava de Vasco Coutinho e Álvares Cabral. Ela disse que um dos dois, não lembro qual, cantou todas as mulheres que estavam na festa em homenagem aos dois no palácio do governador, lá no morro de Santa Clara. Quantas comeu, não sei. Comeu minha mãe, que ela me disse. Era camareira do hotel aonde eles ficaram. E me disse: Não sabem nem falar direito e ficaram famosos. Meu filho, você vai ser famoso também, eu sei que vai. Nem que vire aviador. Virei coisa melhor que aviador. Meu patrimônio é imenso. Pra governo dos que não sabem, tenho fazendas, edifícios de apartamentos, lojas alugadas, agências de turismo, hotéis, ações da Vale e do Banco do Brasil, um loteamento na praia de Guriri que o prefeito de São Mateus me deu de presente, e uma frota de lanchas de pesca e outra de carrinhos de pipoca, pra dizer só o que eu lembro. Outro dia me hospedei num hotel lá de Guarapari e quando fui pagar a conta quase caí pra trás: não me deixaram pagar nada, o hotel era de minha propriedade. Mas essas coisas não me satisfazem. Sou um idealista de pés juntos. Quero fazer coisas pro povo da minha querida capitania. Se for nomeado governador, como espero, estou trabalhando pra isso e o presidente é meu amigo, vou realizar grandes projetos. Primeira coisa que vou fazer vai ser devolver o palácio Anchieta pros jesuítas. Aquilo era deles, eles que construíram, acho de justiça voltar pra eles. Pro governo eu construo outro palácio, e vai ser em Santa Teresa, porque, meu caro Jamba, vou transferir a capital do Estado pra lá. Mas e a nossa república, objetou Parlavestra, como é que fica? Fica mais pra diante, disse o cidadão: tudo tem sua hora. E não me interrompe. O cinema Santa Cecília, que hoje só passa filme de putaria, quero que volte a ser o templo da cultura que já foi: só se podia entrar de paletó e gravata. Pois vai voltar a ser do jeitinho que era. Meu governo vai comprar o prédio e doar pra Academia de Letras pra nós acadêmicos fazermos lá as leituras públicas de nossas obras. Mem de Sá: Eis aí uma grande idéia, Domingos. Mas uma sugestão: de graça não. Vamos cobrar entrada. O cidadão discordou, sacudindo a cabeça: Não, não, Mem, não é assim que se faz. O povo não está acostumado com cultura, e é função da Academia educar o povo. Não vamos cobrar nada. Pelo contrário, vamos *pagar* pra quem for assistir as leituras. Mas vamos pagar e trancar as portas, porque senão vai ter espertinho caindo fora sem ouvir as leituras. Parlavestra disse: Dependendo do palestrante, vamos ver grávidas dando à luz e velhos morrendo de infarto. Não, não, Jamba, ponderou o cidadão. Vamos fazer as coisas com critério. Ninguém vai poder falar mais do que oito horas.

Ah, outra medida que vou tomar, de grande impacto sócio-religioso, é obrigar as mulheres a servir um ano a igreja, que nem os homens servem o exército. É costume muito velho, segundo ouvi falar, lá dos tempos da Babilônia, uma cidade da Grécia antiga, e eu acho importante instituir de novo esse costume, e a tucha concorda comigo. É o seguinte: as mulheres vão ser todas, durante um ano, prostitutas da igreja. Vão prestar serviço todas as noites, menos domingo, e o que ganharem vai tudo pras obras de caridade da igreja. Vai ser bom pra igreja e bom pra sociedade. A instituição do casamento vai lucrar com isso, e muito. Sususa, por exemplo, que largou o casamento com Safínio pra ser puta e, diga-se de passagem, com decisão judicial e tudo, se tivesse sido puta antes do casamento não teria precisado fazer uma coisa dessas. Pras moças vai ser um curso de preparação pro matrimônio, já vão sair dali sabendo tudo que precisam pra atender os caprichos de qualquer marido, por mais exigente: chega de ver marido reclamando que vai procurar fora de casa o que a mulher não faz na cama: vou acabar com esse escândalo. E além disso as mulheres, depois de dar à vontade um ano inteirinho, já vão entrar no casamento de facho baixo, e não vão mais ficar assanhadas, como as de hoje, pra dar pro primeiro Casanova que aparecer. Tem adultério demais nesta terra: e adultério é latrocínio, é a mesma coisa que roubar comida do prato do outro. Alguém precisa dar um jeito nisso, nem que seja eu.

Depois de uma vida tão rica, não posso deixar de pensar na morte, que a morte é o último degrau da escada da vida. Homenagens, quero todas: bustos, retratos, medalhas, meu nome em escolas, bibliotecas, presídios, pontes, manicômios, o que for. Em ruas, não: nada de ruas: só avenidas e rodovias. Gostaria de ser dado meu nome a um município, mas aí vai ser uma guerra civil entre Mileto e Gadara, não posso consentir. O jeito é me contentar com um bairro de Vitória, e minha preferência é a Praia do Canto, que é bairro elegante: nada de bairro escroto no cu da ilha. Também não me esqueçam de criar a Fundação Domingos Cani só pra projetos culturais. Quero Nicágoras na presidência e Indalécio na tesouraria, pra tirar de uma vez o pé da lama. Você, Mem, vai ser o conselheiro acácio da Fundação: quer dizer, o presidente do conselho de conselheiros. Minha primeira providência, disse Mem de Sá, vai ser botar uma estátua de ouro do patrono no saguão do edifício. Ah, meu bom Mem, exclamou o cidadão, você tocou no meu calcanhar de Aquiles. Não posso negar que uma estátua de ouro me agradaria muitíssimo. Mas nada de usar dinheiro da Fundação: a Assembléia financia mole mole, principalmente se você pegar os deputados ainda chorando minha morte e fazendo meu necrológio.

Quanto ao meu corpo, que nasceu junto comigo e que sempre me prestou bons serviços, tenho pensado muito no que fazer com ele depois que me for. As alternativas são todas muito atraentes, e ainda não sei qual de todas que eu prefiro. Pensei em embalsamento, e a primeira vantagem é meu corpo poder ficar em câmara ardente durante algum tempo, digamos assim, entre seis meses e dois anos, exposto à visitação pública, com guarda de honra. Outra vantagem é poder participar ad eternidade das reuniões da Academia, do Instituto Histórico, da Arcádia dos Trovadores, e principalmente de banquetes como este, que já falei com Berecíntia pra continuar oferecendo depois da minha morte na razão de três por dois. Quero que me ponham sentadinho aqui nesta cadeira, vê se eu vou querer perder essas ocasiões de rever os meus amigos. Pena que não vou poder falar nada, mas ouvir eu vou, igual meu personagem Dagoberto. Mas me respeitem e não digam muita besteira. Por outro lado me agrada também a idéia de ser enterrado ali no jardim, ao pé do meu torso de Apolo. Já até bolei meu epitáfio. Bem simples: Aqui jaz Domingos Cani. Olha aqui para você. E embaixo o desenho de uma mão assim — e, à guisa de ilustração, formou com o trio de dedos do meio o gesto ortofálico, que, passeando a mão no ar, apontou contra todos nós. Ante o nosso assombro, riu-se e disse: Estou brincando com vocês. Falando sério, meu epitáfio vai ser este: Aqui jaz Domingos Cani, que foi o que foi e muito mais, e agora repousa e dorme em santa paz. Mem de Sá começou a aplaudir e juntamo-nos a ele num coral de palmas.

Se eu escolher o enterro, Berecíntia, manda fazer convite com uma tarja negra em volta do envelope, e lembra que vai ter que mudar seu nome: Viúva Domingos Cani, é assim que você vai passar a se assinar. Manda só mil convites, não vai caber mais de mil pessoas ali no jardim. E pede ao governador um destacamento da polícia pra garantir a segurança do recinto. Não esquece que eu quero um toque de silêncio muito bem tocado, com muita sensibilidade: se eu não ouvir o corno do corneteiro eu vou ficar muito puto dentro do caixão. E presta atenção na roupa que você vai usar na cerimônia: é roupa de viúva e não de sirigaita. Até o presidente é capaz de dar um pulo aqui nessa ocasião, portanto, não me envergonha. Ah, minha tucha, parece que estou vendo a cena, todo mundo lhe dando os pêsames, pêsames?, que pêsames que nada, lhe dando os parabéns pelo marido sem igual que você teve. Mas pensando bem eu acho mesmo é que quero ser cremado e que minhas cinzas voltem pra Itália, de onde vieram as minhas raízes. E quero que sejam lançadas no rio Pó. O pó ao Pó. Viu, minha mimosa Berecíntia. Você pega um avião no Rio, vai até à Itália, pergunta onde é o rio Pó e joga no rio Pó as minhas cinzas. Patativa, meu amigo, vai com ela, por favor, vai que eu pago todas as despesas. Porque essa mulher é muito distraída, ela pode se perder na Itália e jogar minhas cinzas no rio errado.

Distraída! — exclamou a discreta Berecíntia. Distraída! Lembra não daquela vez lá sei lá onde, Portugal, Espanhol, que eu mesmo liberei nossa bagagem marcando uma cruz com giz nas malas? Você reclamava que eu nunca sabia onde estava, se estava na Englaterra ou no Peru, mas na hora do aperto eu é que sabia o que fazer. Quanta coisa eu catei em loja sem pagar? Quanta coisa eu comprei mais barato fingindo que não falava a língua? Nasci mulher do mundo, o mundo não me assusta não: sei me virar em qualquer Egito da vida. Os romeus lá de Roma, por exemplo: gritavam comigo, eu gritava mais alto ainda e pronto: resolvia o problema sem nem saber que problema que era. Ah, Berecíntia, minha lâmpada acesa, exclamou o cidadão. Você é capaz de transformar uma bola num quadrado. Por isso te amo e te adoro. E, para nós: A melhor coisa do mundo é a mulher. A pior também, mas fazer o quê? É tudo ou nada. A ciência ainda não inventou um jeito de se ficar com a parte boa da mulher e jogar a outra fora.

Agora chega de papo, que eu tenho uma anunciação a fazer. Meu querido amigo Tito Lívio, aqui presente, abriu mão de ir na romaria dos homens ao convento da Penha, coisa que nunca fez, nem faria, a não ser pela grande amizade que nos une entre si. Pois muito bem. Quero que saiba, meu querido Patativa, que você não vai ficar sem a sua romaria, eu não vou deixar. Nossa noitada começou em terra e vai continuar no mar. Sim, pois planejei uma romaria especial pra você, uma romaria daqui de Manguinhos até Vila Velha, uma romaria de canoa, seu Tito Lívio, de *canoa*, coisa nunca vista nem cheirada, e dou a bunda se isso não pegar e não virar moda. Pois é, camarada, vamos até a prainha de Vila Velha na força dos remos e quando for de manhãzinha vamos subir juntos o morro da Penha pra você prestar homenagem a Nossa Senhora, que afinal é sua madrinha de batismo. Não, não sou eu que vou deixar Nossa Senhora morrendo de saudade do afilhado justo no dia da festa dela. E depois disso tudo ninguém há de dizer que não sou um pai e uma mãe pros meus amigos.

A todo o ministério a gloriosa Berecíntia de magníficos braceletes distribuiu cédulas de dinheiro enroladinhas em forma de cigarro e atadinhas com fita de seda vermelha. De um em um, a vernácula Reuza, a poderosa Dora — aliás Ninfodora —, o tristonho Dama, a ingênua Filomena, a exímia Murta, e outros cujos nomes e funções me escaparam, foram chamados e, após receberem seus donativos, retiraram-se sob a honraria de nossos aplausos.

Por último nos veio uma senhora toda igual a si mesma, já passada dos setenta anos de idade, de eminente estatura, rosto eqüino e corpo ao mesmo tempo hirto e desengonçado. Não satisfeita com sua altura natural, trazia armada em torre sobre a testa uma paliçada de cabelo branco e puído.

O cidadão disse: Dão boa noite a Dona Dalmácia, que já foi nossa ministra de culinária, mas hoje está aposentada das panelas e ocupa o cargo honorífico de ministra da trova popular. Boa noite, Dona Dalmácia, cantamos, nós convivas, orfeônicos, enquanto Chapim dos Reis a fotografava encantado. Ela sorriu em branco com seu pente de dentes fictícios e, fazendo jus ao seu ministério, desferiu contra nós uma bem construída trova: Esta casa está bem feita, os esteios são de vidro. Nela vive há muitos anos a mulher e o marido.

Aplaudimos em coro a ministra da trova popular, que nos concedeu a graça de um sorriso. O cidadão disse: Pra vocês saberem que não é à toa que ela é ministra, Dona Dalmácia vai mostrar as qualificações que tem de sobra pra dar e vender. Vamos, meus patrícios, digam um mote, qualquer que seja, que Dona Dalmácia diz na hora uma trova que combina com o mote. Agamemnon ergueu a mão primeiro que todo mundo. Para ser cortês, Como está a senhora, perguntou à ministra. Ela respondeu: Estou com trinta e cinco anos, moça donzela até hoje, e assim quero estar até morrer. Agamemnon disse: A senhora faz muito bem. E, ou admirado do cabelo da ministra, ou por causa de seu próprio sobrenome, ou ainda por ambas as razões, pediu uma trova sobre penteado. Veio esta: Penteai vosso cabelo da moda que vos convém. Cabelos são paciência, tem paciência, meu bem.

Outros convivas lançaram outros motes. A todos a ministra da trova atendeu sem desarrumar o cabelo.

LUCRÉCIA
Olho azul.

DONA DALMÁCIA
Tendes os olhos azuis, cor do mar quando está manso. Eu não sei quando terei nos vossos braços, descanso.

MEM DE SÁ
Livro.

DONA DALMÁCIA

Se for apanhar pitanga, apanhai, botai no seio, que o dicionário disse: pitanga verde é passeio.

TITO LÍVIO

Canoa.

DONA DALMÁCIA

Rio abaixo, rio acima, numa canoa furada, arriscando a minha vida por uma coisinha de nada.

TITO LÍVIO

Coisinha de nada? Deve ser você, Átis.

ÁTIS

A.

DONA DALMÁCIA

?

DOMINGOS CANI

Seja claro, rapaz. Que merda é essa de A? A o quê?

ÁTIS

A letra A.

DONA DALMÁCIA

Letra A, letra dourada, letra da minha paixão. Se eu pudesse colocava letra A no coração.

GRACIANO

Ninguém.

DONA DALMÁCIA

No tempo em que te amei, não amava mais ninguém: amava seis, sete, oito, nove contigo, meu bem.

DOMINGOS CANI

Nossa Senhora da Penha.

DONA DALMÁCIA

Mas são tantas trovas!

DOMINGOS CANI

Me dê uma que fale de Nossa Senhora e do mar — em homenagem à nossa romaria.

DONA DALMÁCIA

Nossa Senhora da Penha, bota a bandeira no mar, para salvar seus filhinhos, os que não sabem nadar.

A ministra da trova popular retirou-se sob uma salva de palmas, e quem mais aplaudia, babando-se de orgulho, era o próprio cidadão.

O qual: Essa mulher é uma gênia. Meus patrícios, não tenho mais dúvida: preciso levar Dona Dalmácia pra Academia. Que importa se ela é analfabeta de pai e mãe? Musógenes também não fica muito atrás. E ela não precisa nem fazer discurso, basta que os acadêmicos digam um mote que ela taca uma trova em cima. Discurso farei eu, que faço questão de recebê-la. Viu, Agamemnon? Já que você não se decide, quem vai pra Academia primeiro é Dona Dalmácia. Vai ser a primeira mulher a entrar na Academia. Berecíntia se queixou: Tucho, e eu? O cidadão replicou: Você vai ser a segunda. Na vaga dela.

O cidadão estalou estrepitosamente os dedos para estabelecer silêncio e: Meus amigos, disse, o lar é o teto que cobre a família, é um supositório de tradições, de pureza, de nobreza, de firmeza, de brio entre todas as nações do globo, como disse o bispo Clementino. Ora, vocês são a minha família, e eu, como pai dessa família, tenho a obrigação e o prazer de vos dar um tratamento plural majestático, honrando as tradições de nossa terra, principalmente quando passam pela boca.

Por um golpe de sorte, os pescadores de Manguinhos pescaram hoje de manhã um peixe muito raro, raríssimo, que todos eles juram de pés juntos que nunca viram coisa igual: na verdade não é peixe, é um mamífero, porque tem tetas que nem mulher. Em outras palavras, é uma SEREIA, que, graças a Nossa Senhora da Penha, vamos ter o privilégio e o prazer de consumir como prato-chefe do nosso jantar. Um murmurinho tomou conta da mesa: Dizia um: Uma sereia? Dizia outrem: Uma sereia! E um terceiro: Uma sereia?! O cidadão, então: Uma sereia, sim, senhores. Prima da Iara de cabelo comprido lá dos Amazonas e da pequena sereia que se apaixonou por um príncipe e morreu porque o príncipe não podia corresponder o amor de uma mulher que não tinha pernas pra abrir na hora de trepar. Descendente direta de uma daquelas malvadas que moravam nuns rochedos no meio do mar e cantavam os navegantes que por ali passassem. Da cantada dessas sereias só escapou Ulisses, e assim mesmo porque meteu umas rolhas nos ouvidos. Todos os outros foram transformados em peixes, que era o que elas comiam, fritos, assados, escabeche: foram, aliás, as inventoras da moqueca. Sim, senhores, o que vamos provar é prato raro, histórico, antológico, poético, fabuloso, que vou registrar em ata na primeira sessão da Academia e do Instituto Histórico. E não me saiu barato. O que paguei por ela dava pra mim comprar o próprio pescador que me vendeu a bicha. E ainda prometi que vou ser padrinho dele de casamento: tudo pra servir a vocês este prato, que vai matar Nasidieno de inveja. Se eu não comprasse ele compraria e, do jeito que estraga tudo que toca, ninguém ia conseguir comer.

Crisântemo perguntou: É moqueca? Assada, respondeu o cidadão. Lucrécia disse: Eu não devia comer, se é mamífero, mas, já que o bicho nada, vou abrir uma exceção.

Veio a sereia assada, trazida na mesinha de rodas. Erguemo-nos solenes para recebê-la e contemplá-la, enquanto Chapim dos Reis, ministro da fotografia, batia atarantado dezenas de fotos. A visão me deu pruridos de náusea. Parecia uma mulher, sim, pelas curvas sinuosas e mamas rotundas, mas tinha escamas no couro, braços atrofiados e feições cetáceas. No baixo ventre destacava-se a vulva convexa e junto às tetas fora acomodada uma abreviatura do monstro: uma sereiazinha do tamanho de um camundongo. A áurea Lucrécia, apontando, exclamou: Que troço é esse? Isso, meu bem, disse o cidadão, é o feto que achamos na barriga da sereia: ela estava prenha. E os amigos vão me perdoar se reivindico pra mim mesmo, como homenageado desta noite, o neném da sereia.

Tive de dar, disse o cidadão, um esporro no pescador, um tal de Pedrolino. Você devia ter pescado a sereia viva e não morta, sô. Ele se desculpou: mandou o arpão antes de perceber que era peixe raro. Eu disse: pois se tivesse pescado ela viva eu dava o dobro do que estou dando. E dava mesmo. Fazia um aquário só pra minha sereia e pra menina dela, já pensou o escândalo, no bom sentido? Sem falar que contratava um biólogo só pra coordenar o cruzamento da sereia com um golfinho ou um boto ou até com você, Indalécio, e garantir a reprodução da espécie. Ia vender sereia pros aquários do mundo inteiro. Mas não deu, paciência. Meu consolo é que eu vou ter o esqueleto da criatura enfeitando o meu jardim. E, é claro, junto com vocês, saborear este quitute dos deuses.

Chamou-se Dona Dalmácia lá dos bastidores para proferir, em homenagem ao prato principal, uma de suas trovas de circunstância. Ela não pestanejou: Ouvi cantar a sereia no meio daquele mar; muitos navios se perdem ao som daquele cantar.

Depois de alguma discussão, prevaleceu a opinião do preclaro Mem de Sá e serviu-se vinho branco para acompanhar a sereia que, embora mamífera, era criatura do mar.

O prato principal tinha sabor não diria de merda, mas de papel de jornal em que durante uma semana se tivesse guardado peixe podre — e Agamemnon lançou-me um olhar em que li claramente: Eu não disse? O cidadão, porém, logo decretou em altos brados que aquele era o melhor peixe que jamais comera em toda a sua vida, no que foi secundado por todos nós.

íamos e obrigávamo-nos a ingerir aquela porcaria, saciando de azeite no prato cada bocado e irrigando-o de vinho copioso na boca na vã tentativa de torná-lo tragável.

De repente eis Lucrécia que soltou um grito agudo e levou a mão ao rosto. Tem até pedra na bosta desta sereia! Quase quebrei o dente! A primeira dama foi logo acorrer, seguida de Ivone e até de Crisântemo e Mem de Sá. A áurea Lucrécia cuspiu a comida no prato e, retirando dali uma peça de metal, exclamou: Não é pedra não, é um anel! Um anel! — proclamaram uníssonas Berecíntia e Ivone. E Lucrécia, erguendo a jóia entre os dedos, Olha só, Nick, disse ela, primeira vez que eu acho um anel dentro de um peixe!

Nicágoras pôs-se frenético a vasculhar a sua porção de sereia: Por São Prepúcio, tem brinde nesta merda? Também quero, também quero!

Os outros dos nossos levantaram-se todos para ver de perto o prodígio — exceto eu. É meu, eu que achei, é meu, dizia Lucrécia, mostrando o anel já enroscado no dedo. Olha, Ivone, que lindo. Tanto tumulto atraiu as ministras, e até a digna Dona Dalmácia veio, e soltou logo uma trova: Não fale da letra A, letra A não é brinquedo, letra A é uma aliança que carrego no meu dedo.

É mesmo, é uma aliança de casamento, Ivone disse. É minha, é minha, eu que achei, clamava Lucrécia. Olha aí, Lucrécia, disse Ivone, vê o nome que está escrito no aro. Lucrécia: O nome? O nome do meu noivo? Quero ver. Deixa eu ver quem é o felizardo que me ganhou. Garanto que é podre de rico. Mas o que é isso? Está escrito Graciano. Não é o seu poeta, Ivone? Puta que merda. Que azar do caralho. Quero noivo poeta não. Pode ficar com ele pra você.

A singela Ivone, amiga de cavalos, viu-se, aliança na palminha da mão, convertida em presuntiva noiva de poeta.

Nisso seguiu-se uma turbamulta de palavras controversas, de um lado a outro da mesa, cada um dos circunstantes tentando oferecer e receber uma explicação para o prodígio. Até que o cidadão bateu palmas e impôs silêncio. Aí, depois de confiscar da mão de Ivone a aliança, dirigiu-se a mim para requerer uma explicação de tudo aquilo.

A descoberta do anel de Alice pusera-me num átimo de novo sóbrio e por isso incapaz de dar explicação alguma.

Tu, Átis, pediste a palavra e narraste em meu nome, em poucas e aladas palavras, a triste história do meu descasamento, tendo, porém, o escrúpulo de ocultar a razão por que o noivo abandonara a noiva.

Você não me falou nada disso, queixou-se Ivone ao meu lado. Parece que sou a última a saber, que nem marido traído.

O cidadão, aluno de Deus, esteve algum tempo pensativo, ora olhando para mim, ora para a aliança em sua mão, que por fim resolveu experimentar no dedo mínimo. Sua noiva, disse-me ele, tem dedinho fino, precisa ganhar peso. Depois, estalando os dedos, deu a dissertar: Poeta, sua noiva ficou injuriada com a sua atitude. Ficou humilhada e ofendida, como dizem os russos. E com toda a razão, digamo-nos de passagem. Isso não é comportamento de noivo que se cheire. Então o que fez ela? Fez o que eu faria, ou qualquer pessoa na mesma situação. Tacou a aliança no mar, e de um jeito ou de outro ela acabou aí no bucho da minha sereia. O que você acha, Mem? O preclaro Mem de Sá não duvidou de concordar com o cidadão. O qual voltou a dirigir-se a mim, franzindo as rugas austeras da fronte: Agora me diz, poeta, e é seu anfitrião que estou lhe pedindo: o que foi que fez você abandonar a sua noiva? Porque, a menos de você ter pirado dentro das calças ou algum rival seu ou alguma rival dela terem feito um despacho contra seu casamento, alguma razão muito forte fez você fazer isso. Quero saber qual foi.

Decidi responder poeticamente: Um poeta latino escreveu que, na noite de núpcias, a noiva, ao ser vencida, vence o vitorioso noivo. Eu sempre acreditei que era assim que seria a minha noite de núpcias. Estava preparado para o grande momento em que, ao romper, vitorioso, a tênue cortina do hímen, me daria por vencido à minha noiva. Mas —

Ela não era mais cabaço, disse a fulva Lucrécia, boa entendedora. Grande coisa. Eu também não sou, e nem lembro se algum dia fui. E nem por isso gente às pencas muito melhor que você deixou de me pedir em casamento.

Meu pobre poeta, suspirou o cidadão. O que é uma virgem? É uma analfabeta sexual. O que é um cabaço? Não é nada que honra a mulher, pelo contrário: é a pedra no caminho, segundo disse o poeta, é a espinha de peixe que você tira e põe de lado no prato, é o cisco no olho que você pede ao cavalinho de Santa Luzia pra tirar fora. Índio não quer nem saber: manda a virgem pro pajé descabaçar com a ponta do maracá. Pra não ter trabalho. Está certo. Na Idade Média, também, a mesma coisa. O senhor do castelo mandava um labrego comer a noiva dele na noite do casamento. É um costume chamado direito da primeira noite: direito do senhor do castelo não esfolar o pau na frincha apertada da noiva. Tudo muito prático, muito conveniente. Nós, homens modernos, inventamos o mito da virgindade. Pra quê? Só pra criar problema na cabeça de gente como você, professor poeta. Mas isso já está mudando, e confio em Deus que no futuro vai mudar mais ainda. Não tem os judeus, que fazem fimose no pinto dos meninos recém-nascidos? Pois vai-se fazer também fimose no cabaço das meninas, podem escrever o que estou dizendo. A medicina vai acabar de uma vez com esse mito idiota.

É isso, poeta, cabaço é um troço feio, esquisito, é um atraso de vida, admiro você, letrado como é, deixar uma merda dessas te torturar desse jeito. Não é não, Jamba? O que diz a sabedoria italiana a respeito?

Meu amigo, disse-me o irrepreensível Parlavestra, essa sua noiva, ela é bonita? Tive de admitir que sim, e tu, enxerido Átis, confirmaste, beijando os dedos: Uma das mais belas morenas de Cachoeiro, terra de mulher bonita. Pois então, disse Parlavestra, quero que saiba que a sabedoria popular italiana dá uma lição a nós todos, machos que somos, através de uma cantiga chamada "Verginella". Pois o poeta autor dessa canção, doido igual você, meteu na cabeça que queria encontrar uma moça donzela — uma *verginella*. Aí diz que bateu a Itália toda e mais o Tirol atrás de uma *verginella*, umazinha só que fosse. Como não conseguiu encontrar nem uma só, o jeito foi encarar a coisa filosoficamente e se contentar com uma que fosse bela. Porque o fato, meu amigo, é que até no meio das onze mil virgens, as virgens mais famosas do mundo, não devia ter mais que duas ou três donzelas de verdade, as outras só levaram a fama.

O cidadão abriu a cantar a tal canção, no que foi secundado por seus colegas do triângulo italiano:

> Io g'ho girato l'Italia e il Tirol
> sol per trovare la verginella.
> Ma verginella non posso trovare,
> solo me basta che la sia bella!

Estalando os dedos para dar por encerrada a cantoria, o cidadão voltou-se para mim e disse: O que me diz agora, poeta? Respondi: Cidadão, sem querer desprezar a sabedoria italiana, devo lembrar que minha noiva sempre se fez passar por virgem. Me enganou durante três anos. Uma coisa é a mulher não ser virgem; outra é fingir que é.

O cidadão meditou alguns instantes e disse: O poeta tem razão. O que está em jogo já não é mais o *cabaço*, mas a *palavra* da noiva. Aí voltou-se para o juiz venal e Diga-me sub-judice, Crisântemo, como você analisa esse caso? Diante da medicina legal, uma virgem pode ser desvirginada sem sangrar? O imponente Crisântemo raspou um pigarro e, com ares altaneiros, deitou jurisprudência: Creio que temos aí um caso de hímen complacente. Cansei de julgar pedidos de anulação de casamento impetrados pelos noivos, e rejeitei quase todos com base em laudo pericial comprovando a presença de hímen complacente.

Que diabo de cabaço é esse, perguntou o cidadão. É o hímen, disse o juiz, que não rompe no ato do coito. O membro entra, a membrana se afasta pro lado, o membro sai, a membrana volta pro lugar. É fato. Eu mesmo conferi pessoalmente vários casos.

O cidadão para mim: Viu? O juiz decidiu pela inocência da ré. Ela não é apenas virgem, é a virgem que você pediu a Deus: uma virgem eterna: pode comer um milhão de vezes que estará sempre comendo uma virgem. O que você quer mais?

Mas, interpus, nesse caso até uma meretriz de carreira, desde que tenha hímen complacente, pode alegar que é virgem. Eu acredito que minha noiva já veio poluída pro meu leito: o corpo dela já era de domínio público. E posso trazer, aqui e agora, uma testemunha idônea pra provar o que digo. Não é, Átis? Não é verdade que Alice foi pra cama com uns sete ou oito lá em Cachoeiro?

Tu, porém, atilado Átis, mostraste-me parca amizade: negaste-te a sustentar em juízo o que tão eloqüente me contaras na noite próxima passada. Com a cara mais porca do mundo declaraste que nunca *viras* com os próprios olhos a noiva em questão fazer coisa alguma que lhe desabonasse a conduta moral: *ouviras dizer*, sim, que ela fora pra cama com um ou outro namorado ocasional, mas de que valia um testemunho de segunda mão? E acrescentaste: Eu mesmo, quando passei uma cantada nela, fui rejeitado na hora e com o maior descaso.

Vê, Átis, a diferença entre nós: negaste-me o que não te negara eu: o puro e simples testemunho da verdade.

O cidadão interveio para dizer: Mas por que perder tempo com testemunhas de primeira ou de segunda mão, quando temos aqui a prova irrefutável da inocência dessa moça? E mostrou a todos, como um troféu, a aliança de Alice com meu nome gravado no aro. E, voltando-se para mim: Meu filho, não se deixe levar por dúvidas sem fundamento. Seja o poeta que eu sei que é. Pois a própria Poesia com *p* de fôrma se deu o trabalho de descer do alto de suas tamancas e vir até aqui só pra depor em favor de sua noiva. Sim, está claro que a descoberta deste anel na barriga da minha sereia foi arte da Poesia, que usou desse expediente pra testemunhar que sua noiva só deu pra você e pra mais ninguém. Diga-me, Crisântemo, como juiz que é, existe testemunha mais digna de fé do que a Poesia? Crisântemo, sem hesitar: Quem dera que no meu tribunal a Poesia me ajudasse a julgar os processos. A justiça seria muito mais ágil e, o que é mais importante, muito mais justa. Não, Domingos, não pode existir testemunha mais digna de fé. O cidadão, para mim: Você ouviu a palavra do judiciário. Sua noiva é inocente.

Mas, eu disse —

Ssst! — fez o cidadão, o índex sobre os beiços. Não diga mais nenhuma besteira. A palavra de ordem agora é: toca a reconciliar. Eu, Domingos Cani, em nome da Poesia e de todos os comensais aqui presentes, ordeno: vai lá no escritório agora mesmo, telefona pra sua noiva e volta às boas com ela. Duvido que ela seja capaz de fazer cu doce quando souber que o anel que jogou no mar está de volta à terra, e que você, noivo amado, implora uma chance de meter de novo no dedo dela. Mas, se ela começar com nhém-nhém-nhém, me chama que eu vou lá e dou-lhe uma espina-fração que ela num instante vai querer você de volta.

Ditas essas redondas palavras, que foram recebidas com geral comoção, o dono da casa lançou-me o anel de Alice, que consegui interceptar na concha de ambas as mãos.

O cidadão estava certo. Como argumentar contra um anel que, atirado ao mar, acaba voltando ao contexto de terra firme no fabuloso veículo que é o estômago de uma sereia? Que noivo e que noiva seriam capazes de se contrapor a um desígnio desses? Senti-me aliviar a alma de um peso. A aventura tresloucada acabava ali. Eu estava a um passo de retornar à razão, à serenidade e, por que não dizer, ao amor. Bem que eu previra encontrar naquela casa a mulher que, enviada por deuses filantrópicos, me faria esquecer tudo quanto padecera às mãos do gênero sexual feminino como um todo. Átis o confirmara, mas não era a mulher por ele anunciada, fosse ela quem fosse, que faria isso. Era Alice que o faria: e nas mãos dela nada eu padecera que um hímen complacente não pudesse remediar.

Mas, subindo a escada com destino ao escritório, eu já não estava mais tão seguro assim de tudo aquilo. A verdade estava nos lençóis em branco. A verdade estava na canção abecedária do bêbado do caramanchão. A verdade estava na trova que Dona Dalmácia recitara a meu pedido. A verdade estava no depoimento que o pusilânime Átis se negara a repetir em plenário. A verdade estava no antigo preceito de que à mulher de César não basta ser virtuosa, é preciso *parecer* virtuosa: é preciso parecer para ser.

Noiva, assenti comigo mesmo, não é coisa divídua: não é para ser nem ter sido dividida com ninguém. Portanto, cumpre-nos não consumir a mercadoria se o lacre foi violado; não consumir nem se há dúvida de que o lacre foi violado.

Vou telefonar para Alice, sim, decidi, não para reatar com ela, mas para dirimir as núpcias e terminar tudo entre nós. Acusá-la de putaria. De fraude. Chamá-la de sua piranha. Virgem é o caralho. Pensa que me engana?

Atirei ao mar minha aliança e não quero ver você nunca mais. Arranja um advogado pra tratar com meu advogado e vamos botar uma pedra bem pesada em cima desse casamento.

Graciano a sós no escritório, em dúvida ante o telefone. Em que onde se esconde uma noiva naufragada? Pensei em ligar para a casa dos pais de Alice, mas não lembrava mais ao certo o número — e a tais desoras não convinha ligar para casa de sogro algum. Resolvi então sondar o terreno ligando primeiro para casa de Antônio, na esperança de falar com Bárbara.

BREVE DIÁLOGO TELEFÔNICO

Bárbara quem atendeu, mas, com frieza nunca vista, disse: Que que você quer a essas horas? Quero Alice, eu disse. Você sabe onde ela está? Bárbara disse: Quer falar com ela? Ela está aqui. Eu disse, perplexo: *Ela está aí?* Está dormindo, Bárbara disse, mas eu acordo. Eu disse: Mas por que que ela está aí? Vocês deram *asilo* a ela? Graciano, Bárbara disse, acalorando-se, como é que você pôde fazer o que fez com aquela menina? Estranhei Bárbara ter promovido Alice à condição de menina. O menino era eu: o menino a quem tinham lesado e traído. Eu disse: Ela contou o que aconteceu? Contou, Bárbara disse, com um suspiro. Eu disse: Falou alguma coisa da virgindade? Bárbara, depois de uma fração de silêncio: E precisava falar? E explodiu: Que merda, Graciano, você não tem um pingo de consciência: uma menina na idade dela! Eu disse: Na idade dela? Como assim? Que que tem a idade de Alice? Bárbara, depois de uma pausa: Estamos falando de virgens diferentes. Eu estou falando de *Débora*. Como você pôde ir pra cama com Débora, cara? Seu irmão está *revoltado*. E com toda a razão. Alice também. Todo mundo. E eu nunca esperava uma coisa dessas de você, Graciano. *Ninguém* esperava. Ela abriu espaço para eu dizer alguma coisa. Eu disse: Foi Débora que contou? Bárbara: E quem mais poderia ser? Esteve aqui e contou pra Alice, quando Alice chegou, arrasada com seu comportamento lá em Nova Almeida. Que que deu em você, Graciano, pra só fazer besteira uma atrás da outra? Por que você largou Alice sozinha lá no hotel? Eu disse: Que importa isso agora? E desliguei.

Alice agora tinha contra mim uma carta maior que a que eu tinha contra ela. Furada por furada, mais valia como libelo uma Débora que uma Alice.

Lobrigar a carne amada pela prima vez,
que quereis, foi um delírio:
a túnica aos pés,
a imóvel nudez e desvendada
e à venda a meus olhos como escrava.
Até dispenso o ritual da dança:
pede-me, criança, e será tua
a santa cabeça do Batista;
pede a mim, Herodes, que não negarei —
tu a terás, tua será:
de cima de meus próprios ombros
mandarei cortá-la, e ah!

Fiquei ali no escritório meditando sobre o rumo que tomaram as coisas para se instaurar de uma vez por todas a secessão entre mim e Alice. Secessão essa que se estendera a toda a minha família: pouco faltava para que meu pai me deserdasse e me deixasse no mundo com uma mão na frente e outra atrás, como um Indalécio ou um Pedro Sem. Fiquei ali inane, sem saber o que fazer nas circunstâncias. Um poema? Inútil: arte poética não me ajudaria ali em nada.

Nisso que procurei no seio do bolso um lenço para enxugar o suor que me emanava do rosto achei a fotografia que recebera de presente de Chapim dos Reis. Contemplei com ternura a foto da doce Fausta. Entendi então o recado que por vias contortiplicadas me mandavam os deuses. Naquela mulher residia minha única esperança de redenção. Era ela a pessoa que, única no mundo, realmente me amava sem condições: nada sabia sobre mim, e entretanto me amava de modo sobremodo.

Afundando o rosto nas mãos, pus-me a ganir: Fausta, Fausta, onde acho a ti, Fausta, que estás em todo lugar mas não apareces em lugar nenhum?

Quando ergui de novo a cabeça havia alguém ali, de pé, à minha frente: a moça lourinha, de testa alta e lábios túmidos, de pele alva e cabelo de grossas mechas confluídas num coque atrás da cabeça; uma moça trajada em vestido branco feito de quê, de linho, talvez, com barras douradas — o mesmo vestido que usava no meio da floresta durante a cerimônia secreta de iniciação a que chamaram de *teleté*.

Era Fausta, surgida do próprio éter, que estava ali, e durante alguns perpétuos minutos não tive, nem ela, energia a não ser para nos olharmos num silêncio cru. Não foi fácil sustentar-lhe o aspecto dos olhos e, quando a pressão do seu olhar e do nosso silêncio começou a afligir-me as têmporas, abri a boca e disse: Como entraste nesta casa? Ela disse: Por uma passagem secreta. Eu disse: Então vieste com Átis? Ela disse: Vim. E o que vieste fazer aqui? Ela disse: Nada mais do que ver-te: meu desejo e minha sina é amar-te de longe. Eu disse: Por que te mostraste então? Ela disse: Porque me chamaste. Eu disse: Então és Fausta, Fausta que ama Graciano. Ela disse: Por que me chamaste? Eu disse: Porque agora sei que sou Graciano que ama Fausta. Ela, pela primeira vez desde o início do combate, fez uma pausa antes de revidar o golpe: Como posso acreditar? Eu disse: Podes porque digo que podes. Ela disse: Não me viste no bosque? Não conheces o meu segredo? Como podes dizer o que dizes? Eu disse: Porque é verdade. Ela disse: Eu não acredito, não consigo acreditar. Ou és o homem mais cruel do universo ou o mais inocente, o que, para me fazer sofrer, é a mesma coisa. Sentindo que o combate daquele diálogo não nos levava a lugar nenhum, eu disse: Não digas mais nada, apenas me dá a tua mão. Ela disse: Para quê? Eu disse: Me dá a tua mão.

Ela estendeu a mão; eu tomei-lhe a mão e calcei-lhe no dedo anular o anel achado no bojo da sereia.

Fausta esteve um tempo olhando o dedo e o anel que o cingia; depois, com dois dedos da mão direita, começou a girar o anel pensativa;

por fim retirou-o do dedo e leu o nome gravado no verso do aro. O nome do noivo no anel da noiva, murmurou. E no anel do noivo o nome da noiva. Mas onde estará o anel do noivo? E que nome estará no anel do noivo? Se fosse Fausta, ou mesmo Célia... Mas é outro nome: é Alice o nome que está lá. Eu disse: Célia, Alice, as letras são as mesmas. Isso, disse ela, só reforça a *diferença*. E, estendendo-me o anel: Este anel não é meu, disse, é da tua noiva. Eu disse: *Agora* é o anel da minha noiva. E, tomando o anel, calcei-o de novo no seu dedo.

Lágrimas começaram a decorrer-lhe dos olhos. Mas aí, rilhando os dentes, Eu não acredito em ti, exclamou, nem nesse anel nem em nada disso. Fez menção de arrancar do dedo o anel, mas o anel já se negou a sair. Ah, exclamou ela, por que não fui capaz de chamar as companheiras quando te vi no cemitério! Se as tivesse chamado, estaria agora a salvo de ti, porque estarias morto na cova junto com aquele cachorro! E, quando eu esperava tudo menos isso, Fausta precipitou-se porta afora e desapareceu.

Saí do escritório na esperança de alcançá-la, mas ela já descera a acrobática escada e eu, quando lá embaixo, não a vi mais em lugar nenhum.

Já ia foragindo por uma porta que dava para o exterior quando ouvi, manando da sala de jantar, uma gritaria frenética, pontuada pelo badalar da campainha de Berecíntia. Supondo fosse Fausta a causa do alarido, cheguei ao limiar da sala e o que vi? Os convivas estavam em meio a uma balbúrdia de espanto e histeria: algo de alado sobrevoava a mesa, veloz como bólide. Um morcego, pensei, lembrando-me do que sucedera em casa de minha tia — lembrando-me tão fisicamente que cheguei a sentir os pomos gêmeos da célebre Débora premindo-me as costas.

Nisso chegaram a binúbia Reuza e a poderosa Dora, Reuza à frente, a mão armada de vassoura comprida como lança. É morcego, perguntei a Dora — Reuza já passara direto. Não, respondeu ela, é um caralho voador.

Pega, Reuza, bradou Berecíntia. Não deixa esse desgraçado fugir!

Dentre os circunstantes, alguns, como o cidadão Cani, da estirpe de reis, e Parlavestra, se tinham petrificado em seus assentos, acompanhando com olhos arregalados a agílima criatura. Agamemnon, também sentado, ria e gritava: Isso não está acontecendo, é tudo imaginação! Muitos se tinham erguido e, enquanto uma parte se espremia, como o imponente Crisântemo, contra a parede, outros, como Átis, tentavam inutilmente abater o invasor com o aplauso das mãos. Reuza brandia contra ele a vassoura, mas o bicho se desviava como se dotado do radar de que a natureza dotara o morcego. Em dado momento revoou defronte de mim como um beija-flor e pude vê-lo claramente: era mesmo um falo, um falo de asas, com cerca de um palmo de comprimento, cujos testículos lembravam o trem de pouso de um avião. O falo de pedra do jardim havia adquirido vida própria e ali se punha a fazer estripulias, infernizando a ceia dominicana.

Num dos vôos rasantes que executou sobre a mesa o aerofalo zuniu rente à cabeça do egrégio Tito Lívio e levou-lhe o escalpo agarrado nos testículos — para deixá-lo cair mais à frente, em pleno rosto da gloriosa Berecíntia, que no tapa do susto tombou para trás com cadeira e tudo no chão.

O afoito Chapim dos Reis batia uma foto atrás da outra, registrando a cena para a perpétua História.

A áurea Lucrécia gritou, um toque de aflição na linda voz: Pega pra mim, Nick! Eu sempre quis ter um bichinho desses! Pega pra mim! Nicágoras rugiu: Pra você, não. Vou pegar é *pra mim*! E, do alto de seu metro e sessenta, deu um saltinho de braços estendidos, tentando interceptar a criatura, mas em vão.

Deixando a sala em convulsão, voltei sobre meus passos e, egresso da casa, passei ao elegante jardim. O hálito do vento resfriava a noite, que vi constelada de vaga-lumes. A um canto idílico havia um banquinho branquinho, de madeira, perfeito para amantes namorarem de mãos dadas. Senti-me afluir de amor por Célia, isto é, por Psiquê, isto é, por Fausta. Alguns versos piscaram-me no cérebro como vaga-lumes:

    Amor, este é Graciano.
    Graciano, dá boa noite a Amor.
    Diz: Boa noite, Amor, e a mão lhe beija,
    porque este é o verdadeiro, o genuíno.

Os que antes conheceste como amores eram todos falsários, todos impostores.

De algum lugar remoto ouvi um galo galináceo evocando a aurora.

Uma alameda de loquazes casuarinas conduzia à praia. Segui por ali, ouvindo-lhes a insussurração das vozes. Precisava achar a moça do bosque, declarar-me a ela, persuadi-la da firmeza do meu amor. No fim da alameda, foi só abrir um portãozinho e desemboquei em face do plácido mar, imerso em sombras, Egeu.

Ela os sapatinhos largara a esmo no meio do capim-de-praia. Investigando as areias descobri o rastro de pés descalços que me dizia o rumo que ela seguira. Não faço outra coisa em Manguinhos, pensei, senão transcorrer praias em busca de mulheres. Mas esta não é qualquer mulher: é Fausta: é a mulher que amo e que me ama.

Quanto tempo — dez, quinze minutos, vinte, quarenta — andei sob a lâmpada da lua, perseguindo as pegadas de Fausta e assustando os guruçás que me cruzavam o curso?

Ela era um espectro sentado nas areias: recolhidinha em si mesma, olhava o mar em sua atividade de maré baixa. Senti por ela tão grande amor que por três minutos paralíticos faltou-me energia para demover-me ao seu encontro. Quando me dispus a fazê-lo, ela ouviu o ruído dos meus passos antes que eu desse o primeiro deles. Olhou para trás já se erguendo em sobressalto. Assim que reconheceu aquele a quem amava mais que tudo, discorreu praia abaixo e, arrancando o vestido branco de linho com barras douradas, lançou-se nua entre as líquidas ondas.

Eu sabia que, diferente de Daiane, que fugia à toa, que fugia por fugir, que fugia para ser caçada e presa, Fausta, ao invés, era ninfa que fugia à vera, fugia plenamente, e, se preciso, fugiria sem olhar as conseqüências: acolheria a metamorfose em fonte, em planta, em estrela: acolheria a suprema metamorfose que muda os seres vivos em seres mortos.

Prorrompeu, náiade, a nadar desvairada em direção à África. Gritei-lhe o nome, cada um deles, três vezes. Gritei-lhe três vezes: Volta. Três vezes gritei-lhe: Te amo. De nada adiantou tão eloqüente romantismo. Desertora do amor, continuou nadando desvairada em direção à África.

Quem quer nadar, que tire as roupas. Arrancando as vestes do corpo, lancei-me denodado entre as ondas e zarpei nadando atrás de Fausta.

Nadamos durante uns dez alguns minutos, sem descanso. Já superáramos as cabeceiras das ondas litorâneas, já alcançáramos o território do mar alto, onde o ser humano se sente como peixe fora d'água: essas são as águas territoriais do próprio Netuno. Eu nadava sem perder de vista a centelha de auríficos cabelos que indicava o paradeiro da moça: que certificava que ainda não optara por soçobrar no abismo das águas. Mas até quando? E, voltando o pensamento para o céu —

RAPSÓDIA 24
naufrágio

De súbito ouvi, oriunda de um ponto a esmo atrás de mim, a voz estentórea de Domingos Cani: supus-me vítima de alguma alucinação acústica, tanto mais porque a voz do cidadão declamava uns versos incongruentes, de feições arcádicas:

> Mas da proa o leão soberbo e fero,
> Com rugido feroz a boca abrindo,
> Já depois da ruína estar disposta,
> O naufrágio detém nesta resposta.

Olhando por cima do ombro, porém, vi ali a sotavento ou barlavento a sombra bem delineada de uma canoa singrando lépida a via navegável do oceano.

Gritei, e gritaram em resposta. Vi a canoa minorar o ímpeto e, simultaneamente, deter o curso e desviar o rumo: passou a divagar nas águas plácidas, à escuta de ouvir novo apelo da parte do náufrago. Gritei novamente e, valendo-me das forças que me restavam, comecei a transnadar até a embarcação.

Era uma canoa real: era, em sua própria pessoa, a grande canoa que atendia pelo nome de *Peixe que é bom, nada*. Eu topara com a romaria a canoa — maquinada pelo cidadão Cani — já percorrendo o caminho marítimo para Vila Velha.

Agarrei-me à palma de um remo, depois à borda da canoa. Alguém me tomou pelos pulsos, dizendo: Vem, pãozinho de Cachoeiro, vem com o titio. Era Nicágoras, capitão de efebos. Ouvi a voz do altivo Indalécio: Nem no meio do mar ficamos livres desse povo letroso. Enquanto ele e Nicágoras me içavam para dentro da canoa, brilhou nas trevas a luz aguda de um flash: o afoito Chapim dos Reis registrara para a posteridade meu salvamento.

Nicágoras, obstupefato diante de minha úmida nudez, não se conteve de me apalpar o pau com mão ímproba — mão que enxotei dali como se enxota mutuca impertinente. Calma, querido, disse ele: não precisa mais ter medo, já lhe salvei da morte cruel. E, fazendo-me sentar a seu lado na popa, cobriu-me os ombros com o braço peludo enquanto me chupava o pau com os olhos. Por São Fudião, exclamou, que delícia de homem — e que grumete é capaz de resistir a um mastro desses?

O bom Átis e Indalécio eram os remadores. À popa ia o irrepreensível Parlavestra — governando o leme — e vi, sentados num banco à minha frente, Tito Lívio e Mem de Sá. O cidadão Cani, aluno de Deus, acomodado numa poltrona à proa, virou-se para mim e disse estas aladas palavras: A dívida de Feio contigo está paga, poeta. Favor considerar que foi em nome dele que salvamos a sua vida. Ouvi um latido. O próprio Feio, que era um dos passageiros da canoa, veio lamber-me os olhos e os lábios com ternura.

Pois tem outra pessoa pra salvar lá adiante, exclamei, erguendo-me e rompendo os laços que me ligavam a Nicágoras. Toca a salvar mais um a boroeste, ordenou o cidadão. E começou a exortar os remadores, cantando, como mestre de birreme aos seus galés:

> Rema, rema, remador,
> rema a canoa de nosso senhor.
> Rema, rema, remador,
> rema a canoa de nosso senhor.

Os outros começaram a cantar também e, ao som daquela celeuma, em poucos minutos a embarcação acercou-se de Fausta. Fiel a seu propósito de fuga, ela mergulhou nas entranhas do mar: anfíbia como sereia. Da borda da côncava canoa mergulhei destemido em seu rastilho. Alcançando-a já a meio caminho do fundo, fisguei-a pelos braços e, completando a parábola, trouxe-a levinha que era de volta à superfície.

Não quero, não quero, não quero, murmurinhava ela, mas, meio semidesfalecida, essa era toda a oposição que fazia a seu salvamento.

Antes que nos recolhessem, Nicágoras objetou que, sendo Fausta mulher, não podia participar da romaria. Pelo amor de Deus, gritei, de molho dentro d'água, isto é uma questão de vida ou morte: perguntem a

Nossa Senhora o que ela acha. Não de ti, Átis, mas de quem eu menos esperava, Indalécio, veio o socorro: É uma boa hora pra mudar as regras da romaria: bota a buceta pra dentro. Só por cima do meu cadáver, rugiu Nicágoras, capitão de efebos, e bateu com força o pé no soalho da canoa: não fosse ela feita de rija madeira contumaz, teria aberto nela um rombo e posto a pique a embarcação com todos dentro.

Foi preciso o cidadão intervir. Do alto de sua sabedoria, fez a pergunta necessária: É a sua noiva, poeta? Gritei desesperado: É a minha noiva, cidadão! E, se não acredita na minha palavra, acredite na palavra do anel. E, erguendo o braço esquerdo de Fausta fora d'água, fiz o cidadão ver, no anular da mão esquerda, a incontestável evidência: o anel restituído pela sereia. O cidadão não hesitou: Embarca os dois.

Içaram-nos a bordo como pescado, e temi que a exposição da nudez de Fausta lhe revelasse o segredo. Mas enviado pela Providência o cidadão já estava ali para generoso cobrir os peixes nus com a sua beca de paraninfo.

Adotados na canoa, alojamo-nos no chão, ao nível do mar, entre o banco dos galés e a poltrona do almirante. Átis olhou para mim com um olhar autoral: como se fosse ele o legítimo autor do meu encontro com Fausta. Ela e eu tiritávamos de frio, apesar de acobertados sob a beca do cidadão. Agasalhei-a nos meus braços e senti-lhe o contato da tenra carne contra o corpo.

Pedi que nos levassem a ambos de volta à terra. O cidadão, no entanto, respondeu que impossível. Estamos indo pra prainha, em Vila Velha, e dali, em sinal de devoção, subiremos a ladeira do convento a pé, os mais fortes de nós levando o barco nas costas pra oferecer pra Nossa Senhora em nome de toda a comunidade de Manguinhos. Perguntei, tomado de surpresa: Que barco? O *Peixe que é bom*? O cidadão respondeu: Não, o barco da puxada do mastro de hoje de manhã. E, diante da minha perplexidade, acrescentou: O barco que estamos trazendo a reboque, rapaz! Adverti os olhos em direção à esteira da canoa e vi, a uns três metros de distância, singrando sereno as águas serenas, o barquinho que de manhã vira navegando a seco pelas ruas da arenosa Manguinhos. Dentro reconheci a triste figura de Dama, ministro da portaria e dos feijões.

Perguntei ao cidadão por que Agamemnon não vinha na romaria. Queria vir, mas é um ateu, disse ele: não vou levar um ateu pra ver Nossa Senhora. Ficou em casa, com as mulheres e mais Crisântemo, que enjoa só de botar o pé dentro de um barco.

O cidadão ofereceu-nos café da garrafa térmica de bordo, que serviu para nos aquecer as entranhas. Agora sem a beca, cobria-lhe o peito uma simples camisa de malha, deixando ver, pendente de um cordão de ouro em seu pescoço, a medalha do centenário de Vitória com a efígie do convento da Penha. E então explicou que os versos que ia declamando durante o trajeto eram as cento e vinte e seis estrofes do *Poema mariano*, tudo em oitava rima, que sabia de cor e salteado: era o seu poema favorito. É uma panegíria pra Nossa Senhora da Penha, disse, a primeira que se escreveu. E belíssima. É de autoria do ilustre Domingos Caldas Barbosa, poeta do século dezoito, já falecido, que Deus haja. Recito uma estrofe, explicou ele, e depois recitamos todos em coro, como refrão, o versinho do rema, rema, remador. Mas me dê licença pra voltar à minha declamação: estou num dos momentos mais emocionantes, o confronto entre as tropas de Netuno e a procissão marítima de Nossa Senhora. Ouça a resposta que o leão de Nossa Senhora dá ao deus do mar.

E, abrindo a boca, decantou hiante esta estrofe:

> Não hás de, não, vencer, cruel Netuno,
> Por ser este baixel forte, e guerreiro,
> Em que com grandes forças me reúno
> Da Esposa de outro Jove verdadeiro.
> Se tu és de Plutão soberbo aluno,
> Eu, de Vênus melhor, sou companheiro.
> Quem impede, e demora esta desgraça
> É outra fonte santa, e mar de graça.

A que se seguiu, em coro, o náutico refrão: Rema, rema, remador.

Fausta inclinou para trás a cabeça adornada de louros cabelos, pousando-me sobre o ombro a nuca. Aspirei-lhe o sal dos cabelos. Lambi-lhe o lóbulo da orelha. Ela se rendeu lânguida. Principiou entre nós um diálogo de sussurros, enquanto o declamador mugia outras duas estrofes, cindidas pelo coro do refrão.

GRACIANO A FAUSTA

Como te chamas, afinal? Preciso saber se és Fausta ou Célia, para chamar-te pelo nome certo.

FAUSTA A GRACIANO

Sou Fausta e Célia, pois meu nome é Célia Fausta Nigina. Se bem que sempre me sinto mais Célia que Fausta. Fausta é meu nome que ri de mim.

GRACIANO A FAUSTA

Quero chamar-te Fausta, porque quero que sejas para sempre fausta: ditosa e feliz.

FAUSTA A GRACIANO

Só depois de morta poderás sem erro chamar-me Fausta.

GRACIANO A FAUSTA

Não. Serás Fausta em vida. O amor te chamará assim, e terás de responder ao chamado do amor.

FAUSTA A GRACIANO

Amor nenhum nunca me chamou nem chamará jamais.

GRACIANO A FAUSTA

Meu amor te chama agora, nesta hora: Vem, Fausta. Vem para mim.

FAUSTA A GRACIANO

Se é verdade que me amas, deixa-me fugir de ti. Deixa-me voltar ao fundo do oceano, de onde me tiraste contra a minha vontade.

GRACIANO A FAUSTA

Então não me amas? Pensei que me amasses e me enganei?

FAUSTA A GRACIANO
E amo, e como amo! Daria a minha vida por ti!

GRACIANO A FAUSTA
Então, em nome do amor, dá a vida por mim. Em troca, darei também por ti a minha vida.

FAUSTA A GRACIANO
Não tens que me dar nada em troca de nada. Que bobagem é essa?

GRACIANO A FAUSTA
Queres morrer? Queres voltar ao fundo do mar? Está bem. Mas com uma condição: voltemos juntos. Se tua salvação está na morte, prometo salvar-te afogando-me contigo.

FAUSTA A GRACIANO
Não, tu não! Só eu! Tu não!

GRACIANO A FAUSTA
Não somos mais tu e eu. Somos *nós*: uma coisa só, para vivermos juntos ou morrermos juntos.

O cidadão Cani concluiu uma estrofe:

    Lê neste escudo, que nas mãos sustenta
    Ao teu cego furor empresa adversa,
    E verás no rigor desta porfia
    Quantas penas te dá — Ave Maria!

Ouvindo o santo nome da santa, disse-me Fausta: Já que vamos até o convento, peçamos um milagre a Nossa Senhora. Graciano: Que milagre?

Fausta: Que eu volte a ser como nasci. Não concordas? Diz que concordas! Diz que concordas e serei tua! Graciano: Não: peçamos a Nossa Senhora outro milagre: que continues a ser para sempre como és agora.

Senti-lhe o corpo arrepiar-se todo. Ah, suspirou ela: eis o milagre de Nossa Senhora: as palavras que acabaste de dizer.

Em minha família eu caíra em desgraça e meu irmão me considerava indigno de nossos avós. Mas que importava isso se eu estava ali, naquela canoa real, amado e amando, de mãos dadas a Fausta, a mulher, como dissera Átis, dos meus sonhos.

O cidadão, aluno de Deus, ribombou:

> Inda o nome não é bem proferido,
> Quando toda cruel turba nadante,
> Pelas águas fazendo atroz ruído,
> Mergulhada se vê no mesmo instante.
> Qual de noite no céu lume incendido
> Se figura uma estrela assaz brilhante,
> E quanto mais constante nos parece,
> Correndo pelo ar desaparece.

No arroubo de sua devoção, não deu ele tempo nem espaço para o coro, emendando a estrofe seguinte:

> Enfim os falsos deuses do mar fundo
> Levam a confusão por desengano,
> E ainda temerosos no profundo
> Se escondem junto ao reino de Sumano
> Enterrado na areia, e lodo imundo,
> Fogem de ouvir o nome soberano,
> Ainda não satisfeitos de escondidos
> Metem rolhas de limo nos ouvidos.

E, tomado de profundo entusiasmo religioso diante da vitória das forças de Nossa Senhora sobre o divino Netuno, o cidadão berrou três vezes: Viva Nossa Senhora da Penha! A cada viva, respondiam todos em uníssono como num responsório.

De repente o que vimos? Nuvens brotaram negras no céu, cobrindo lua e cobrindo estrelas, e instituindo um piche de trevas sobre nós. Nem isso notou o cidadão Cani, que, mais uma vez saltando o refrão, cantou do *Poema mariano* a estrofe seguinte:

> A gente admirada em terra salta
> Entoando com glória não pequena
> Os louvores da Virgem em voz alta;
> Pois tantas tempestades lhe serena:
> E quando de Maria a glória exalta
> Também confessa humilde a sua pena;
> Porque sem contrição tão manifesta
> Não vale a devoção, a fé não presta.

Um raio furioso rabiscou o céu. O estrondo de um trovão ensurdeceu o ar. Era certo mais que certo que Netuno se insurgia contra a afronta que lhe fazíamos em pleno território todo seu. Com o tridente exasperou o mar; todos os ventos, conclamados, vieram equitando as ondas e precipitaram-se sobre a pobre da *Peixe que é bom, nada*.

Nossos galés, Indalécio e Átis, foderam as águas com os seus remos, tentando administrar a nave, enquanto todos os outros, sem cessar, entoavam a cantilena rema, rema, remador. O mar, porém, ia cada vez mais encrespado em seu mau-humor. Logo, torrentes de chuva começaram a jorrar sobre a canoa, agravando a intempérie — e uma rajada de vento de uma vez só arrancou dos remadores os afiados remos. O preclaro Mem de Sá exclamou: Minha bóia! Por que ninguém me lembrou pra trazer a bóia que ganhei de presente do gato!

Por São Brezabum, joguem a égua n'água, bradou Nicágoras, na língua o acento agudo do desespero. É por causa dela que estamos nessa canoa furada! Por São Diogo Nabo, joguem no mar enquanto é tempo!

E avançou contra nós, mas o altivo Indalécio mais uma vez tomou a defesa de Fausta e, agarrando-se firme ao antigo grumete, duelaram os dois para um lado, depois para o outro, até tombarem em sociedade dentro d'água.

Já a *Peixe que é bom, nada* nada mais era do que uma casca de noz lutando para sobrenadar no meio da controvérsia das águas.

Acuda, Nossa Senhora da Penha, berrou o egrégio Tito Lívio. Acuda, que prometo que dou pro convento todas as minhas perucas, rainha do mar! Mal lhe saíram da boca essas palavras de invocação a uma melhor Vênus que Vênus, lá veio do alto uma grande vaga e ruiu sobre a canoa, arrebatando o pobre Patativa, que desapareceu no seio negro das águas. Não tivemos tempo nem de lamentar-lhe a sorte, a não ser Feio, que ladrava como cão hidrófobo. Átis, porém, por pouco não mostrou a sua têmpera de herói: chegou a chegar à amurada, de onde, perscrutando as águas, parecia prestes a mergulhar em socorro de seu benfeitor. O que lhe passou pela cabeça só ele sabe; mas não saltou da canoa.

O pobre Parlavestra, no acúmulo do medo, estendeu-se no soalho da canoa, agarrando-se de pés e mãos aos bancos. Ouviu-se, por cima do estrondo dos trovões, o som de um peido homérico: era o preclaro Mem de Sá que se borrara todo nas calças — e não havia nem uma só lavadeira à mão, nem mesmo Sóstrata, a papua, para lavá-las. O cidadão, esse, de pé na proa, agitava o punho, ao mesmo tempo gritando um glossário de impropérios contra Netuno e seus satélites — ondas e ventos, raios e trovões — e invocando da Virgem da Penha o maternal socorro: Salvai-nos, Senhora da Penha!

Netuno retrucou fazendo abater-se sobre a canoa uma vaga ainda maior que a anterior, que em seu seio carregou consigo para o mar o pobre Parlavestra e a poltrona capitânia do cidadão. O qual percebeu que a batalha naval estava mais para ser perdida do que ganha. Em desespero, berrou lá de seu posto de comando: Meus tesouros! Minhas mansões! Meu santuário de arte! O que será de vós sem mim?

Fausta e eu, prevendo que outra vaga como aquela seria capaz de virar a canoa, e que o colérico oceano separaria os amantes a tanto custo unidos, livramo-nos da beca de paraninfo e, apertando num abraço os corpos nus, aderimos os lábios num beijo fugaz de amor eterno. Um grito de terror, proferido em uníssono por todos que ainda estavam a bordo, nos trouxe de volta para fora de nós mesmos. Separando-nos, mas mantendo as mãos dadas, olhamos na direção da proa e vimos que a *Peixe que é bom, nada* seguia impávida ao encontro de uma onda imensa e tétrica que a horrível conjuração de ventos belicosos enviava sobre nós. O apavorado Mem de Sá, sem saber para onde fugir, atravessou-se no meio de nós, derrubando-me no chão da canoa. Fausta veio dar-me a mão. Vi-lhe o púbis nu. Vi-lhe claramente a feminina concha e a feminina fenda — mas, do masculino músculo e dos apêndices ovais, não havia vestígio nem sinal.

O assombro, de tão absoluto, era só assombro: não continha triviais minúcias como sentimentos de prazer ou desagrado: tampouco me permitia o gesto de tomar a mão a mim estendida. Fausta percebeu o alvo qual era do meu olhar e, de puro pejo, cobriu com dupla mão o que supunha ser dupla genitália. O tato lhe disse tudo. Ela olhou para mim e abriu a boca para dizer alguma coisa. Não houve tempo. Ouvi, Átis, gritares: Salve-se quem puder! A onda imensa se precipitou sobre a canoa e virou-a de borco, fazendo tripulantes e passageiros caírem ao mar.

Voltávamos os dois amantes ao nosso elemento, de onde fôramos há pouco recolhidos. Os latidos úmidos de Feio enchiam a noite. Chapim dos Reis passou limítrofe por mim, usando um dos braços como nadadeira enquanto no outro, erguido fora d'água, levava envolta na camisa a máquina fotográfica; assim, dizem, salvou Camões o manuscrito de Os Lusíadas. Lembrei-me da trova de Dona Dalmácia e recitei-a mentalmente numa invocação a Nossa Senhora: Nossa Senhora da Penha, bota a bandeira no mar, para salvar seus filhinhos, os que não sabem nadar...

A fúria dos elementos descaiu toda sobre a pobre *Peixe que é bom, nada* — que, nadar mesmo, não nadou nada. Vimos, com horror, a grande canoa real ser sugada pelo bico da proa rumo aos fundamentos do oceano; vimos, com horror, a cauda da popa mergulhar nas águas como a de um transatlântico posto a pique.

Nossos corpos eram agora as canoas de que dispúnhamos, e nossos braços os remos, para salvar-nos da morte líquida e certa.

À medida, porém, que nadávamos na direção da América, vagas e vagalhões investiam sobre nós por ordem de Netuno, disposto que estava o deus, em sua divina ira, a afogar-nos a todos por conta de nossa conduta sacrílega.

O cidadão, entregue, velho herói, à própria sorte, roncou um derradeiro viva a Nossa Senhora da Penha e submergiu nas águas opacas. As ondas arrastaram a doce Fausta para longe de mim e a mim para longe dela. Pareceu-me ver que afundava. Heróico de amor, nadei em sua direção: Vou salvar-te nem que isso me custe a vida. Ela reapareceu no aclive de uma onda. Vendo-a a salvo, minha própria energia renegou-me e afundei, mas consegui num esforço mais da alma que do corpo retornar à superfície, cuspindo água salgada que nem um chafariz.

Admirou-me ver despontar ali junto a mim uma nova nave de resgate. Pensei que fosse uma nau que nos mandava Nossa Senhora, em resposta à súplica trovada que lhe dirigira: pensei que fosse, e era mesmo: era o barquinho da puxada do mastro, que, rompidas as amarras que o prendiam à canoa, escapara de seguir a capitânia rumo ao alto fundo do oceano. Dentro dele, em vez de Dama, que sumira, talvez feliz da vida, na goela do mar, quem vi foi nuazinha a minha Fausta, que, fazendo dos níveos braços níveos remos, heroinamente vinha vindo socorrer-me. Mas foi impossível alçar-me para dentro do barquinho, e logo desisti: Salva-te, Fausta, e deixa-me. Ela não admitiu fazer tal coisa. Atirou-me então a relíquia de corda que servia de rabicho ao esquife, que consegui bem ou mal atada atar por baixo das asas.

As mesmas ondas que nos queriam afogar acabaram impelindo o barquinho de Nossa Senhora em direção à praia, arrastando-me atrás preso pela corda. Fausta, à popa, não tirava de mim os olhos, nem deixava o tempo todo de exortar-me com palavras fortes e amorosas.

Dos outros não sabia eu nula coisa. Às vezes me parecia ouvir, por entre o estrondo dos trovões e a aluvião da chuva, débeis ladridos de Feio.

Não se tinha Netuno no entanto esquecido de nós — ou de mim, que por mais de uma vez conspurcara a pureza das suas águas. Pois de repente fez surgir uma enorme vaga, horrenda e arqueada, que lançou em cheio sobre nós. O barquinho de Nossa Senhora não agüentou: a vaga ingente lhe separou as tábuas do fundo e dos flancos, e a matéria das tábuas repartiu numa dezena de lascas, que se espalharam sobre as ondas: e a doce Fausta, arremessada longe, desapareceu no torvelinho do mar naufragioso.

Fausta, bradei, no auge da angústia. Bradei de novo, e sempre, até me falhar a voz, mas não ouvi resposta.

Tudo que me restava como tábua de salvação era uma nesga do casco do barquinho a que, por uma argola ali afixada, se prendia a corda que me cingia o peito. Agarrando-me a ela com a mão esquerda, tentei nadar com um só braço, o direito, rumo ao ponto onde vira Fausta desaparecer. Novas e violentas vagas, entretanto, enxotaram-me dali, varrendo-me ao encontro da praia.

Senti areia a granel sob meus pés, mas não consegui firmar-me, faltavam-me joelhos e pernas. E mãos: delas escapou a tábua a que confiara a minha salvação, deixando-me entre os dedos a corda inepta. Fui arrastado no turbilhão das ondas. Meu Deus, gemi, entre dentes, vou afogar-me no raso: vou afogar-me num copo d'água.

É o que dizem, que o afogado vê correr em série ante os olhos da mente toda a sua pregressa vida antes que se feche sobre ele o abismo da morte aquática. Não foi isso que me correu ante os olhos naquele interstício de momento. O que vi, sim, foi a imagem copiosa de mulheres com quem me envolvi em algum momento de tempo da minha vida. Vi Rosa Maria, a prima da infância, a primeira das primas, de belas tranças; vi Ática, irmã de Áquila e de Átis, que comi em minha cama em minha casa e depois ajeitou o cabelo para ir ao encontro do noivo; vi Susana, querida irmã, que se enclausurara em convento para fugir à atração do incesto; vi Graça, a prima núbil, e Cláudia, a prima trágica, de braços dados, rindo-se juntas de minha paixão adolescente por Graça; vi Bárbara, a cunhada, em seu biquíni exíguo, ostentando na piscina o corpo exuberante; vi, em trio gentil, Wendy, Sheila, Kerry Rae, as três amantes da minha temporada texana; vi Helena, carnal e lúbrica, gemendo e urrando de prazer; vi Jurema, puta de perlongas pernas, com um franzir de nariz recusando dar guarida a meu desejo; e Júlia, a triste prima, sifilítica princesa, as mãos passadas pela tortura do fogo, perfazendo acordes ao piano melodiosos; e Débora, a prima púbere, ninfa minha dos dias de ontem, que me deu de presente a flor de seu corpo; e Alice, é claro, a serviço de quem de corpo estive, e de quem noivo nunca mais de novo; e Cristácia, de olhos brilhantes e belas coxas crassas; e Nilota, a ninfa magnífica, pintada por Botticelli; e a papua, com seu cheiro acre de fêmea telúrica; e até Petúnia, com suas coxas chamarizes a que não soube dizer não; e a infanta Filomena, conhecida também por Daiane, a ninfa mudinha dos abricós; e Eugênia, em cujo seio o bico era uma mosca e não um mamilo; e a atlética Atalanta, com seus saltos acrobáticos e corridas vertiginosas; e, por fim, vi Psiquê, aliás Célia, aliás Fausta, querida noiva plurinômina desta noite, que —

Latidos de cão ladrando tiraram-me do delírio fantasmático da morte. Ondas me lamberam em direção à praia: devolviam à terra o lixo da terra. No continente das areias, nu como um peixe, deixei-me jazer de bruços, sem energia para nada.

Feio me veio babar de saliva o rosto. Latia uns latidos secos, entrecortados: parecia instar-me à ação, qualquer que fosse. Sua presença me devolveu parte das forças. Era preciso procurar Fausta, achá-la, salvá-la, insuflar-lhe vida boca a boca. Tentei erguer-me, mas o leito de areia reclamou-me de volta. Pus-me de joelhos. Num súbito espasmo lancei fora boa parte da água salina de que estava ingurgitado.

Feio ladrava-me nos ouvidos e fazia que corria rumo ao norte. Queria que eu o seguisse, e foi o que fiz, de joelhos, como um penitente na ladeira da Penha.

De repente ali adiante vi que o mar uma trouxa de roupas, batida pelas ondas estuantes, havia depositado na praia.

De joelhos como estava, roguei à Virgem que não fosse Fausta, sem raciocinar que Fausta não seria nunca, pois, desaparecida nuazinha entre as águas, como poderia voltar à praia revestida numa trouxa de roupas?

Era Nicágoras da Silva que jazia mortificado na areia. O antigo grumete voltara ao oceano para nele se afogar.

Senti a tristeza que o ser humano sente diante da morte de um irmão: que milimétrica diferença de cálculo por parte dos frios fados pusera ali aquele homem e não Graciano Daemon?

Somos todos não mais que criaturas da noite dos tempos, de onde nascemos e para onde voltamos depois de breve exposição à luz.

O que sabia eu sobre Nicágoras a não ser que era abundante de rico e sodomita? Mas que importava isso? O que tinha eu contra ele a não ser a tentativa que fizera de lançar Fausta ao mar? Mas que importava isso, fora impelido pelo desespero. Pobre diabo. Viera à ceia em casa de amigo e acabara ceado pelo mar. Lembrei-me dele, ainda poucas horas antes vivente entre viventes, rico em tesouro e orgulho e volúpia, a boca uma colméia copiosa de palavras, tendo ao lado, como objeto de decoração, a mulher mais formosa do mundo. Suas palavras o ar coou e soprou para longe; o tesouro sabe-se lá quem ficará com ele, talvez uma cúpida irmã, talvez, na falta dela, o cúpido Tesouro Nacional; de orgulho e volúpia o mar lavou o pobre morto; a mulher honorária, Lucrécia, há de maldizê-lo se não vir o próprio nome muito bem aquinhoado no testamento. Quantas pessoas verterão em sua memória uma lágrima? Talvez nenhuma. Talvez de quantos o conheceram — amigos, inimigos, empregados, amantes —, talvez nenhum só lhe lamente a morte prematura. Ao contrário, muitos se alegrarão quando souberem. Alguns guardarão o sentimento no íntimo foro do peito; outros pode ser que comemorem por meio de uma cerveja num bar. E, de duradouro, o que ficará dele inculcado na memória dos homens? A habilidade de identificar os amantes tateando-lhes o membro viril.

Grumete que é bom, nada: talvez Nicágoras nunca tenha sido um bom grumete: nunca tenha aprendido a nadar: ali jazia reduzido a nadar na areia: ali jazia reduzido a nada.

Nisso Netuno deu por finda a sua tarefa de vingança; fez cair o vento e cessar a chuva e pôs o mar para dormir. Comecei, em meu corpo nu, a errar pela praia, tentando discernir outros corpos jazendo nas areias ou no desenrolar das ondas. Mas algarismos é o que vinha dar à praia, junto com moluscos e anêmonas — e a peruca ensopada do pobre Patativa.

Das bandas de terra, raspando-me os ouvidos, veio o som fúnebre de uma cantiga — uma das tais *incelências*:

    Evém a barra do dia,
    evém com a Ave Maria.
    Leva contigo esse corpo,
    Um anjo pra tua guia.

O dia evinha evindo. O som acresceu no ar frio. Daí a pouco vi surgir na estrada o mortuário cortejo: lá se ia o velho manguinhense a sepultar: remo que é bom, nunca mais.

No crepúsculo, continuei a caminhar em busca de salvados do naufrágio, mas

> Não há salvados desse naufrágio,
> nada além de algas e escamas,
> além de espumas e ditongos.

Tanto andei que cheguei a uma enseada. Ali, sim, juncavam a praia alguns destroços. A metade de um remo, um retalho de flanco de canoa, onde se lia a palavra *nada*, estilhaços de madeira cuspidos ali depois de triturados pela dentição das ondas, a garrafa térmica de que a bordo da *Peixe que é bom, nada*, bebemos, Fausta e eu, juntos, um pouco de café para aquecer-nos.

Logo ali à frente jaziam as nossas vestes, de Fausta e minhas, que tínhamos despido para melhor nadarmos em direção à África, ela para fugir, eu para — para salvá-la? Ou para perdê-la? Descaindo sobre os joelhos, apertei contra o peito o vestido branco de linho com barras douradas.

Aonde quer que vá, o náufrago leva consigo o seu naufrágio. Algum náufrago escrevera aqueles versos. E era verdade. Leva consigo o seu naufrágio como o soldado leva a guerra que nacos lhe tirou do corpo e quinhões da alma.

Ali ajoelhado perscrutei o aspecto do horizonte marinho. O ilustre sol vinha vindo em renascença, raspando o aço do olhar na crista das ondas, aspergindo-me o corpo de luz e calor. Feio veio e sentou-se ao meu lado, arfando e babando solidário.

Sentei-me, náufrago para sempre, nas areias, tendo nos braços, em vez de Fausta, o que me restara dela por espólio: seu vestido. Sentei-me ali e contemplei o espelho d'água candente em que se mirava o sol. Em algum ponto daquele oceano jazia uma noiva. No dedo nupcial levara consigo para as altas profundezas do mar um anel de ouro com meu nome inscrito no verso do aro.

O que será, pensei, de mim agora? O que será deste náufrago que tudo perdeu em seu naufrágio, mesmo a vida que, para salvar, pagou ao mar em pedágio? Escandi a frase nos dedos e vi que perfazia uma quadra com dois versos de sete sílabas e dois de nove.

FINIS

INDEX PERSONARVM

Personagens por ordem de entrada no romance

Graciano Daemon, poeta recém-casado e herói da história.
Dona Sé, lavadeira.
Pétala, neta de Dona Sé.
Furriel, neto de Dona Sé.
Nilota von Giemsa-Nauck, ninfa magnífica.
Cristácia, hoteleira, mãe da ninfa.
Sóstrata, a papua.
Atalanta, moça atlética.
A garçonete do bar.
Paulo da Silva, morador antigo de Manguinhos.
O jovem entrevistador.
Agamemnon Penteado, professor universitário.
Eugênia Aleixo Neto, professora universitária.
Sr. Eugênides, leitor de Petrônio.
O vendedor de diamantes.
Evônima, aliás, Ivone, amiga de cavalos.
Demétrio, Quinquim, Nomádio, ex-maridos ou amantes de
    Cristácia.
Setentrionária, ex-amante de Cristácia.
O voyeur.
Pedrolino Cardoso, pescador.
O divino cantor.
Aurora Fuad, taverneira.

Rosette, garçonete.

Suzette, garçonete.

Janette, garçonete.

As crianças de Manguinhos.

Domingos Cani, empresário de sucesso.

Indalécio Sucerda, seu acólito.

Átila Braz Rubim, rapaz de Cachoeiro.

Os arquiveados.

Petúnia Maria de Amorim, poeta.

Tito Lívio Panterotti, *né* Titânio Peixoto, empresário de sucesso.

Antônio Lúcio, velho pescador.

Feio, cachorro vira-lata.

Nonara, prostituta de sucesso.

Rainha-mamãe, suma-sacerdotisa do bosque.

Psiquê, aliás Célia, aliás Fausta, que ama Graciano.

Ífis, doida do bosque.

Criseida, doida do bosque.

Egle, doida do bosque.

Eponina, doida do bosque.

Clóris, doida do bosque.

A velha meteorologista.

Meninas das pedrinhas.

Eulírico, aliás Eurílico, de Albucorque, empresário.

A viúva de Zé Pedro.

Quirino, manguinhense que gosta de remos.

Genário, manguinhense que gosta de remos.

Damastor, aliás, Dama, ministro da portaria e dos feijões.

Mem de Sá Mendes de Sá, tabelião de sucesso.

Reuza, aliás, Diarreuza, ministra da ceia.

Chapim dos Reis, ministro da fotografia.

Jambattista Parlavestra, italiano do interior.

Berecíntia, primeira-dama.

Ninfodora, aliás, Dora, ministra da ceia.

Crisântemo Lentilha, desembargador de sucesso.

Nicágoras da Silva, empresário de sucesso.

Lucrécia, prostituta de luxo de sucesso.

Dona Dalmácia, ministra da trova popular.

Bárbara Gondim, professora universitária e cunhada de Graciano.

Principais personagens mencionados

Alice Dóris de Assis Lima, noiva de Graciano.

Júlia Sabina Graça, prima de Graciano.

Débora da Nóbrega, prima de Graciano.

Áquila Braz Rubim, rapaz de Cachoeiro.

Alexandre Coutinho, primo de Graciano.

Rosa Maria Coutinho, prima de Graciano.

Maria das Graças (Graça) Vaz da Graça, prima de Graciano.

Cláudia Públia Graça, prima de Graciano.

Antônio Daemon, irmão de Graciano.

Susana Daemon, irmã de Graciano.

Nasidieno, empresário de sucesso.

Sílvio, Horácio, Dócimo de Visco, Servílio e Vidíbio, Drauco, Pórcio, Nomentano, Espíntria, Pompônio, comensais da ceia nasidiena.

Ática Braz Rubim, Helena, Wendy, Sheila, Kerry Rae, amantes de Graciano.

Jurema, prostituta de longas pernas.

Impresso no Brasil pelo
Sistema Cameron da Divisão Gráfica da
DISTRIBUIDORA RECORD DE SERVIÇOS DE IMPRENSA S.A.
Rua Argentina 171 – Rio de Janeiro, RJ – 20921-380 – Tel.: 2585-2000